Moon Notes

Gabriella Santos de Lima

You make my Dreams

Moon Notes

Klimaneutral
Druckprodukt
ClimatePartner.com/53248-2011-1002

Dieses Buch wurde klimaneutral produziert. Dadurch fördern wir anerkannte Nachhaltigkeitsprojekte auf der ganzen Welt. Erfahre mehr über die Projekte, die wir unterstützen, und begleite uns auf unserem Weg unter www.oetinger.de

MIX
Papier aus verantwortungsvollen Quellen
FSC® C014496
FSC www.fsc.org

Quellenverzeichnis:
Marina Keegan, *Das Gegenteil von Einsamkeit.*
Aus dem Amerikanischen von Brigitte Jakobeit.
© S. Fischer Verlag GmbH, Frankfurt am Main 2015.

Die Passagen des Theaterstücks stammen aus:
William Shakespeare, *A Midsummer Night's Dream/Ein Sommernachtstraum.*
Hrsg. u. Übers.: Franke, Wolfgang. © 1975 Philipp Reclam jun. Verlag GmbH, Ditzingen.

Originalausgabe
1. Auflage

Dieses Buch wurde vermittelt von der Literaturagentur erzähl:perspektive, München
(www.erzaehlperspektive.de)
© Covergestaltung: FAVORITBUERO, München
unter Verwendung von shutterstock.com: © VerisStudio
Satz: Sabine Conrad, Bad Nauheim
Druck und Bindung: GGP Media GmbH,
Karl-Marx-Straße 24, 07381 Pößneck, Deutschland
Printed 2022
ISBN 978-3-96976-015-4

www.moon-notes.de

Für Marina Keegan

Liebe*r Leser*in,

wenn du traumatisierende Erfahrungen gemacht hast,
können einige Passagen in diesem Buch triggernd wirken.
Sollte es dir damit nicht gut gehen, sprich mit einer Person
deines Vertrauens. Auch hier kannst du Hilfe finden:
www.nummergegenkummer.de

Schau gern auf S. 414, dort findest du eine Auflistung der
potenziell triggernden Themen in diesem Buch. (Um keinem*r
Leser*in etwas zu spoilern, steht der Hinweis hinten im Buch.)

PLAYLIST

To Be So Lonely (Harry Styles)
Freaks (Surf Curse)
Moving to New York (The Wombats)
Silver Soul (Beach House)
Je te laisserai des mots (Patrick Watson)
New Skin (TORRES)
High & Dry (Radiohead)
Bitter – Acoustic (Palace)
Affection (BETWEEN FRIENDS)
Clementine (Halsey)
Me (The 1975)
Alice (Grandbrothers)
Luna – Remastered (The Smashing Pumpkins)
Private Presley (Peach Pit)
Skeleton (Bloc Party)
Let Me Love You Like A Woman (Lana del Rey)
Deep End (Holly Humberstone)
Death By A Thousand Cuts – Live from Paris (Taylor Swift)
GHOST TOWN (Benson Boone)
You Broke Me First (Tate McRae)
Same As You (Eliza Shaddad)
How (Daughter)
Fine Line (Harry Styles)
Live Well (Palace)
i was all over her (salvia palth)
Dark Red (Steve Lacy)
Yellow – Madrid Live Version (Coldplay)
Tulips (Bloc Party)
Golden (Harry Styles)

Was ich Dir sagen will: Schreib mir eine SMS.
Weil es eine Vorgeschichte gibt. Weil es einen Ernstfall gibt.
Weil es eine Schlafenszeit gibt.
Weil, wenn die Welt zu Ende geht, mein Telefon vielleicht
nicht aufgeladen ist und
Wenn du nicht bald antwortest,
Weiß ich nicht, ob du der Schatten neben meinem
sein willst.

Marina Keegan, aus dem Gedicht *Nuklearer Frühling*

PROLOG

#Eternalsummer

And I'm just an arrogant son of a b

Jetzt

Wenn ich eine Bühne betrat, verblasste die Welt.

Bennett29, das Paper für Theatergeschichte, die Mail von Elles Lektorin mit dem Ausrufezeichen davor – das alles fiel aus meinen Gedanken, bis es nicht mehr zu mir gehörte. In diesen Momenten lebte ich meine Rolle einfach mit allem, was ich hatte. Und es war ganz klischeehaft das allerbeste Gefühl auf dieser Erde. Mein einziges Problem an der Sache?

Dass ich gerade verflucht noch mal auf keiner Bühne stand.

Stattdessen umklammerte ich mein Handy mit spitz hervorstechenden Knöcheln und marschierte die 9th Avenue entlang. Ich wirbelte Laubblätter auf, während mir der Geruch von Fruchtzucker, Fett und Farbstoffen in die Nase kroch. Automatisch linste ich auf die Eingangstüren der Cold Stone Creamery. Mein Magen zog sich zusammen, doch ich konnte den Blick nicht von meinem Spiegelbild im Schaufenster abwenden. Die Sinclair-Docs, der knallrote Jutebeutel und meine Locken stachen sofort hervor. Dann mein Gesicht, das viel zu blass für meine eigentliche Hautfarbe wirkte. Außerdem bebten meine Lippen, meine Augen tränten, ohne dass ich es wollte. Am liebsten hätte ich den Kopf geschüttelt.

Ich kann nicht mitten in New York weinen. Ich bin nicht derart offensichtlich und durchschaubar. Nein, nein, nein.

Jepp, das war ich, wie ich in einer Millionenstadt Selbstkonversation führte. Aber bei der *Millionenstadt* handelte es sich um New York, und hier konnte man als Darth Vader einen Handstand vor roten Ampeln stemmen, ohne dass die Geschäftsleute den Blick von den Firmenhandys nahmen. Das hier war die Stadt, die nie schlief, in der Träume wahr wurden, wo …

»Autsch«, murmelte ich und fasste mir instinktiv an die Schulter, weil ein Typ mit limettengrüner Beanie mich fast über den Haufen rannte, ohne es zu bemerken.

»Genau, Mann, am Montag startet die zweite Investorenrunde unten im Valley. Unter zwei Millionen Firmenbewertung …«

Kein Schulterblick, keine entschuldigende Miene. Lässig telefonierte er weiter, während er aus meinem Sichtfeld verschwand. Ich presste die Lippen aufeinander, weil es ein bisschen zu Willkommen-in-Manhattan-filmmäßig für mich war, aber so lief das hier. Die Gebäude waren wirklich so hoch, der Times Square tatsächlich immer überfüllt. New York war kein klassischer Aufreißer, der einen auf romantisch machte und später mit der Hey-du-sorry-Nachricht ankam.

New York hielt leider alles, was es versprach.

Tief durchatmend setzte ich meinen Weg fort. Ich hätte behaupten können, der Hauptgrund wäre *The show must go on*, aber ich hatte einfach ein Ziel. Und Wut, die mir durch die Adern pumpte, vielleicht sogar in Kombi mit ein bisschen Adrenalin.

Das war gut.

Sehr, sehr, sehr gut.

Ich marschierte durch Hell's Kitchen, vorbei an Empanada Mama, Totto Ramen und Pick A Bagel. Meine Augen brannten weiter, doch es war mir egal. ALLES war mir egal, solange ich ihm diese bescheuerte Mail nicht unter die Nase gehalten hatte. Als ich in seine Straße einbog, drang dröhnender Lärm an meine Ohren. Es war immer laut hier mit den wartenden Uberfahrer*innen und aggressiven Imbissverkäufer*innen. Man musste schnell sein, damit sie einen nicht ansprachen oder angrölten, das wusste ich schon. Also kämpfte ich mich so hastig durchs Gewusel, dass ich sicherlich schwitzte, es war mir aber ebenfalls egal. Kurz bevor ich klingelte, zögerte ich, dabei *musste* ich das hier machen. Für mich und meinen Seelenfrieden, den er mir so nonchalant zerbombt hatte.

Als ich die Klingel betätigte, zitterten meine Finger, doch das konnte ich jetzt nicht genauer analysieren. Sekunden vergingen. Ich versuchte, meinen Herzschlag zu beruhigen, da ertönte der Summer zerreißend schrill. Im Treppenhaus hielt ich die Luft an, denn es roch viel zu vertraut, das hatte es schon von Anfang an. Wenn ich genauer darüber nachdachte, beschmutzte er alles andauernd mit seiner anziehenden Aura. *Anziehende Aura*, kein Scherz, das sagten alle über ihn. Vielleicht machte es da auch nichts, dass ich schließlich doch atmen musste, um … na ja, zu überleben halt. Im zweiten Stock überlegte ich, was ich sagen sollte, falls sein Bruder die Tür öffnete.

Hey, Aiden, lange nicht gesehen, macht es dir was aus, wenn ich deinen einzigen sososo geliebten Bruder umbringe?

Doch meine Bedenken waren unnötig, denn er selbst stand im Türrahmen.

Rot geränderte Augen.

Es war das Erste, was mir auffiel, als er mir entgegenblinzelte. Er trug Jeans, ein weißes Shirt, keine Socken. Seine nackten Füße gaben ihm etwas Verletzliches, sein wiederholter Trick siebzehn, doch darauf fiel ich nicht erneut rein. Bestimmt marschierte ich auf ihn zu und achtete sogar darauf, keinen Sicherheitsabstand zu halten, sodass meine Docs beinahe seine blassen Zehen berührten.

Ich war furchtlos.

Furchtlos, furchtlos, furchtlos.

Aber das letzte Wort strich ich, weil ich es konnte, das Gehenlassen und Rausschmeißen. Ich konnte verflucht noch mal alles. Und das hier, das konnte ich auch. Einen Moment lang starrten wir uns an. Er, als könnte er nicht glauben, dass dieser Augenblick echt war. Ich, als könnte ich ihn mit meinem Blick niederstechen. Dann, ganz langsam, zog ich mein Handy hervor und hielt es ihm vors Gesicht. Ich machte eine ganze Show daraus, mit Spannungsbogen und einer Prise unerwarteter Verzögerung, ich hätte eine gute Note bei Farrell in Dramaturgie bekommen. Das Mail-Icon musste ich nicht mal anklicken, denn die App war noch geöffnet. Auf dem Display war sein Name direkt unter meinem zu lesen, so wie es sich für den Hauptdarsteller und die Hauptdarstellerin auf einer Rollenliste gehörte.

»Du machst das nicht. Ich …« Meine Stimme schaffte fünf Worte, bevor sie brach. Doch es war mir egal, weil mir immer noch ALLES egal war. »Ich werde die nächsten Monate garantiert nicht damit verbringen, ein ekelhaft verliebtes Paar mit dir zu spielen. Sag Feldman, dass du es nicht machen kannst. Keine Ahnung, lass dir was einfallen, aber du kannst nicht *fucking* Magnus spielen.«

Er holte tief Luft. Wäre mir kalt gewesen, hätten sich die Härchen an meinen Armen aufgestellt. Aber mir war heiß, weil. Es. Unendlich. Heftig. In. Mir. Brodelte.

»Audrey«, sagte er. Nur ein Wort, mein Name, mehr nicht, als wäre das eine Antwort.

Aber es reichte.

Dabei stotterte er nicht mal. Kein Verhaspeln, kein Beben. Wieso auch? Seine Stärke war leider seine Stimme. Sie war nämlich die Art von Stimme, die Theatersäle für sich einnahm, von Anfang an, ab der ersten Zeile, selbst wenn er den bescheuertsten Satz auf Erden sagen müsste. Das schafften manche Schauspieler*innen selbst nach jahrelangem Proben nicht.

So wie du, Summers.

Schluckend schaute ich ihm ins Gesicht, wo seine Augen glasig schimmerten. Seit diesem Winter wusste ich, wie er aussah, wenn er weinte. Roh und nackt, zerbrechlich und verletzlich. In diesem Moment war er der mit Abstand schönste Mensch gewesen, der jemals existiert hatte. Schade nur, dass keine Sekunde davon echt gewesen war.

Er war Schauspieler.

Verflucht nichts an ihm war real.

Er war einfach nur gut.

Wirklich, *wirklich* gut.

»Du steigst da aus. Das bist du mir schuldig. N-nach allem.«

Meine Stimme klang fürchterlich. *Viiiiiiel zu dünn!*, hätte Erin kritisiert. Aber auch das spielte keine Rolle, denn ich drehte mich um und ging, obwohl ich ihm eigentlich ein »FICK DICH!« entgegenschreien wollte.

Ich hatte mich verliebt, und er hatte sich verliebt, und dann hatte er mich zerstört. So könnte man es sagen. Aber man könnte auch sagen, da waren ein großartiger Schauspieler und eine unsichere Helena gewesen, ein Shakespeare-Stück und ein Kuss in einer schäbigen Bar, zu viele Mails und zu wenige Smileys, Tonnen gelöschter Zeilen und nie verschickte Entwürfe, Neonfarben und ein Roman, der alles verändert hatte, und noch so viel mehr.

Doch jetzt gerade, da ging ich und verließ ihn, weil ich das ja so gut konnte. Ich tat es ganz leise und ruhig, als wollte ich ihm zeigen, wie erwachsen, reif und gefasst ich doch war.

Als wäre das alles nie passiert, das, was an einem grau-langweiligen Dezemberabend so absurd begonnen hatte.

Das mit uns.

1

#Eternalsummer

And it feels so real from the outside looking in

Gefühlt zwei Leben davor

Sie starrten mich an.

Fünf Augenpaare.

Ohne ein einziges Mal zu blinzeln.

Die Profs wirkten wie Roboter, die alle zehn Sekunden mechanisch auf ihr Blatt kritzelten. Sie verzichteten auf wohlwollendes Lächeln, während mein Herz raste, meine Beine zitterten, meine Kehle trocken wurde und ich ganz einfach im Erdboden versinken wollte. In meinem Bauch brodelte radioaktive Panik, die Angst zu versagen, es herrschte meine ganz eigene Art von Weltuntergangsstimmung. Außerdem war mir übel. Kotzübel. Ich wollte weinen, wegrennen, einfach nicht mehr hier sein.

Nicht so. Nicht jetzt.

»Also schließen wir unsere Lider.« Elizabeth Feldman legte den Stift beiseite. »Das ist Ihre nächste Zeile.«

Neben ihr klappte Professor Baker seine Mappe zu, weil er mich schon während meines Shakespeare-Monologs aufgegeben hatte. Doch Feldman sah mich noch immer an, als wollte sie mir ein »Bringen Sie es einfach zu Ende« zuflüstern. Völlig egal, dass sie mich niemals zum Recall einladen würden.

Und vergessen Sie nicht, was auch immer heute passiert, Sie dürfen das tun, was Sie lieben: Sie dürfen spielen. Also spielen Sie, verflucht noch mal!

Der Schluss ihrer morgendlichen Begrüßungsrede hallte in mir wider, während sie mich weiterhin beobachteten. Jede meiner kleinsten Regungen, wie meine Stirn sich in Falten legte und der Kloß in meinem Hals anschwoll. Wenn man für diese Art Studiengang vorsprach, schlüpfte man in keine Rolle. Man musste sein wahres Ich entblößen, sich verletzlich zeigen und dabei am besten lässig, cool und nicht ganz so verzweifelt wirken. Aber mein wahres Ich war wenig bühnenwürdig, sondern eher trashiges Sitcom-Niveau. Trotzdem, ich konnte das.

Ich kann das, ich kann das, ich kann das.

Mein Mantra war heuchlerisch, weil ich es offensichtlich nicht konnte. Ich stand vor dem Dozentenstab der angesehensten Kunsthochschule der Welt. Und hatte meinen Text vergessen. Ein Anfängerinnenfehler, der mir noch nie passiert war. Doch ich hatte keine Zeit, mich damit aufzuhalten.

Ich konzentrierte mich auf das Monolog-Ende, auf Allegra, die wütend, traurig und verzweifelt zu ihrer Mutter sprach, kurz nachdem sie ihrem Vater »ICH HOFFE, DU STIRBST, DU SELBSTSÜCHTIGER BASTARD!« entgegengeschrien hatte.

»A-also schließen wir unsere Lider und schlafen, bis wir von verschiedenen, doch denselben Albträumen aufschrecken«, sagte ich und senkte den Kopf, um das Ende des Monologs zu unterstreichen.

»Vielen Dank.«

Knapp lächelnd nickte Feldman mich aus dem Saal. Mit meinen quietschenden Docs wandte ich mich in Richtung Tür, während auch die anderen Jurymitglieder ihre Notizbücher zuschlugen. Das dumpfe Geräusch klang in meinen Ohren nach einem erleichterten, und ich wusste, was sie da hingeschmiert hatten.

Summers, Audrey: Falsche Atmung, zu wenig »Spiel«, ausdruckslos und eindimensional.

Sobald ich den Saal verlassen hatte, begann ich zu beschleunigen. Schnell, nur weg. Ich rannte, damit meine Gedanken es nicht taten. Auf dem Weg zur Toilette stolperte ich fast über meine eigenen Füße und hielt den Blick nach unten gerichtet. Schuhe, Schrammen, seegrünes Linoleum. Ich musste einfach … ja, keinen Plan, was ich musste. Ich wusste bloß, dass ich plötzlich gegen etwas Hartes stieß.

»Pass doch auf, Mann.«

Meine Schulter pochte, ich presste die Zähne vor Schmerz zusammen. Anschließend hob ich den Blick.

Sein Mund.

Es war das Erste, was mir an dem Typen auffiel. Seine Lippen waren voll, wobei sein Mund insgesamt einen Tick zu groß für sein Gesicht wirkte. Und zu der genervtesten Linie überhaupt zusammengepresst war. Kopfschüttelnd beugte er sich zu dem Handy hinunter, das ihm bei dem Zusammenstoß aus der Hand gefallen war.

»Boah, nein.« Sein britischer Akzent vibrierte. »Ich glaub's nicht.«

Wenn Blicke töten könnten, konnte seine unverschämt tiefe Stimme das definitiv auch. Ich sah in seine hasserfüllten Augen, ehe ich das Display inspizierte.

Scheiße.

Da war ein Riss. Fürchterlich schief, groß, unübersehbar.

»I-ich bezahle dir das.«

»Du bezahlst mir das?«

Aufgebrachte Fältchen gruben sich in seine Stirn, während er schnaubte. Dabei fühlte ich mich wie die dümmste Heuchlerin auf Erden, weil ich natürlich hoffte, dass er mein Angebot ausschlug. Irgendwie hatte ich tatsächlich Glück. Denn als sein Spider-Display aufleuchtete, blieb er wie hypnotisiert an der Uhrzeit hängen, machte Anstalten zu gehen und … verharrte trotzdem kurz. Mit seinem Blick blieb er an mir hängen, die Lider bedrohlich geschlitzt. Ich hielt ihm stand, indem ich ihn ebenfalls musterte. Sein Haar war laubblätterrot, an den Seiten kurz geschoren und in der Mitte verwuschelt. Er war hochgewachsen, trug ein rundes Brillengestell und seinen Pullover hipstermodern durchlöchert. Er hatte was von einem mürrischen Helden, perfekt für undurchschaubare Indie-Streifen mit polarisierenden Kritiken.

Dann zuckte seine Halsschlagader.

»Halt die Augen doch nächstes Mal einfach offen. Wie wär's, Arabella, hm?«

Das war der Moment, in dem ich beschloss, ihn ein bisschen zu hassen. *Wie wär's, Arabella, hm?* Wie konnte man einen Satz so vornehm und angepisst zugleich aussprechen? Als wäre ich absichtlich gegen ihn gerannt. Als wäre ihm das noch nie passiert. Als hätte ich es ihm erlaubt, mein Arctic-Monkeys-Shirt anzusprechen.

Arschloch.

Wenigstens ging er endlich weiter, obwohl *hechten* besser gepasst hätte. Schließlich kämpfte er sich manisch durchs Gewusel, vielleicht sprach er auch vor und war spät dran. Ich hingegen stolperte in Richtung Toiletten, riss die Tür auf und hielt bei meinem Anblick im Spiegel inne.

Meine Augen waren glasig.

Hastig öffnete ich eine Kabine, ließ mich auf den Klodeckel sinken und umarmte mich selbst. Läge mein Jutebeutel nicht im Spind, hätte ich nach meinem Handy gegriffen. Ich hätte Moms drängende WhatsApps ignoriert und stattdessen den Chat mit Elle geöffnet. Ich hätte überlegt, ihr eine Sprachnachricht zu schicken, und sie wahrscheinlich sogar aufgenommen. Ich hätte gesagt: »Hi, Elle, sorry für den folgenden Rant, aber ich habe mein ganzes Leben einfach verkackt. Seitdem wir nicht mehr reden, ist zu viel passiert, und ich lebe zur Untermiete bei einer Influencerin, die ihren Follower*innen weismacht, sie würde ein perfektes Leben in Manhattan führen. Dass wir unseren Abschluss gemacht haben, ist über ein Jahr her, aber ich bekomme nur Rollen in Laientheatern, die niemanden interessieren, und jetzt habe ich das Vorsprechen an der Juilliard komplett verhauen. So sehr, dass sie mich nicht mal dazu aufgefordert haben, einen Song zu singen, was ja schon alles sagt. Mal ganz davon abgesehen, dass ich das Monologende einfach vergessen habe. Und wenn wir schon reden, ganz ehrlich? Ich vermisse dich so sehr, du hast keine Ahnung. Wenn ich deine Texte lese, weine ich die Nacht so laut durch, dass Heather mir am nächsten Morgen immer ihre PR-Augencreme anbietet.«

Aber ich hatte mein iPhone nicht zur Hand, und wenn doch, hätte ich die Nachricht sowieso in den Papierkorb befördert. Während ich der vergilbten Decke entgegenblinzelte, umarmte ich mich eine Spur fester. Ich war neunzehn Jahre alt, mein Bauch knurrte, meine beste Freundin war unerreichbar, und ich wusste ganz genau, was Einsamkeit war. Großartig, oder?

Ich wollte Mut sammeln, mein Toilettenversteck verlassen und Milad in einer Nachricht beichten, dass ich es vermasselt hatte. Vielleicht konnte ich mir danach ja einreden, dass es doch nur um die Erfahrung gehe, was natürlich wahr und gelogen zugleich war. Doch genau dann hörte ich jemanden kreischen.

»ICH HOFFE, DU STIRBST, DU SELBSTSÜCHTIGER BASTARD! ICH HOFFE …« Ein tiefes Durchatmen. »Scheiße!«

Als ein heftiges Schluchzen ertönte, trat ich instinktiv aus der Kabine.

»Das war voll gut«, sagte ich.

Ein fremdes Mädchen starrte mich aus riesigen Pupillen an. Ihre Wangen wirkten gerötet, das Haar trug sie in einem strengen Knoten, dazu Shirt und Boots, kombiniert mit einer Anzughose. Clevere Kleidungswahl, artsy und seriös zugleich, um zu zeigen, wie sehr sie in die Künstlersekte passte, doch auch, wie wichtig ihr dieser Tag war.

»*Voll gut?* Wen willst du verarschen? Das war schlecht. Nein, grottig. Zu laut, aufgesetzt und alles. Nimm's mir nicht übel, aber ich bin gegen Lügen allergisch.«

Ich wollte erwidern, dass sie übertrieb, denn *so* übel war es auch nicht gewesen, aber es hätte nichts gebracht. Sie war kurz vorm Durchdrehen.

»Es ist gar nicht so schlimm da drin.«

Vorausgesetzt, man kriegt es hin, sich an seinen Text zu erinnern.

»Du warst schon dran?«

»Yes.«

»Und?«

Ich zuckte die Achseln.

»Oh«, flüsterte sie, weil mein Gesicht wahrscheinlich alles sagte, weil ich eine miserable Schauspielerin auf der Bühne und eine miserable Schauspielerin im echten Leben war.

»Ich hab auch Allegra vorbereitet.« Ich versuchte mich an einem Lächeln, weil Small Talk bei Aufregung half. Tipp Nummer neun vom Podcast *How To Get Into Drama School.*

»Welchen Monolog?«

»Alle wichtigen.«

»Äh, wir müssen nur zwei in Versform und zwei Contemporary-Stücke mitbringen. Das wusstest du, oder?«

Ja, aber ich bin leider paranoid, schlecht im Entscheiden und ziemlich besessen von dieser Schule.

»Ich bin gern übervorbereitet«, murmelte ich und deutete halb lächelnd auf die Tür, doch …

»Nein, warte!«

Ich hob die Brauen.

»Okay, das klingt jetzt echt komisch, aber würde es dir etwas ausmachen, meinen Part mit mir durchzugehen? Also, wenn du den Vater sprichst? Wenn jemand mit mir liest, beruhigt mich das immer. Hier …« Sie kramte in ihrer Handtasche. »Ich hab sogar den ganzen Text ausgedruckt.«

Sie hielt mir ein zerknittertes Stück Papier entgegen. Ich musterte die Worte in Times New Roman, dann ihre panische Miene.

»Direkt hier?«

Sie nickte ernst. »Waschräume beruhigen mich.«

Ohne Umschweife begann sie aus dem Stand mit ihrer ersten Zeile. Es war eine lange Stelle, und ich wusste, wie Coach Milad in der 6th Avenue geurteilt hätte. Es war tatsächlich etwas zu laut, vielleicht einen Tick zu überspielt, von der Art her viel aufbrausender, als ich sie interpretiert hatte, aber das sagte nichts über die Qualität aus.

»ICH HOFFE, DU STIRBST VERFICKT NOCH MAL GANZ BALD!«

Ich schüttelte den Kopf.

Ich war ein Vater, so gut wie tot, müde und ein Arschloch.

»Ich wette, das hättest du gerne, nicht wahr? Verbrenn einfach in der Hölle, Allegra.«

»DU KANNST IN DER HÖLLE VON WÜRMERN AUFGEFRESSEN WERDEN!«

Ich schwieg.

Ich war ein Vater, so gut wie tot, müde, ein Arschloch und enttäuscht.

»O-oh Gott. Es tut mir leid, Daddy. Ich will nicht, dass du stirbst. E-es tut mir so leid.«

Ich zögerte.

Ich war ein Vater, so gut wie tot, müde, ein Arschloch, enttäuscht. Und ekelhaft.

»Ich will deine Entschuldigung nicht annehmen.«

Die Fremde hätte sich wiederholen müssen, trat aber einen Schritt zurück. Mit einer steilen Falte zwischen ihren Brauen scannte sie mich ab, von Kopf bis Fuß und wieder zurück. In meinem Hals schwoll ein Kloß an, weil ich diese Art von Musterungen hasste.

»Mann, wo zum Teufel hast du denn bitte diesen krassen Vibrato in deiner Stimme her? Und diese Gefühle für den Vater? Hast du den etwa auch gleich mitvorbereitet, oder was?«

»Das Vibrato kommt vom Coaching, für das ich neunzig Dollar die Stunde bezahlt hab«, erklärte ich eine Spur zu gleichgültig. Natürlich hätte ich ausführen können, dass der Rest, diese Gefühle, *deine emotionale Ebene*, wie Milad verbessert hätte, manchmal schlicht da waren, wenn ich Glück hatte. So war das nämlich mit mir. Ich war Audrey Summers, ziemlich unterdurchschnittlich in allem, am meisten darin, ich zu sein. An guten Tagen jedoch war ich irgendwie passabel darin, jemand anders zu sein. Ich wusste, dass es sehr klischeehaft klang, doch eigentlich war es bloß bitter. Schließlich reduzierte ich mein gesamtes Dasein auf das Einzige, worin ich gut war. Und das war natürlich toxisch, ein ungesundes Verhalten, manchmal poppte in meinem Browser Werbung für Achtsamkeitskurse auf, weil ich nachts *Was tun, wenn man ständig denkt, dass man nie gut genug ist?* googelte.

Ich wollte der Fremden gerade erklären, dass sie großartig gespielt hatte, vor allem die wütenden Stellen. Aber dazu kam ich nie, weil ein entschlossenes Räuspern die Stille durchschnitt.

Ruckartig wandten wir uns nach links. Chucks, Rollkragenpullover, der spektakulärste Messy Bun aller Zeiten. Elizabeth Feldman starrte uns mit gehobenen Brauen entgegen. Sie war die erste und jüngste Leiterin des Schauspielbereichs, vierunddreißig Jahre alt und angeblich *so möchtegernintellektuell lol*, wie

Zoey948 in ihrem dreiseitigen Audition-Erfahrungsbericht auf Reddit erläutert hatte.

»Sie wissen, dass es einen Proberaum im ersten Stock für die Bewerber*innen gibt? Oder hat man Ihnen das bei der Anmeldung verschwiegen?«

»Nein, M'am«, erwiderte die Fremde sofort. »Natürlich nicht.«

»Nein? Na dann.« Feldman schritt leicht verwirrt in unsere Richtung, um sich die Hände zu waschen.

»Viel Glück«, flüsterte ich der Fremden zu, bevor ich aus dem Raum huschte.

Und als die Tür dann hinter mir zufiel, aufgeregte Besucher*innen und gestresste Student*innen an mir vorbeirauschten, ich die Augen für einen kurzen Moment schloss, fühlte es sich fast so an, als würde ich das alles in mich hineinsaugen. Angstschweiß, Zweifel, Träume, das waschechte Studentenleben an der Juilliard.

Aber wirklich nur fast.

Denn sie pumpte seit dem vierundzwanzigsten September in mir, dunkel und schwer, die unbestreitbare Leere.

2

#Eternalsummer

And now you're dreaming

4774 Schritte.

Ich blinzelte der Health-App entgegen, bevor ich mein Handy in den Jutebeutel stopfte. Ringsum strömten Passant*innen und Tourist*innen an mir vorbei, mit Einkaufstüten von Forever 21 und dem nächsten Punkt auf ihrer Tour. Ich hingegen griff mit schwitzigen Fingern nach der Klinke und zog die Tür zum Starbucks am Broadway auf. Unter *in my mind* reihte ich mich in die Schlange, wobei mein Blick zu dem Kühlfach huschte. Bunte Bowls, riesige Salate, überladene Sandwiches.

»Die Nächste bitte! Hallo, Sweetie, wie geht's dir, was ist deine Bestellung?«

Die Barista winkte mich an die Kasse, noch während sie sprach. Erneut schweifte mein Blick zum Kühlfach. Mein Bauch rumorte, aber wenn ich jetzt das Pitabrot mit Avocado und pflanzlichem Mozzarella bestellte, müsste ich es mir vor diesen ganzen Fremden reinschieben, was leider immer noch eins meiner Probleme war. Außerdem war mir weiterhin übel, weil ich vor zwei Stunden das Vorsprechen meines Lebens versaut hatte.

»Einen grünen Tee, bitte«, murmelte ich. »Venti, zum Hiertrinken.«

Drei Minuten später balancierte ich meine Tasse an einen freien Tisch. Fremde Sprachen drangen an meine Ohren, draußen begann es zu regnen, und Schirme huschten an der Scheibe vorbei. Schwarz, schwarzblau, schwarz. Tief durchatmend starrte ich meinem Handydisplay entgegen.

Vorhin hatte Feldman verkündet, die Ab- oder Zusagen für den Recall würden uns gegen drei erreichen. Ich tippte aufs Display. 14:44 Uhr. Wie ich mein Mailpostfach öffnen sollte? Keinen blassen Schimmer. Dabei war es lächerlich. Ich meine, wieso war ich so nervös? Als ob sie mich zur Nachmittagsrunde einladen würden. Aber vielleicht …

Aber vielleicht hat dein Toilettenvorsprechen Elizabeth Feldman überzeugt? Das glaubst du doch selbst nicht.

Natürlich tat ich das nicht. Doch, na ja, da war sie halt, die leidenschaftliche Zuversicht, die fast so schlimm war wie die Leere. Ich war so ein hoffnungsloser Fall. Laut Dad viel zu gutmütig, obwohl er eigentlich *fürchterlich naiv* meinte, und vielleicht war das auch der Grund für seine täglichen Nachrichten, die sich kaum in ihrem Inhalt unterschieden.

Alles klar in Manhattan? 🗽

Hab gerade bei NY Daily News gelesen, dass in Brooklyn wieder ein siebzehnjähriges Mädchen vergewaltigt wurde 😢

Meld dich mal, damit ich weiß, dass es dir gut geht ♡

Ich wollte gerade nach meinem Tee greifen, als diese Frau eintrat. Die, die augenblicklich von allen bemerkt wurde. Sie trug einen übergroßen Kaschmirpullover mit weiten Ärmeln, milchkaffeebraun und teuer, eine Hose im selben Ton und helle Heels. Ihr Haar war nachtschwarz. Kaum Schmuck, den Pony hatte sie millimetergenau zerzaust. Alles an ihr schrie nach Upper Eastside, nach den drei großen Bs: Barneys, Bergdorf's und Bendel's. Sie wirkte elegant, klassisch, aber nicht altmodisch, sondern interpretierte ihre Schönheit modern mit funkelnden Statement-Ohrringen und der Strobe Cream von MAC unter ihrem Make-up.

»Ich verstehe echt nicht, wieso du so auf dieses Starbucks

stehst.« Keine Sekunde später drückte sie mir einen Kuss auf die Wange und nickte zu meiner Tasse. »Hast du nur das bestellt?«

»Ich –«

»*Espere*, ich hole uns was.«

Mom stellte sich so schnell hinter einem Typ mit Fjällräven-Rucksack an, dass ich nicht mal protestieren konnte. Als sie wiederkam, hatte sie natürlich das Sandwich dabei, das ich mir selbst geholt hätte. Mit einer seltsamen Genauigkeit klappte sie die Pitas auf, transferierte ihre Oliven auf mein Brot und reichte es mir.

»Danke.« Ich nahm es an, aber damit war es noch nicht getan. Sie würde mich so lange erwartungsvoll anstarren, bis ich davon aß, weil sie wusste, dass meine nervösen Tage auch meine scheißschwierigsten waren. Schluckend blickte ich mich um.

Wieso musste ich es auch immer noch so hassen, vor anderen zu essen?

Tief durchatmend umklammerte ich das Sandwich und widerstand dem Drang zu analysieren, aus wie vielen Teilen Gemüse es wohl bestand. Und als ich dann abbiss, war für einen Moment wirklich alles gut. Denn die Pita war noch warm, der Fake-Käse leicht geschmolzen, der Brotteig knusprig und fluffig zugleich. Der Geschmack der salzigen Oliven in Kombination mit der Zitronensäure und der Avocado explodierte auf meiner Zunge. Ich konnte nicht anders, als die Augen zu schließen, weil es der beste Moment des Tages war. So war das mit dem ersten Bissen jedes Mal.

»Also.« Mom faltete die Hände ineinander. »Wieso hast du mir so lange nicht zurückgeschrieben? Ich musste dich dreimal fragen, ob unser Mittagessen noch steht.«

»Sorry. Hab's irgendwie verpeilt.«

Eigentlich wäre ich mit dieser Antwort niemals durchgekommen, doch heute war eine Ausnahmesituation. Skeptisch schlürfte sie von ihrem Latte. »*Bien*. Darüber reden wir später. Los, sag schon, wie war es?«

Ich wollte antworten, doch meine Lippen bebten, und ganz eigentlich wollte ich meine leeren Weizenkohlenhydrate, so gut es eben ging, hier genießen. Doch Mom und ich besaßen bereits jahrelange Erfahrung in diesem Ich-werde-erst-lockerlassen-wenn-du-mir-alles-erklärt-hast-*mi-hija*-Spiel, das ich immer verlor.

Heute kapitulierte ich von Anfang an.

»Es war so scheiße.« Ich seufzte tief, bevor ich ihr von den miserablen Monologen, dem Texthänger, den Gesichtern der Profs, allem Drum und Dran erzählte. Leise und sachlich berichtete ich, als ginge es mich null Komma null an.

»Das heißt noch gar nichts. *Realmente nada*.«

Mom begann mit ihrem Pep-Talk, sprach von meinen negativen Denkzügen und meinen nervösen Angewohnheiten, dass sie wusste, wie gut ich sei, und *jeder* das sehen könne. Noch dazu flößte sie mir natürlich ein, dass ich alles erreichen könne, was ich wollte, ich aber meinen Pessimismus viel zu gernhatte und ihn endlich loslassen musste.

»*Por favor, Audrey!*«

Irgendwann switchte sie komplett auf Spanisch um und beäugte das Tattoo an meinem Handgelenk, wenn sie dachte, ich würde es nicht bemerken. Ich hingegen ließ sie reden, nickte und setzte passende Gesichter auf, obwohl ich mich eigentlich auf mein Sandwich konzentrierte. Manchmal huschte mein Blick zu der Scheibe, ehe ich mich daran erinnerte, dass man uns vielleicht als Verwandte hätte identifizieren können, wenn sie ihre Locken nicht permanent hätte glätten lassen. Doch so wirkten wir nur ein wenig seltsam nebeneinander, was vor allem an mir lag. Meine Brauen waren zu massiv für meine runden

Augen, mein Haar war etwas zwischen Blond und Braun, was nicht mit meiner dunkleren Hautfarbe harmonierte. Wahrscheinlich war ich die exakte Fifty-Fifty-Mischung einer Kubanerin und eines weißen Amerikaners. Mich musste man immer zweimal anschauen. Wenn Mom und meine Schwester Ruby schön waren, war ich interessant. *Heiß* im angeblich besten Fall, wie eine *künstlich-blondierte Latina*, wobei ich kotzen wollte, wenn Typen mir das auf Partys anzüglich ins Ohr schrien. Ich sah nicht aus wie eine Person, die Audrey Summers hieß. Ich sah aus wie Audrey Mónica Jiménez, Moms Nachname, ganz egal, wie amerikanisch mein Spanisch klang.

»Also, machen wir sie auf?«

»Was meinst du?« Ich leckte mir einen Klecks Pesto vom Finger und schielte auf die Kuchen hinter der Scheibe. Es gab noch drei Stücke meines geliebten Karottenkuchens mit cremigem Frischkäse und crunchy Pistazienstücken. Natürlich konnte ich nur an Essen denken. *Überraschung*.

»Na, *la E-Mail*.«

Mom nickte auf mein Handy, und ich schüttelte den Kopf. Ich wollte meine Absage nicht sehen, zumindest *noch* nicht. Ein paar Minuten weiter in meiner Hoffnungsblase leben, das war nicht zu viel verlangt, oder? Tja, leider war es genau das. Moms Blick schweifte nämlich unauffällig zur Uhr. Sie konnte nicht so lange Pause machen, sie war doch Chefredakteurin der Mujer! und eine Workaholic. Sie musste ein Vorbild sein, am frühesten kommen, am spätesten gehen, ihr Privatleben opfern und auf Preisverleihungen der Forbes den Menschen danken, die sie bloß todmüde an Thanksgiving zu Gesicht bekamen. Wahrscheinlich war sie schon viel zu lange geblieben.

»Liebling.« Sie griff nach meiner Hand, ihre Nägel streiften mein buntes Krokodil, und ich zuckte zusammen. »Es wird alles gut. *Repite comigo*. Es. Wird. Alles. Gut. Ich verspreche es.«

Ich wollte den Kopf schütteln, erwidern, dass sie das gar nicht wissen konnte, dass sie bloß dachte, ich würde mal wieder übertreiben. *Summers, Audrey: die Dramaqueen.* Doch sie hielt meine Finger fester, ich roch ihr zweihundert Dollar teures Parfum *Soleil Blanc* und wusste, es gab kein Entkommen. Zitternd schnappte ich mir mein Handy, entsperrte, klickte und öffnete. Dabei wusste ich, dass es Mom unter den Nägeln brannte, mir das iPhone zu entreißen. Sie war ein Zwilling, Aszendent Löwin. Das Flummi-Sternzeichen in Kombination mit ein bisschen egozentrischem Feuer, alles bereits von Elle und mir in meinem vorherigen Leben analysiert.

»*Y?*«

»Das ist ein Fehler«, flüsterte ich.

»Hallo?«

Mom schnipste vor meinem Gesicht. Statt zu antworten, reichte ich ihr das Handy, das war einfacher. Und während sie las, den Mund zu einem überraschten »Oh« verzog, mich über den Tisch hinweg umarmte und ein »Siehst du!« quietschte, dachte ich, nein. *Nein*, ich sah das nicht.

Denn was ich erblickte, war bloß meine Spiegelung in der Glasscheibe des Cafés. Ich sah *wirklich* nicht wie Audrey Summers aus. Ich sah nicht aus wie eine Person, die in St. Cloud, Florida, behütet in dem Architektenhaus ihres Dads aufgewachsen und nach ihrem Abschluss in das schäbige Apartment einer Influencerin gezogen war. Ich sah nicht aus wie eine Person, die Moms Loft nicht betreten konnte, ohne auf die Fußmatte kotzen zu wollen. Ich sah nicht aus wie eine Person mit einem bescheuerten Tier-Tattoo, das wie ein kindliches Wassermalprojekt aus der Primary School wirkte. Ich sah nicht aus wie eine Person, die sich früher noch einen Wecker für jede Mahlzeit stellen musste. Ich sah nicht aus wie eine Person, die seit drei Monaten mitternachts durch Brooklyn streifte, Arctic

Monkeys aufdrehte und ihren Schrittzähler sekündlich kontrollierte. Meine Augen waren aufgerissen, mein Mund stand offen. Ich sah bloß wie eine Person aus, die garantiert *nicht* in zwei Stunden beim Recall der Juilliard School antanzen sollte.

DAS IST EIN FEHLER!

*

Aber es war anscheinend kein Fehler.

Wie auch immer das möglich sein konnte.

Die Wanduhr zeigte Punkt siebzehn Uhr zwei an, und ich hockte mit pochendem Herzschlag in dem Saal, in dem vorhin über zweihundert Personen gewartet hatten. Jetzt waren wir zwölf. Nach der mündlichen Prüfung in der Highschool hatte ich jegliche Mathekenntnisse aus meinem Gehirn verbannt, aber die Wahrscheinlichkeit fürs Weiterkommen erschien mir gering. Viel, viel zu gering. Hastig ließ ich meinen Blick durch den Raum schweifen, auf der Suche nach dem Mädchen aus der Toilette, einem bekannten Gesicht, irgendetwas zum Festhalten, Fehlanzeige. Dafür erkannte ich tatsächlich British Boy links im Raum.

Großartig.

Er knetete sich die Finger, hart, den Blick gezielt nach vorn gerichtet. Ich bildete mir ein, das Knacken bis hierher zu hören. Außerdem registrierte ich dieses Mädchen, das den Raum genauso nervös wie ich abscannte. Wir lächelten uns zittrig zu, wie zwei Verbündete in einer Panik-Allianz. Eine Bewerberin schien mit aufrechtem Rücken zu meditieren, ein anderer spielte Candy Crush. Und dann gab es noch diesen Typen rechts. Der, der mit geschlossenen Augen auf dem Boden saß. In seinen Ohren hingen Airpods, während er mit den Schuhsohlen rhythmisch auf den Boden klopfte. Seine Glieder wirkten lang und drahtig, dunkle Jeans und Air Force. Ich kippte den Kopf, während mein Blick weiter nach oben wanderte. Selbst von hier aus konnte ich seine ausgeprägten Gesichtszüge erkennen. Kantig, klar, strukturiert, irgendwie plakativ, als müsste man ihn ansehen. Mit diesen hohen Wangenknochen und dem grüblerischen Musikhören hätte Pinterest ihn ohne Frage vergöttert. Aber das, was am allermeisten hervorstach, war sein Haar. Jep, *sein Haar*. Es war dunkelbraun, lockig, unglaublich dicht und komischerweise anziehend. Vielleicht hätte ich mich gefragt, wie zum Teufel Haare anziehend sein konnten, aber ich war zu nervös, mir war übel, das Pitabrot drehte sich in meinem Magen und –

Und dann passierte es. Endlich wurde die Tür aufgerissen. Feldman stolzierte wie eine Offizierin in den Raum, da schlug Airpods die Augen auf.

Sein Blick, mein Blick, sie verfingen sich.

Ich schluckte, weil er mich beim Starren erwischt hatte und sein Kiefer augenblicklich mahlte.

Scheiße, er war wütend.

Sein Gesicht war definitiv Griechische-Statue-würdig, auch eher interessant als normschön, aber etwas an ihm war so … launisch. Und intensiv. Intensiv auf eine unverschämt verstörende Art, um genau zu sein.

Ich konnte nichts für den eiskalten Schauder, der mir über den Rücken kroch. Wie gut, dass Feldman noch im selben Moment sprach, um uns willkommen zu heißen. Mühelos richtete sie sich vorn auf und erläuterte das Abendprogramm, dass wir uns gemeinsam aufwärmen, Partnerübungen bestreiten und unsere Monologe erneut aufführen würden, alles vor den Augen des gesamten Kollegiums. Dabei wartete ich nur darauf, dass man mich erkannte und rausschmiss. Doch es passierte nicht.

»Summers, Audrey?«, las Feldman sogar von der Liste ab.

»H-hier.«

Ich spürte, wie das Sandwich sich in meinem Magen aufblähte, und bereute alles. Mom und ich hätten die Spinat-Quinoa-Bowl essen sollen. Mein Körper benötigte energiereiches Blattgemüse und Ballaststoffe, die paar leeren Kohlenhydrate und getrockneten Tomaten zählten da garantiert nicht.

Doch ich hatte keine Zeit, mich genauer damit zu beschäftigen, weil Feldman das Warm-up initiierte. Wir lockerten unsere Stimmen und waren ein Chor, der »A, E, I, O, U« sang, wir klopften uns auf den Brustkorb und dehnten uns die Glieder. Anschließend machten wir diese fürchterliche Übung, bei der wir im Kreis die Gesichter senken sollten. Sobald Feldman schnipste, hoben wir das Kinn und mussten jemanden anschauen. Ich übersprang *Parker, Levi* aka British Boy sowie *Hill, Jude* aka Airpods ohne ein schlechtes Gewissen. Zum Schluss hielt man es, wieso auch immer, für eine gute Idee, dass wir drei Minuten lang meditierten.

Es war eine schreckliche Erfahrung.

Schrecklich, weil ich mich natürlich nicht entspannte. Mein Puls sprintete bloß dahin, während ich mich fragte, ob die anderen bereits Theatererfahrung besaßen und vielleicht mit bekannten Regisseur*innen zusammengearbeitet hatten. Welche Produktionen nannten sie in ihrem Lebenslauf? Wie viele Erfolgsgeschichten konnten sie bereits erzählen? Ich wollte das nicht, dieses Mich-ständig-Kleinreden und Vergleichen, die Minderwertigkeitskomplexe und diese Panik. Aber meine Google-Suchanfragen hatten mir nie verraten, wie das aufhörte.

»Ihre drei Minuten sind vorbei, kommen Sie zurück.«

Kommen Sie zurück. Lustig, ich hatte diesen Raum der verfluchten Juilliard School gar nicht verlassen.

»Wir machen weiter mit einigen Improvisationsübungen. Dazu werde ich Sie in Pärchen aufteilen, und keine Sorge, wir werden im Verlauf des Abends immer wieder wechseln. Einige von Ihnen werden auch die gleiche Aufgabe mit anderen Partner*innen bestreiten.« Sie linste auf ihr Klemmbrett. »Den Anfang werden Miss Chang und Mister Hill machen. Danach folgen Miss Summers und …«

Bitte nicht Parker, Levi, *bitte nicht* –

»… Mister Parker. Um sich vorzubereiten, haben Sie jeweils sieben Minuten. Die anderen warten vor den angegebenen Räumen, bis ich Sie hereinbitte.«

Sie fuhr fort, doch ich hörte nicht weiter hin, denn das war der Moment, in dem *Parker, Levis* Blick auf meinen prallte.

Oh Gott.

Alles, was sich in seinem Gesicht anspannen konnte, spannte sich an. Besonders die Muskeln an der Stelle zwischen seinen markanten Brauen. *Vermassele mir das ja nicht!,* schrie es aus seinen Poren. In meiner Kehle schwoll ein Kloß an. Schließlich klatschte Feldman in die Hände und führte uns in die Vorbereitungsräume. *Parker, Levi* zog die Tür hinter sich zu, wobei er den Raum automatisch einnahm, so eine verflucht krasse Präsenz hatte er. Es roch sogar plötzlich nach ihm, nach Ananas-Smoothie, Deo und Pfefferminzkaugummi. Während er sich über den rötlichen Bartschatten fuhr, hielten wir Sicherheitsabstand. Und das war fatal. Wir würden gleich Spielpartner*innen sein. Wir brauchten eine Verbindung, ein bisschen Chemie oder gemeinsame Energie, ich würde alles in der Richtung nehmen.

»Also dann.« Wieder brachte er seine Fingerknöchel zum Knacken. »Wir sind ein Geschwisterpaar und vermitteln die Geschichte über unsere Körper.«

Ich nickte, weil es stimmte. Das war unser Szenen-Briefing.

»Am besten …«, begann er, hob jedoch den Blick. Und brach ab. »Okay, das wird garantiert nicht funktionieren, wenn du mich *so* ansiehst.«

Ich runzelte die Stirn, er holte tief Luft. Seine Nasenflügel bebten, mein Puls hämmerte. Ich spürte Ratlosigkeit, Wut und Angespanntheit zwischen uns. Vielleicht war das etwas, womit wir arbeiten konnten. Aber noch bevor ich das vorschlagen konnte, ergriff er das Wort erneut.

»Es tut mir leid, okay? Das vorhin, als wir gegeneinandergelaufen sind. Ich war richtig angepisst, weil ich … ja, whatever, ich war einfach megaaufgeregt wegen dem Vorsprechen. Letztes Jahr bin ich hier in den Recall gekommen, hab es dann aber da so richtig verhauen. Wenn ich das noch mal in den Sand setze, kann ich mich erst wieder für den Master bewerben, und das ist keine Option. Ich muss das hier schaffen.«

Den letzten Satz sagte er so leise, als wäre er nur für ihn selbst, sein kleines, heimliches Mantra. Ich sah ihn stumm an, weil das Licht ihn plötzlich anders beschien, was bestimmt nur in meinem Kopf geschah. Doch irgendetwas an ihm veränderte sich. Vielleicht war es die Art, wie er sich hielt, fast peinlich berührt zu Boden starrte und sich in die zerzauste Frisur fasste. Alles an *Parker, Levi* wirkte mit einem Mal unendlich verletzlich.

Und Verletzlichkeit war meine absolute Spezialität.

»Mein Lampenfieber zerstört alles«, sagte ich. »Wenn ich ehrlich bin, habe ich nicht mal damit gerechnet weiterzukommen, und nein, das ist kein Fishing for Compliments, sondern die Wahrheit. Keine Ahnung, wie hoch überhaupt die Wahrscheinlichkeit war, in die zweite Runde zu kommen, weil –«

»Vier Komma zwei Prozent.«

Ich blinzelte, doch er hob bloß die Schultern.

»Ich kann gut mit Zahlen. Also …«

»Also sollten wir das hinkriegen, wenn wir schon Vier-Komma-zwei-Prozent-Menschen sind?«, murmelte ich.

»Wäre halt sehr dumm, wenn nicht, korrekt.«

Ein Satz, knapp und kalt. Wieder wirkte alles an ihm bedrohlich und distanziert. Mauer über Mauer über Mauer. Trotzdem straffte ich die Schultern, wobei mein Puls donnerte, mir übel war und ich mich eigentlich in Luft auflösen wollte, doch …

Vier Komma zwei Prozent.

Das war nicht eine in einer Million, aber hier war ich trotzdem. Ich begutachtete den Raum, minimalistisch skandinavisch eingerichtet, voller Hightechgeräte und glänzenden Oberflächen. Wenn ich aus dem Fenster blickte, konnte ich den verregneten Lincoln Square ausmachen.

Genau genommen war ich nicht nur *hier*.

Ich war genau dort, wo ich immer hatte sein wollen.

Ganz egal, wie sehr ich kotzen und verschwinden und mich auflösen wollte. Ganz egal, wie sehr ich es vorhin vergeigt hatte.

Tief durchatmend strich ich mir eine Strähne hinter das Ohr. Wie *Parker, Levis* Blick dabei an meinem Tattoo hängen blieb, bemerkte ich ganz genau.

»Was sind deine Grenzen?«, fragte ich, so wie ich es vor jeder Impro fragte. Ich rechnete mit einem »Hä, was?«, doch er zuckte nur mit den Mundwinkeln. Na ja, zumindest tat er es *beinahe*. Kurz glaubte ich, er hätte Grübchen, aber sicher war ich mir nicht.

»Lass mich raten«, sagte er mit *fast* tanzenden Brauen, und das war jetzt definitiv ein Problem. Denn er deutete seine Mimik nur an, das musste sich in den nächsten Minuten definitiv ändern. »Du hast dir die Masterclass von Natalie Portman reingezogen?«

Ich trat einen Schritt zurück. »Du etwa auch?«

»Klar, ich liebe diese Frau. Sie ist so eine krasse Künstlerin.«

Parker, Levi musste diesmal doch grinsen. Er hatte tatsächlich ein Grübchen statt zwei, was seltsamerweise schön aussah, auf diese verletzliche Weise. Draußen donnerten die Regentropfen gegen die Fensterscheiben, während wir unsere Grenzen beredeten, ob Berührungen und Körperkontakt okay waren. Überraschenderweise sagten wir beide, wir hätten keine, was wohl so viel bedeutete wie *Go hard or go home*. Außerdem bemerkte ich, dass nicht nur sein Mund, sondern auch seine Nase einen Hauch zu groß war. Welche Farbe seine Augen hatten, war jedoch schwieriger zu bestimmen. Vielleicht waren sie blau, vielleicht aber auch grau. Doch gerade, als ich mich dazu zwang, mich nicht *so* stark auf sein Gesicht zu konzentrieren, klopfte Baker an.

»Ihre Zeit ist vorbei«, sagte er, wobei wir unübertrieben nichts vorbereitet hatten.

Und während wir also Kursräume passierten, in denen sonst Seminare zu Maskenspiel, Stanislav und Rollenarbeit gegeben wurden, realisierte ich: Wenn ich das heute tatsächlich schaffen sollte, hatte ich das dem Toilettenzusammenbruch einer Fremden zu verdanken.

Mit wackeligen Beinen blieben wir schließlich vor der Bühne stehen. Panisch linste ich in den ersten Rang, wo Feldman ihre Brille zurechtrückte. Ich suchte alles in ihrer Miene ab, doch nichts ließ darauf schließen, dass sie meine Retterin sein könnte. Genau dann sprach sie.

»Beginnen Sie«, kommandierte sie.

Parker, Levi nickte zur Bühne, machte einen Schritt nach vorn, doch hielt inne, um mich anzusehen.

Dezemberabendgrau, dachte ich unvermittelt. Grau. Seine Augen waren definitiv grau.

»Gehen wir«, flüsterte er rau.

3

#Bennett29

505

Ihre Augen waren riesig.

So Komet-der-die-Erde-in-einer-Millisekunde-zerbombt-riesig. Oder auch wie Ich-glaube-ich-kotze-gleich-und-versaue-uns-beiden-das-wichtigste-Vorsprechen-unseres-Lebens-riesig. Wie man es halt nehmen wollte. *Geil.* Richtig, richtig geil, wenn man sich daran erinnerte, dass wir rein gar nichts besprochen hatten.

»Bereit?«, flüsterte ich trotzdem, weil es kein Zurück gab.

Doch Audrey ballte bloß ihre Hände zu Fäusten. Sie wirkte angespannt und bleich, und ich wusste, dass das so garantiert nichts werden würde.

»Hey.« Ich umfasste ihre Schulter, weil sie gemeint hatte, sie hätte keine Grenzen. Trotzdem wich sie so erschrocken zurück, als hätte ich sie angreifen wollen. »Wir bekommen das hin. Ich weiß das.« War natürlich gelogen. Alles, was ich wusste, war, dass wir es schaffen mussten.

Schweigen ihrerseits.

Ich blies die Wangen auf, die Härchen an meinen Armen stellten sich auf. Alles in mir stand unter Strom, weil alles außerhalb von mir den Bach runterging. In meinem Kopf tickte ein imaginärer Countdown, und ich hasste jede Sekunde.

»Wir kriegen das hin«, wiederholte ich, aber sie schüttelte roboterartig den Kopf, ganz mechanisch und gefühllos. Na, *das* waren natürlich mit Abstand die besten Voraussetzungen für Impro. Kurz schloss ich die Augen und stellte mir meinen Safe Place vor. Ein leerer Raum mit weißen Wänden. Ich sah mich darin sitzen, ein- und ausatmen. Drei tiefe Male. Doktor Ruiz wäre stolz auf mich gewesen. Dann rappelte ich mich auf.

»Audrey.« Ihr Name schmeckte dunkel auf meiner Zunge. »Sieh mich an.«

Keine Reaktion.

Ich wollte schreien: »EY, AUDREY, ICH BIN AUCH SCHEIßNERVÖS, ABER WIR MÜSSEN DA JETZT WIRKLICH RAUF, ALSO GUCK MICH AN, DAMIT WIR AN UNSERER VERBINDUNG ARBEITEN KÖNNEN!«

»Ich schaffe das nicht allein«, sagte ich stattdessen. »*Bitte*, schau mich an.«

Vielleicht war *Bitte* echt das Zauberwort, weil sie mich daraufhin tatsächlich anblickte. Ihre Pupillen waren immer noch riesig, ihre Hände weiterhin Fäuste.

Verquirlte Scheiße.

Das. Lief. Alles. Nicht. Nach. Plan! Ich fuhr mir übers Gesicht, was meine Monsterpanik nur unterstrich und Audrey wiederum dazu brachte, die Augen weiter aufzureißen.

»Ich will das hier verdammt noch mal, okay?«, sagte ich. »Ich kann mir das nicht wegen fünf Minuten versemmelter Impro kaputtmachen.«

Sie presste die Lippen aufeinander. »Und ich will das etwa nicht, oder was?«

»No offense, aber ich bin hier nicht derjenige, der gerade wegen Lampenfieber abkratzt.«

»Du kannst mich mal.«

»Perhaps fuck off might be too kind, hm?«

Sie blinzelte. »Hast du gerade ernsthaft Arctic Monkeys zitiert?«

»Boah, keine Ahnung.« Ich warf den Kopf in den Nacken. »Ich greife hier nach Strohhalmen für unsere Verbindung. Die, die wir brauchen, schon vergessen?«

Audrey fasste sich zögerlich an die Schläfen, dann … »Was ist dein Lieblingslied?«

»Von den Arctic Monkeys?«, fragte ich verwirrt.

Sie nickte, doch ich wollte den Kopf schütteln. Was sollte das? Wir hatten keine Zeit für eine Musiktippstunde! Aber sie starrte mich so dermaßen ernst an, dass mir nichts anderes übrig blieb, als ihr zu antworten.

»Keine Ahnung«, murmelte ich. »*Do I Wanna Know*?«

»Der Klassiker also.«

»*Der Klassiker?*«, wiederholte ich. »Verrätst du mir, wieso wir über Arctic Monkeys diskutieren, obwohl wir gleich rausgeworfen werden, ohne überhaupt gespielt zu haben? Oder eher nicht so?«

»Wir brauchen eine Verbindung, *schon vergessen*?« Sie unterdrückte ein Schnauben. »Ich glaube daran, dass ein Musikgeschmack ziemlich viel über eine Person aussagt, und daran, dass wir unsere Energien wirklich auf ein Level bekommen müssen.«

Es war immer noch lächerlich, doch ich hätte in diesem Moment wortwörtlich alles für eine gute Performance getan. Denn klar, es gab andere Schauspielprogramme, Yale, NYU, London. Aber ich wollte das Beste, und Juilliard war halt die Juilliard.

»Und was ist deins?«, fragte ich, weil ich derart verzweifelt war.

»*Five-O-Five.*«

»Singt Alex Turner darin nicht über seine Freundin, die ihn anlächelt, während sie es sich selbst macht?«

»Goldrichtig. Ich höre den Song immer, wenn ich Tinder-Dates sage, dass sie die Klappe halten sollen, damit ich mir vorstellen kann, ich würde Alex Turner vögeln.«

Mein Mund öffnete sich, doch ich brachte kein Wort hervor.

»War ein Witz, Mann.« Sie rollte mit den Augen. »Das würde ich Alex Turner niemals antun. Er wird schon mit genug creepy Kommentaren im Internet zugespammt. Ich will ihn nicht auch noch sexualisieren und so tun, als wäre es okay, bloß weil er ein Typ ist.«

Ich blinzelte ihr erneut sprachlos entgegen, während sie mich eindringlich ansah. Sie … Fuck, sie versuchte das wirklich mit der Verbindung.

»Du musst dich auch auf mich konzentrieren.« Schlagartig wurde ihre Stimme leiser. »Mach schon.«

Ja, Alter. Mach schon, mach schon, mach schon.

Schluckend betrachtete ich ihr Gesicht im Detail. Ich hatte das vermeiden wollen, aber sie hatte recht, ich musste mich verdammt noch mal auf sie konzentrieren. Doch je länger ich sie ansah, desto stärker veränderte sich etwas? Denn plötzlich durchfuhr mich ein Kribbeln, mir wurde warm, wärmer, heiß, ich bekam eine Gänsehaut, weil da plötzlich etwas war. Keine Ahnung, was genau passierte. Aber mein Bauch zog sich zusammen, während ihr Blick auf meinen traf. Das Seltsamste? Er traf mich überall, obwohl sie mir bloß in die Augen sah. Ich glaubte, sie spürte die Veränderung auch, denn die Angstfältchen auf ihrer Stirn entspannten sich.

»*Arabella* mag ich auch«, flüsterte ich.

»Sagst du das nur wegen meinem Shirt?«

»Nein, mein Ernst.«

Ihre Brauen hoben sich, weil sie mir nicht glaubte. Aber das spielte keine Rolle, denn genau da passierte es. Ich … Scheiße, ich hatte das Gefühl, ich würde Audrey zum ersten Mal sehen, obwohl ich wusste, dass es Bullshit war. Trotzdem. Unsere erste Begegnung, das Gespräch gerade, alles vergessen. Dabei sah ich nicht mal ihre Locken, ihr Gesicht oder ihr Bandshirt. Nein, ich sah sie so *richtig*. In sie hinein und ihre künstlerische Energie, wie das halt so war, wenn ich als Schauspieler kurz Glück hatte. Mir wurde noch mal heiß und dann kalt und dann wieder heiß. Ich wollte »Alter« flüstern, fragen, wie sie das machte, doch verkniff es mir.

»Wieso tust du es?« Heiser räusperte sie sich. »Das Schauspielern?«

»Die Frage ist ein bisschen zu persönlich, findest du nicht?«

»Verbindungen sind persönlich.«

Touché.

Ich unterdrückte ein Stöhnen, weil ich diese Frage hasste. *Wieso machst du es?* Das war ein einziges Klischee. Kitschig. Und wirklich persönlich. Aber Letzteres hatten wir ja dringend nötig.

»Ich mag Anfänge. Ich meine, es ist egal, wie gut und eindringlich ich meinen vorherigen Charakter gespielt habe, wenn die Produktion vorbei ist, fange ich mit einem neuen immer von vorn an. Das ist mein Ding.«

Audrey legte den Kopf schief, wobei eine Locke sich in ihre Stirn verirrte. Sie kniff die Lider zusammen, nicht aggressiv, sondern interessiert. An mir. Als wollte auch sie in mich hineinschauen. Und ich schätzte, das gab uns den letzten Kick. Schließlich stockte mein Atem, was eine ziemlich pathetische Reaktion war, doch es war mir egal. Ich *musste* übertreiben. Ich *musste* das wollen und schaffen. Für mich, aber auch für Dad, damit ich ihm die Zusage in unseren Chat schicken konnte und er es nicht fassen würde, dass ich es tatsächlich geschafft hatte. Damit er sich schlecht fühlte und ich mich hoffentlich besser. Und wenn ich dafür Gänsehaut, Herzpochen und eine trockene Kehle in Kauf nehmen musste, um die Spannung mit meiner Spielpartnerin bis in die Zehenspitzen zu spüren, war das eben der beste Deal meines Lebens.

»Audrey?«, flüsterte ich rau. »Glaubst du, du schaffst das?«

Ihre Nasenflügel blähten sich auf, so konzentriert war sie auf mich. Dann nickte sie – und ich spürte sie immer noch. Ihre Energie, ihre Aura, wie die ganzen Kunstmenschen backstage betrunken immer philosophierten. Das war gut. Nein, stopp, das war *sehr* gut, denn während sie diesen tiefen Atemzug nahm, tat ich es ihr synchron gleich.

Als würde ich unsere Verbindung damit besiegeln.

»Aber das bedeutet nicht, dass ich nicht immer noch kotzen will«, flüsterte sie mit verzogenem Gesicht.

»Kein Thema, ich halte dir die Haare und lasse *Five-O-Five* sogar über mein Datenvolumen für dich laufen, sobald wir durch sind.«

Meine Stimme klang so fest, dass sie nickte. Ich hörte, wie sie dabei die stickige Luft einsaugte. Sie hingegen sah auf meine Brust, die sich deutlich hob. Da waren nur sie, ich, die Atemzüge und unsere Energien, die sich, ja, auf eine verflucht verdrehte Weise wirklich verbanden.

»Gehen wir«, sagte sie dann.

Dabei gingen wir gar nicht. Wir blieben in unserer Energieblase, selbst als wir uns auf der Bühne positionierten. Ich spürte die Blicke des Prüfungsausschusses, brennend, verkohlend und vernichtend. Meine Haut juckte überall, während wir uns unter den Scheinwerfern ansahen. Und dann? Tja, dann wurde meine Spielpartnerin zu einer anderen Person. *Wirklich.* Innerhalb einer Sekunde war sie ein anderer Mensch. Ich konnte nicht mal beschreiben, wie sie das machte. Sie musste für ihre Verwandlung nicht mal die Augen schließen, sie holte einfach tief Luft – und war in ihrer Rolle.

Ich wusste sofort, dass ich sie für immer darum beneiden würde.

»Na los, Smiley-Miles.« Sie breitete die Arme aus. »Komm in die Berghaltung.«

Berghaltung? Initiierte sie da gerade Yoga? Erst diese Musiksache und jetzt Yoga? Ich meine, fucking *Yoga* während unserer Vorstellung? Als sie den linken Fuß an ihr rechtes Schienbein legte, hatte ich meine Antwort. Aber das hier war ja Impro. Hier sagten wir nur »Ja und …«. Nie »Nein«. Nie »Stopp«.

Na dann.

Audrey und ich spielten. Wir machten irgendwelche Posen, deren Namen ich nicht kannte. Bestimmt hießen sie Hund, Katze oder Kuh. Wie vorgegeben waren wir ein Geschwisterpaar, doch unser Spiel erinnerte mehr an die klassische Spiegelbildübung. Schließlich bewegten wir uns die gesamte Zeit über synchron zueinander, selbst wenn wir miteinander sprachen. Wir waren ein Bruder, der sich mit seiner Schwester über ein Problem unterhalten wollte, und eine Schwester, die ihrem Bruder eine Yogastunde aufdrückte. Audrey machte die Übungen vor, ich übernahm die meisten Sprechanteile. Dabei lappten unsere Energien weiterhin übereinander. Ich *spürte* sie. Ihre Atmung, meine Atmung, dieses Band, das dadurch zwischen uns entstand. Es fühlte sich so an, als hätten wir sechs Wochen geprobt. Als hätten wir bis zum Gehtnichtmehr an unseren Rollen gefeilt, jedes Luftholen einstudiert und jede emotionale Ebene unserer Zeilen seziert. Wir waren nicht bloß ein *Spiel.* Wir waren eine atmende Choreografie, elegant und kontrolliert, wie auf ein Metronom getaktet. Ich meine, selbst als sie die Arme ineinander verrenkte, ich es ihr nachtat und alles in mir knackte, sie »Adler« sagte und ich dachte, mein fucking Bizeps zerreißt, war es die natürlichste Bewegung überhaupt.

Wir waren natürlich.

Es war eine der krassesten Erfahrungen in meinem Leben. Und das musste stimmen, weil wir uns vor nicht mal zwölf Stunden über den Weg gelaufen waren und wir uns gerade gemeinsam ins Kunstdelirium spielten. Der sogenannte Flow, auf den wir alle so geierten. Dort, wo die Zeit stillstand und jedes Einatmen ein Meisterwerk war, wo die schlaflosen Nächte, das Lampenfieber und die vierundsiebzig Absagen sich lohnten. Dort, wo alles endlich Sinn ergab.

Als Audrey sich reckte, *wusste* ich einfach, was danach kommen würde. Ich wusste, dass wir uns rücklings auf den Boden legen würden, die Arme parallel zu unseren Seiten.

»Shavasana.«

Obwohl ich diesen Begriff noch nie gehört hatte, kam er mir aus ihrem Mund vertraut vor. Und ich meine, wie wahnsinnig war denn das bitte? Aber dann drehte sie mir das Gesicht zu, und es wurde noch unglaublicher. Ihre Brauen waren dunkel, ihre Wimpern lächerlich lang, ihre Augen golden, ihr Make-up verschmiert, ihre Ohrstecker glänzten silbern. Sie sah so leuchtend aus. Und schön. Sehr, sehr schön. Als sie jetzt lächelte, lächelte ich auch. Als sie leicht nach links rückte, rückte ich leicht nach rechts. Als sie sich über die Lippen leckte, stellten die Härchen an meinen Armen sich auf.

»Also?«, fragte sie.

»Also *was*?«

Wir waren uns so nah, mein Mund wurde trocken, weil ich sie roch, Lavendel und Adrenalin. Wir sollten uns berühren, dachte ich. Vielleicht nur kleiner Finger an kleinem Finger.

Vielleicht passierten dann magische Dinge.

Magische Dinge? Ich war definitiv high, auf einem anderen Planeten und der krasseste Übertreiber. Aber ich war auch so was von in meiner Rolle.

»Also *wieso kannst du so schlecht schlafen*, Smiley-Miles?«

Das Lächeln auf ihren Lippen war so anziehend, dass ihr gesamtes Gesicht noch hübscher dadurch wurde. Doch ich blinzelte nur. Krampfhaft, immer wieder, Blinzeln um Blinzeln um Blinzeln.

Ja, Smiley-Miles, wieso kannst du so schlecht schlafen?

Ich versuchte, mich zu konzentrieren, doch spürte die Magensäure bis in meinen Hals und hielt die Luft zu lange an. Mein Körper brauste voller Angst und Versagen. Ich erkannte meine eigene Panik in Audreys Augen, weil sie sich riesig darin ausbreitete.

Weil unsere Synchronität verpuffte.

Das Band zwischen uns löste sich auf, als wäre es nie da gewesen. Ein falsches Luftholen. Es war nur wegen meinem einzigen jämmerlichen Luftholen. Ich wollte gerade etwas sagen, keine Ahnung, was genau, denn was konnte ich noch retten? Da räusperte Feldman sich.

»Danke, das reicht.«

Wir erhoben uns, während die Profs uns mit ihren Pokerfaces entgegenstarrten. Hastig ging ich die letzten Minuten gedanklich durch. Die Szene mal objektiv betrachtet, war sie spontan, natürlich, kreativ und dynamisch gewesen. Check, check, check, check. Ganz so scheiße kann es nicht gewesen sein, oder? Doch die Mienen der Lehrenden gaben keinen Millimeter Platz für Interpretationen. Meine Hände begannen zu schwitzen, mein Herz raste, schnell und schmerzhaft unruhig.

»Es gibt noch eine weitere Runde, Ihre Uhrzeit entnehmen Sie bitte der Liste im Hauptsaal.«

*

Brummender Schädel, schlaffe Glieder. Es war neunzehn Uhr achtundfünfzig, als ich mich im Hauptsaal einfand, der auf mich grau wirkte. Stühle, Bühne, Gesichter. Alles grau, grau, grau. Aber so war das nun mal nach dem Rausch. Die Welt war blasser, nichts schien interessant oder bedeutungsvoll, wenn man sich gerade spielend unbesiegbar gemacht hatte.

Mein Blick fiel auf Audrey, die wie besessen die Tür anstarrte. Ihr Beine bebten, das versuchte sie nicht mal zu verbergen. Vielleicht war die Erfahrung mit ihr gar nicht so krass gewesen, dachte ich. Sicherlich hatte ich einfach übertrieben. Dass wir den Flowstate erreicht hatten, war unbestreitbar. Aber es war doch garantiert nicht meine beste Vorstellung gewesen? Es war super, dass Feldman noch im selben Moment den Raum betrat. Absolut super, weil ich mich somit auf sie und nicht auf die letzte halbe Stunde fokussieren konnte. Die Professorin redete zwei Minuten lang um den Brei herum, bis sie schließlich die Namen einzelner Personen nannte. Ein Mädchen und ein Typ erhoben sich mit hängenden Köpfen, der Rest durfte bleiben.

Drei Tonnen Erleichterung fielen von mir ab.

Während Feldman sich draußen von den Ausgeschiedenen verabschiedete, trafen Audreys und mein Blick sich im Raum.

Sie nickte, ich nickte. Das Ende unseres Pakts.

Im Raum herrschte währenddessen Totenstille. Niemand sagte etwas, keiner wollte sich bewegen, jeder hatte Angst. Denn ein einziger Fehler in diesem Stadium wäre fatal.

Schauspiel ist das härteste Business. Die Darstellenden werden jede Minute ihrer Karriere miteinander verglichen. Es gibt keine Ausnahme.

War da natürlich großartig, dass wir alle höchst zerbrechliche Egos hinter unseren übertrieben artikulierten Konsonanten versteckten.

Keine drei Minuten später nahm das Eignungsverfahren seinen weiteren Lauf. Der gesamte Dozentenstamm gesellte sich in den Raum, ehe wir Miniseminare absolvierten. Wir wichen imaginären Schlammpfützen aus, wählten Bilder von einem Stapel aus und entwickelten auf Grundlagen Letzterer Szenen. Wir bildeten neue Paarungen und improvisierten zum zigsten Mal Fantasieszenarien. Das alles unter ständigen Anweisungen der Lehrenden, die unaufhaltsam in ihre Notizbücher kritzelten. Nach dieser Runde waren wir nur noch sieben; der Typ, der rausgehen musste, weinte.

Als wir unsere Monologe zum dritten Mal aufführten, war es vor den Fenstern schon lange stockfinster. Am Ende sang ich wieder *Happy Birthday*. Kugelschreiber kratzten erneut, Baker unterdrückte ein Niesen. Meine Stimme war nicht der Oberhammer, aber darum ging es den Profs nicht. Sie wollten nur abchecken, wie ich Geschichten auf musikalische Weise interpretierte. Um kurz vor zehn hockte ich vor dem Hauptsaal, weil die Liste für die Einzelgespräche jeden Moment aufgehängt werden würde. Wie viele eine Unterhaltung überhaupt bekamen? Tja, das wusste niemand. Es war immer individuell und unberechenbar, die Impro-Aufgaben, die Einzelgespräche. Jeder Auswahltermin war anders. Bei einer Audition in San Francisco wurde mal keine einzige Person zum Recall eingeladen, das hatte ich bei meiner Recherche herausgefunden. Und selbst wenn ich ein Gespräch bekommen würde und es gut lief, bedeutete das noch nichts. Erst Ende Februar wüsste ich Bescheid. Bei einer Zusage erhielt ich einen Anruf, bei einer Absage eine Mail.

Allein bei dem Gedanken an die nächsten Monate ging mein Puls übertrieben heftig. Instinktiv bohrte ich meine Nägel in die Jeans. Es schmerzte, aber ich mochte es, so krank war ich. Als sie sich dann neben mich setzte, hörte ich sie, bevor ich sie sah. Die Gummisohlen, das Rascheln ihrer Kleidung.

»Du siehst ultranervös aus«, flüsterte sie.

»Ich brauche dich nicht mal anzuschauen, um zu wissen, dass dein Gesicht grün ist. Ich wäre an deiner Stelle echt leise, Summers.«

Sie schwieg, eins, zwei, zu viele Sekunden. Blinzelnd starrte sie der Decke entgegen, die Beine an den Oberkörper gezogen. Ihr Knie berührte das A von *Arabella*.

»Was ist eigentlich passiert?«, fragte sie. »Vorhin bei unserer ersten Impro?«

»Wird das eine Nachbesprechung?«

Sie verdrehte die Augen. »Ich werde deine Angepisstheit auf deine Nervosität zurückführen und dir deshalb nicht sagen, dass die Bitte-stell-mir-keine-Fragen-obwohl-ich-doch-mit-dir-reden-will-Masche nicht so gut zieht, wie du denkst.«

»Wer sagt, dass ich mit dir reden will? Du hast mich schließlich angesprochen. Vielleicht hast du mich ja gerade bei meiner Atemübung unterbrochen.«

»Hab ich nicht. Außerdem sitzen wir im selben Boot. Menschen sind soziale Wesen. Du kannst deine Panik gerade nur überwinden, indem du dich ablenkst. Anthony von *How To Get Into Drama School* sagt in seinem Podcast ständig, dass man sich mit den anderen an seinem Bewerbungstag verbünden soll.«

»Wir sind keine Verbündeten.«

»Du bist echt angepisst, oder?« Sie rümpfte die Nase. »Also, so ganz allgemein?«

Ich wollte die Frage abschmettern, doch auch Audrey sah unendlich erschöpft aus. Und ich kapitulierte. So leicht war ich also zu brechen.

»Manchmal kann ich mich nicht mehr konzentrieren.« Ich seufzte. »Ich weiß nicht mal, was diesen Abbruch triggert. *Das* ist vorhin bei unserer Impro passiert. Es läuft leider öfter so, deshalb bin ich eher semi-teamkompatibel.«

»Puh, gut. Ich dachte schon, ich hätte irgendetwas falsch gemacht.«

Ich runzelte die Stirn. »Dir ist bewusst, dass du uns mit deiner Yoga-Spiegelübung-Version gerettet hast?«

Sie hob bloß die Schultern, wobei unsere Wangen gegen die raue Wand gepresst waren. Es war so ein absurdes Gespräch. Und es war so ein absurder Moment, als unsere Blicke sich ineinander verhakten. Als könnten Blicke das. Sie hätte mich niemals in diesem Licht aus dieser Nähe ansehen sollen. *Niemals.* Denn mein Herz machte komische Sachen, und ich verstand nicht, wieso.

»Ich kann nicht mehr warten«, murmelte sie.

»Same. Ich will endlich, dass diese beschissene Liste ausgehängt wird, damit ich den Profs bei diesem Einzelgespräch einflößen kann, dass ich mich mein ganzes Leben lang hierfür totgearbeitet habe. Die können sich nämlich schön schuldig fühlen, wenn sie mich nicht annehmen. Nebenbei muss ich noch irgendwie sneaky einflechten, dass ich ihr nächster Adam Driver sein könnte.«

Sie neigte den Kopf, ehe sie mich so musterte, als hätte ich ihr die interessantesten News der Welt erzählt. »Bist du Skorpion mit Sternzeichen?«

»Äh, nein, wieso?«

»Dein Monologentwurf hatte die perfekte Mischung aus absichtlicher Manipulation und gerissenen Rachewünschen.«

Sie sagte es so trocken, dass meine Mundwinkel zuckten, doch ihre taten es nicht mal die Spur.

»Wenn du mich gerade auf die TikToks verweisen willst, in denen Machotypen sich über Astro-Girls lustig machen, werde ich dich leider aus deiner Illusion holen und dir sagen, dass nur Adam Driver Adam Driver sein kann.«

»Nah, keine Sorge. Meine Schwester steht auch auf Astrologie. Außerdem hast du eh recht. Nur Adam Driver ist Adam Driver. Und meinen Monolog kann ich sowieso vergessen, weil … als ob ich ein Einzelgespräch bekomme.«

»Bitte?« Ruckartig richtete sie sich auf. »Als ob du in irgendeinem Universum nicht genommen wirst. Keine Ahnung, ob du dich selbst schon mal beim Spielen aufgenommen hast, aber du bist maximal intensiv.«

Sie klang definitiv wütend, das hätte ich auch ohne ihr perfektioniertes Lippenzusammenpressen gewusst. Doch ich konnte nichts antworten, denn der Moment, in dem sie verstummte, war gleichzeitig der, in dem Baker endlich mit der Liste aufkreuzte. Er trat schlurfend in unsere Richtung, unbekümmert wie jemand, der so viel Erfahrung darin besaß, Lebensträume zu zerbomben, dass ihn nichts mehr juckte.

Wir erhoben uns, während die anderen sich schon vor dem Brett aufstellten. Kurz bevor wir ebenfalls auf die Liste zustürmten, zögerten wir einen Augenblick lang. Dabei schwiegen wir, obwohl ich das Bedürfnis hatte, etwas zu sagen. Doch *Mein Angebot mit dem Haarehalten steht noch* klang nicht besonders gut, also sagte ich nichts. Und Audrey sagte nichts. Ihr Blick war bloß verwirrend und markerschütternd zugleich, hatte definitiv etwas von einem Filmplakat für einen Indie-Streifen. Mitreißend, anziehend, unvergesslich auf diese düstere Weise, die Lai*innen als plotlos und nichtssagend deklarierten. So ein Film, der dir das Herz aus der Brust reißt und sich am Ende über dich lustig macht, weil du annimmst, er würde es dir wieder geordnet einsetzen.

Ich hatte noch nie gedacht, dass eine Person wie ein fucking Filmplakat aussah. Es war mein letzter Gedanke.

Dann drehte sie sich von mir weg.

4

#Eternalsummer

I'll find a new place to be from

Zehn Wochen später

»Heute ist es offiziell, oder?«

Es war das Erste, was Ruby sagte, nachdem ich den grünen Hörer zur Seite geschoben hatte. Kein »Hallo?«, kein »Wie geht's?«. Ich konnte nichts erwidern, nicht mal Luft holen, nur blinzeln und sie mit einem Kloß im Hals anstarren.

Mir war so schlecht.

Meine Schwester hockte wippend auf ihrem Hängesessel, so wie immer, weshalb ihr Bild auch ständig verwackelt war. Hinter ihr prangte das Leiterregal mit den Pflanzen und den Tonfiguren, die sie anfertigte. Rubys Raum war wie sie, viel Boho und Rattan, Unmengen an Grün und Beige, alles vermischt mit einer Monsterprise Chaos in Form von überquellenden Schubladen und vollgestellten Schwebebrettern. Gerade trug sie die dunklen Locken in einem unordentlichen Knoten und große Ohrringe, ihre liebsten Creolen von Urban Outfitters. Ihre Finger waren mit Farbe beschmiert, während das Licht ihr Gesicht perfekt wie ein Filter weichzeichnete. So war das in unserem Glaszuhause mit den tausend Fenstern, alles lichtdurchflutet und hell.

Instinktiv blinzelte ich dem Rechteck mit meinem eigenen Bild entgegen. Es war körnig und dunkel, ich erkannte meinen verschmierten Eyeliner und die zehntausend Fussel am Pulloverkragen. Meine Augen wirkten klein und müde, Rubys riesig und strahlend. In ihrem Zimmer warfen die Sonnenstrahlen Lichtreflexe an die Wände, vor meinem ging sie längst unter. Schließlich war es nach vier an einem Februardonnerstag.

Februar, der sechsundzwanzigste.

»Ja«, flüsterte ich. »Heute ist es offiziell.«

»Ich war im Buchladen, aber sie hatten schon keine Exemplare mehr. Ich kann es erst morgen abholen. Ich …« Ruby zögerte. Ruby, meine jüngere und so draufgängerische Schwester, die nur mit groben Pinselstrichen malte. »Hast du es schon?«

»Ich wollte gerade losgehen.« Es war nicht mal eine Lüge, auf meinem Schoß lag bereits die Beanie.

»Oh, ach so.« Sie blinzelte überrascht. »Sorry, ich wollte dich nicht aufhalten. Ich rufe dich später noch mal an. Wahrscheinlich mit Dad zusammen. Er wollte sich sowieso bei dir melden, um –«

»Um sich mit eigenen Augen zu versichern, dass ich noch lebe und in keine New Yorker Horrorstory verwickelt bin, die er vorm Schlafengehen immer googelt?«

»Exakt.«

Ruby lächelte, bevor alles in ihrem Gesicht noch weicher wurde, selbst ihr Blick. Das war wohl der größte Unterschied zwischen uns. Sie konnte das. Freundlich wirken, sympathisch sein, so lächeln, dass man es ihr abkaufte, weil sie es wirklich meinte und zu allem stand, was sie tat, selbst zu den Makeln in ihren Tonfiguren. Ich konnte das nicht. Ich musste mir dafür einen neuen Namen aneignen und mich mit bebenden Knien auf eine Bühne schleppen.

»Ah, warte, bevor wir auflegen.« Sie rückte dichter an den Bildschirm. »Hat sich die Juilliard schon gemeldet?«

»Nope, aber ich müsste eigentlich jeden Tag Bescheid bekommen«, flüsterte ich, mehr brachte ich in meinem bedenklichen Zustand nicht hervor.

Ruby ahnte das, also ließ sie mich auflegen. Doch als ich fünf Minuten später die Tür hinter mir zuzog, vibrierte mein Handy trotzdem.

Ruby ♡: Wenn irgendetwas ist, schreib mir!!

Wenn man es genau nahm, war alles, aber ich schrieb nichts. Ich schickte ihr bloß ein Herz, bevor ich das Handy tief in meiner Jackentasche verstaute und loslief. Eiskalter Wind peitschte mir Schneeflocken ins Gesicht, doch es machte nichts, ich mochte das. Ich steuerte auf das Barnes & Nobles am Times Square zu. Mit der Subway hätte ich zwanzig Minuten gebraucht, doch ich ging zu Fuß, denn das war seit Monaten mein Ding. Laufen und laufen und laufen und laufen, ziellos, und doch mit einem Ziel: nicht stehen bleiben.

Als ich den Buchladen erreichte, war es schon stockdunkel. Ich zog die Tür auf, wobei meine Finger sich taub anfühlten. Im Innern brannten sie dann wegen der Wärme, weil ich es sofort dort sah.

Ihr Buch.

Ringsum war es voll, stickig und parfümiert wegen all der Tourist*innen mit ihrem Vierundzwanzig-Stunden-Deoschutz. Die Mütze saß mir tief im Gesicht, während ich nach dem Hardcover griff. In meiner Hand fühlte es sich schwer an, schwer, wertig und wichtig. Zögerlich fuhr ich den edel eingeprägten Titel nach, Buchstabe für Buchstabe.

The Emptiness Between Us.

Tief durchatmend griff ich mir alle vier Exemplare des Stapels und marschierte in Richtung Kassen. Ich bezahlte hundertdrei Dollar und sechsundneunzig Cent, die gelangweilte Kassiererin stellte keine Fragen. Zurück an der frischen Luft rauschten Passant*innen mit vollen Einkaufstüten an mir vorbei. Ich wollte gerade die Straße überqueren, als mein Handy vibrierte. Eigentlich wollte ich es klingeln lassen, weil es garantiert Dad war, doch auf dem Display entzifferte ich eine New Yorker Nummer und nahm ab.

»H-hallo?«

»Guten Tag, ich bin Cassandra Hood vom Juilliard-Sekretariat, Drama-Abteilung, spreche ich gerade mit Audrey Summers?«

Cassandra Hood. Juilliard-Sekretariat. Drama-Abteilung.

Taxis hupten, aber in meinen Ohren begann es zu piepen.

»J-ja?«

»Sehr gut, Miss Summers, ich rufe Sie an, um Sie darüber zu informieren, dass wir uns darüber freuen würden, wenn wir Sie als Teil der Dramaklasse fünfundfünfzig im Wintersemester willkommen heißen dürften. Sie …«

Ich hörte nicht mehr zu. Ich meine, ich hörte zu, weil ich später sehr wohl wusste, dass der Bestätigungsbrief mich bald erreichen würde. Dass ich knapp einen Monat Zeit hatte, um ihnen meine Entscheidung mitzuteilen. Dass ich nicht erwiderte, wer zum Teufel der Juilliard schon absagte. Aber in diesem einen Moment atmete ich nur und hörte die Welt ringsum rauschen, während New York New York war. Gleich würde ich in die Metro Richtung Brooklyn ein- und an der Clark Street aussteigen, scheinbar normaler Alltag. Aber dann sagte Cassandra Hood, ich meine, *Cassandra Hood, Juilliard-Sekretariat, Drama-Abteilung*: »Ich wünsche Ihnen noch einen schönen Tag.«

Und ich blieb stehen, völlig erstarrt und wie paralysiert.

Zum ersten Mal seit September.

Ich gehe auf die Juilliard, dachte ich. *Ich.*

Ich, ich, ich, ich, ich, ich.

Doch ich konnte keine Pause einlegen, um es zu realisieren. Denn das wäre die Wiederholung eines Fehlers gewesen, und das konnte ich nicht riskieren. In Rekordgeschwindigkeit ordnete ich meine Gedanken und lief weiter, laufen und verdrängen und laufen, die zwei Dinge, die ich am allerbesten beherrschte. Ich lief, bis die Blasen an meinen Füßen brannten, bis meine Haut keine Kälte mehr fühlte, bis ich mich selbst nicht mehr spürte, den Jutebeutel mit Elles Büchern fest umklammert. Die verräterische Träne, die mir die Wange hinabsegelte, spürte ich erst, als ich die Health-App vor der Grand Central Station kontrollierte. 12 548 Schritte. Instinktiv beschleunigte ich, sogar die Musik in meinen Airpods drehte ich auf, doch es nützte nichts. Ich sah sie trotzdem, Elle, mit dem Rücken zu mir, wie sie barfuß dem Horizont entgegenrannte und schrie: »IHR KÖNNT MICH ALLE MAL, IHR WICHSER!« Als sie dann ins Meer abgetaucht war, kopfüber und furchtlos, hatten die Wellen sich nicht mal um ihren Körper gebrochen.

*

Ich taufte sie auf Salzwassermonate.

Die Wochen zwischen Februar und August, in denen ich nicht lebte, sondern überlebte. Für den Namen gab es zwei Gründe: Ich weinte. Viel. Ziemlich, ziemlich viel. Meistens abends, meistens mit Elles Roman zwischen den Händen, den ich nicht lesen konnte – egal, wie sehr ich es wollte –, weil meine Hände wie versteinert schienen, wenn ich auch nur den Buchdeckel aufklappen wollte. Außerdem dachte ich immerzu an die Tage auf den Keys, an das Meer, an den Atlantik, an Heimat. Und Elle. Immer an Elle, ständig an Elle.

Wenn ich mir diese Wochen jetzt vorstelle, sind meine Erinnerungen verschwommen. Dabei war es lächerlich. Wäre ich nämlich Elle, hätte ich Tagebuch geschrieben und jeden Moment in meinen Salzwassermonaten nachverfolgen können. Ich hätte nachlesen können, dass Heather gähnte, während ich ihr von meinem Auszug erzählte. Dass sie bloß gleichgültig die Schultern hob, gar nicht wie eine Person, mit der ich mir monatelang ein Zuhause geteilt hatte. Aber ein Zuhause war das untergemietete Zimmer sowieso nie gewesen. Es war eher eine bewohnbare Notlösung in meinem Zwischenjahr gewesen. Schließlich hatte ich in New York Theatererfahrung sammeln wollen, damit ich bei meiner Juilliard-Bewerbung bessere Chancen hatte. Ich hatte als Barista in einem Kinocafé gearbeitet, mein Konto ständig überzogen und Moms Dauerbitte, doch bei ihr einzuziehen, ignoriert. Denn ich hatte mich abkapseln wollen, selbstständig, achtzehn und dann neunzehn und dabei immer erwachsen sein wollen. Keine Ahnung, ob es mir gelungen war. Ich wusste bloß, dass mein Plan tatsächlich aufgegangen war. Die Juilliard und ich, das würde Realität sein. Eigentlich alles gut, nicht wahr? Vielleicht hätte ich die Frage mit Ja beantworten können, wenn die Target-Kassiererin mich nicht immer auf gebrochenem Spanisch angesprochen hätte, weil sie annahm, ich würde kein Englisch beherrschen. Wäre ich Elle und hätte Tagebuch geschrieben, hätte ich ebenfalls nachlesen können, dass ich abends durch mein Viertel schlurfte und meinen Schrittzähler wie besessen kontrollierte. Dass meine Spaziergänge zu einem festen Bestandteil meines Alltags wurden. Ich hätte nachlesen können, dass ich an meiner letzten Laienproduktion teilnahm, *Romeo und Julia*. Dass ich an drei Donnerstagen im Mai die Amme spielte und Mercutio mir nach der Show als Nicht-Mercutio zuraunte, dass er die Julia mir statt Carly gegeben hätte. Nicht-Mercutio trug sein Haar in einem Man Bun, ein Septum in der Nase und hatte etwas von einem heißen Hauptdarsteller aus *Vikings*, der auf Sweater von Adidas stand.

»Du hättest unserem Spiel was total Edgyges gegeben, so etwas Trauriges und Aufregendes, weißt du?«

Ich hätte nachlesen können, dass ich dazu vehement den Kopf schüttelte und ihm sagte, es machte mich so gar nicht an, wenn man mir Komplimente gab, indem man andere Frauen indirekt runtermachte. Dass er sich sofort mit gehobenen Händen entschuldigte, lächelte und mich abcheckte. Dass ich wusste, er hatte das nur behauptet, um mich rumzubekommen, es aber trotzdem genau das war, was ich hatte hören wollen.

Er sagte: edgy, traurig, aufregend.

Ich hörte: interessant, interessant, interessant.

Dass er mit seinem Alkoholatem näher rückte und in meiner Alkoholnase unendlich gut roch. Dass er mich ansah und ich mir einbildete, dass er mich an diesem nebeligen Freitagmorgen an der 9th Avenue *wirklich* sah. Dass wir uns wild vor einem geschlossenen Dunkin' Donuts küssten, bis wir uns aneinander rieben, er meinen Hintern knetete und mir seine Erektion gegen den Reißverschluss drückte. Dass Nicht-Mercutio meinen Hals leckte und an meinem Ohr knabberte und ich es mochte. Dass er stöhnte: »Scheiße, wie kann man sich nur *so* gut anfühlen?«

Dass seine Worte berauschend waren.

Dass er mich fester gegen die Fassade drückte, bevor ich allein durch Jeansreiben kam und am nächsten Morgen verkatert *Gibt es evolutionsbedingte Gründe dafür, dass ich mich nach einer bedeutungslosen Rummach-Session schäbig fühle?* googelte.

Wäre ich Elle und hätte mein Leben lang Tagebuch geschrieben, hätte ich nachlesen können, dass es Sommer und ernst wurde. Ich kaufte einen riesigen Koffer auf Facebook-Marketplace und packte meine Sachen, während Heather mir wieder mal ihre Augencreme andrehte, die ich dankend ablehnte. Anschließend stopfte ich die Exemplare von *The Emptiness Between Us* in den Jutebeutel, band die Henkel zu einer Schleife und lauschte dabei Sodalite Blue. Bei *Well, Val, since when is deep to deep?* weinte ich dann in meinem Zimmer, das weiterhin perfekt bewohnt wirkte. Schließlich waren doch bloß die Schränke leer geräumt. Ich weinte, weil ich keine Spuren hinterließ, mir auch nicht die Rolle der Julia gegeben hätte und ich einfach nur sehr, sehr traurig war. Ich umarmte den Jutebeutel und erinnerte mich daran, dass Elles Hardcover sich in jedem Buchladen türmten und alles so nach ihr schrie, aber ihr Mund auf dem Autorinnenfoto zusammengepresst war. Dann hielt ich mir den Jutebeutel fester gegen die Brust und weinte, weil in Elles Biografie nur Präteritum stand.

War, lebte, schrieb, studierte.

Ich weinte, weil das Krokodil auf meinem Handgelenk sich unter meine Haut biss und meine beste Freundin tot war. Bis Adam anklopfte und »Gehen wir?« fragte, ehe er meinen Koffer in seinen SUV lud, den Schlüssel drehte und ich bebend die Augen auf dem Beifahrersitz schloss.

Wäre ich Elle, hätte ich nicht nur mein Leben lang in Tagebücher gekritzelt, sondern etliche Docs mit Romanfetzen entworfen. Ich hätte ebenfalls nur über die Leute geschrieben, die mich verletzt hatten, und es sie mit geheimen Botschaften darin wissen lassen. Und vielleicht hätte ich die Protagonistin in meinem Debütroman sogar auch Mónica Jiménez genannt.

*

»Amal«, sagte meine neue Mitbewohnerin.

Dabei packte sie neonfarbene Spitzenunterwäsche aus, ohne aufzusehen. *Amal*, das war also ihr Name und ihre angepisste Begrüßung zugleich. Ich umklammerte den Henkel meines Jutebeutels fester, während ich sie ein wenig irritiert beäugte. Sie war klein, kleiner und dünner als ich, obwohl ich diesen Fakt nicht immer automatisch feststellen wollte. Amal trug einen avocadogrünen Jogginghosenanzug, Hose und Reißverschlussjacke von derselben Kollektion. Ihr Haar war schwarz, ultralang und zu einem hohen Zopf gebunden. Sie hätte damit gesponserte Posts für Biotinkapseln hochladen können, und alle hätten ihren Rabattcode benutzt. Ich beobachtete, wie sie Schränke öffnete und schloss, Kaschmirpullover glatt strich und verstaute. Ihre Bewegungen hatten etwas Fließendes, das sanfte Gleiten einer Schublade dort, das leise Schließen einer Tür da. Akkurat und elegant türmte sie drei Bücher auf ihren Nachttisch. Was von Beethoven, Rupi Kaur, *The Silent Musician – The Art of Conducting*. Dass ich sie dabei intensiv anstarrte, störte sie anscheinend kein bisschen. Hinter mir wurde geschlurft, gequietscht und geweint. Es war Ende August und Move-In Day. Das Parkhaus gegenüber dem Juilliard Shop quoll vor überladenen Elternautos über. Die Meredith Wilson Residence Hall, unser Wohnheim, das mit einer Überführung direkt an das Juilliard-Hauptgebäude angeschlossen war, roch salzig nach Tränen und dem Waschmittel von zu Hause.

Schließlich räusperte ich mich. »Audrey?«

Genervt wandte Amal sich zu mir um. Sie musterte mich, während ich mich fragte, was ihr Sternzeichen war. Alles an ihr wirkte genervt und anti, vielleicht war sie eine skrupellose Skorpionin oder ein wütender Wassermann.

»Ich weiß«, erwiderte sie monoton. »Stand doch in der Mail von der Administration.«

Als sie achselzuckend aus dem Raum schlurfte, blickte ich ihr zu lange nach.

Was zum Teufel war das denn bitte?

Hastig scannte ich das Zimmer ab, um mich abzulenken. Es bestand aus Betten, Schränken und unendlich vielen Haken. Haken für Keycards, Turnbeutel, Jacken, Rucksäcke, Handtücher und Kulturtaschen, wie Amals Seite es bereits präsentierte. Wenn ich aus dem Fenster blickte, starrte ich auf Beton, auf massive Wolkenkratzer und identische Büros.

»*Mira*, es sieht doch gar nicht so schlecht aus!«

Moms Stimme.

Ruckartig zuckte ich zusammen. In ihren Armen trug sie einen Karton, den sie ächzend auf dem Teppichboden abstellte. Adam folgte ihr mit drei weiteren.

»Okay, bevor wir irgendetwas auspacken, müssen wir Rubina zuerst Bilder schicken.«

Mom zückte ihr Handy. Adam rollte belustigt mit den Augen, ich grub die Nägel in die Ärmel meines zu großen Hoodies. Und während sie für meine Schwester die Möbel abknipste, die nach IKEA aussahen, doch es irgendwie nicht waren, dachte ich daran, dass das gerade wirklich passierte. Ich, an der Juilliard. Ich meine, *ich*.

»Deine Mitbewohnerin ist Dirigentin.« Neugierig musterte Adam Amals Bücher. »Oder?«

»Keine Ahnung.« Ich zuckte die Achseln. »Hab sie noch nicht kennengelernt.«

Ist zumindest keine komplette Lüge.

Die nächsten Stunden wehten an mir vorbei. Mom bestand darauf, mir beim Einräumen zu helfen, während Adam sich sekündlich erkundigte, ob er uns etwas bringen konnte. Wasser, Kaffee, sogar heiße Schokolade mit Sojamilch hätte der Automat. Wenn er im Türrahmen stand, wurde er von den vorbeihetzenden Neuankömmlingen beäugt. Sie scannten seinen Körper ab, die trainierten Beine, die starken Arme, die braune und zerzauste Schlafzimmerfrisur. Als Adam und Mom sich kennengelernt hatten, war er als Olympiaschwimmer für die Staaten angetreten. Sein Sternzeichen war Krebs – romantisch, heimisch und unglaublich emotional. Harte Schale, weingummiweicher Kern. Eigentlich standen immer alle auf ihn.

Gegen sechs verabschiedeten wir uns kurz und belanglos. Mom sagte nicht schluchzend »Pass gut auf dich auf, mi hija«, weil sie bloß eine zwanzigminütige Überfahrt von mir entfernt wohnte. Auch wie sie mich umarmte, war so wie immer. Eine Spur zu fest und überraschend lang, ihr Herzschlag dicht an meinem. Ich war stets diejenige, die sich zuerst löste. Was Mom hinterließ, blieb ebenfalls gleich: ihr Parfum in meinem Haar und die seltsame Leere in mir drin.

Soleil Blanc.

Eine halbe Stunde später schloss ich mein Handy ans Ladekabel und überlegte, in der Mensa nach dem Abendessen zu schauen. Mahlzeiten waren doch leider gesellschaftliche Ereignisse, perfekt, um erste Kontakte zu knüpfen. Außerdem durfte ich das nicht überspringen. Ich musste einen guten Start hinlegen, das war wichtig. Schließlich gab es in meinem Leben doch Regeln, selbst wenn es nicht mehr dieselben waren wie früher. Keine Soßen, Kohlenhydrate niemals am Abend, nur kalorienarmes Sprühfett, Fruchtzucker und gedünstete Veggies. Jetzt lauteten sie drei Mahlzeiten und zwei Snacks am Tag, die nicht überspringbar waren. Es war Routine und langweilig, aber es hielt mich gesund. Also griff ich nach meinem Portemonnaie mit der Mensakarte und schlüpfte in meine Birkenstocks, hielt jedoch im Gang abrupt inne.

»Fuck, Babe.«

Meine Mitbewohnerin wurde von einem rothaarigen Mädchen gegen die Wand gepresst. Als ich das registrierte, war ich diejenige, die fluchen wollte. Schweißtropfen glänzten ihnen über den Lippen, während das Mädchen Amals Oberschenkel mit dem Knie spreizte. Da bemerkte sie mich und starrte mir irritiert entgegen. Ihr Eyeliner würde mich verschlingen, dachte ich, keine Frage.

»Wieso glotzt du so?«

»W-was? Ich –«

»Dein Scheißernst, Alter?«

Tiefe Stimme, britisches Englisch, drei angepisste Worte. Hastig trat die Fremde einen Schritt zurück, bevor sie sich ihr eigenes Haar glatt strich. Doch es nützte nichts, denn *Parker, Levi* baute sich bereits mit undurchschaubarer Miene vor ihr auf.

Parker, Levi. Kein Scherz. *Parker, Audition-Tag Levi.*

Ausgerechnet er mit der Anti-alles-Haltung musste ein bekanntes Gesicht sein. *Fantastisch.* Zerrissene Bluejeans saßen ihm lässig auf den Hüften, während das weiße Shirt seinen Bizeps entblößte. Das Tattoo an seinem linken Oberarm fiel mir sofort auf. Es wirkte wie das Ende eines größeren Motivs, eine kleine, tintenschwarze Spitze, die aus seinem Ärmel hervorschaute. Ich wollte nicht starren, aber er stand direkt unter dem Neonröhrenlicht. Alles an ihm wirkte leuchtend auf diese düstere Art, vor allem seine Augen.

»Hast du eine Ahnung, wie lange Aidan dich schon sucht?«, fragte er.

Die Nasenflügel der Fremden blähten sich auf. »*Big Brother is watching you* sollte einfach mal chillen.«

Parker, Levi fuhr sich kopfschüttelnd über das Gesicht. Alles an ihm schrie *Ich glaub's nicht* und *Kein Bock.*

»Wow, Levi, was geht denn bei dir?« Amal trat einen Schritt zurück. »Seit wann bist du denn so aggro?«

»Seit wann ich so *aggro* bin?« Er schnaubte. Der Laut drängelte sich verhöhnend tief aus seiner Brust und kroch mir direkt unter die Haut. Dann reckte er das Kinn, höchstwahrscheinlich, um Amal mit seinem Blick nebenbei zu vernichten. Doch das passierte nie, weil er vorher an mir hängen blieb.

Da war: er, mit seinen geballten Fäusten und tausend Fragezeichen auf der Stirn.

Da war: ich, mit meinem offenen Mund und den gleichen Fragen im Blick.

Und da war Stille, ganz kurz. Anschließend …

»*Summers?*«

Dass er mich wiedererkannte, konnte ich zeitlupenartig beobachten. Sein Atem kam in abgehackten Wellen, sein Blinzeln wurde schneller. Außerdem berührten sich die dichten Brauen über seiner Brille wieder bloß *beinahe*. In meinem Bauch wurde es warm, warm, brausend und aufregend, und ich hasste das. Ich wollte nicht feststellen, dass etwas an *Parker, Levi* im Gegensatz zu unserer letzten Begegnung anders wirkte. Klar, jedes Steinchen seiner britischen Ihr-könnt-mich-alle-mal-Mauer saß wie angegossen. Trotzdem wirkte sein Gesicht blasser und die Schatten unter seinen Augen markanter, blasslila wie tätowiert schauten sie unter seiner Brille hervor. Seine Haare schienen in dem hellen Licht seltsamerweise noch röter als beim Vorsprechen. Außerdem war da etwas an ihm, irgendwo versteckt unter seiner Haut, das ganz eindeutig »Fick dich einfach richtig hart, Welt, wie wär's?« vermittelte. Und das war im Dezember nicht so ausgeprägt gewesen.

»Parker«, bestätigte ich und benutzte seinen Nachnamen, knapp und distanziert.

»Wie?«, fragte Amal. »Ihr kennt euch etwa?«

Nur weil sie sprach, wandte er den Blick von mir ab. Ich wollte nicht schwach sein und peinlich berührt zu Boden schauen, deshalb straffte ich die Schultern.

Taff, stark, ich bin stark und taff.

»Vorsprechen«, murmelte er.

Amals Blick fiel auf mich. »Du bist *Schauspielerin*?«

»Und das sagst du so angepisst, weil?«, fragte ich verwirrt.

»Weil wir an die Kunstkrankheit glauben.« Die Rothaarige gähnte. »Komm schon, schau nicht so. Süchtig nach Aufmerksamkeit sein, einen auf gebrochen tun und das als kreativ betiteln. Betrunken jedem Partygast klarmachen, dass man an der Juilliard studiert, und das in Dauerschleife. Kryptische Instaprofile, weil man ja so anders, edgy und artsy ist. Die Drama-Abteilung kann das alles auf Königsklassenniveau.«

Ich blinzelte, doch *Parker, Levi* wandte sich unbekümmert an Amals Freundin. Als wäre ihm das alles viel zu unnötig.

»Wir bestellen nachher«, presste er hervor. »Erspar Aidan doch die Kopfschmerzen und komm vor Mitternacht vorbei, ja?«

»Wusste gar nicht, dass wir jetzt eine Sonntagsessentradition einführen.«

Parker, Levis Brust senkte sich überdeutlich, als er diesen aufgebrachten Atemzug freiließ. Die Muskeln in seinem Oberarm spannten sich sogar an, das zackige Tattoo hüpfte auf seiner Haut. »Komm einfach«, sagte er.

Dann drehte er uns den Rücken zu, ohne sich zu verabschieden. Kein Blick, kein Wort. Ich hätte behauptet, sein Shirtrücken verschwand leise in Richtung Treppen, aber so war das nicht mit ihm. Alles an ihm war lautlos laut, einnehmend und präsent, gepaart mit dieser schlichten Arroganz, mit der er seine Schultern aufrecht hielt.

»Dein kleiner Bruder ist so durch«, flüsterte Amal, während sie die Hand der Rothaarigen nahm.

Parkers Schwester aber sah ihm bloß zähneknirschend nach, bevor sie ein »Lass abhauen« murmelte. Wider Erwarten hielt Amal jedoch inne. Von oben bis unten scannte sie mich ab, als wollte sie herausfinden, wie viel Krach meine Finger verursachten, wenn ich um zwei Uhr morgens einen Proteinriegel öffnete.

»Was ist dein Sternzeichen?«, fragte ich.

»Bitte?«

»Ich dachte, das ist der Moment, in dem wir herausfinden,

wie gut wir zusammenpassen? Ich meine, was wolltest du denn sonst mit deinem Scannerblick bezwecken?« Ich lächelte, aber es war eine Spur zu ironisch, und das wusste Amal.

Augenblicklich kniff sie die Lider zusammen. »Lass einfach die Finger von meinen Sachen, Hepburn.«

Ich: Wie scheiße kann man sich mit seiner Mitbewohnerin verstehen? Amal: Ja.

Während ich mir die Schläfen massierte, zog sie Parkers Schwester mit sich weg. Aus zwei Zimmern weiter erklang Gelächter und Musik, Gespräche und *Moving to New York*, ich stellte mir einen Eisbecher in der Love-It-Größe vor und dachte, dass ich viel zu klein träumte.

5

#Bennett29

Tyrant

Nicht. Ihr. Fucking. Ernst.

Ich starrte Professorin Reynolds regungslos entgegen, obwohl ich sie eigentlich fragen wollte, wer sie verarscht hatte. Im Seminarraum herrschte kollektives Schweigen, während mein Sitznachbar die Stirn runzelte, doch Reynolds ließ sich nicht stören. Sie war auf einer Mission, dabei nicht nur die Antreiberin, sondern sogar die Erfinderin. Vielleicht hatte sie die Idee zu ihrem beschissenen Projekt schon im Studium gehabt, als sie in ihr 6-Minuten-Tagebuch *Ich ~~will~~ werde die Welt verändern* hineingekritzelt hatte. Jetzt blätterte sie hochzufrieden in der PowerPoint um, bevor sie von Rom, der Antike, Briefen, Korrespondenz, neuen Methoden, vielversprechenden Testläufen und komischerweise auch von sozialen Sicherheitsnetzen sprach.

»Es spielt keine Rolle, wie genau Sie kommunizieren. Ihr Chatverlauf kann ausschließlich aus Bildern bestehen, solange es für Sie eine Art von Kommunikation darstellt. Am Ende des Semesters möchte ich den Verlauf bitte als PDF-Datei in meinem Postfach sehen. Falls Sie sich in Ihrer Korrespondenz besser verstehen als gedacht und private Themen besprechen, die Sie nicht mit mir teilen wollen, kommen Sie auf mich zu, dann finden wir eine Lösung.«

Stille.

Stille, die aus Blinzeln, Husten und Fragezeichengesichtern bestand.

»Dieses Seminar ist für alle Erstsemester*innen Pflicht. Wenn Sie bestehen wollen, müssen Sie diese Aufgabe ernst nehmen. Verstanden?«

Es wurde genickt, irgendwo hinter mir murmelte jemand ein »Ja, Ma'am«, und mein Nachbar tippte seufzend in sein Notebook.

Reynolds nötigte uns also tatsächlich zu einer anonymen Mailfreundschaft, die sie uns als Heilmittel gegen das Verlorenseingefühl im ersten Semester verkaufte. Sie hatte sogar einen höchst kreativen Namen für ihr Möchtegernprojekt. NewInYork. Goals, was?

»Bitte scannen Sie jetzt den QR-Code für die Registrierung.«

Widerwillig hielten wir unsere Handys in die Höhe. Wir, das waren knapp hundertfünfzig Neustudierende. Tänzer*innen in Sportmontur und angehende Drehbuchautor*innen, Musiker*innen, deren Füße lautlos auf den Boden klopften, Schauspieler*innen, die man schon an der Atmung erkannte. Vorhin hatte Direktor Zachary angepriesen, wie stolz wir auf uns sein könnten, und aufgezählt, was uns bevorstehen würde. »Sie sind nun Teil der Juilliard School«, hatte er gesagt, dabei jedoch bloß Druck auf uns abgeladen. Wir waren niemand, aber hier wurde man zu einem Jemand. Den Konkurrenzkampf und die überquellenden Stundenpläne, all das verschwieg er, denn es war doch die Juilliard mit einer Zulassungsrate von sechs Komma neun Prozent.

If you can make it here, you can make it anywhere.

Und hier waren wir. Montag, zweite Stunde, erstes Pflichtseminar, brummender Kopf, schon keinen Bock mehr. Hastig verstaute ich meine Sachen im Rucksack und steuerte die Tür an. Beim Rausgehen steckte ich mir Kopfhörer ein und scrollte mich durch Playlists, als ich sie sah.

Audrey, heute ganz in Schwarz.

Sie hatte es also auch geschafft. Was ich davon halten sollte? Keine verfluchte Ahnung. Es wäre leider eine Lüge, wenn ich behaupten würde, ich hätte in den letzten Monaten nicht über ihre Zu- oder Absage gegrübelt. Irgendwie hatte ich mir einreden können, es sei ein Nebeneffekt unserer Yogavorstellung. Immerhin war sie meine Spielpartnerin gewesen, und *so* ein großes Kameradenschwein war ich nun mal auch nicht. Dass ich mir deshalb um sie Gedanken gemacht hatte, ergab also absolut Sinn. Was meine Theorie jedoch widerlegte, war die Tatsache, dass ich sie musterte und mein Puls sich leider beschleunigte.

Docs, ärmelloses Shirt, lange Hose, die unten irgendwie ausgestellt war. Sie nippte an ihrem grünen Smoothie, wobei sie sich so umsah, als würde sie gleich jemand als ihre neue beste Freundin auserwählen, was natürlich nicht geschah.

Dass ihr Blick ausgerechnet dann auf mich fiel, war nicht geplant.

Ich hatte nicht geplant, mich ihr durch Arctic Monkeys verbunden zu fühlen. Ich hatte nicht geplant, dass meine Künstlerseele sich wegen ihrem Yoga öffnete. Und ich hatte auch nicht geplant, Scheißherzrasen in ihrer Nähe zu bekommen. Genau genommen hatte ich das *alles* nicht geplant. Aber hier waren wir, sie und ich, und kein einziges Winken dazwischen. Bloß zwei Sekunden starrten wir uns an, während die anderen an uns vorbeirauschten. Es war nicht wie im Film. Es gab keine Slo-Mo, meine Blutkörperchen tanzten nicht wie auf MDMA durch ihre Bahnen, und es sprühten keine Funken. Es gab nur meine plötzlich einsetzende Musik, als ich an ihr vorbeiging. Nicht schnell, auf keinen Fall hastig. Einfach normal, als hätten unsere

Energien sich nur verbunden, weil das halt auf der Bühne so passierte. Aber das spielte sowieso keine Rolle mehr, weil dieses Vorsprechen in unserem letzten Leben passiert war. Heute herrschte die komplette Neuanfangsstimmung der Heldenreise, ganz nach Zacharys Geschmack. War halt bloß scheiße gelaufen, dass die Juilliard keine übliche Universität war. Das hier war weder Harvard noch die NYU, riesig, gleichgültig und beruhigend anonym. Das hier war ein Konservatorium mit Klassen und Anwesenheitslisten, alles familiär und deshalb ultrafördernd. So kam es also dazu, dass ich Audrey die ganze Zeit über sah. In jedem Raum, an jedem Ort, sogar in der Mensa, wo sie an ihrer Wasserflasche nippte, während Matz auf sie einredete.

»Ich hab mit ihr Impro gemacht.« L.A. ließ sich neben mir nieder, seine Pasta Pomodoro dampfte. »Ihr Spiel ist so krass, du hattest doch auch eine Impro-Übung mit ihr im Dezember, oder?«

Ich schwieg.

»Ich rede von Audrey. Audrey Summers. Die hast du doch gerade angestarrt?«

»Ähm, nein?«

»Nein?« Er lachte. »Ist klar, Bro.«

Ich runzelte die Stirn, weil ich a) L.A.s Gesellschaft nicht wollte, b) soziale Interaktion allgemein vermied und ich c) garantiert keinen Funken Bro-Charakter besaß. Eigentlich wollte ich aufstehen und gehen, aber er sprach schon weiter von Reynolds und ihrem beschissenen Sozialexperiment.

»So unnötig«, sagte er.

Gegen zwei fanden wir uns in E28 wieder, wo Feldman bereits auf uns wartete. Auf unserem Plan waren ihre Stunden als *Rehearsal Project I* betitelt.

»Ich begrüße Sie herzlich zu Ihrem Spielseminar«, sagte sie. »Im Laufe der nächsten Wochen werden wir Ihr erstes gemeinsames Stück erarbeiten. Ich erwarte dabei vollste Konzentration, Einsatz und Ernsthaftigkeit. Wenn Sie einen schlechten Tag haben, schreiben Sie mir eine Mail und bleiben Sie zu Hause. Ich kann niemanden gebrauchen, der unsere Spielatmosphäre torpediert. Ist das klar?«

Nein, nichts ist klar. Ich meine, wer zur Hölle benutzt das Wort torpediert, *ohne vorher nach Synonymen für sein Paper gegoogelt zu haben?*

Aber das konnte ich natürlich nicht beitragen. Mit zwei lauten Klicks öffnete Feldman schließlich eine PowerPoint. Tintenschwarz stach uns der Titel unseres ersten Stücks entgegen. *Ein Sommernachtstraum, William Shakespeare, 1600.*

In meiner Kehle wurde es eng, während das wilde Tippen augenblicklich erklang. Als wäre es von größter Wichtigkeit, sein leeres Worddokument zu füllen. Ich fuhr mir über das Gesicht. Shakespeare war großer Bestandteil unserer Ausbildung, mit dem notgeilen Romeo und der verblendeten Julia hätte es uns wirklich schlimmer treffen können. Keine Ahnung, wieso ein Teil in mir trotzdem den Kopf schüttelte, an früher und das letzte Schuljahr dachte, an –

»Die Rollenverteilung erfolgt nächste Woche. Heute werden Sie die Zeit dazu nutzen, sich kennenzulernen.« Feldmans Stimme unterbrach meinen aufziehenden Gedankentornado. »Für unsere erste Übung bildet eine Hälfte von Ihnen einen Kreis. Die andere wird um diesen rotieren, sodass Sie immer einer anderen Person gegenüberstehen. Ich werde einen Wecker für eine Minute stellen, in der Sie sich in die Augen sehen. Danach stellen Sie sich eine Frage Ihrer Wahl. Das machen wir, bis alle miteinander gesprochen haben.«

Notebooks wurden zugeklappt, Stuhlbeine quietschten. Ich war Teil des inneren Kreises, während Matz vor mir gähnte. Als Feldman den Timer betätigte, starrten wir uns schon an. Ich wusste, dass er aus der Schweiz stammte, also fragte ich ihn nach den ersten sechzig Sekunden, was sein Lieblingslied war.

»*Tausendfrankenlang*«, erwiderte er, und ich hatte keinen Plan, was das war.

Wir rotierten und schauten, fragten und antworteten. Dabei stellte ich fest, dass es mehrere Strategien gab. Manche kniffen die Lider drohend zusammen, als wäre die Übung ein Machtspiel. Andere starrten mir auf die Nasenwurzel. Einige konzentrierten sich gedanklich auf ihre Atmung, das merkte ich daran, wie ihr Luftholen immer gleichmäßiger wurde. Klar war Feldmans idealistisches Ziel dieser Übung, dass wir uns verletzlich zeigten, unsere Mauern metaphorisch niederrissen und so diese Art von Verbindung aufbauten, die ein Spiel auf ein außergewöhnliches Level brachte. Aber es war halt der erste Tag. Neunzig Prozent von uns mussten immer noch realisieren, dass sie überhaupt hier waren, mich eingeschlossen. Manchmal trottete ich abends durch Hell's Kitchen und war mir sicher, ich hätte den Anruf von Cassandra Hood nur geträumt.

Als Audrey sich schließlich vor mir aufstellte, vermied sie Blickkontakt. Stattdessen verhakte sie die Finger ineinander, musterte unsere Schuhe, den Boden, den Mülleimer, alles, nur nicht mein Gesicht. Aber es war egal, wie sehr wir uns nicht anschauen wollten, mein verfluchter Körper reagierte trotzdem auf sie.

»Ihre Minute läuft ab jetzt«, sagte Feldman, bevor Audrey das Kinn anhob.

Ich hätte wetten können, sie gehörte der Nasenwurzel-Fraktion an, doch sie starrte mir schonungslos direkt in die Augen. Einfach so, als wäre es keine große Sache. Unverschämt gleichgültig, um genau zu sein, als würde männliche Verschlossenheit sie schlicht langweilen. Ich spürte, wie meine Kiefermuskeln deshalb verkrampfen wollten, die Spannung sich hinter meiner

Stirn und in meinem Nacken ausbreitete. Fuck, wie konnte sie mich so nervös machen? Leider existierte auch diese Stimme, die mir zuflüsterte, auf welchem Planeten sie mich denn bitte nicht nervös machen würde. Ich meine, ich sah ihr wirklich nur in die Augen, aber wusste trotzdem, dass der linke Träger ihres Tops schon den ganzen Tag verrutschte, sie ihn ständig mit ihren purpurroten Nägeln hochschob und dieses kindliche Krokodil am Handgelenk trug, das so gar nicht zu ihrem sonstigen Aussehen passte. Ich wusste, dass sie ein Seminar nicht allein verlassen wollte, grüne Smoothies mochte und ihre Nase sich kräuselte, wenn sie lächelte. Verdammte Scheiße, ich wusste das alles, obwohl wir in unserem Juilliard-Leben nicht mal zwölf Stunden miteinander verbracht hatten. Instinktiv rieb ich mir die Hände an der Jeans, weil das doch wahnsinnig war. Wieso musste ich immer so übertreiben? Wieso konnte ich nicht einfach eine einminütige dämliche Aufgabe erledigen?

Als das Piepen erklang, waren meine Finger schwitzig, mein Hals trocken und mein Körper seltsam aufgekratzt. Ich fühlte mich wie überfahren. Totgetrampelt, von einem einzigen Blick.

»Was ist dein Sternzeichen?«, fragte sie.

Ich hob die Brauen und erinnerte mich an unser Flurgespräch, kurz bevor Baker die Liste angepinnt hatte. »Waage«, murmelte ich schließlich.

Sie runzelte die Stirn. »Echt?«

Hätten wir eine Chemie, wären wir spannend, charmant und gemeinsam interessant, hätte ich bestimmt so was wie »Na, na, na, das ist eine zweite Frage, Summers« geraunt. Aber das waren wir ja nicht.

»Jepp.« Ich zuckte die Achseln, während mein Blick zu ihrem Handgelenk flog. Nackte Haut unter giftgrüner Tattoo-Tinte. Ich wollte mich nach dem Krokodil erkundigen, doch sie hob den Arm bereits an. Als rechnete sie mit dieser Frage.

»Wieso tust du es?«, sagte ich deshalb.

»Tue ich *was*?«

»Das Schauspielen.«

Sie blinzelte, und ich ahnte, woran sie dachte. Wir im Dezember, vor der Bühne im Hauptgebäude, keine zwei Minuten von hier entfernt.

»Ich schätze, aus dem gleichen Grund, wieso Menschen aus Hubschraubern springen«, erwiderte sie seltsam rau. »Es ist dieser Rausch. Keine Ahnung, wie das bei dir ist, aber kurz bevor ich eine Bühne betrete, randaliert alles in mir. Mein Herzrasen ist so schlimm, dass ich wirklich denke, ich sterbe. Aber dann sterbe ich nicht, und dazwischen fühle ich mich so lebendig. Nichts kommt da ran. Safe ist es der Klassiker.«

Ich schluckte, weil das, was sie gesagt hatte, nicht zu der Art passte, wie sie mich ansah. Der Ausdruck in ihrem Gesicht war nämlich seltsam offen, immer noch gelangweilt, irgendwie so … emotionslos. Da realisierte ich es.

Kälte.

Da war etwas in ihren Augen, das stechend kalt war.

»Wechseln Sie«, sagte Feldman.

Ich hatte überall Gänsehaut.

*

Montag, 18:02 Uhr
An: Bennett29 (bennett29@newinyork.com)
Von: NewInYork Administration (newinyorkadministration@newinyork.com)
Betreff: Registrierungsbestätigung

Vielen Dank für Ihre Registrierung. Sie erhalten in Kürze die Kontaktdaten Ihrer Korrespondentin/ Ihres Korrespondenten.

NewInYork Administration
60 Lincoln Center Plz
New York, NY 10023
newinyorkadministration@newinyork.com | NewInYork – feeling connected

---

Montag, 18:08 Uhr
An: Bennett29 (bennett29@newinyork.com); Eternal Summer (eternalsummer@newinyork.com)
Von: NewInYork Administration (newinyorkadministration@newinyork.com)
Betreff: *Big City Life*

Don't you wanna know me? Be a friend of mine, I'll share some wisdom with you. Don't you ever get lonely from time to time? Don't let the system get you down.

NewInYork Administration
60 Lincoln Center Plz
New York, NY 10023
newinyorkadministration@newinyork.com | NewInYork – feeling connected

---

Montag, 19:47 Uhr
An: Bennett29 (bennett29@newinyork.com)
Von: Eternal Summer (eternalsummer@newinyork.com)
Betreff: If you'd asked, I'd set you free

Setting Sun von Lord Huron

Montag, 19:53 Uhr
An: Bennett29 (bennett29@newinyork.com)
Von: Eternal Summer (eternalsummer@newinyork.com)
Betreff: (kein Betreff)

Hi Bennett29,

sorry für die zweite Mail, aber vielleicht war die letzte zu kryptisch 😂 Hier deshalb vorsichtshalber die Erklärung: Ich dachte, wir könnten uns für dieses supercoole Feeling-connected-Projekt (lol) Songs schicken, wenn das für dich in Ordnung ist? Außer du hast du eine andere Idee?

Dienstag, 03:23 Uhr
An: Eternal Summer (eternalsummer@newinyork.com)
Von: Bennett29 (bennett29@newinyork.com)
Betreff: AW: (kein Betreff)

Alice von Grandbrothers

6

#Eternalsummer

*So I'll use my voice, I'll be so f*cking rude*

Dass es eine schlechte Idee war, wusste ich von Anfang an.

Ich wusste es, als ich unter der Dusche stand, in das schwarze Kleid und die Docs sprang. Als ich *Setting Sun* aufdrehte, nach meinem buschigsten Pinsel griff und mir das Gesicht mit einem Bronzer konturierte. Ich inhalierte seinen künstlichen Kakaogeruch, blickte mir im Spiegel entgegen. Und wusste weiterhin: Ich sollte verdammt noch mal nicht auf diese Schiffsfahrt gehen. Allein. Nicht verabredet. Ohne Fast-Freundin, die man doch in jedem College-Liebesfilm innerhalb der ersten fünfzehn Minuten fand. Wo war dieses extrem extrovertierte Mädchen, das mindestens eine feurige Löwin oder Schützin war und mit dem ich mich heimlich betrinken könnte? Das Mädchen, dem ich gegen zwei Uhr verzweifelt mein Erstiherz ausschütten könnte, bevor wir *das* tiefgründige Toilettengespräch führten, das den Beginn unserer Freundschaft markieren würde?

Mit einem Knoten im Bauch griff ich nach meinem Handy, checkte Instagram und Rubys neustes Reel ab, in dem sie ihren Malprozess teilte. Ein quadratisches Mini-Aquarell mit rosafarbenen Wellen, darüber eine feuerrote Sonne. Jeder ihrer Pinselstriche harmonierte mit dem Beat, in die Beschreibung hatte sie *Everything comes in waves* 🌊 getippt. Es hatte bereits über zwanzigtausend Aufrufe, ein voller Erfolg. Mom hatte wie üblich *lindo* mit tausend Herz-Emojis kommentiert, doch noch keine Antwort von meiner Schwester erhalten. Hastig tippte ich auch etwas, bevor ich die neuste Nachricht in der Jahrgangsgruppe öffnete.

Matz @ Class 55: Jemand schon da?

Ich atmete erleichtert aus. Matz' Nachricht war gut, sehr gut, supergut, weil ich also nicht die Einzige war, die allein am Pier 83 aufkreuzen würde. Ein zittriger Griff nach der Bomberjacke, ein letzter Blick in den Spiegel und die unendlichste Wiederholung meines Mantras, das ich seit Tagen gedanklich in Dauerschleife ablaufen ließ.

Chill mal, Summers.

Chill mal, Summers, als Präsident Zachary erläutert hatte, dass wir nun Traditionsträger*innen waren. *Chill mal, Summers*, als ich in Bakers Stunde den Kopf gesenkt hielt, aus Angst, der Fehler mit meiner Zulassung würde ihm auffallen. *Chill mal, Summers*, als ich mir während der letzten Mittagspause einredete, niemand würde mit mir reden wollen. *Chill mal halt wirklich, Summers*, als ich nach Feldmans Seminar *Fühlt man sich automatisch zu jemandem hingezogen, wenn man ihm lange in die Augen starrt?* googelte.

Chill mal, Summers jetzt, als ich die Key Card in meiner Bumbag verstaute und die Zimmertür zuzog. Unser Treffpunkt war der Yachthafen an der 79th Street, keine fünfzehn Minuten vom Lincoln Center entfernt. Draußen war es stickig und schwül, Touris knipsten Fotos von Subway-Schildern und begutachteten das Juilliard-Gebäude mit schief gelegten Köpfen. Ich wusste, was sie dachten: *Das ist also die weltberühmte Juilliard? Kommt mir eher wie jeder x-beliebige Glaskasten in Manhattan vor.* Ich mochte es, dass die Schule so gut an den

Broadway angepasst war. Basic-beige, modern und imposant. Alles in New York schrie nach New York, selbst die alternative Künstlersekte.

Am Pier angekommen, wurde das Schiff bereits gebordet. Ich sichtete Matz links mit Rhonda. Sie unterhielten sich, gestikulierten wild und lachten. Ich beobachtete sogar, wie *Parker, Levi* mit einer Hand in seiner Jeanstasche vorbeilief. So leger, so lässig. Ganz anders als ich, die unsicher auf Rhonda und Matz zusteuerte. Ich quetschte mich an anderen Erstis vorbei, wobei ich so tiefe Atemzüge einsog, dass ich mehr Luft als Mensch wurde. Tatsächlich musste das so sein, denn als ich »Hi« sagte, bekamen sie es erst gar nicht mit.

»Oh, hey, Audrey«, sagte Ronda nach meinem zweiten Versuch, ehe sie sich eine Strähne hinter das Ohr schob. Ihr Haar war schwarz gefärbt, ich erkannte oben aber schon einen weißblonden Ansatz. Ein Micro-Pony umrahmte ihr Gesicht, den purpurfarbenen Lippenstift trug sie jeden Tag. Ihre Kleidung war stets schwarz und ihre Schuhsohlen grob, sie bestellte Schmuck auf Etsy und lud Gedichte von Sylvia Plath in ihren Stories hoch. »Hab dich gar nicht bemerkt. Dachte irgendwie, du bist vom Tanz-Department.«

Ich lächelte, bevor sie ihren Zwei-Personen-Kreis erweiterten. Wir sprachen über die Woche, Feldman und Kellers Sprecherziehungsstunden. Wir verhielten uns wie lebendige Bumerangs, die bloß Kreise um die Orientierungstage zogen. Profs, Dorms, Mensa. An Bord stießen wir auf Tabitha, Pax und Dahlia. Wind peitschte mir die Locken nach hinten, der Hudson spuckte mir Gischt und seinen Schmutz ins Gesicht. Nebenbei erzählten meine Mitstudierenden tatsächlich ihre Theaterkriegsgeschichten, von ersten Filmproduktionen und Gesprächen mit Agenturen. Dabei war die Circle Line Cruise *das* Highlight der Orientierungswoche. Brooklyn Bridge, Skyline, die Freiheitsstatue. Wir umfuhren Manhattans überlaufendste Hotspots, die von einem blutorangefarbenen Sonnenuntergang beschienen wurden. Leute schossen obligatorische Fotos, wobei sie auf den Toiletten heimlich Fifty-Fifty-Mischen kippten. Handys leuchteten mit Insta-Stories und neu erstellten WhatsApp-Gruppen auf. Außerdem patrouillierten Mentor*innen mit Spiegelreflexkameras, um später in einem Blogartikel zu dokumentieren, wie viel Spaß wir hatten. Mittendrin ich, die nach vorn auf das One World Trade Center blickte. Meine Kommiliton*innen unterhielten sich natürlich weiter und sprachen über Lieblingsproduktionen, von denen ich noch nie gehört hatte. Sie kannten Aufführungen aus Lettland, die sie sich mit Untertiteln bereits dreimal auf YouTube reingezogen hatten. Sie sagten »Ina-Maria Suana Svoboda« und »Emanuel Paulos Gonzalez«, bevor ihre Gesichter mit angedeutetem Lächeln aufblitzten und Matz mich anstupste. Er trug eine Beanie, obwohl es zu warm dafür war. Blonde Strähnen kräuselten sich in seinem Nacken, an seinen Fingern hingen gefühlt zehntausend Ringe. Silbern und golden, alles vermischt. Seine Nägel waren lila angepinselt und glitzerten. Gerade umklammerten sie die Träger seiner Tote Bag, bedruckt mit einem Frosch, der in einem Mangoschiffchen saß, der Satz darüber lautete *I peel good.*

»Und du?«, fragte er. »Was schaust du dir so an?«

»Ähm.« Ich räusperte mich, Scheinwerfer an, alle Blicke lagen auf mir. »*Fleabag?*«

»Phoebe Waller-Bridge.« Ronda kippte den Kopf. »Hab ich auch geschaut, weil es so gehypt wurde. War meiner Meinung nach ganz okay. Das heteronormative männliche Publikum war emotional halt viel zu wenig eingebunden. Das fand ich in *Shameless* von John Wells und Paul Abbott gelungener. Aber das Theaterstück von *Fleabag* hat die Message besser rübergebracht, was eh klar war. Ich steh in letzter Zeit nur auf wirkliche Produktionen, nicht auf diesen Filmquatsch.«

Wirkliche Produktionen, kein Filmquatsch, wahrhaftiges Theater, in dem reales Schauspiel stattfindet.

Die anderen neigten nickend die Köpfe, um zu unterstreichen, wie sehr sie das Gesagte reflektierten. Ich hingegen fühlte mich jung, klein und viel zu naiv. Also hielt ich es drei Momente lang weiter aus, bevor ich mich murmelnd auf die Toilette entschuldigte. Dort schoss eine Gruppe mit glitzernden Highlighter-Wangen Selfies, wobei sich links zwei Mädchen tief in einem Gespräch befanden.

»Oh mein Gott«, rief eine von ihnen. »Und ich dachte schon, ich bin die Einzige, die so denkt!«

Sie kicherten, während ich die Kabinentür hinter mir zuzog. Zwei Minuten später wusch ich mir die Hände und linste wieder zu den zwei Mädchen. Gerade rieben sie sich die nassen Finger an den Hotpants.

»Ich hätte die Pizza vorhin nicht essen sollen.« Die mit dem schulterlangen Bob begutachtete sich im Spiegel. »Ich fühle mich schon den ganzen Tag so fett.«

Unzufrieden zupfte sie an ihrem Oberteil herum, während ich sie schnell beäugte. Ihre bunten Creolen waren aus der Sommerkollektion von H&M, ich hätte sie mir auch fast gekauft. Sie hatte eine Stupsnase, auf ihren Lippen schimmerte Lipgloss, ihr Gesicht war schön. Doch das alles interessierte mich nicht, weil ich bloß ihre Schlüsselbeine wahrnahm, die knochiger hervorstachen als meine.

»Hä, was redest du? Du bist unnormal dünn. Du …«

Ihre Freundin sprach weiter, doch ich hörte nicht mehr zu. Schwer schluckend musterte ich mein eigenes Spiegelbild und erkannte …

Oh. Mein. Gott.

Blinzelnd starrte ich mir entgegen. Mein Bronzer war zu dick aufgetragen, das Rouge verschwunden, meine Wimpern Spinnenbeine. Plötzlich fragte ich mich, ob mein Kleid zu eng saß, vielleicht zu kurz war und der Lippenstift zu rot. In diesem Licht sah ich so anders aus als in meinem Zimmer. Überschminkt, verzweifelt, übertrieben nach Ich-habe-mir-zu-viel-Mühe-mit-meinem-Aussehen-gegeben. Als ich zu den anderen zurückkehrte, fühlten meine Beine sich wackelig an. Meine Gruppe machte Barpläne, doch ich konnte mich nur sekündlich nach rechts drehen, um mein Aussehen in den Fensterscheiben zu analysieren.

»Tut mir voll leid, dass du nicht mitkommen kannst. Wenn wir später eine Afterhour in Jills Wohnung machen, können wir dir ja schreiben«, sagte Matz, weil ich neunzehn war und sie mindestens einundzwanzig. Sie würden die Orientierungswoche mit Shots besiegeln, während ich mich in meinem Zimmer selbstmitleidig fragen würde, wieso Amal mich so hasste.

Meine Antwort bestand aus einem Lächeln, das sich schrecklich schief anfühlte. Zwanzig Minuten später legte das Schiff mit einem Ruck an, und ich fröstelte. Obwohl die Sonne noch schien, explodierte Gänsehaut an meinen Gliedern.

»Bis dann«, verabschiedete ich mich.

Es gab keine unbeholfenen Halbumarmungen. Sie winkten, ich winkte, dann zog ich mir die Bomberjacke fester um den Körper und trottete den Hudson River Greenway in Richtung Zweiundfünfzigste entlang. Weitere Blicke in Schaufensterscheiben versuchte ich zu vermeiden, doch vor roten Ampeln wurde ich schwach, betrachtete meinen Hals, meine Schultern und meine Schlüsselbeine.

Ich fühle mich heute schon den ganzen Tag so fett.

Ich hasste es, dass der Satz mich dermaßen triggerte. Doch es brachte nichts, ich fühlte mich schrecklich dick und hässlich, verfluchte jedes Gramm Kohlenhydrate in meinem Leben und dankte mir selbst, dass meine Jacke oversized war und ich darin ertrinken konnte. Ich wollte mir gerade die Ohren zustöpseln, um meine Gedanken zu übertönen, als mir dieser Typ gegenüber auffiel.

Weißes Shirt, schmuddelige Nikes. Er trug helle und gerade geschnittene Jeans, das dunkle Haar in einem Mittelscheitel, während sein Gesicht blassgolden von der Sonne beschienen wurde. Selbst von hier aus konnte ich erkennen, dass er die Augen genervt zusammenkniff.

Das war Jude Hill.

Jude Hill, der mit seiner chronischen Angepisstheit die Straße überquerte. Etwas an ihm schrie nach Europa, nach engen Gassen und Geschichte, wie in Berlin, Wien oder Prag. Die Ampel sprang auf Rot, doch er ging lässig weiter. Da war etwas in seinem Gang, in seiner Art, sich zu bewegen, das so selbstsicher und anmutig wirkte.

Ich konnte diesen Typen nie lange ansehen.

Nicht hier, mitten in Manhattan, und schon gar nicht während des Unterrichts, wo er seine ganz spezielle Mischung aus Schweigen und gleichzeitigem Desinteresse betrieb. Kritisch wurde es nur, wenn er schauspielerte. Denn sobald er damit begann, war es unmöglich, ihn anzusehen und ihn *nicht* anzusehen. Jude Hill beim Spielen zu beobachten, verursachte mir schwitzige Hände, eine unruhige Atmung und zwei Millionen Minderwertigkeitskomplexe. So unfassbar gut war er. Dabei war ich mir sicher, dass er nicht mal alles gab. Da war nämlich das Pochen seiner Halsschlagader, dieses defensive »Das reicht doch jetzt, oder nicht?« in Richtung Prof, wenn er eine Szene eigenständig abbrach. Schon während unserer Audition hatte ich das Gefühl gehabt, er würde wie mit angezogener Handbremse spielen. Als fürchtete er, sonst komplett zu übertreiben.

Für mich war es okay, seinen Hinterkopf auf dem Campus zu entdecken, einen angespannten Oberarm, wenn er das MacBook verstaute, die Form seiner schlanken Waden, während er sich nach einer runtergefallenen Serviette bückte. Doch ihn gerade im Ganzen zu beäugen, als seine Miene diesen unendlich harten Ausdruck bekam, das war zu viel.

Eigentlich wollte ich hastig weggucken, aber er hatte mich schon bemerkt, und genau jetzt woandershin zu schauen, hätte die Sache verschlimmert. Also winkte ich. Kurz, sympathisch, unverbindlich.

Ein fucking Winken, Summers?

Die Furche zwischen seinen Brauen grub sich ihm metertief in die Haut, dennoch lief er weiter. Er bemerkte und ignorierte mich gleichzeitig, indem er auf sein Handy starrte, wie man das halt so machte. Das war das Beste, was passieren konnte. Na ja, abgesehen davon, dass er offensichtlich auch die Juilliard ansteuerte. Absichtlich verlangsamte ich meine Schritte, doch an der roten Ampel vor dem CVS stoppten wir beide. Als Jude mir genau dann das Gesicht zuwandte, rutschte mir der Magen in die Kniekehlen.

»Ist was?«

Seine Größe war nicht fair. Seine zu intensiven Augen waren nicht fair. Aber seine Frage war einfach nur beschissen. Ich meine, was sollte ich darauf erwidern? *Ich habe gerade gewunken, weil du mich so seltsam angestarrt hast und ich einfach nett sein wollte?* Eher nicht.

»Ähm, nein?«

Ich klang unsicher, was in dem Moment irrelevant war, weil ich mir aus Unbehagen die Jacke fester um die Taille schlang. Und Judes Blick plötzlich auf meinem Körper lag. Nicht lange, vielleicht zwei Sekunden, doch es war schlimm. Schlimm, warm, Bauchkribbeln, Autoabgase, großartig.

»My soul's too lit to give a shit?« Er zog die Brauen so hoch, dass sie fast seinen Haaransatz berührten. Das war mir schon oft aufgefallen. Sein gesamter Körper strahlte zwar Distanziertheit aus, trotzdem führte er jede Geste, selbst simples Atmen maximal aus. Als stünde immer wer in der letzten Reihe, um ihm dabei zuzuschauen. Sein Gesicht war übertrieben, theatralisch und dramatisch, und ich mochte es.

Leider.

»W-was?«

»Deine Bumbag.« Er nickte zu meiner Tasche. »Solider Spruch, Summers.«

Er schnaubte nicht, trotzdem war es spöttisch. Herabblickend. Als befände ich mich mal wieder eine Metaebene zu tief. Statt zu antworten, knirschte ich bloß mit den Zähnen. Schließlich wurde die Ampel grün, und er überquerte die Straße. Der Shirtrücken, die hellen Jeans, seine Air Force, erste Generation. Ich sah ihm nach, bevor ich widerwillig nach links abbog. Es war ein Umweg, doch er war es mir wert. Ich wollte Jude nicht auf den letzten Metern zum Wohnheim versehentlich mit meinem imaginären Laserblick ausradieren.

Als ich die Resident Hall zehn Minuten später erreichte, knurrte mein Magen, aber mein Freitagabendplan bestand sowieso aus einem Mensa-Essen, also würde das schon gut werden. Nur dass es das nicht wurde. Schließlich pfriemelte ich die Key Card aus meiner dämlichen Tasche, aber gefror in der Bewegung.

»Oh. MEIN. GOTT. JA!«

Neinneinneinneinneinnein.

Doch Amals Stöhnen wurde bloß lauter. Zähneknirschend starrte ich meiner Zimmertür entgegen, hinter der meine Mitbewohnerin einem heftigen Orgasmus entgegenfieberte. Natürlich hätte ich hereinplatzen und ihren Moment zerstören können, um zu demonstrieren, dass ich auch hier wohnte. Doch ich drehte mich bloß um, ging die Treppen hinunter, dann raus. Mittlerweile prangte der Himmel fliederfarben über den Wolkenkratzern, während die Taxischilder grell leuchteten. Die Werbetafeln, das Rauschen, die Menschen. Mein Kopf brummte, als ich mir Kopfhörer einsteckte und die Health-App anklickte.

5783 Schritte.

Fliederfarben wurde zu Tintenblau, als ich ziellos durch Manhattan streifte. Zig Läden flogen an mir vorbei, doch ich nahm nur Imbisse wahr. Das Häagen-Dazs an der Amsterdam Avenue, das Chipotle, den Hummus Place einige Häuser weiter. Mein Magen knurrte so heftig, dass der Laut in mir nachbebte. Ich fühlte mich so leer.

Leer, dämlich und unnötig.

Ich wusste, dass ich etwas essen musste. Dass es wichtig war, vor allem an beschissenen Tagen. Aber zuerst musste ich an einer Ampel stoppen, an der auch eine Gruppe Typen wartete. Sie trugen ausgebeulte Jeans und helle Sneakers, waren in Kombination betrunken, laut und lässig, wie nur Männer es konnten. Hastig griff ich nach meinem Handy und drehte die Musik auf, *Ribs* von Lorde. Aber mein iPhone kannte mich besser als ich selbst und drosselte die Lautstärke, weil ich mein Limit für die Woche bereits überschritten hatte.

»Hey«, sagte der Typ neben mir.

Nein, nein, nein, nicht das auch noch.

Meine Finger verkrampften, doch ich wandte mich ihm nicht zu, denn er lallte, und ich wollte nur weg.

»Hey, du«, wiederholte er, während sein Blick an meinem Körper hinabwanderte. »Latina, oder?«

Instinktiv presste ich die Lippen zusammen, doch was brachte es schon? Wenn mir etwas nicht gefiel, musste ich das sagen. Aber leider war mir das nicht möglich, ich konnte nur laufen, verdrängen und gezwungenermaßen stoppen.

»Du weißt schon, wegen deinen Kurven.«

Da starrte ich ihn dann doch an, perplex und rasend.

»Mexikanerin?«, fragte er, als könnte man hispanische Frauen kategorisch einordnen. Als sagte er das nicht bloß deshalb, weil er sich wöchentlich bei Taco Bell Combo-Menüs bestellte und nun annahm, er kannte sich aus.

Fick dich, dachte ich, weil ich ständig wegen meiner Herkunft sexualisiert wurde. Weil etliche Personen der Meinung waren, ich wäre es der Welt schuldig, ein heißer Sonnenschein zu sein. Weil keine blonde Charlotte aus Alabama gefragt wurde, ob sie in den USA geboren sei. Weil so etwas nur Mädchen wie mir passierte.

Mein Kopf war eine Bombe, scharf gestellt auf idiotische Kommentare. Meine Toleranzgrenze war jedoch leider zu hoch, denn die Ampel leuchtete grün – und ich ging wieder einfach weiter.

»Boah, Mädchen«, rief er mir hinterher. »Sei mal froh, dass dich überhaupt jemand anspricht. So hübsch bist du jetzt auch nicht.«

Natürlich bin ich das nicht, wollte ich zurückschreien, doch meine Schritte beschleunigten, bis ich ihn nicht mehr hörte. Eine Million Menschen streiften meine Schulter, ich spürte aber nichts. Kein Wind, kein Lärm, kein New York. Ich befand mich in der lautesten Stadt der Welt und hörte nur mich selbst. Ich lief an einem überfüllten Starbucks vorbei und war ganz allein. Lorde sang auf gesunder Lautstärke *You're the only friend I need*, aber es war rein niemand hier.

Ich erblickte die nächste Bushaltestelle und sagte mir, wenn ich sie mit fünfzehn Schritten passierte, würde Elle mir ein Zeichen aus dem Jenseits schicken. Klassisches magisches Denken, doch es war mir egal, denn ich schaffte es in zehneinhalb. Ich linste nach oben, spürte ganz tief in mich hinein, spitzte alle meine Sinne, doch … nichts.

Wie automatisch checkte ich meine App.

7129 Schritte.

Schneller.

7244 Schritte.

Schneller, schneller.

7345 Schritte.

Schneller, schneller, SCHNELLER.

Ich lief, doch mein Gehirn tat trotzdem das, worauf es so stand. Es quälte mich mit meinen eigenen toxischen Gedanken. Leider besaß ich keinen installierten Regler, der sie runterdrehte und mich auf die gesunde Schiene drängte. Ich konnte ihnen nur lauschen.

Aber ich steh in letzter Zeit eh nur auf wirkliche Produktionen. Als würde sich ein Cast einer Netflix-Serie nicht abarbeiten, als bräuchte man für Filmproduktionen keine Arbeit, kein Talent, als wäre alles außerhalb des Broadways nur lächerlich und nicht ernst zu nehmend.

Ich fühle mich heute so fett. Ja.

Solider Spruch, Summers. So angreifend, als hätte ich Jude Hill etwas getan.

Sei mal froh, dass dich überhaupt jemand anspricht. So hübsch bist du jetzt auch nicht. Natürlich nicht.

IHR KÖNNT MICH ALLE MAL, IHR WICHSER! Elle.

Meine Augen tränten, aber ich wischte mir nicht über die Wangen. Warme Salzwassertropfen schlängelten sich bis zu meinem Kinn hinunter, während ich das Schild eines Frozen-Joghurt-Ladens bemerkte.

Scheiß drauf.

Mit wackeligen Beinen stieß ich die Tür auf und orderte die

teuerste Bechergröße. Obendrauf landeten weiche Brownies, Smarties und karamellisierte Mandelsplitter.

»Sieben Dollar und achtundvierzig Cent«, sagte der Kassierer, während ich meine Karte zückte und dann einen Fensterplatz ansteuerte.

Aus den Lautsprechern drang Beach House, die Wanduhr zeigte 21:23 Uhr an. Ich stach meinen Löffel in den gefrorenen Sojajoghurt, wollte nichts von den Nährwerten wissen, doch als die Schokolinsen zwischen meinen Zähnen knirschten, war ich mir trotzdem sicher, dass sich siebenhundertdreiundzwanzig Kalorien vor mir befanden.

Es ist egal, es sind nur Kalorien.

Natürlich brachte dieser Gedanke nichts. Mein Bauch knurrte, aber ich mochte die Leere, weil sie so gut zu mir passte. Dann tat ich das, was ich nicht hätte tun dürfen. Ich schob den Becher instinktiv von mir weg. Wie einen Endgegner, mein Fear Food. Ein Tropfen Eis lief mir dabei über den Handrücken. Mit ein wenig Fantasie sah mein Tattoo so aus, als weinte es waschechte Krokodilstränen. Und vielleicht weinte ich auch selbst welche, während ich nach meinem Handy griff. Keine Ahnung. Ganz sicher wusste ich bloß, dass der Kassierer mich angepisst beäugte, weil er in siebenunddreißig Minuten Feierabend hatte, aber dieses gestörte Mädchen bis zur letzten Sekunde sitzen blieb.

Freak, dachte er sich von seinem Platz aus.

Das hörte ich ganz genau.

7

#Bennett29

Asleep

Mein Herz.

Scheiße, mein Herz.

Es hämmerte mit zweitausend Sachen vor sich hin, während ich das Handy umklammerte, erdrückte, erstickte. Denn darin war ich doch so gut, sobald es ehrlich, echt und zu ernst wurde. Vor meinen Augen blinkte es grün, blau und rot, immer rhythmisch passend zum Beat. Ich spürte den Reißverschluss eiskalt am Kinn, während mir der Bass in den Ohren dröhnte.

»Sometimes all I think about is youuuu«, trällerte meine Schwester, als sie mit dem Pappbecher in den Flur tanzte. Hinter ihr zog sie ihre Freundin mit sich, doch bei meinem Anblick hielt sie inne.

Grelle Glitzerpartikel schimmerten ihr auf den nackten Schultern, wobei ringsum ein Freitagabend in der Studentenversion stattfand. Bier, Schnaps, feiern, weil man seine Zwanziger ja ausnutzen musste, bevor man sich für den Rest seines Lebens in einen Anzug zwängte. Unsere Wohnung quoll mit mehr als vierzig Personen über, Jura-Kommiliton*innen von Aiden, Ashs riesiger Freundinnenkreis. Die WhatsApp-Gruppe zu der Party hatte schon seit zwei Monaten existiert.

»Ben?«, fragte Ash verwirrt. »Was machst du denn schon hier? Ist heute nicht eure artsy Cruise-Tour, auf die alle im ersten Semester so abfahren?«

Ben. So nannten sie mich zu Hause. Ben wie Bennett, mein zweiter Vorname, den Mom viel lieber gemocht hatte als meinen ersten. Bennett. Ben. Benni-Boy. Ich war von Anfang an mehrere Personen gewesen. Vielleicht konnte ich das mit der Bühne deshalb so gut.

»Hey.« Meine Schwester trat näher. »Alles okay bei dir?«

Magensäure kroch mir die Kehle hinauf, während es hinter meinen Schläfen pochte. Trotzdem zog ich mir die Jacke in aller Ruhe vom Körper, als hätte Ash mich nicht dabei erwischt, wie ich zombiemäßig wegen einer Nachricht vor mich hin gestarrt hatte. Jep, eine fucking Nachricht brachte mich derart aus dem Konzept. Es waren also tatsächlich die kleinen Dinge, wie zum Beispiel nicht vorhandene Smileys und korrekt gesetzte Punkte, die den Unterschied machten.

»Alles super«, murmelte ich.

Natürlich runzelte Ash die Stirn, öffnete den Mund und wollte protestieren, doch ihre Freundin stand ungeduldig im Küchentürrahmen und wollte Getränkenachschub.

»Diese Unterhaltung ist nicht vorbei, Benni-Boy«, sagte sie.

Ich zuckte bloß die Achseln.

In der Küche fungierte unser Wäscheständer mal wieder als Bierpong-Platte. Aiden hockte mit zerzauster Frisur und ein paar anderen am Tisch, wild gestikulierend und mit brennend roten Wangen. So war das mit ihm am Wochenende, wenn er betrunken einen draufmachte, unser Jura-Student. Er winkte mir energisch zu und fragte etwas, was ich ignorierte, weil ich die Theke mit den halb leeren Flaschen ansteuerte. Ich kippte mir Jack pur ein, weil mein Glas immer halb leer war. Pessimist oder Realist, mir egal, was ich war. Ich wollte schlicht trinken, weil ich vergessen wollte. Ein Anfängerfehler, aber es war der Freitag meiner ersten Juilliard-Woche, und ich konnte nicht mehr.

Nicht nach dieser verfluchten Nachricht.

Doch es war egal, wie viel, schnell und pur ich trank. Egal, dass die meisten eine Stunde später bloß schwammige Gäste und laute Stimmen für mich waren. Ihre Nachricht blieb gestochen scharf.

Sloane: Ich kann nicht glauben, dass du mich ghostest.

Mittlerweile saß ich am Tisch mit Aidens Freunden. Ich sah mich um, erkannte alles, fühlte nichts, hielt es nicht aus und erhob mich. Ich wusste nicht, wohin ich wollte, weil mein Zimmer von Fremden belagert wurde. Aber was hätte ich da schon tun sollen? Mich in mein Bett legen, daran denken, nicht an Sloane zu denken, und natürlich an sie denken?

Haha, klar.

Wie ein betrunkener steifer Teddybär stolperte ich in den Flur und in meine Schuhe. Ich tastete auf der Ablage nach meinem Schlüssel, hörte Taylor Swift singen und wollte mich übergeben, aber hatte keine Zeit dafür. Ich musste ...

»Wo gehen wir hin?«

Blinzelnd wandte ich mich um. Harper starrte mir fröhlich entgegen. Harper war Aidens Kommilitonin, die Skinny Jeans, einen engen Rollkragenpullover und ihre Haare aalglatt trug. Harper, die mein Bruder superheiß fand und die er für ein Stück ihrer Aufmerksamkeit immer auf Katzen-Memes verlinkte, obwohl er Katzen verabscheute.

»Bitte?«, fragte ich verwirrt.

»Du hast gerade die ganze Zeit so nervös gewirkt. Ich glaube, es ist definitiv keine gute Idee, dich so betrunken allein zu lassen. Ist dir schlecht? Willst du deshalb raus? Dann gehe ich mit dir.«

Lächelnd griff sie nach ihrem Mantel, wobei sie mit ihrem Arm unabsichtlich meinen Bauch streifte. Ich spürte die Berührung durch den Pullover und zuckte heftig zusammen, den Rücken dicht an die Wand gepresst. So empfindlich war mein Körper, selbst wenn er taub war.

So gestört war ich, wenn ich einfach nur ich war.

Harper wich einen Schritt zurück. »Ben? Alles okay mit dir?«

Die gleiche Frage zum zweiten Mal innerhalb einer guten Stunde. Verräterisch spürte ich es hinter meinen Augen brennen.

»Hey.« Sie umfasste meine Schulter. Es war eine sanfte Berührung. Freundlich. Besorgt. Trotzdem musste ich jeden Funken Selbstbeherrschung aufbringen, um nicht endlich zu kotzen. »Soll ich deine Geschwister holen?«

Suchend drehte sie sich um, doch der Flur war leer, bloß überfüllt von Jacken und klebrigen Fußspuren.

»Ich muss echt einfach nur raus«, brachte ich gepresst hervor. »Bin eh gleich wieder oben.«

Ich stieß mich bestimmt von der Wand ab und quetschte mich durch die Tür. Harper rief mir hinterher, doch ich lief die Treppen ignorant hinunter und lehnte mich draußen gegen die Fassade. Ich holte tief Luft, dreimal und gleichmäßig, versuchte, mich zu beruhigen, was fucking verdammt noch mal nichts nützte.

Ich kann nicht glauben, dass du mich ghostest. Ich kann nicht glauben, dass du mich ghostest. Ich kann nicht glauben, dass du mich ghostest.

Mit zitternden Fingern zog ich das Handy aus meiner Hosentasche. Ich brauchte Ablenkung. Doch genau dann, dann, als von oben *You Can't Always Get What You Want* ertönte und mein gesamter Körper bebte, erkannte ich die Eins über dem Mail-Icon. Warum, dachte ich noch, bevor es schließlich endgültig begann.

Das mit dem Bachruntergehen.

Freitag, 22:01 Uhr
An: Bennett29 (bennett29@newinyork.com)
Von: Eternal Summer (eternalsummer@newinyork.com)
Betreff: Dein Ernst?

Hey, Elle, ich würde meine Nachricht ja mit einer Entschuldigung beginnen und dir mit zehntausend Emojis versichern, wie leid es mir tut, dass ich mich erst jetzt melde, dass ich so lange schon nichts mehr von dir gehört habe, dass ich dich vermisse und alles, aber wieso erzähle ich dir nicht gleich von deinem Buch, das dich garantiert am meisten interessiert? Spoiler: Alle lieben es. Du hast einen Hype, die Bestsellerpositionierung, Artikel in der Times und Selfies von weinenden Leser*innengesichtern, um zu untermalen, wie sehr deine Texte berühren. Eine Frau hat sich sogar den Titel deines Buchs auf den Arm tätowieren lassen. The Emptiness Between Us. Es ist so krass, oder? Na ja, ganz eigentlich ist es natürlich genauso wie in deinem Traum, aber du bist einfach nicht mehr hier, um dich zu fragen, ob die zweitausenddreihundert Fünf-Sterne-Rezensionen auf Amazon nur aus Mitleid dort stehen. Du wirst nie herausfinden, wie süchtig du tatsächlich nach Likes, Anerkennung und Bewertungen warst. Und ich, Elle? Tja, ich werde verflucht noch mal nie erfahren, wieso du deine Protagonistin ausgerechnet Mónica genannt hast. Ist es Zufall, wenn du doch nur über die Leute schreiben wolltest, die dir wehgetan haben? War es wegen mir? Wenn ja, womit genau habe ICH DIR denn bitte wehgetan? Das sind so viele Fragen, und ich habe keine Antworten, und das ist ein Problem. Auf meinem Nachttisch liegen vier Exemplare von deinem Roman, aber ich traue mich nicht, eins aufzuschlagen. Ich will schlicht nicht lesen, wie du dein ultraaufregendes Leben als Schreibstudentin mit deinen Schreibkommiliton*innen darin verflochten hast. Ich will nicht mehr wissen, wie frei, endlos und verändert du dich in New Haven gefühlt hast, dass das Verlassen von St. Clouds dein Neustart war und du seit Beginn deines filmwürdigen Lebens endlich das Gefühl hattest, so wirklich dazuzugehören. Ich will das alles nicht wissen, weil deine Sprachnachrichten mich überallhin begleiten. Weil du vor Monaten auf eine Nachricht von mir gedankenlos »Es liegt nicht an dir« geantwortet hast und das doch abgedroschener Standardbullshit war. Offensichtlich lag es an mir. Offensichtlich liegt verdammt noch mal ALLES an mir. Ich meine, allein meine erste Woche an der Juilliard, über die ich nicht reden will, weil ich sonst nur verbittert klingen würde (einsame Mittagspausen und das Ich-bin-nicht-cool-genug-Gefühl inklusive). Ich denke seit Wochen, ich bleibe stehen, so ganz allgemein, seit dem vierundzwanzigsten September, um genau zu sein. Selbst wenn ich abends wieder und wieder dieselben Straßen entlanglaufe. Wenn ich mich nachts hingegen durch die Insta-Accounts scrolle, die du ständig gecheckt hast, sehe ich nur Dinge an mir vorbeirauschen. Wahrscheinlich, weil du trotz allem so tief in mir verankert bist, dass ich nur Teile von dir ausspucke, wenn ich jetzt über der Kloschlüssel hängen würde (was ich unbedingt vermeiden will). Aber Elle, du machst mich so krank mit deiner harten Skorpionhülle und deinem weichen Krebskern. Du frisst mich auf, mein Tattoo wirkt gegen deine Sternzeichen bloß niedlich und friedlich. Ich weiß nicht mal, wieso ich dir schreibe und woher die Worte kommen. Vielleicht würdest du sagen, ich übertreibe und verwechsele unsere Freundschaft mit einer romantischen Beziehung, aber vergiss nicht, dass du diejenige warst, die uns als Twin Souls bezeichnet hat. Vergiss nicht, dass du diejenige warst, die mir betrunkene Liebeserklärungen vom Ocean Drive geschickt hat und Monate später einfach verschwunden ist. Und vergiss nicht, dass ich jetzt nur aufhöre zu schreiben, weil dieser beschissene Joghurt-Laden zumacht und der Kassierer mich schon seit einer halben Stunde raushaben will. Ich gehe jetzt, aber ich laufe nicht weg. Ich schwöre, ich laufe nicht weg, hörst du?

Ich blinzelte der Mail entgegen, wusste nicht, ob ich lachen, heulen oder fluchen sollte. Das Bildschirmlicht stach mir grell entgegen, während ich bloß diesen hässlichen Gedanken in meinem nebeligen Gehirn hörte.

WIESO HATTE ETERNAL SUMMER DIESE MAIL VERSEHENTLICH AN MICH GESCHICKT? AUSGERECHNET HEUTE, NACH SLOANE?

Musste ich zurückschreiben, obwohl die Mail nicht an mich war? *Sollte* ich das denn nicht in meinem Experiment, ein besserer Mensch zu sein, tun? Aber was zum Teufel tippte man auf so was zurück?

Hi, Eternal Summer, eigentlich wollten wir uns nur Songs schicken, aber jetzt ist deine Aggromail in meinem Postfach gelandet. Leider kann ich nicht ignorieren, wie beschädigt, verletzt und verzweifelt du darin klingst, sodass ich jetzt denke, es wäre meine NewInYork-Partner-Pflicht zu fragen, ob du darüber reden willst. Und das, obwohl du mir höchstwahrscheinlich sowieso nur ein peinlich berührtes »Sorry, können wir das einfach vergessen?« schicken wirst. Also, glaubst du, wir können das einfach überspringen, weil ich gerade auch echt betrunken bin und sehr viele eigene Sorgen habe? Wohl kaum.

Ich fasste mir in den Nacken, während ich die Mail erneut überflog. Dabei verharrte mein Daumen immer wieder über dem Buchtitel. *The Emptiness Between Us.* Wieso klingelte da etwas? Mit pochendem Kopf tippte ich die Wörter bei Google ein. Ich hatte das Ergebnis innerhalb Sekunden und wollte das Buchcover anklicken, doch –

»Du. Wasser. Trinken. Jetzt.«

Meine Schwester hielt mir eine Plastikflasche entgegen, mit der anderen Hand umklammerte sie meine Jacke. Letztere streckte sie mir hin.

»Du wirst krank, wenn du sie nicht anziehst.«

»Du klingst wie Mom.«

»Ich klinge wie Aiden«, verbesserte sie, angeekelt über sich selbst.

»Du solltest wieder nach oben gehen.« Widerwillig schnappte ich mir die Jacke. »Am besten Bierpong spielen und deiner Freundin Wodka aus dem Bauchnabel oder so trinken.«

»Na, na, na, das werde ich überhören, weil du dir garantiert keinen Vortrag darüber anhören willst, wieso ich gerade doch hier stehen sollte.« Sie stupste mich an. »Hey, sag schon, was ist vorhin passiert? Hast du es doch nicht auf die Schiffsfahrt geschafft?«

Ich presste den Daumen gegen die Rillen am Deckel und erinnerte mich an den Pier, die Menge, wie ich gedacht hatte, ich könnte das durchziehen. Dann das Vibrieren, die Nachricht, Sloane. Wie ich schließlich doch einfach wieder gegangen war.

»Können wir über was anderes reden?«, flüsterte ich rau.

Ash kippte den Kopf, rang mit sich und wollte weiterbohren, knickte aber seufzend ein. »Klar«, flüsterte sie, ehe sie zu meinem Handy nickte. »Hast du gerade das Buch von Elle Flores gegoogelt?«

»Du kennst es?«

»Ben, das war der Roman, an dem meine Finger gestern literally geklebt haben. Du hast es sogar kommentiert.«

Deshalb kam es mir also bekannt vor.

»Es war so unnormal gut. Ich musste mir sogar Rezensionen durchlesen, um zu schauen, ob ich die Einzige mit so krassen Gefühlen bin. Warte.« Sie fischte in ihrem Ausschnitt nach dem Handy, zwei Sekunden später hielt sie mir das Display unter die

Nase. »Das war mal der Instagram-Account der Autorin. Er ist in den Gedenkzustand gesetzt. Superstrange, sich vorzustellen, dass es irgendwann einen Haufen davon geben wird, oder?«

»Schätze schon«, murmelte ich, wobei ich mir das Handy aus Ashs Hand schnappte und diesen Account mit über 20k Follower*innen beäugte. Ein paar Selfies, zwei Fotos von Bücherstapeln, eins von Notizheften. Dann der älteste Beitrag, verortet in den Florida Keys und versehen mit dem Hashtag #bestie. Es zeigte Elle Flores mit einem anderen Mädchen. Hinter ihnen sah man das Meer, beide waren braun gebrannt und wirklich wunderschön. Mit zittrigem Daumen klickte ich das Foto an.

Audssummers wurde auf dem Foto markiert.

Alles in mir gefror. Alles kalt und taub und nicht bewegbar, ich, mein Körper und mein Dasein. Es klirrte sogar in meinen Ohren, piepend und schrill. Keine Ahnung, ob das Ashs Stimme war, die wie durch Watte zu mir hindurchdrang.

Was ist los, Ben? Wieso zum Teufel antwortest du mir nicht, Ben? Hallo, hörst du mir überhaupt zu, Ben? Ben? Ben!

*

Ich hatte ein Problem.

Es umfasste unter sechshundert Wörter, besaß eine Stimme und spukte mir ständig im Kopf herum. Mein Problem hatte ein Gesicht und einen Körper. Und es war nicht Sloane, denn manchmal befand es sich sogar im selben Raum wie ich.

Wie zum Beispiel jetzt.

Ich beobachtete, wie Audrey Summers das Papieretikett ihrer Wasserflasche zerpflückte. Eine gefütterte Lederjacke hing um ihren Stuhl, sie trug einen schwarzen Rollkragenpullover und die Haare in einem wilden Knotengedöns. Ohne die Locken, die ihr ins Gesicht fielen, wirkten ihre Augen noch riesiger. Ich wollte nicht, dass sie mich mit ihnen betrachtete, weil, ja … keine Ahnung. Vielleicht könnte sie damit paranormal-filmmäßig in mich hineinsehen und dann checken, dass sie ihre Mail ausgerechnet an mich geschickt hatte. Ich wusste, dass es wahnsinnig und paranoid war. Schließlich hatte sie mich vor über vier Tagen erreicht, und bislang war keine weitere eingegangen. Vielleicht war ihr die ganze Sache gar nicht aufgefallen. Vielleicht hatte ich mich vertan, und Audssummers war gar nicht Audrey Summers, sondern eine Verwechselung.

Haha, sicher doch.

»Also, noch mal, damit Sie mich klar verstehen.« Feldman rückte ihre Brille zurecht. »Die Rollenliste werde ich Ihnen morgen zumailen. Vergessen Sie dabei nicht, dass ich die Rollen nur im Hinblick auf Ihre schauspielerische Entwicklung vergebe. Erst ab dem dritten Semester werden sie so verteilt, dass auch das Stück davon profitiert.«

Minuten später war die Stunde vorbei. Ich packte mein Zeug zusammen, wobei ich Audrey immer noch aus dem Augenwinkel registrierte. Sie verstaute ihr Notebook und zog sich die Jacke über. Die Ärmel ihres Pullovers schauten heraus, ihre Hände wurden fast komplett von dem schwarzen Stoff bedeckt, der Stein ihrer Goldkette leuchtete, und ich wusste nicht, wieso ich das alles so genau bemerkte. Ich musterte ihr Gesicht, nur kurz, zwei Sekunden höchstens. Ihre Augen waren mehr braun als golden, kein Grün, keine Sprenkel. Vielleicht war es Einbildung, Interpretation oder meine logische Schlussfolgerung nach ihrer Mail, doch mit einem Mal sah ihr Blick nicht mehr kalt, sondern fucking traurig aus. Für mich. Für mich war Audrey plötzlich traurig, weil ich Dinge wusste, die ich nicht wissen sollte.

Sieben Stunden später passierte das, was alles veränderte. Es klingt dramatisch. Es *war* dramatisch. Wenn man es also genau nimmt, begann alles mit Audrey Summers' Traurigkeit. Die, die ich mir eingebildet hatte. Manchmal sind die Illusionen in unseren Köpfen äußert gefährlich, just saying.

*

Das, was alles veränderte, passierte vor einem vollgekotzten Early-Bird-Parkhaus-Schild nach meiner Therapiestunde.

»Gibt es etwas Bestimmtes, worüber Sie heute reden wollen?«

Ich blinzelte Doktor Ruiz entgegen, während ihre Stimme blechern verzerrt aus den Lautsprechern drang. Sie hockte in ihrem Praxiszimmer, das mit drei riesigen Pflanzen und hellen Vasen ausgestattet war. Die braunen Haare trug sie in ihrem hohen Standardzopf, der mit einem bunten Haargummi zusammengehalten wurde. Doktor Ruiz begann ihre Stunde immer mit dieser Frage, schon damals in Fresno.

»Nope«, sagte ich, weil es gut lief, ich okay war und ich mich seit Monaten nicht mehr auf kalte Badezimmerfliesen legen musste, um etwas zu fühlen. Außerdem wollte ich nicht über Sloane reden, denn ich wollte nicht an Gray denken.

Aber Doktor Ruiz kannte mich seit über zwei Jahren und musste mir meine Gefühle trotzdem auseinandernehmen. Fünfzig Minuten lang quälte sie mich mit Fragen wie: *Was können Sie tun, falls Sie sich in den nächsten Tagen von dem Juilliard-Stress überfordert fühlen?* Also erzählte ich ihr von meinen Routinen, der morgendlichen Meditation, den Pausen, Spaziergängen und Work-outs, von allem, was sie hören wollte, bis sie darauf drückte, wo es so richtig wehtat.

»Und das Schlafen?«

Ich zuckte die Achseln, weil die Stunde in sieben Minuten vorbei war. Letztere reichten Doktor Ruiz nicht für eine Sezierung, doch das war super-duper-gut. Wenigstens würde ich so nicht bis zur nächsten Stunde wie ein fettes und nicht aufgearbeitetes Trauma durch die Gegend schlurfen.

»Ich denke, wir sollten uns das nächste Woche genauer anschauen, ich bereite etwas vor«, sagte sie und kritzelte in ihr Sitzungsprotokoll.

Nach unserem Gespräch musste ich raus. Früher hatte ich einen dreißigminütigen Spaziergang von ihrer Praxis zurück nach Hause gehabt, um meine Gedanken zu ordnen, aber seit meinem Umzug und den Online-Sitzungen war alles anders. Jetzt musste ich mir ohne Ziel die Schuhe zubinden und nach draußen treten, wo es gerade pisste. Regentropfen prasselten auf meine Kapuze, doch es war mir egal. Ich passierte das heruntergekommene Schild eines Asia-Imbisses, während ich in der Ferne die Juilliard erkannte.

Es war derselbe Moment, in dem ich die dunkle Silhouette bemerkte. Die, die durch den Regen stapfte. Manisch, bestimmt, irgendwie draufgängerisch ganz ohne Kapuze und Schirm.

Audrey Summers.

Eindringlich trommelte der Regen ihr auf die blonden Locken. Aus der Entfernung glänzten ihren Wangen, denn sie hielt sich ihr Handydisplay dicht vor das Gesicht. Die Lippen presste sie dabei so zusammen, als würde eine eingegangene Nachricht sie aufregen. Klar starrte ich, obwohl ich nicht starren wollte. Mein Herz klopfte sogar ungesund schnell, wie in den Momenten, in denen ich nach einem Drei-Sekunden-Schlaf aufschreckte. Als wäre ich in Gefahr, was doch Bullshit war. Ich meine, es ging hier um Audrey Summers. Sie wollte mich nicht bedrohen. Sie wollte nicht mal Impro mit mir spielen. Das spürte ich, wenn wir uns gegenüberstanden und sie diesen tiefen Atemzug nahm. Nicht, um wie bei unserem Vorsprechen zu einer anderen Person zu werden. Es war diese Art von Bitte-lass-die-nächsten-Sekunden-nicht-so-fürchterlich-wie-in-meinem-Kopf-werden-Luftholen.

Ich wollte gerade das Kinn senken, so tun, als hätte ich sie nicht gesehen, als –

»SCHEIßE!«

Mit angeekeltem Gesicht trat Audrey einen Schritt zurück. Ihre Docs waren schwarz, schrammig und voller Kotze. Krampfhaft blinzelte sie dem Parkhausschild entgegen, das für Early-Bird-Spezialpreise warb. Erst dann erkannte sie mich, ehe ihr Gesichtsausdruck von genervt zu ultragenervt wechselte.

»Was ist?« Sie rümpfte die Nase. »Willst du mir keinen Spruch reindrücken? Vielleicht ein ganz schlichtes *Schau doch vorher, wo du hinläufst*?«

»Ich hätte eher auf *Social Media macht süchtig und verpestet unser Leben* gesetzt, aber ist ja fast das Gleiche.« Mein Blick schweifte verwirrt zu ihrem Handy. »Bist du gerade ernsthaft wegen der Health-App in Kotze getreten?«

Ein Auto rauschte in Richtung Broadway an uns vorbei, sonst war da nichts. Wären wir in einem Film, fiktiv und fantastisch, hätte es Nahaufnahmen gegeben. Ihr Blick, mein Blick, sanftes Klavierspiel, vielleicht was in Moll, das sich mit dem Trommelgeräusch vermischt hätte, um unsere plötzlich entstehende Verbundenheit zu unterstreichen. Aber so war das zwischen uns nicht, weil das eben nicht echt war. Im wahren Leben gab es keine Einspieler und Spannungsmomente, Spezialeffekte und Slo-Mo, um dem Publikum zu signalisieren: *HIER, IHR MÜSST HINSCHAUEN, DAS IST WICHTIG!*

Außerdem war es gerade, genau genommen, einfach nur arschkalt. Audrey und ich starrten uns wie zwei Durchschnittspersonen in einem Durchschnittsleben an, scheiß mal auf die Sechs-Komma-neun-Prozentrate und das ganze Juilliard-Tamtam. Schließlich verschränkte sie die Arme.

»Wüsste nicht, was dich das angeht, *Smiley-Miles*.«

Und dann stampfte sie davon, sie, in der übergroßen Lederjacke und den dreckigen Docs, immer noch wie ein Filmplakat auf zwei Beinen.

Das, was alles veränderte, passierte vor einem versifften Parkhausschild, und eigentlich passierte nichts. Wenn ich jetzt zurückdenke, ist *Nichts* das Schlimmste, was geschehen kann.

8

#Eternalsummer

Moving on, just moving in slow motion

Meine Hände bebten. Kein Scherz. Meine Finger BEBTEN, als wären sie eine eigene Stadt wie Tokio oder San Francisco mit lebensbedrohlichen Aktivitäten. Unter meinen Nägeln brannte es, aber es war kein Ich-muss-jetzt-unbedingt-etwas-tun-Brennen.

Es war ein viel schlimmeres.

Es war ein taubes.

Amal nahm links von mir eine ihrer Sprachnachrichten auf, während ich die eingegangene Mail in meinem Dorm-Bett ein weiteres Mal überflog.

Dienstag, 22:23 Uhr
An: Eternal Summer (eternalsummer@newinyork.com)
Von: Bennett29 (bennett29@newinyork.com)
Betreff: AW: Dein Ernst?

Liebe NewInYork-Korrespondentin,

ich habe lange mit meiner Antwort gezögert und mich jetzt aus undefinierbaren Gründen doch dafür entschieden, dir zu schreiben. Dafür gibt es fünf Gründe:

1. Du hast deine letzte Mail (höchstwahrscheinlich) versehentlich an mich geschickt.

2. Kennst du die Leute, die behaupten, alles an Eminems Texten würde im Grunde nur nach Angst klingen?
3. Denn ich habe das Gefühl, alles in deiner Mail klingt unendlich traurig.
4. Deshalb habe ich mich gefragt, ob du vielleicht NewInYork-zweckmäßig darüber Korrespondenz halten willst? Weil ein anonymer Gesprächspartner fast so gut wie ein Fremder ist, dem man betrunken vorm Club das Herz ausschüttet oder so?
5. *Je te laisserai des mots* von Patrick Watson

Verfluchter Mist. Ich hatte Bennett29 also tatsächlich die Nachricht an Elle geschickt. Wie selbstverständlich begann es hinter meinen Schläfen zu pochen.

Wie dumm man sein kann? Ich: Ja.

Meine Bettdecke raschelte, sie roch nach Moms Waschmittel und einem Zuhause, das nie eins war, als Amal »Waaaarte, hab den Faden verloren, wo war ich?« in ihr Handy flüsterte. Mit rasendem Herzen tippte ich.

Dienstag, 22:29 Uhr
An: Bennett29 (bennett29@newinyork.com)
Von: Eternal Summer (eternalsummer@newinyork.com)
Betreff: I'm trying to stop you from breathing??!!

Liebe NewInYork-Korrespondentpartnerin? Wieso so förmlich, Bennett29? 😂 Ehrlich gesagt hab ich noch nie von dem Eminem-Ding gehört. Ich weiß nur, dass die Texte für mich (19, weiblich, Vorliebe für Abendspaziergänge, auf denen ich mich gerne nicht ständig umdrehen würde, weil ein creepy Typ mir hinterhersehen könnte) frauenfeindlich und beängstigend klingen. Als Beispiel: *Space Bound*. Google sagt, es ist einer seiner romantischsten Songs, aber er rappt darin einfach davon, dass er seine Freundin vom Atmen abhalten will, also ... Und zum anderen Teil: Würde es dir etwas ausmachen, so zu tun, als hättest du die Mail nicht bekommen? Denn ich habe sie wirklich versehentlich an dich geschickt (sorry übrigens dafür). Außerdem steh ich nicht so auf drunk-deepe Gespräche mit Fremden.

Dienstag, 22:39 Uhr
An: Eternal Summer (eternalsummer@newinyork.com)
Von: Bennett29 (bennett29@newinyork.com)
Betreff: AW: I'm trying to stop you from breathing??!!

Liebe Eternal Summer,

1. Sorry für den Eminem-Vergleich.
2. Und sorry fürs Nachfragen.
3. Ernsthaft.
4. Klar können wir das vergessen.

Dienstag, 22:41 Uhr
An: Bennett29 (bennett29@newinyork.com)
Von: Eternal Summer (eternalsummer@newinyork.com)
Betreff: *I'm not angry anymore*

I'm not angry anymore von Cummrs

PS: Listen sind dein Ding, oder?

Dienstag, 22:42 Uhr
An: Eternal Summer (eternalsummer@newinyork.com)
Von: Bennett29 (bennett29@newinyork.com)
Betreff: Mag halt Zahlen

The Farewell von Reivaj Ebol

Dem Display starrte ich so lange entgegen, bis es schwarz wurde. Durch den Türschlitz fiel währenddessen Flurlicht auf den Teppichboden, wobei Amal immer noch an derselben Nachricht sprach. Wäre ich Bennett29, hätte ich eine Liste namens *Dinge, die ich über meine Mitbewohnerin weiß* bloß mit drei lächerlichen Punkten füllen können. Erstens: Amals Markenzeichen war ihr perfektionierter Lidstrich, dick und mit Wing, wie auf Werbeplakaten von Urban Decay. Zweitens: Sie befand sich so gut wie nie in unserem Zimmer. Drittens: Sie hatte eine Schwäche für Sprachnachrichten, die mindestens fünfzehn Minuten lang waren. Außerdem pisste ich sie an, aber das schien mir nicht mehr nennenswert.

Als ich das Handy beiseitelegte, hätte ich am liebsten gelacht. Richtig laut und hohl, ohne den geringsten Schimmer zu haben, wieso genau. Aber das konnte ich nicht, weil Amal mich sonst mit ihrem Killerlidstrich tatsächlich umgebracht hätte. Also stieg ich mucksmäuschenstill aus meinem Bett, bevor ich in Richtung Waschräume schlurfte. Ich wollte mir Wasser ins Gesicht spritzen, mich im Spiegel ansehen und mir irgendwie zureden, dass schon alles okay werden würde, was jedoch nie geschah. Denn als ich den Aufenthaltsraum passierte, blieb ich wie angewurzelt stehen. Blinzelnd betrachtete ich Tabitha. Im Pyjama lümmelte sie auf einem der rostbraunen Sessel, die Knie dicht an den Oberkörper gezogen. Ihr brünettes Haar trug sie in einem eleganten Knoten, einzelne Strähnen umrahmten ihr Gesicht absichtlich. Sie trug bloß helle Töne, gerade Hosen, beigefarbene Mäntel und roséfarbenen Nagellack. Selbst ihr Pyjama wirkte clean, champagnerfarben und aus Seide. Sie hätte perfekt in Moms Magazin gepasst. *Jung und sophisticated*, *Minimalismus 1 x 1* – etliche Headlines hätten mit Tabitha harmoniert. Gerade las sie ein Buch, schwarzes Cover, reduziertes Design und schnörkellose Schrift, als sollte der Inhalt ganz für sich sprechen.

»Oh, Audrey.« Sie bemerkte mich und lächelte mir zu. »Sag mal, kennst du …«

In meinen Ohren begann es zu piepen, laut und eindringlich.

»S-sorry«, murmelte ich. »Was hast du gesagt?«

»Ob du es kennst.« Sie hielt den Roman in die Höhe. »Das Buch ist so, so, so gut. Rhonda hat es auch gelesen, weil sie davon in einem Podcast gehört hat. Da ist diese Protagonistin, die safe eine Essstörung hat und …«

Spoiler!, wollte ich schreien, doch konnte nicht. Ich konnte bloß mit einem wilden Herzschlag in der Kehle dastehen, während Tabitha über den Einband strich.

»Und dann die Autorin, das ist auch eine suuupertraurige Geschichte, weil sie letztes Jahr gestorben ist. Mit zwanzig, dabei war sie *so* talentiert. Sie hatte sogar schon eineinhalb Romane fertig, krass, oder? Ich bekomme Gänsehaut, wenn ich ihr Foto ansehe. Warte, hier –«

»Ich kannte sie.«

Es rutschte mir raus. Einfach so, während ich wusste, dass ich diesen Moment für immer bereuen würde.

»Was?« Tabithas graublaue Augen rissen auf.

Scheiße. Wieso hatte ich mich selbst nicht unter Kontrolle?

»A-also nicht so«, fügte ich schnell hinzu. »Wir, ähm, wir kommen nur aus derselben Stadt.«

Lüge, denn wir kamen aus derselben Stadt, aus derselben

Schule, aus demselben Leben, weil wir beste Freundinnen gewesen waren.

»Oh mein Gott, wirklich? Wie verrückt ist das denn?!« Tabitha klopfte auf den Platz neben sich, bevor ich mich um kurz nach elf zum ersten Mal richtig mit einer Kommilitonin unterhielt. Weil sie Elles Buch las und ich Elle kannte. So verkorkst war mein Leben. Es war kein Zwei-Uhr-morgens-Clubtoiletten-Moment, doch kam dem in meiner wenig spektakulären Version davon ziemlich nah. Tabitha fragte mich nach Elle, doch ich hatte nichts zu erzählen. Tabitha fragte mich nach meiner Mitbewohnerin, doch Amal hasste mich. Dann fragte Tabitha mich nach meinem Highlighter, weil er immer so *on fleek* war.

»Ich glaube, es liegt am Pinsel«, murmelte ich, bevor ich ihr die Marke diktierte.

Elles Hardcover hatte sie neben sich abgelegt, wobei die Seiten immer noch aufgeschlagen waren. Als der Buchrücken brach, brannte mein Krokodil. Das spürte ich genau.

*

Vierzehn Stunden später war meine Stimme verschollen.

Es gab keine andere Erklärung als diese, weil Rhonda mich seit gefühlt drei Jahren anstarrte, aber mein Gehirn zu keiner Antwort fähig war.

»Also«, wiederholte sie. »Nur damit ich das richtig verstehe, du kanntest Elle Flores?«

Rhonda liebte Elle. Rhonda liebte ihren Schreibstil, ihren artsy Vibe und ihren unnahbaren Gesichtsausdruck auf den Verlagsfotos.

»Ich ... ja, nur so ein bisschen vom Sehen. Kleinstadt halt.«

Rhonda schüttelte verblüfft den Kopf, ihre Creolen schwangen mit. Wir saßen in der Mensa, wo es nach Käsesoße und dreihundert Kilo Fett roch. Doch ich konnte nur an *The Emptiness Between Us* denken. Daran, dass alle verrückt nach meiner toten besten Freundin waren und Elle mich selbst an der Juilliard verfolgte. Ich stocherte in meinem Salat, für den ich mich automatisch entschieden hatte. Er war voller veganem Feta und Pinienkernen, das war kein Schummeln, das war eine Mahlzeit. Alles war verdammt noch mal okay. Als die anderen sich zu uns gesellten, konnte ich sogar wieder atmen, weil wir das Thema wechselten. Und das war nicht nur okay, sondern s-u-p-e-r.

»Voll krass, dass du Helena spielst.« Tabitha deutete mit ihrer Gabel auf mich, während Matz über die Rollenverteilung monologisierte. Er war angepisst, weil er den Feenkönig zugeteilt bekommen hatte.

»Ja.« Ich spießte Babyspinatblätter auf. »Wirklich krass.«

Schweigend sah Tabitha mich an. Ihre Musterung war neugierig statt missgünstig, trotzdem ahnte ich ihre Gedanken.

Wieso zum Teufel spielst du *eine der wichtigsten Rollen, Miss Ich-kenne-Elle-Flores-vom-Sehen?*

Keine Ahnung, wie ich dieses Mittagessen überlebte. Aber ich weiß, dass ich mir eine Banane auf dem Weg zum Proberaum schälte und stolz auf mich war. Im Saal angekommen, saß Feldman bereits im ersten Rang. Sie trug Kapuzenpullover, weite Hose und Sneakers, alles in allem war sie wieder mal ganz unabsichtlich die furchteinflößendste Person überhaupt. Ich legte meinen Jutebeutel ab und wusste, ich bildete mir bloß ein, dass alle mich wegen der Rollenverteilung anstarrten. Ich *wusste*, dass das nur in meinem Kopf passierte. Ich meine, ich war nicht so besonders. Im Grunde machte nur ich mir so viele Gedanken um mich selbst, was doch klassisches Gen-Z-Dasein darstellte. Trotzdem war ich dankbar dafür, dass wir die Skinny Jeans verbannt hatten, meine Leggings-Beine deshalb ausgestellt waren und mein oversized Oberteil als #hotgirlclothes durchging.

Als anschließend *er* durch die Tür schritt, hätte ich beinahe erleichtert ausgeatmet. Denn dass Levi Parker gerade von allen Seiten begutachtet wurde, war ein kugelsicherer Fakt. Seine pure Existenz schrie nach Herbst. Die rostbraune Frisur, sein warmbeiger Pullover, der das Tattoo am linken Arm verbarg. Hätte ich ihn nicht bereits beim Spielen beobachtet, hätte ich behauptet, dass wir auf der Bühne über das gleiche Merkmal funktionierten: perfektionierte Körperspannung. Es war die Art, wie er sich hielt, vor allen Dingen seinen Oberkörper und die Schulterblätter. So aufrecht, so auffällig. Levi Parker hatte einfach eine Präsenz.

»Dein britischer Demetrius.« Tabitha deutete unauffällig auf Levi, der sich durch sein Handy scrollte.

»Weiß nicht«, flüsterte ich. »Er will mich ja nicht.«

»Hä, wie?«

»Demetrius liebt Hermia.« Ich räusperte mich. »Ich spiele eine unsichere Protagonistin mit massiven Minderwertigkeitskomplexen, die auf ihre beste Freundin eifersüchtig ist, weil Demetrius nur sie will. Ich erniedrige mich in jeder Szene selbst, aber das muss ich, damit das Publikum meine Liebe zu Demetrius spürt und hinterher okay damit ist, dass er nur mit mir zusammen sein will, weil er high ist. Demetrius ist irgendwie nie wirklich Helenas Demetrius, oder?«

»Na ja, am Ende gehört er trotzdem Helena. Ob er sie tatsächlich will oder nicht.« Tabitha strich sich halb lächelnd die Hose glatt. »Wenigstens musst du keine Frau spielen, die einen fucking Pferdekopf liebt, haha.«

»Ich hätte gern Titania interpretiert.«

Es stimmte. Sie war exzentrisch, verrückt und verliebt. Helena war bloß genauso kompliziert wie ich.

»Heute ist die letzte Stunde, in der Sie eine Übung absolvieren«, sagte Feldman fünf Minuten später. »Am Freitag finden die ersten Textproben statt. Lernen Sie Ihre Stellen, ab der dritten Woche will ich niemanden mehr mit Skript sehen. Aber zurück zur heutigen Übung. Hate-Date.«

Sie nickte zur Bühne, wo sie zwei Sitzklötze platziert hatte. Das Prinzip war schnell erklärt, denn es handelte sich um Speeddating in der Schauspielversion. Jude und Matz machten den Anfang. Ersterer war der aktive Part und musste sich dreißig Sekunden lang wie das schrecklichste Date überhaupt verhalten. Dann war der Nächste dran.

»Übertreiben Sie«, sagte Feldman.

Es wäre trivial und einfach gewesen, vielleicht sogar witzig. Aber es war die Juilliard. Feldman setzte sich mit kerzengeradem Rücken in den ersten Rang und schaute steif in Richtung Bühne. Es herrschte Totenstille, weil selbst Aufwärmübungen eine kleine Klausur waren.

Doch das schien Jude nicht zu stören. Raketenruckartig erhob er sich von seinem Klotz, womit die Jude-Hill-ist-so-verdammt-krass-Show begann. Er fasste Matz' Hand, zog ihn nach oben, legte ihm den Zeigefinger an die Lippen und flüsterte: »Hörst du sie auch, die Geister?«

»Bin voll gespannt, wie Hill Lysander interpretiert«, sagte Rhonda zu mir, während Tabitha nickte, weil wir ja jetzt eine Verbindung zueinander aufgebaut hatten. Durch Elle.

Mit zusammengekniffenen Augen beäugten sie Jude, als wollten sie herausfinden, wieso genau er so gut als Schauspieler funktionierte. Als wäre er ein Produkt aus Lehrbüchern, Seminaren und dem entscheidenden Fünkchen Talent.

»Er spielt irgendwie so glatt.« Tabitha faltete die Hände in ihrem Schoß zusammen. »Als würde er nicht alles geben und stattdessen eine Rolle in seiner Rolle sein?«

Meine Antwort war ein Schulterzucken.

Es folgten weitere Hate-Dates. Matz tauschte mit Jude. Rhonda trat auf die Bühne, dann Dahlia, die Hermia spielen würde. Ich hing an jeder Geste ihrer Touchy-Seniorin-Interpretation, so großartig war sie. Dann nannte Feldman meinen Namen.

»Und Mister Parker«, dirigierte sie.

Natürlich.

Fest rieb ich mir die Hände an dem Leggingsstoff, was Nervosität bedeutete, was wiederum ein Fehler war, weil es alle mitbekamen. Feldman, die protokollierend in ihr iPad tippte. Levi, der erneut seine angedeutete Mimik auspackte und *fast* die linke Braue zucken ließ. Als wäre ihm niemand eine ganze Geste wert. Hastig erinnerte ich mich an Feldmans Worte.

Übertreiben Sie.

Das war meine Spezialität, selbst wenn wir eindringlicher als die Paare zuvor betrachtet wurden. Schließlich waren wir Liebende in unserem allerersten Klassenstück, was von höchster Wichtigkeit für uns war. Also atmete ich tief durch, bevor ich von meinem Klotz aufsprang.

»Du bist so ein Wichser!«, schrie ich. »Wie konntest du fremdvögeln?«

Ich improvisierte ein Fake-Date, das sich für ihre Freundin rächte. Ich schrie und übertrieb tatsächlich, aber es fühlte sich gut an.

Bis Levi seine Hand auf meinen Oberschenkel legte.

Abrupt verstummte ich. Aus dieser Nähe erkannte ich, dass sein Brillengestell gar nicht schwarz war, sondern nachtblau. Seine Brauen waren buschig und vier Nuancen dunkler als seine Haarfarbe, das Muttermal an seiner Schläfe fast mondförmig. Ich brauchte seine Hand auf meinem Oberschenkel nicht zu mustern, um zu wissen, dass sie da war. Denn seine Berührung strahlte etwas so Warmes und Pures aus, selbst wenn seine Augen kalt und grau schimmerten.

Er hat einfach diese Präsenz.

Und ich spürte sie überall.

»Darling«, sagte er, hell und ganz britisch. »Ich …«

Sein Blick ließ mich nicht los, doch sein Mund öffnete sich, ohne dass er etwas sagte. Vielleicht zitterten seine Finger über meinem Oberschenkel sogar, ganz leicht nur. In meiner Vorstellung warf ich ihn so aus der Bahn, dass er immer wieder nach Ansätzen fischen musste, weil … weil ich kurz dachte, ich würde ihn nervös machen. Doch genau dann zog er die Lippen zu einem Grübchengrinsen auseinander, schnell und rücksichtslos.

»Du halluzinierst. Das ist doch so gar nicht passiert.«

Meine Augen weiteten sich auf Kometengröße. Ich blinzelte. Zwei, drei Sekunden. Dann war meine Explosion perfekt.

»Wie –«

Doch Feldman unterbrach mich.

»Das ist genug, die Nächsten, bitte.«

Das ist genug? Wie konnte das bitte genug sein, wenn er unsere Szene mit diesem fürchterlichen Satz beendet hatte? Mit zusammengepressten Lippen trat ich von der Bühne. Anschließend beobachtete ich, wie Levi einen aufgekratzten Ich-bin-ein-sprechender-Wasserfall-Typ mit Pax gab, meine Hände zwei Fäuste.

Dieser. Verfluchte. Wichser.

Wir waren an der Juilliard, Künstler und Künstlerinnen, modern, frei und reflektiert. Seine dämliche Macho-Rolle dagegen war einfach nur zum Kotzen. Frauen als Verrückte darzustellen, war doch so was von erniedrigend und veraltet. Mir egal, ob es nur gespielt war. Er hatte sich das ausgesucht.

»Ich würde gern Mister Hill und Miss Wall zusammen sehen«, sagte Feldman.

Levi schlüpfte zurück in seine angepisste Persönlichkeit, während ich ihn aus der Ferne verachtete. Tabitha schien meinen Blick zu bemerken und lächelte mir mitfühlend zu, doch das machte es nicht besser. Denn plötzlich dachte ich wieder an Elle, an St. Clouds, seltsamerweise an das, was sie in meiner Stufe über mich gesagt hatten.

Audrey Summers? Klar ist die irgendwie hot, aber die kannst du nicht vögeln. Die ist so durchgeknallt. Eine richtige Dramaqueen, bei der alles korrekt sein muss, weißte?

Nein, dachte ich. Ich wusste nur nicht mehr, wie man atmet.

*

Der Tag wurde schlimmer, und ich konnte nichts dafür.

»Ich habe geweint.« Tabitha starrte mir mit rot geränderten Augen entgegen. »Das war noch nie so.«

Die Cola-Dose zwischen meinen Fingern hatte schon etliche Dellen, weil ich sie so zerdrückte. Light, mit Aspartam, mögliche Heißhungerattacken inklusive, doch ich brauchte das jetzt. Leere Nicht-Kalorien, pure Chemie, etwas Künstliches gegen all die echten Gefühle in mir drin.

Gegen Elle.

»Du musst es lesen, ohne Spaß. Es wird dich brechen.«

Hier, dachte ich. Guck in mich rein, denn wenn du genau hinsiehst, erblickst du nichts als Löcher, alle in der Lieblingsfarbe meiner toten besten Freundin: dunkellila, fast schwarz wie getrocknetes Blut. Ich bin nicht zerstörbar, denn ich bin schon verwüstet wie ein kontaminiertes Gebiet, mich kann nichts mehr brechen. Aber danke für die Besorgnis.

»Worüber redet ihr?«

Bei Rhondas Stimme zuckte ich zusammen. Ich blickte auf und erkannte sie im Türrahmen. Es war Pause. Auf meiner Zunge schmeckte ich noch den Müsliriegel, den ich gerade Stück für Stück in meinem Zimmer zerkleinert hatte. Mein Gesicht war neu gepudert, ich roch nach frisch aufgetragenem *Jasmine Wood* und meinem Facial Mist von Tatcha. Zusammen mit Tabitha saß ich im Aufenthaltsraum. Hinter uns stand ein Kicker, während direkt vor uns die Wahnsinnsaussicht auf das Lincoln Center prangte. Mit wenigen Schritten ließ Rhonda sich neben uns nieder.

»Das Buch von Elle«, sagte Tabitha. »Audrey muss es lesen. Nein, alle müssen es lesen. Stimmt doch, oder?«

Sie stupste Rhonda mit dem Ellbogen an, doch Letztere ging nicht darauf ein. Nope, ihr Blick blieb vielsagend an mir kleben.

»Ist was?«, flüsterte ich.

»Was, nein?« Rhonda lachte, aber der Ausdruck in ihren Augen intensivierte sich. »Ich war nur vorhin auf dem Instagram-Account von Elle Flores. Ähm … das klingt jetzt vielleicht superstrange, aber sie hatte ein Bild mit einer Freundin hochgeladen, und sie sieht irgendwie aus wie du?«

Sie ließ es wie eine Frage klingen, als täte sie mir damit einen Gefallen. Dabei war ich sogar auf dem Foto markiert, sie wusste also ganz genau, dass ich das war. Ich spürte mein Herz bis in den Rachen, wie es mir die Kehle zuschnürte, anschwoll, zu dick und riesig wurde. Rhonda biss sich auf die Unterlippe, als würde sie ihre Frage bereuen. Wahrscheinlich, weil ich so durchschaubar war mit meinem auffälligen Aufgewühltsein. Tabitha jedoch runzelte überrascht die Stirn.

Sag was, Summers. Sag irgendetwas, sei nicht komisch, sei nicht gestört, sei keine beste Freundin eines toten Mädchens, die so tut, als wäre es das nicht.

»Hey, nachher steht noch, oder?«

Als Matz plötzlich im Türrahmen erschien, wandten wir uns

gleichzeitig nach links. Aschblonde Strähnen fielen ihm in die Stirn, den Rucksack trug er schief auf einer Schulter. Vielleicht war er für drei Sekunden mein Retter.

»Klar«, sagte Rhonda. »Wieder bei Jill, um zehn.«

»Alles klar, ich schreib dann in unsere Gruppe wegen dem Vorglühen.« Matz schlurfte weiter in Richtung Aufzüge, während Tabitha sich mir hastig wieder zuwandte.

»Wir gehen nachher ins *Mission*. Wir hätten dich auch gefragt, aber du bist ja noch nicht einundzwanzig.«

Sie klang ehrlich zerknirscht, aber ich hielt Rhondas Blick trotzdem nicht aus.

»Kein Problem«, sagte ich, ehe ich mich umständlich erhob. »Ich, äh, bin noch mit meiner Schwester für einen kurzen Facetime-Call verabredet. Bis gleich.«

Meine Lüge war jämmerlich. Ich hätte mir selbst nicht geglaubt, aber sie ließen mich unkommentiert gehen. Ohne Jacke hechtete ich die Treppen nach unten und schritt nach draußen, einfach um zu laufen, wenn auch nur für eine kurze Runde um den Block. Doch als Gänsehaut meinen Hals überzog, stellte ich mir vor, wie beide gerade über Elles Instagram-Account hockten und das Foto von uns inspizierten. Unsere Gesichter, unsere Bräune, unser Lächeln, vielleicht sogar unsere Träume, weil sie uns so fett idealistisch auf der Stirn gestanden hatten.

Ich zückte mein Handy, hätte meine Schwester anrufen und ihr erzählen können, dass alles hier so sehr nach Elle schrie, dass ich meine Stimme ständig verlor. Dass ich kurz gedacht hatte, ich könnte Freundinnen in zwei Mädchen finden, die älter und viel erfahrener als ich waren, insgeheim jedoch einen kleinen Elle-Fanclub gegründet hatten. Und Ruby hätte es verstanden, denn so war sie, meine kleine Schwester mit dem verwackelten Bild, die so viel gefasster war als ich. Die, die für mich da war, anstatt andersherum. Doch als ich Instagram öffnete, ganz instinktiv, ploppte ihr neustes Aquarell-Reel auf. Eine Qualle, fliederfarben und pastellrosa, sanfte und beruhigende Töne. Ihre Beschreibung: *Bin aufgewacht und war einfach glücklich, ihr so?* 🐚

Ich konnte ihr nicht schreiben.

Ich konnte nur Elles Namen in die Suchleiste tippen und dieses Foto von uns begutachten. Wir, auf den Keys, mit dem brausenden Meer dahinter.

Es war das letzte Foto von uns, das existierte.

Vielleicht lebten wir auf ihrem Instagram-Account für immer, flüsterte diese Stimme in mir, und selbst sie klang zu sehr nach Elle.

Ich blickte mich um, blieb an Gebäuden und Businessmenschen hängen. New York war ganz New York. Laut, gleichgültig und so verflucht anonym. Das Brennen hinter meinen Augen spürte ich trotzdem, bevor ich sie wieder fühlte: die glasklare Leere in mir drin, die ich akribisch vor mir selbst versteckte, damit ich sie auch ja nicht verlor.

Jetzt, dachte ich also. Jetzt wusste ich wirklich nicht mehr, wie man atmet.

9

#Eternalsummer

Nowhere on an ordinary night

Mittwoch, 18:11 Uhr
An: Bennett29 (bennett29@newinyork.com)
Von: Eternal Summer (eternalsummer@newinyork.com)
Betreff: *Nervous* von Current Joys

Hast du eigentlich Erfahrung darin, Betrunkenen dein Herz auszuschütten?

Mittwoch, 18:49 Uhr
An: Eternal Summer (eternalsummer@newinyork.com)
Von: Bennett29 (bennett29@newinyork.com)
Betreff: Aw: *Nervous* von Current Joys

Ist es komisch, wenn ich mich versichern will, dass diese Mail für mich ist? Ich meine:

1. Du hast mir schon mal eine Mail geschickt, die nicht für mich war.
2. Wir haben gestern beschlossen, Letztere zu vergessen.
3. Du hast gesagt, du fährst nicht so auf drunk-deepe Gespräche mit Fremden ab.

Mittwoch, 19:08 Uhr
An: Bennett29 (bennett29@newinyork.com)
Von: Eternal Summer (eternalsummer@newinyork.com)
Betreff: Keine Ahnung

Wahrscheinlich bin ich einfach gut darin, Dinge zu behaupten, die ich einen Tag später nicht mehr so meine 🙈

Mittwoch, 19:12 Uhr
An: Eternal Summer (eternalsummer@newinyork.com)
Von: Bennett29 (bennett29@newinyork.com)
Betreff: Aw: Keine Ahnung

Ich bin mal so frei und rate, ja? Ich präsentiere vier Gründe, wieso du mir geschrieben hast:

1. Du bist einsam.
2. Du bist traurig.
3. Du hattest einen Scheißtag.
4. Vielleicht ist es auch eine Scheißwoche, weil wir offensichtlich beide im ersten Semester an der Juilliard studieren und die Juilliard halt die Juilliard ist.
5. Du wusstest nicht, wem du sonst schreiben sollst.

Mittwoch, 19:23 Uhr
An: Bennett29 (bennett29@newinyork.com)

Von: Eternal Summer (eternalsummer@newinyork.com)
Betreff: ...

Dir ist bewusst, dass deine Listen ein bisschen zynisch rüberkommen, oder? 😅 Aber (kann nicht glauben, dass ich das schreibe) was bekomme ich, wenn ich einknicke und dir sage, dass du recht hast?

....

Mittwoch, 19:25 Uhr
An: Eternal Summer (eternalsummer@newinyork.com)
Von: Bennett29 (bennett29@newinyork.com)
Betreff: AW: ...

Was willst du?

....

Mittwoch, 19:34 Uhr
An: Bennett29 (bennett29@newinyork.com)
Von: Eternal Summer (eternalsummer@newinyork.com)
Betreff: Wie wär's?

Eine NewInYork-Korrespondenz, die nicht nur aus Songs besteht?

....

Mittwoch, 19:39 Uhr
An: Eternal Summer (eternalsummer@newinyork.com)
Von: Bennett29 (bennett29@newinyork.com)
Betreff: Aw: Wie wär's?

Mal davon abgesehen, dass wir Reynolds damit ihre Genugtuung geben. Wieso hast du deine Meinung geändert?

Mittwoch, 19:45 Uhr
An: Bennett29 (bennett29@newinyork.com)
Von: Eternal Summer (eternalsummer@newinyork.com)
Betreff: Deshalb.

Ganz ehrlich? Weil ich mich gerade wirklich (surprise) verdammt einsam fühle. Ich brauche dir aus offensichtlichen Gründen nicht zu erklären, was mit meiner besten Freundin passiert ist. Außerdem klingt alles, was ich jetzt schreiben werde, maximal erbärmlich, aber ich bin so müde davon, dass meine Mitbewohnerin mich seit der ersten Sekunde (grundlos) hasst und ich mich unter meinen Kommiliton*innen wie die unfähigste Person überhaupt fühle. Ich weiß, dass die erste Woche an der Juilliard hart ist. Aber ... keine Ahnung. Wahrscheinlich wäre es schön gewesen, mal mit jemandem zu reden, ohne das Gefühl zu haben, absolut falsch zu sein. Und ja, das ist alles superpathetisch und privilegiert. Ich meine, die Zulassungsrate beträgt sechs Komma neun Prozent. Ich sollte dankbar und einfach leise sein. Außerdem sollte ich auch versuchen, mir nichts darauf einzubilden, aber nun ja, hier sind wir 🙃

Mittwoch, 19:58 Uhr
An: Eternal Summer (eternalsummer@newinyork.com)
Von: Bennett29 (bennett29@newinyork.com)
Betreff: Fürs erste Mal war's ganz okay.

Liebe Eternal Summer,

herzlichen Glückwunsch, Sie haben Ihrem NewInYork-Korrespondenten erfolgreich zum ersten Mal das Herz ausgeschüttet. Ihr Gewinn besteht aus:

Ruhm und Ehre in Reynolds NewInYork-Akte.
Der Bestätigung, dass Sie nicht allein mit Ihren Gefühlen sind.

Spaß beiseite. Ganz, ganz ehrlich? Safe empfindet jeder hier die ersten Wochen als absoluten Horror, mich eingeschlossen. Es gibt sogar ein Seminar, zu dem ich immer als Letzter komme, weil ich die angespannte Atmosphäre so schrecklich finde.

....

Mittwoch, 20:09 Uhr
An: Bennett29 (bennett29@newinyork.com)
Von: Eternal Summer (eternalsummer@newinyork.com)
Betreff: Ruhm und Ehre? Dein Ernst lol?

Was studierst du?

....

Mittwoch, 20:23 Uhr
An: Eternal Summer (eternalsummer@newinyork.com)
Von: Bennett29 (bennett29@newinyork.com)
Betreff: Das hier ist mein Ernst.

Woah, Eternal Summer, stopp mal. So funktioniert das nicht. Wir brauchen Regeln für unsere Korrespondenz.

1. Wir bleiben anonym, d. h. wir werden nicht versuchen herauszufinden, wer der/die andere ist, wir werden uns nicht treffen, etc.
2. Deshalb sollten wir Fragen wie »Was studierst du?« vermeiden.
3. Unsere Mails müssen ehrlich sein. Ich glaube, das ist der Reiz bei diesen betrunkenen Gesprächen, weil man so richtig ekelhaft echt sein kann und dafür sogar Bestätigung erhält.
4. Wir sollten uns ein Thema überlegen, damit wir bei Reynolds nächster NewInYork-Vorstellung als ideales Beispiel genannt werden oder so. Und ja, das ist natürlich Ironie.
5. Und ach ja, wenn wir das wirklich durchziehen, müssen wir am Ende unseren Chatverlauf halt faken...

Mittwoch, 20:30 Uhr
An: Bennett29 (bennett29@newinyork.com)
Von: Eternal Summer (eternalsummer@newinyork.com)
Betreff: Alrighty Aphrodite

1. Einverstanden.
2. Einverstanden.
3. Einverstanden.
4. Einverstanden.
5. Einverstanden.

Aber d. h.? Sind wir in einem Geschäftsgespräch, oder was? 😂 Ich glaube, wir sollten uns vor dem Start unserer ernsthaften (haha) Korrespondenz zumindest ein bisschen kennenlernen. Drei Fragen für drei Fragen? Und keine Sorge, du kannst weiter undercover bleiben, ich frage nichts zu deinem Studiengang.

Mittwoch, 20:34 Uhr
An: Eternal Summer (eternalsummer@newinyork.com)
Von: Bennett29 (bennett29@newinyork.com)
Betreff: Alrighty, schöner Song

Eine Frage für eine Frage.

Mittwoch, 20:39 Uhr
An: Bennett29 (bennett29@newinyork.com)
Von: Eternal Summer (eternalsummer@newinyork.com)
Betreff: ☺

Wie ich sehe, bestehen deine Verhandlungs-Skills also daraus, einen Punkt statt eines Fragezeichens zu tippen. Sehr solide 🤓
Anyway, mein Tag war beschissen, du gewinnst. Ich frage: Ist dein Sternzeichen Steinbock?
Und bitte sei ein Steinbock, damit ich mich in meiner Intuition bestätigt fühle.

Mittwoch, 20:43 Uhr
An: Eternal Summer (eternalsummer@newinyork.com)
Von: Bennett29 (bennett29@newinyork.com)
Betreff: Sorry

Nope, kein Steinbock. Meine Frage: Hast du dir die Songs, die ich dir geschickt habe, angehört?

Mittwoch, 20:47 Uhr
An: Bennett29 (bennett29@newinyork.com)
Von: Eternal Summer (eternalsummer@newinyork.com)
Betreff: So you're a classical kind of one

Gerade eben. Du stehst also auf Klassik? Hast du dich damit nicht ein bisschen selbst verraten?

Mittwoch, 20:49 Uhr
An: Eternal Summer (eternalsummer@newinyork.com)
Von: Bennett29 (bennett29@newinyork.com)
Betreff: Yes

Neunzig Prozent der Juilliard bestehen aus dem Musik-Department, ist dir bewusst, oder? Also, liebste NewInYork-Korrespondentin, bis dann bzw. bis wir uns etwas überlegt haben.

PS: Und das war eine zweite Frage.

Mittwoch, 20:55 Uhr
An: Bennett29 (bennett29@newinyork.com)
Von: Eternal Summer (eternalsummer@newinyork.com)
Betreff: Und stell dir vor, das hier ist sogar eine dritte

Wieso hast du überhaupt Interesse an einer ernsthaften Korrespondenz?

*

Da wartete ein Typ vor der Ampel.

Sechs Stunden nachdem Amal mich wieder mal mit *Hepburn* angesprochen und dabei vier Candy-Crush-Bonbons zu einer Bombe verschoben hatte. Nachdem mir den ganzen Tag lang unterdrückte Trauer in die Knochen gesickert war, ich es nicht mehr ausgehalten und Bennett29 schließlich ernsthaft eine Nachricht getippt hatte. Als wären wir Freunde, weil ich anscheinend derart tief gesunken war. Nach meiner letzten Mail hatte er mir nicht mehr geantwortet, also war mir nichts anderes übrig geblieben, als meinen täglichen Spaziergang zu beschreiten, um mich abzulenken.

Mit schlanken Beinen stand er nun da, mitten auf dem Bürgersteig, keine zehn Meter von mir entfernt, hochgewachsen und athletisch, mit langen Gliedern und dem Handy, das er gegen sein Ohr presste. Es dauerte zwei Sekunden, bis ich erkannte, dass es sich um *ihn* handelte. Davor raste mein Herz ungesund schnell, so wie es das immer auf meinen Abendspaziergängen tat, weil ich doch wusste, dass man das *nicht machte*. Als neunzehnjähriges Mädchen allein durch New York streifen, *nach Mitternacht*, *im Dunkeln*. Ich dachte an Dads Nachrichten, seine unendliche und tief verankerte Sorge, die er hinter den lächelnden Gesichtern von Emojis versteckte. Wenn er wüsste, dass ich gerade durch Manhattan trottete, hätte er alles dafür getan, dass ich wieder nach St. Clouds zurückkäme. Aber ich war es leid, mein Leben als ängstliche Frau zu verbringen, die auf ihre Spaziergänge verzichtete, weil die bösen Männer lauern könnten. *Böse Männer*. Als wäre die Welt voller Disney-Schurken, nur dass ich keine verfluchte Cinderella spielte. Ich war immer noch Audrey Summers, mit schrammigen Docs, Augenringen und Moms Schlüssel in der Jackentasche, jederzeit dazu bereit, als Waffe benutzt zu werden, wie es mir die lehrreichen TikToks gezeigt hatten.

Mein Herz raste tatsächlich zwei Sekunden lang, bevor ich realisierte, dass es sich um keinen zwielichtigen Fremden handelte. Es war Jude Hill, der vor der Ampel auf seinen Fußballen wippte, das iPhone fest umklammert.

»Doch wer ist hier? Lysander! Auf dem Boden! Tot oder schlafend? Ich sehe kein Blut, keine Wunde. Lysander …«

»… wenn du lebst, guter Herr, dann erwache«, führte ich den Satz fort, der aus den Lautsprechern seines Handys drang.

Beim Klang meiner Stimme drehte Jude sich um.

»Summers«, fluchte er, ehe er das Hörspiel abstellte.

Dabei erkannte ich die Uhrzeitanzeige auf dem Display. 00:02 Uhr. Die Ampel sprang auf Grün, doch er starrte mir regungslos ins Gesicht. Tausend Jahre lang. Als würde man das immer so machen bei Menschen, die man nur flüchtig kannte. Die Haut an meinen Wangen spannte sich, da war Druck in meinem Kiefer und hinter meinen Augen. Als wäre sein Blick ein Atomangriff, der unmögliche Dinge in mir anstellte. Hastig nickte ich zu seinem Handy.

»Du ziehst dir unser Stück rein?«

»Meine Vorbereitung, jepp.«

»Oha, du lernst deinen Text am besten, wenn du ihn dir vor roten Ampeln auf Lautsprecher anhörst? Interessant.«

Ich versuchte mich an einem Lächeln, verfluchte mich aber sofort selbst. Das hier war Jude. *Jude als Jude*, ohne Publikum und Bühne, war die Definition von Furcht einflößend. Also, nicht Mein-Schlüssel-wird-zur-Waffe-Furcht-einflößend, sondern eher Bei-seinem-Blick-möchte-ich-mich-in-Luft-auflösen-Furcht-einflößend.

»Komm von einem Termin, wenn du es so genau wissen willst. Das gerade ist der einzige Zeitpunkt, an dem ich heute lernen kann. Und meine Kopfhörer sind natürlich ausgerechnet jetzt leer.«

»Verstehe.«

Ich schlang die Arme um mich selbst, spürte die Lederjacke knautschen und trat in seine Richtung, weil ich die Straße überqueren musste. Und er anscheinend auch. Schweigend trotteten wir an einem geschlossenen 7-Eleven vorbei, während uns die Nachtluft in die Gesichter blies. Ich sah Jude kein einziges Mal an, so intelligent war ich. Doch er blitzte trotzdem in meinen Augenwinkeln auf. Finger, die im Sekundentakt Fäuste ballten. Turnschuhe, die vor sich hin schlurften. Ohren, die rötlich leuchteten.

Es war schrecklich.

Es war schrecklich, weil wir irgendwie Bekannte waren, die gezwungen nebeneinander herliefen.

Zum zweiten Mal. Als wäre es witzig.

Ein paar Minuten später hielt ich es schlicht nicht mehr aus, weil sich zwischen uns dieses angespannte Etwas aufblähte, das wir nicht wie sonst auf der Bühne veratmen konnten. Wieder wollte ich einfach nach links abbiegen, um dieser fürchterlichen Stille zu entkommen. Doch genau dann brach er sie.

»Was ist mit dir? Kommst du auch von einem Termin oder so?«

Und *wie* er sie brach, dieser Ton, diese Stimme. Gepresst und gequält, ein bisschen so, wie er sonst spielte, als wäre viel mehr dahinter.

»Nee«, erwiderte ich. »Ich brauche abends nur frische Luft nach den ganzen Stunden in den Proberäumen. Außerdem gehe ich meiner Mitbewohnerin aus dem Weg, weil sie mir aus dem Weg geht.«

Eigentlich brauchst du nur deine täglichen 10 000 Schritte, was nicht zu deinen gesunden Routinen gehört, Summers.

In meinem Kopf hämmerte es, doch ich konzentrierte mich auf die vorbeifahrenden Autos, die Treppen zur Subway, den Wind, die Kälte.

»Das mit deiner Mitbewohnerin klingt anstrengend.«

Ich zuckte die Achseln.

»Es ist übrigens gut, dass wir gerade reden.« Er räusperte sich. »Ich wollte dich eh wegen dem Stück ansprechen. Wir haben ja superviele Szenen zusammen, deshalb wollte ich dich fragen, ob du Zeit hättest, die Stellen gemeinsam durchzugehen. Bestimmt können wir auch Dahlia und Parker fragen, dann können wir das Ganze zu viert durchziehen.«

»Ähm.« Meine Schritte verlangsamten sich. »Du weißt schon, dass Schauspiel ein Teamding ist, oder?«

Bis zu seinem Haaransatz hob Jude die Brauen. Er hatte schöne Brauen, dicht, markant und eckig, wahrscheinlich perfekt geformt, ohne dass er etwas dafür machte. Er hätte Trends damit setzen können wie Cara Delevigne.

Ich wollte sie nicht so intensiv anstarren.

Ich wollte *Jude* nicht so intensiv anstarren.

»Ach, komm schon«, schnaubte ich. »Als du gerade gesprochen hast, hat dein Kiefer heftig gearbeitet. Als wärst du angepisst darüber, dass du dein Ensemble hinter dir mitziehen musst. Natürlich können wir außerhalb vom Unterricht den Text durchgehen. Ich meine, du bist nicht der Einzige, der möchte, dass es die beste Interpretation ever wird. Also.« Ich schluckte, ehe ich mich erneut an einem Lächeln versuchte. »Sprich nicht so, Lysander; sprich nicht so!«

Es war ein halbes Friedensangebot, denn es war die Antwort auf die Stelle, an der er pausiert hatte. Aber es war auch zum Scheitern verurteilt, weil Jude einfach nicht so tickte. Er war nicht der Typ für Lächeln, Kompromisse und Entgegenkommen. Er blieb lieber stehen, ganz steif und starr, als fühlte er sich in Shakespeare-Rollen viel wohler als in seiner eigenen Haut.

Während er mich beäugte, wieder bloß mein Gesicht, bretterte ein SUV an uns vorbei. Ich wünschte mir sogar, er hätte mich von Kopf bis Fuß gemustert, weil es so anstrengend war, seinem Blick standzuhalten. Trotzdem wich ich nicht aus.

Taff, taff, taff, ich bin –

»Du bist so fucking wütend, Summers. Und bevor du darauf antwortest: Ich meine das nicht mal negativ. Es ist nur, dass alles, was du sagst, passiv-aggressiv wirkt. Selbst deine megaabweisende Körperhaltung bei Bilberry, wenn wir diese Alpaka-Herzöffner-Pose machen sollen. Ich –«

»Kamel«, sagte ich heiser. »Die Haltung nennt sich Kamel.«

»Dann halt Kamel. Ich meine, denkst du ernsthaft, ich weiß nicht, dass Schauspiel aus Zusammenspielen besteht?«

Mein Mund öffnete sich, ich wollte antworten, doch wusste nicht, was. Hatte … Scheiße, hatte er etwa recht?

»Versteh das *wirklich* nicht falsch, weil deine Wut, oder was auch immer du da hast, dich richtig krass spielen lässt. *In der Theaterwelt sind Frauen begabter als Männer, weil sie Verletzlichkeit besser zulassen, die Männer wiederum aggressiv interpretieren.* Keine Ahnung, wie oft ich mir den Spruch anhören konnte. Aber du? Du hast einfach beides. Und manchmal habe ich das Gefühl, du wartest nur darauf, dass jemand etwas Falsches sagt, damit du explodieren kannst.«

»Irgendwie witzig, dass du vom Explodieren redest«, flüsterte ich. »Wenn du mich nämlich ansiehst, habe ich das Gefühl, du hast ein hochexplosives Atomkraftwerk oder was weiß ich in deinem Gesicht hängen.«

Oh Scheiße. Scheiße, scheiße, scheiße.

Ich hätte das niemals sagen dürfen. Nie-niemals. Das wusste ich, noch bevor er einen Schritt zurücktrat.

»Ich habe ein hochexplosives Atomkraftwerk in meinem Gesicht hängen?«, wiederholte er.

Und dann hielt ich die Luft an, weil Jude grinste. Seine Lippen zogen sich auseinander, schnell und gar nicht wie in Slo-Mo. Es hielt nicht lange an, vielleicht drei Sekunden, doch es reichte. Es reichte, weil es atemberaubend schön war. Jude war der König der Gestiken, und sein Lächeln sah nun mal danach aus. Es war weiß und breit, ich erkannte sogar, dass die Zähne neben seinen Schneidezähnen ganz leicht spitz waren. Ein Wolfsgrinsen.

»Das hast du gerade nicht wirklich gesagt, oder?«, fragte er belustigt. »Lass mich raten, du sprichst von meinem Resting Bitch Face? Und ja, ich finde den Begriff auch absolut kacke. Es ist so krank, dass solche Beleidigungen oft nur aus weiblichen Wörtern bestehen.«

Ich schwieg, denn er hatte recht.

»Ich wollte dir einfach nur klarmachen, dass nicht jeder dich gleich angreifen will.«

Als er verstummte, passierten mehrere Dinge gleichzeitig. Der Honda links hupte viermal hintereinander, bis jemand drei Stockwerke höher ein Fenster aufriss. Dieser Jemand war eine Frau. Sie trug einen Handtuchturban, zog an ihrer Kippe und schrie ein pissiges »QUE?« in die Nacht. Judes Kiefermuskulatur arbeitete. Mein Herz raste. Dann nickte er nach links.

»Wie auch immer, ich finde es gut, dass wir geredet haben. War bestimmt nice für unsere Rollenarbeit. Bis dann, ja?«

Ich runzelte die Stirn. »Gehst du nicht zum Wohnheim?«

»Ich wohn nicht auf dem Campus.«

Als er das sagte, hatte er sich schon weggedreht und bog in die Seitenstraße ein. Ich wollte ihm nicht nachsehen, deshalb ging ich hastig weiter.

Du bist so fucking wütend, Summers.

Seine Stimme war unfair, Tortur, nun eine verfluchte Melodie in meinem Kopf. Reflexartig zog ich das Handy aus meiner Tasche und registrierte, dass meine Finger schwitzig waren, als wäre ich nervös. Eigentlich wollte ich Instagram öffnen und mein Hirn mal wieder mit den unrealistischen Schönheitsidealen malträtieren, doch so weit kam ich gar nicht.

Ich war längst stehen geblieben und sah die neue Eins über meinem Mail-Icon.

*

Donnerstag, 00:02 Uhr
An: Eternal Summer (eternalsummer@newinyork.com)
Von: Bennett29 (bennett29@newinyork.com)
Betreff: *Crucifixus*

Liebe Eternal Summer,

anbei sende ich dir den Link zu *Crucifixus* von Antonio Lotti. Es ist ein dramatisches Stück, das gleichzeitig unglaublich atmosphärisch ist. Drei Dinge dazu:

1. Es ist ein supergutes Beispiel für Polyfonie (mehrere unabhängige Melodien).
2. Lotti hat diese Hinhaltetaktik so krass perfektioniert. Meine Ohren schreien bei 02:01 nach einer musikalischen Auflösung.
3. Alle Pop-Songwriter*innen wenden diese Methode an.

Klar denkst du dir jetzt bestimmt, was zum Teufel ich mit meiner Klassik-Empfehlung will. Es ist bloß, dass ich die ganze Zeit über unsere Korrespondenzsituation gegrübelt und mir irgendwann gedacht habe: Wieso nicht back to the roots? Wir haben mit Song-Empfehlungen angefangen, und vielleicht können wir damit weitermachen, wenn wir sie mit unserem Alltag verbinden? Du weißt schon, ganz Seneca-und-Paulus-Korrespondenz-mäßig 😂 Und ich würde jetzt auch schreiben, dass ich mir dieses Stück anhöre, um darüber zu sinnieren (HAHAHAHA), wie ich ständig hingehalten werde usw. Aber das stimmt natürlich nicht. In erster Linie nicht, weil ich derjenige bin, der immer andere hinhält. Mein WhatsApp quillt vor ungeöffneten Chats über, weil ich zu müde oder sonst was bin, und was für eine dumme Ausrede ist das denn bitte? Ich bezweifle, dass das gerade einen Sinn ergibt, aber ... kennst du diesen Spruch, der sagt: Ich wäre lieber die verletzte Person anstelle der, die verletzt? Ich fühle das so sehr, und trotzdem bin ich derjenige, der sie alle ghostet. Das ist so wahnsinnig und bescheuert, oder?

*

»Es klingt *nicht* verrückt«, sagte Lawrence. »Im Grunde ist Rollenarbeit tatsächlich Arbeit an Ihrer eigenen Person. Als Schauspielende haben Sie tagtäglich mit Ihren intimsten Gefühlen zu tun, aber Sie dürfen sie nicht verstecken. Auf keinen Fall, meine Damen und Herren. Denn Ihre Unsicherheiten, Ihre Ängste und garantiert existierenden Minderwertigkeitskomplexe machen den Unterschied. Vorausgesetzt natürlich, Sie graben. Und das müssen Sie. Sie müssen tief, tief in sich graben, um diese Gefühle nach außen zu kehren. Denn das ist das wirkliche Schauspiel. Es geht nicht darum, dem Publikum Reaktionen und Emotionen zu entlocken. Es geht darum, genau diese in sich selbst zu finden und es an diesem Prozess teilhaben zu lassen. Sie sind keine Marionette, die die künstlerische Vision der Regie umsetzt. Sie sind mehr als das! Sie sind eine Masse, eine

Substanz aus inneren Konflikten und Gefühlen. Sie sind pure und lebendige Verletzlichkeit!«

Professor Lawrence stolzierte durch den Raum, während er erzählte, philosophierte und möchtegernmonologisierte. Klar hatte er ein bisschen recht. Aber *Sie sind pure und lebendige Verletzlichkeit*? Ernsthaft? Ehe er das Whiteboard aufklappte, strich er sich eine graue Locke aus der Stirn. Darauf hatte er zwei Worte gekritzelt, grün, spinnenbeinig und krakelig.

OWN IT!

»Das ist unser heutiges Motto. Also, worauf warten wir? Beginnen Sie mit Ihrer Übung!«

Stühle wurden nach hinten geschoben, doch ich blieb sitzen, weil Levis Blick auf meinen prallte. Sie trafen sich genau in der Mitte des Raumes, als wären sie dort verabredet. Dann zuckte er die Achseln. Eine gleichgültige Regung, eine faule. Doch als er sich erhob, fuhr er sich mit der Hand übers Gesicht, und vielleicht hatte er genauso wenig Bock auf die Meisner-Technik wie ich. Ringsum stellten sich die festgelegten Zweierpaare bereits auf. Ganz links erkannte ich Dahlia und Jude, die anderen zwei Liebenden. Dahlia dehnte konzentriert ihre Nackenmuskulatur. Jude hingegen stand einfach nur da, mit seinem unverschämt offenen Gesicht. Seine Haut war glatt, das Wolfsgrinsen gut versteckt. Er trug ein Flanellhemd, grün, beige und rot, bis zum Kragen zugeknöpft. Trotz des dicken Stoffes konnte ich erkennen, wie seine Brust sich hob und senkte. Jude war so verflucht gut im richtigen Atmen, dass ich neidisch wurde.

Unser zweiter versehentlich gemeinsamer Spaziergang war nicht mal zwölf Stunden her. In *Masks I* waren wir uns vorhin schon begegnet, wobei ich ihn ständig wahrgenommen hatte, mit seiner perfekten Atmung und seiner dummen, perfekten Stimme, die Sätze wie »Du bist so fucking wütend, Summers« sagte. Trotzdem hatten wir uns nie gleichzeitig angesehen, kein

Nicken, kein »Hey«, selbst wenn wir nebeneinander hergeschlurft waren.

Extrem seltsam.

»DU SCHAUST MICH NICHT MAL AN, MANN!«, schrie Dahlia ihm jetzt entgegen, was ich als Zeichen dafür nahm, mich von ihnen abzuwenden.

Stattdessen stellte ich mich vor Levi auf. Löchrige Jeans, ausgefranste Ärmel.

»Also dann«, sagte er, wonach er mich musterte. Ich spürte seinen Blick bis unter meine Haut, ehe es in mir zu brennen begann, rot und peinlich berührt. »Du siehst schrecklich müde aus.«

»Ich seh schrecklich müde aus?«, wiederholte ich, weil es in dieser Übung ums Zuhören und Wiederholen ging, darum, *dass ich meinem Partner intensiv begegnete*, wie Lawrence gerade erklärt hatte. Kurz: Diese Übung war ein skrupelloses Spiel, das ich manchmal nicht überlebte, weil es fürchterlich persönlich wurde.

»Jepp«, erwiderte er. »Du siehst einfach komplett müde aus.«

»*Du* siehst müde aus.«

»Ich seh müde aus?«

»Müde.« Ich beäugte ihn. »Und unfassbar von mir abgefuckt.«

Er zog die Brauen zusammen, und normalerweise hatte diese Gestik etwas Verwirrtes, doch bei Levi war das nicht so. Denn natürlich war da nur ein Zucken seiner Brauen, nur der *Hauch* einer Falte dazwischen. Ich wusste, dass Lawrence seine Runden schlurfte, einige Pärchen körperlich wurden, sich die Arme gegen die Schultern pressten und einander mit schwitzigen Gesichtern Wahrheiten entgegenschleuderten. Ich wusste, dass dieser Raum den Klischeevorstellungen einer Schauspielschule entsprach. Durchgeknallte, weltfremde, völlig privilegierte

Menschen, die Förderungen im Millionenbereich für ihre sogenannte Kunst erhielten. Doch ich nahm das nicht wahr. Ich registrierte bloß meinen Partner, meinen verfluchten Demetrius, der mich genauso auf Abstand hielt wie ich ihn.

»Ach, ja?«, sagte Levi. »Weißt du, was ich glaube? Dass du einfach generell abgefuckt bist.«

»Und ich glaube, du bist bloß verdammt unsicher.«

Levi gefror. Zwei, drei, vier. Ich zählte die Sekunden seines Statuedaseins in meinem Kopf mit. Dann riss er den Mund auf. Und lachte. Schroff und schnippisch, es hätte nicht mal ein Kindergartenpublikum überzeugt. Keine Ahnung, wieso, doch kurz erinnerte ich mich an unser allererstes Zusammenspiel, damals im Dezember. An sein wirkliches Lächeln. An das Grübchen. An den Schwung seiner Lippen, ganz weich, bevor er sich nach dem Vorsprechen wieder verschlossen hatte, als wäre es seine Spezialität.

»Ich bin unsicher?«, wiederholte er.

»Du. Bist. So. Was. Von. Unsicher.«

Ich sprach die Wörter so aus, als hätte ich einen Korken zwischen den Lippen. Wir betrachteten uns, aber ich gab nicht nach. Nein, ich starrte, starrte und starrte, bis plötzlich etwas Seltsames geschah. Levi war gut darin, das umzusetzen, was Lawrence angepriesen hatte. Doch zum ersten Mal war sein Gesicht kein Deutungsobjekt zum Interpretieren. Ich konnte genau erkennen, wie seine Augen glasiger wurden, sein Hals plötzlich von roten Flecken übersät. Sein Adamsapfel ploppte, und das war der Moment, in dem irgendetwas passierte. Etwas Unfassbares, für mich zumindest. Vielleicht blitzte es für eine Millisekunde zwischen uns. Ich wusste es nicht.

»Ich …«, begann er, ohne dass hinter seinem Wort Aggression pulsierte, wie es sonst bei ihm oft der Fall war.

Diese … Mist, diese verfluchte Verletzlichkeit erinnerte

mich an die im Dezember, und das war gegen die Regeln, seitdem er mich so grundlos grob behandelte. Doch Levi war gern so. Er war Typ Prom-King mit Lederjacke, jemand, der den Abschlussball aus Prinzip schwänzte und mit zweihundert Sachen Richtung Pacific Coast Highway bretterte, einfach weil er es konnte, der Anti-Typ, der Abenteurer, eine *aufregende* Person.

»Ich bin unsicher.« Seine Worte waren simpel und schlicht. Höchstwahrscheinlich saßen sie deshalb so. Aber Levi war immer noch Levi, das durfte ich nie vergessen. »Und du, Summers?«

Als er meinen Namen murmelte, war sofort etwas anders. Mein Herz zog sich zusammen, weil etwas in der Luft lag, ein Flimmern oder ein Glimmern, in derselben samtweichen Farbe, in der er meinen Namen ausgesprochen hatte.

»Du bist einfach nur eine jämmerliche Übertreiberin.«

Aua.

Einfach so schmiss er mir die Worte vor die Füße, als wäre da nichts zu machen gegen diese ruckartigen Wolkenbrüche im Levi-Land.

Die Härchen an meinen Armen stellten sich auf. Mein Mund öffnete sich, doch ich sagte nichts. Ich hätte gern behauptet, ich wurde von Lawrence unterbrochen, der uns endlich neu zusammenwürfelte. Aber so war das nicht. Das passierte erst zwei Momente später. Den einen stand ich bloß sprachlos da, getroffen in all meinen Schwächen.

10

#Bennett29

No Kind Words

Freitag, 14:02 Uhr
An: Bennett29 (bennett29@newinyork.com)
Von: Eternal Summer (eternalsummer@newinyork.com)
Betreff: *Clementine*

Lieber Bennett29,

ich habe das Gefühl, ich muss dich so ansprechen, weil du diese Höflichkeitsform echt durchziehen willst. So, here we are! 😇 Bevor ich mit meiner Song-Analyse beginne (liebe das für unsere Korrespondenz), muss ich leider deine letzte Mail kommentieren. Hast du mir das erzählt, um mich vorzuwarnen? Wenn ja: Keine Sorge, ich bin schon auf das Worst-Case-Szenario vorbereitet. Ich habe gefühlt dreitausend Nächte mit Google-Suchanfragen wie *Wieso werde ich geghostet* verbracht. Meistens bin ich auf Artikel von Psycholog*innen gestoßen, die mir *It's not you, it's them* versichert haben. Vielleicht interessiert es dich trotzdem, dass die meisten Artikel sich peinliche Metaphern für Ghoster*innen aus den Fingern saugen. Vergleiche mit Zauberern aus Vegas, die sich in Luft auflösen, sind am beliebtesten 😂 Übrigens hast du in deiner letzten Mail so müde geklungen, obwohl ich die Alles-klingt-nach-etwas-Eminem-Schiene vermeiden will. Vielleicht solltest du Ausrufezeichen für mehr Euphorie oder so benutzen

Aaaber kommen wir endlich zu meinem Song. *Clementine* von Halsey. Ich weiß, was du jetzt denkst: Halsey? Sehr Mainstream-mäßig für eine Juilliard-Studentin. Wo sind die unbekannten British-Boy-Bands, deren Lieder alle gleich klingen, so deep und repetitiv mit ihren drei identischen Zeilen, die sie live eine halbe Note schneller spielen? Es ist so, dass ich diese Art von Bands liebe, aber dass mein Geschmack gleichzeitig sehr basic ist. Ich mag Taylor Swift, Billie Eilish, Harry Styles (für die männliche Repräsentation) und Halsey (BADLANDS für immer). Ehrlich gesagt habe ich keine Anekdote, die *Clementine* mit meinem Alltag verbindet. Ich habe das Lied nur ausgewählt, damit ich dir erzählen kann, dass es von Clementine aus *Eternal Sunshine of the Spotless Mind* inspiriert ist. Ich liebe den Film, hast du ihn geschaut?

*

Wir sahen uns nicht an.

Ich würde ja behaupten, Audrey war diejenige, die den Blickkontakt vermied, aber das wäre passives Rausreden gewesen. Das wiederum musste ich doch vermeiden, um da und wirklich hier zu sein, bla, bla, bla. Also, *wir* sahen uns nicht an.

Wir sahen uns nicht an, als unsere Klasse in das Stephanie P. McClelland Theater schlurfte. Wir sahen uns nicht an, als die Show begann, die irgendwie eine Mischung aus Performance-Kunst, zufälligen Bewegungen und willkürlichen Geräuschen darstellte. Wir sahen uns nicht an, als ich das siebenköpfige Ensemble aus Los Angeles begutachtete, deren Mienen bleich unter den Leuchten aufblitzten, wenn sie zusammenhanglose Sätze in das Publikum schrien. Wir sahen uns nicht an, als der blonde Typ eine imaginäre Leiter ableckte. Wir sahen uns nicht an, als Baker uns zwei Stunden später über experimentelles Theater diskutieren ließ. Wir sahen uns nicht an, als Rhonda von Meta-Ebenen und minimalistischer Szenenarbeit sprach. Wir sahen uns nicht an, als der Raum sich mit uninteressanten Sichtweisen aufblies und ich mich so klein fühlte, weil im McClelland Theater nur Stücke der Abschlussklassen aufgeführt wurden. Wir sahen uns auch nicht an, als wir gegen acht entlassen wurden und Matz sich noch im Gebäude eine Kippe drehte.

»Das war doch so ein möchtegern-innovativer Scheiß, Alter.« Er seufzte tief, weil er an das Paper dachte, das wir bis Dienstag darüber schreiben mussten. »Anyway, du kommst doch auch ins *Living*, oder?«

Mit der Schulter stieß er die Tür auf. Die arschkalte Oktoberluft blies mir sofort ins Gesicht. Ich sog sie tief in meine Lunge und konzentrierte mich auf das Ziehen in meinem Gesicht. Trotzdem erinnerte ich mich an meinen letzten Versuch vom Teilnehmen, die Cruise-Fahrt, Sloanes Nachricht und meinen Abgang. *Haha, definitiv komme ich nicht mit,* hätte ich Matz am liebsten geantwortet. Ich wollte nämlich bloß in mein Bett und mein Leben zerdenken, bis ich mich miserabel fühlen würde. Und das, obwohl ich wusste, dass es mir nur besser ging, wenn ich die Dinge tat, die ich tunlichst vermied.

Ein Teufelskreis.

Aber dieser Kreis war nicht gesund und nicht mal der Versuch von Heilung.

»Klar«, murmelte ich also, selbst wenn meine Stimme noch nie so leise geklungen hatte, doch es fiel niemandem auf.

Das *Living* stand eigentlich für *Living Room*. Es war ein Lokal, das sich als Café ausgab, eigentlich jedoch ein undercover Studi-Pub war. Das fand ich eine halbe Stunde später heraus. Es dominierten unverputzte Wände und eingesessene Sofateile. Vergilbte Bücher türmten sich neben rissigen Kartenspielen auf den Fensterbänken, leere Schnapsflaschen fungierten als Kerzenhalter. Hinter der Theke standen Typen mit New Balance Sneakern und Hipster-Bärten, man trank Start-up-Limos mit irgendwelchen Zusätzen und sprach gegen alternativen Indie an. Die Besucher*innen lasen Sylvia Plath und David Foster Wallace in der Subway, kritzelten ihre brillanten Geistesblitze in Notizbücher und posteten Spiegel-Selfies mit Einblick in ihre minimalistisch eingerichteten Zimmer. Und hier sammelten sie sich, die Großstadtkünstler*innen und Manhattan-Philosoph*innen. Es war laut, dreckig und alternativ, ohne trendymodern sein zu wollen.

Es war der beliebteste Ort der Erstsemester*innen an der Juilliard und gerade brechend voll. Meinen Jahrgang erkannte ich sofort. Er saß notgedrungen aneinandergekuschelt auf einer karierten Sofalandschaft, in Boots und Turtlenecks, die Jutebeutel im Schoß. Zielsicher führte Matz uns zu ihnen, ehe ich Gesprächsfetzen aufschnappte.

»Das Paper für Baker, gar kein Bock.«

»Hä, klar bekommst du zwanzig Prozent mit der Juilliard-ID.«

»Erste Probe am Dienstag? Erinner mich nicht dran, Alter.«

Ich hockte mich neben Pax, nickte L.A. zu und nahm das Getränk an, das Matz mir reichte.

»Sie war anscheinend richtig dicke mit Elle Flores.« Rhonda stieß mich an. »Auf Instagram gibt es sogar ein Foto von den beiden, aber angeblich hat Audrey ihr Buch nicht gelesen. Hab sie vor der Show danach gefragt. Krass, oder?«

Ich runzelte die Stirn und hätte am liebsten so getan, als wüsste ich nicht, von wem die Rede war, aber …

»Ich rede von Audrey. Die Person, die du die ganze Zeit anstarrst, als hättet ihr diese toxische Wir-hassen-uns-weil-wir-uns-voneinander-angezogen-fühlen-Chemie?«

Ich blinzelte. Krampfhaft, ruckartig. »Laber keinen Müll.«

»*Müll?* Ist klar, Bro.«

Rhonda lachte, während mein Herz raste. Das Gruseligste? Dass ich Audreys Blick ausgerechnet dann auf mir bemerkte. Am liebsten hätte ich weggeschaut, doch ich konnte nicht. Ihre Blicke waren wie elektrische Schockwellen.

Ich spürte sie überall

Ich spürte *mich* überall.

Alles in mir stand unter Storm, meine Zunge brannte, meine Beine zitterten. Ich dachte an Sloane, Eternal Summer, Audrey. An unsere erste Impro, damals im Dezember, Shavasana.

Totenhaltung.

Und als sie sich dann erhob, sie mit ihrer angepissten Lippenlinie, als hätte sie die Regung erfunden, sahen sie alle an. Meine Knie wurden weich, doch ich stand ebenfalls auf. Dann machte ich einen Schritt in die gleiche Richtung wie sie, meinen Pulsschlag im rechten Ohr, Radiohead verzerrt im anderen.

For a minute there I lost myself.

11

#Eternalsummer

Arrest this man

»Was?«

Levis Stimme.

Ich unterdrückte ein Fluchen, während ich mir die Hände an der Stoffhose trocken rieb. Ich kam gerade von der Toilette, in die ich schlicht flüchten hatte müssen. Rhonda, Elle, die Fragen. Ihre Blicke, als wüssten sie etwas, das ich nicht wusste – was keinen Sinn ergab. Meine Finger rochen nach der CVS-Seife, während alles in mir gefror. Levi stand ein paar Schritte vor mir, im Türrahmen der Herrentoilette. Sein *Was* war kein Was-*Was*. Es war ein Was-zum-Teufel-willst-du-von-mir-Summers? Aber ich tat so, als wüsste ich das nicht.

»Was *was*?«

»Lass den Scheiß. Wir sind nicht bei Lawrence.«

Im Pub lief *Fallingforyou*, doch die Lyrics rauschten in meinen Ohren, als wäre ich unter Wasser und metertief von der Wirklichkeit entfernt. Als wäre ich nicht hier. Und vielleicht war ich es wirklich nicht, denn es konnte sich nicht um *mein* Leben handeln, als Levi fluchend nach meinem Arm griff. In einer geschmeidigen Bewegung stieß er die Tür zur Damentoilette auf und zog mich hinein. Da war sie wieder, seine schwarze Eleganz, die ihn auf der Bühne so strahlen ließ. Mein erster Gedanke war: fliehen, laufen, rennen. Aber wenn ich das wirklich gewollt hätte, hätte ich ihm den Arm schon im Gang entziehen können.

Bei unserem Eintritt flackerten die lila Leuchtstoffröhren auf. Sie beschienen die Fliesen, das Waschbecken und den Spiegel darüber mit diesem schiefen Riss, in dem ich uns erkennen konnte. Levis Rücken, trainiert und muskulös. Sein rotbraunes Haar und seine Statur, die so viel größer war als meine. Ich blieb, aber nicht weil ich neugierig war. Einfach gesagt, hatte ich sein Verhalten bloß satt.

Ich räusperte mich entschlossen. »Parker?«

»Was.«

Es war keine Frage. Nicht aus dieser Nähe, nicht aus Levis Mund, und schon gar nicht in diesem Moment. Kopfschüttelnd starrte er mich an. Sein Blick war voller Funken, riesiger Pupillen und dieser Dunkelheit, die nur er beherrschte. Diesem verfluchten Etwas, das man bloß in Büchern beschrieb. Wenn man Hass und Verlangen und Erregtheit und Anziehung gleichzeitig benennen wollte.

Wenn man sagen wollte: Da sind Gefühle in einem Blick.

Hastig konzentrierte ich mich auf die Schale mit den kostenlosen Tampons und Binden, die auf der Fensterbank stand.

»Was zum Teufel soll das hier?«, fragte ich, weil das so nicht ging. Er konnte mich nicht in eine Toilette schleppen und mich voller Abscheu mit diesen seltsam glitzernden Augen ansehen.

»Es muss aufhören.«

»*Levi.*« Ich betonte seinen Vornamen genauso wie er meinen Nachnamen ständig. »Was soll deine bescheuerte Antwort überhaupt bedeuten? Ich meine, was willst du bitte von mir?«

Keine Ahnung, ob er lachte oder schnaubte. »Wieso sagst *du* mir nicht, warum du mich immer so anstarrst?«

Fassungslos blinzelte ich ihn an.

»Ach, komm schon, Summers. Du weißt genau, wovon ich rede.«

Er sprach es nicht aus.

Er schwieg, denn es war sein besteinstudierter Trick, Dinge bloß anzudeuten. Garantiert würde er später so jede Rolle bekommen, die er wollte. Dann, wenn ihn Twitter als *#Chamäleonseele* betiteln würde.

»Spinnst du jetzt komplett?«, fragte ich. »Ich –«

»Du weißt ganz genau, wie du mich gerade angesehen hast. Mit deinem Ich-hasse-dich-Parker-Lippenzusammenpressen. Aber halt völlig grundlos. Das geht mir so auf den Sack.«

Warte mal, was?

Instinktiv trat ich einen Schritt zurück, bis ich mit dem Rücken die Tür berührte. »Ich habe euch *alle* angesehen, weil ich weiß, dass ihr über mich gesprochen habt. Vielleicht wartet ihr das nächste Mal, bis ich nicht mehr am selben Tisch sitze, wie wär's?«

Levi erwiderte nichts, wieso auch, *nett* war kein Attribut, das ihn jemals beschreiben würde.

»Was habt ihr überhaupt geredet?«, fragte ich leise.

»Sind wir Highschool-Freundinnen, die einen Lästerschwesterclub gründen, oder was?«

»Dir ist bewusst, dass Männer genauso oft und viel wie Frauen lästern, nicht wahr? Das ist in Studien bewiesen.« In mir wurde es heiß. »Der Begriff *Lästerschwester* macht überhaupt keinen Sinn.«

Levi lachte, diesmal ohne Zweifel. Ich wollte ihm sagen, dass das lila Licht mit seiner Haarfarbe disharmonierte, doch er sprach schon weiter.

»Scheiße, wie kann man nur so …«

Er verstummte, um das richtige Wort zu suchen. Als wäre ich ihm das wert, was für eine Ehre. Von mindestens drei Galaxien entfernt drangen Bassfetzen an meine Ohren, vielleicht *Mr Brightside*. Ich dachte an meinen versifften Sofaplatz zwischen Tabitha und Dahlia, als ich meinem eigenen Blick im

Spiegel begegnete. Das Mädchen mit dem perfekt geschminkten Gesicht fragte mich, was zum Teufel ich hier tat. Keine Ahnung, dachte ich. Ich wollte zurück. Nein, das stimmte nicht. Ich wollte nach Hause, nicht auf die Juilliard, sondern nach Florida, nach St. Clouds, in das Glashaus meines Vaters, um zwischen meinen dagelassenen Kleidungsstücken nach Resten von mir selbst zu suchen.

»Lass mich dir helfen.« Ich tastete erneut nach der Klinke. »Ich bin eine Übertreiberin und eine Männerhasserin, zu zynisch und zu korrekt. Eine ganz klassische Dramaqueen.«

Ich leierte die Worte runter wie meine Krankenversichertennummer, weil sie mir nichts ausmachten. Vielleicht aber redete ich mir das nur ein, weil ich mir wünschte, es wäre wirklich so.

Aber egal, egal.

Bestimmt drückte ich die Türklinke nach unten, schließlich erwartete ich keine Antwort. Nein, mein kleines dramaturgisches Gehirn hatte einfach beschlossen, dass es ein starker Abgang war. Aber das, was in meinem Kopf passierte, passierte nie echt.

Nie wirklich.

Bevor Levi in Lichtgeschwindigkeit auf mich zuraste, erhaschte ich erneut einen Blick auf meine Miene, wo meine Augen weiterhin riesig wirkten. Die wichtigste Erkenntnis? Alles an mir schrie nach Traurigkeit. Und so war das also. Hinter mir dröhnte der nächste Indie-Hit, während Levi sich dicht vor mir aufstellte.

»Wa–«, begann ich, doch da hob er die Hände.

Mein Gesicht, umrahmt von seinen Fingern.

Seine Finger, die nicht mal zitterten.

Aus dieser Nähe konnte ich beobachten, wie stark seine Nasenflügel sich aufblähten, ehe er mich gegen die Tür drückte. Sie war nicht verriegelt, jeder könnte reinkommen, es spielte keine

Rolle. Denn er legte seine große Hand in meinen Nacken und zog mich zu sich heran, jede Regung hart und dringlich.

»Ich habe dich gewarnt, Summers«, sagte er, als wäre er der Draufgänger und wir ein Film.

Dann presste er seine Lippen auf meine.

Und dann, dann … öffneten sich meine.

Ich glaubte, es lag daran, dass mich noch nie jemand *so* rücksichtslos und heftig gepackt hatte. Daran, dass seine dunkle Silhouette meine bedeckte, während da dieser Typ mit seinem Körper war, der meinen wollte.

Der *mich* wollte.

Außerdem war es heiß, als seine Lippen auf meine trafen. Levi küsste perfekt, grob und gekonnt, wie ausgemessen. Mit Zunge und Zähnen, direkt all in. Meine Lippen, meinen Hals, meine Wangen. Ich hörte seinen aufgebrachten Atem, meinen Herzschlag, der mir in den Ohren donnerte. Ich wusste nicht, wie lange er mich küsste. Vielleicht eine Sekunde. Vielleicht waren es auch zehn, bis er mitten im Kuss zurückwich, als wäre dieses fassungslose Nach-Luft-Schnappen der Preis für einen Kuss mit ihm.

Ich sah auf seinen Mund. Er glänzte. Ich dachte daran, dass man Spucke von anderen fünf Jahre in sich trug, wobei in meinem Kopf eine Ewigkeit verging, bis einer von uns etwas sagte. Aber garantiert war es nicht mal eine Millisekunde. Natürlich war er es.

»Du machst mich einfach fucking wahnsinnig. *Das* wollte ich dir sagen.«

Keine Ahnung, wieso da immer noch etwas in seinem Blick war, das fürchterlich, fürchterlich zerrissen aussah. Ich wollte ihn weiter betrachten, herausfinden, ob ich mir diese Zwiespältigkeit nur einbildete oder ob es eine Nebenerscheinung des Spiegels war, aber ich hatte keine Chance.

Levi öffnete schon die Tür.

Unser Moment war vorbei.

*

Ich wusste nicht, wie ich es zurück ins Pub-Innere schaffte, aber ich wusste, dass er nicht mehr da war. Ein Teil unseres Jahrgangs lachte unter *Seven Nation Army*, während ich mir meinen Jutebeutel schnappte.

»Ciao«, sagte ich und klang zu aufgewühlt, aber wir kannten uns erst seit einigen Wochen. Meine engste Vertraute war Tabitha, die sich heimlich mit Rhonda fragte, wieso ich auf Elles Insta zu sehen war. Niemand ahnte etwas.

Ich lief Slalom in Richtung Ausgang, umrundete einen aalförmigen Bierfleck und stieß die Tür mit zu viel Schwung auf. Draußen glotzten mich zwei rauchende Typen an. Sie hatten dünne Beine und Bierbäuche, während ich mich innerlich darauf vorbereitete, dass sie mir etwas Anzügliches hinterherriefen, genauso wie dieser Ampel-Typ letztens. Taten sie jedoch nicht.

Sei mal froh, dass dich überhaupt jemand anspricht. So hübsch bist du auch nicht.

Meine Kehle schnürte sich zu, doch ich schob die Erinnerung hastig beiseite. Vom *Living Room* bis zur Juilliard brauchte man normalerweise fünfzehn Minuten. Ich schaffte es in neun, widerstand dem Drang, die Health-App zu öffnen, und klickte stattdessen Safari an. Fünf Freundinnen in übergroßen Blazern torkelten an mir vorbei, wobei ihre Nägel alle vom selben Glitzerlack überzogen waren. Vielleicht gingen sie gemeinsam zu einer überteuerten Maniküre im East Village. Ich nahm das alles wahr – und gleichzeitig nahm ich es nicht wahr. Denn meine Finger tippten eindringlich, während mir das Display grell ins Gesicht schien. In neun Minuten googelte ich:

Sollte man eine Person nicht fragen, bevor man sie zum ersten Mal küsst, weil Consent wichtig ist?

Kann man in sieben Jahren Unglück trotzdem Glück haben?

Besteht die Möglichkeit, einen Kuss zu wollen und ihn nicht zu wollen?

Bin ich feministisch, obwohl ich es heiß finde, wenn ein Typ mich machomäßig gegen eine Tür drückt?

Würde man es als Red Flag bezeichnen, wenn jemand sagt »Du machst mich wahnsinnig« und einen dann stehen lässt?

Zerbrochener Spiegel Erfahrungen

Ich betrat die Resident Hall, passierte das helle Foyer und nahm Musik hinter den Türen auf meiner Etage wahr. Als ich meine eigene aufzog, war Amal nicht da, was mich nicht überraschte. Am Wochenende lebte sie ihr Jung-frei-und-wild-Doppelleben, wahrscheinlich mit ihrer Freundin vom ersten Tag. Hastig knipste ich das Deckenlicht an, die Lampe auf meiner und die auf Amals Seite. Dann machte ich mich an meine Kleidung. Ich zog mir die braune Karohose von ZARA, den Gürtel von Vinted, das weiße Shirt und den Rollkragenpullover darunter aus. Zitternd kniete ich mich anschließend auf mein Bett, sodass ich mich selbst im Spiegel betrachten konnte. Das Licht war schonungslos und schrecklich, aber so mochte ich es am liebsten. Mit gesenkten Lidern starrte ich meiner Unterwäsche entgegen, meiner Nacktheit, meiner unebenen Haut, meinem Bauch, den Beinen, den Armen, meinen Fingern, meinen Knöcheln, meinen Ellbogen, meinen Schultern, meinen verfluchten Schlüsselbeinen, die nie deutlich genug hervorstachen. Dann wurde es eng in meinem Körper. Mein Brustkorb schnürte sich zu, meine Atemzüge wurden flacher. Als wäre immer zu wenig Platz in mir, weil da schlicht zu viel von mir war. Das alles passierte, weil dieser schreckliche Gedanke durch meine Hirnzellen kroch. Als wäre er ein Kriegsüberlebender, gebrochen, doch fürchterlich entschlossen. Es war der Gedanke, den ich so hatte vermeiden wollen.

Mein Körper hat viel besser ausgesehen, als er von Levis bedeckt wurde. Mein Körper hat sich so viel besser angefühlt, als seine Hände mich gepackt haben. Als Levi mich geküsst hat, war mein Körper einer, der gewollt wurde.

Ich verabscheute, dass ich das dachte.

Aber ich traf meinen Blick im Spiegel und hasste noch mehr, was ich sah. Ich, allein, in diesem Licht, so verflucht jämmerlich und gebrochen, auch ohne Riss.

Ich hasse dich, dachte ich.

Ich hassehassehassehassehasse dich.

Ich weinte nicht, das tat ich nie. Dafür hatte ich einen Namen für diese selbstzerstörerische Betrachtung, ich nannte sie die Ich-starre-meinen-Körper-so-lange-an-bis-er-mir-nicht-mehr-wehtut-Bewältigungsstrategie. Meistens wandte ich sie in schwachen Momenten an. Der Abend, an dem ich Levi zurückgeküsst hatte, erschien mir passend dafür. Ich meine, es war Levi, der sich wie ein waschechter Protagonist aus einem 2015-New-Adult-Roman verhielt. Die, die schlecht gealtert waren und mittlerweile als toxisch bezeichnet wurden. Levi checkte jede Box. Er hatte die obligatorische Lederjacke, den Killerblick, das Tattoo, diesen grundlosen Hass, wenn –

Meine Gedanken brachen ab, weil es klickte. So abrupt, dass ich keine Zeit hatte, vom Bett zu springen und mir etwas anzuziehen. Ich konnte nur schlucken, weil Amal ausgerechnet an diesem Freitagabend zurück ins Wohnheim kam. Zwei Sekunden blieb sie im Türrahmen stehen, und vielleicht waren es die längsten meines Lebens, obwohl ich ihr zugutehalten musste, dass sie nur mein Gesicht beäugte. Dann legte sie endlich ihren schwarzen Minirucksack ab. Er sah aus wie von Chanel oder

Ralph Lauren kopiert, doch ihr Zopf war so VOGUE nach hinten gekämmt, dass ich es ihr abkaufte.

»Sag nichts, ich weiß schon.« Sie gähnte. »Du wolltest die sturmfreie Bude an einem Freitagabend dafür nutzen, ästhetisch-verpixelte Spiegelselfies von deinem *That-Girl*-Body zu machen?«

Amal zog sich die Bluse und ihr Bustier gleichzeitig über den Kopf. Ich konnte ihre nackten Brüste erkennen, dass sie ein smaragdgrünes Bauchnabelpiercing trug, doch es schien sie nicht zu stören. Gähnend griff sie nach ihrem Schlafshirt, bevor sie sich mir zuwandte.

»Ich bitte dich, Hepburn. Als ob du nicht checkst, dass du nicht gerade unattraktiv bist. Sei mal nicht die Art von Person, die das angeblich nicht weiß.« Amal rümpfte die Nase, während sie nach ihrem Kulturbeutel griff. Dann steuerte sie die Tür an, doch meine Stimme ließ sie innehalten.

Ich wünschte, ich hätte ihr gesagt, dass wir aufhören mussten, Körper anderer *ständig* ungefragt zu kommentieren. Ich wünschte, ich hätte ihr gesagt, dass sie sich Harry Styles' *Treat People With Kindness* mal genauer anhören sollte. Aber tat ich natürlich nicht, weil ich ein fast zwanzigjähriges Mädchen war, das Filme im Hinblick auf den Bechdel-Test untersuchte, sich jedoch nicht in ihrem eigenen Leben daran halten konnte.

»Kennst du Levi aus meiner Klasse gut?«, fragte ich.

»Wieso?« Zeitlupenartig lehnte sie sich gegen den Türrahmen.

»Nur so.«

»Er ist kein Fuckboy, wenn du das wissen willst«, sagte sie seufzend. Amal, die stets sofort zur Sache kam. »Er ist ein Seelenficker.«

»Seelenficker?«

Und da musterte sie mich doch, von dem gesplitterten Lack

an meinen Zehennägeln bis hin zu meinen zerzausten Locken, vorbei an meiner schwarz schimmernden Unterwäsche von Victoria's Secret und meinem furchtbar aussehenden Bauch.

»Na, ihm reicht dein Körper nicht. Er steht drauf, wenn man ihn *ganz* will, damit er sich wie eine extra shiny special Snowflake fühlen kann. Du kannst ja Ophelia aus dem Dramaturgie-Programm fragen, wie das mit ihm so abläuft.«

Betreten blinzelte ich vor mich hin. Ich meine, was sagte man schon auf so was? Amal machte Anstalten, diesmal wirklich zu verschwinden, hatte aber in letzter Sekunde noch etwas hinzuzufügen.

»Und lass meine Lampe für deine nächste Fotosession aus, ja? Du hast bei meinen Sachen nichts zu suchen.«

Sie zog ab, die Tür schloss sie ganz leise. Drei Sekunden lang war alles in mir regungslos. Und taub.

So, so, so verflucht taub und kalt und leblos.

Dann setzte ich mich auf, schnappte mir die Kleidung vom Boden, den Jutebeutel, Schuhe an, Mütze auf und raus. Hektisch. Alles passierte sehr, sehr hektisch. Und als ich dann die Treppe zur Subway nach unten lief, fast in eine Frau rannte, die in einem senfgelben Mantel mit ihren Freundinnen ausgerechnet betrunken *Arabella* sang, stolperte ich und konnte mich gerade noch so am Geländer festhalten. Bevor ich mit dem Hintern auf einer liegen gelassenen McDonalds-Tüte gelandet wäre, wusste ich genau eine Sache:

Ich befand mich zweifellos genau dort, wo ich sein sollte.

12

#Eternalsummer

We can sit and laugh for a long time

Freitag, 23:49 Uhr
An: Bennett29 (bennett29@newinyork.com)
Von: Eternal Summer (eternalsummer@newinyork.com)
Betreff: *Bad Guy*

Bennett29,

erst einmal: sorry für den Spam. Zweitens: Findest du auch, dass Doppelpunkte so dramatisch sind? 😂 Vielleicht fragst du dich, wieso ich dich mit einer weiteren Mail bombardiere. Es ist so, dass ich gerade in der Subway sitze. Mein Abteil ist relativ leer, ich habe einen Vierer nur für mich und höre Musik. Wenn ich mich in der Fensterscheibe selbst ansehe, fühle ich mich wie in einer Filmübergangsszene, in der Schnittbilder mit einem Song aneinandergereiht werden. Mein Lied wäre was von Lana Del Rey, am liebsten eins vom zweiten Album. Als ich das gedacht habe, ist mir aufgefallen, dass ich dir in der letzten Mail verschwiegen habe, dass Lana Del Rey auch zu meinen Lieblingskünstler*innen gehört. Und das musste ich dir natürlich schreiben. Nein, Spaß, eigentlich schreibe ich dir, weil ich gerade an einen Song gedacht habe, den ich mit meinem Alltag (möchtegern-modern-philosophisch) verbinden kann. Das Lied heißt *Bad Guy*. Weißt du noch, als du gesagt hast, wir sollen ehrlich zueinander sein? Ich habe zugestimmt, doch vergessen, dass ich nur ehrlich bin, wenn ich wütend bin, also entschuldige ich mich schon mal jetzt für den kleinen Rant. Es ist nämlich so, dass Bad Guys mich einfach nur ankotzen. Wir kennen sie alle, die typischen Filmcharaktere. Sie tragen Lederjacken und Tattoos, besitzen Motorräder und dieses schiefe Lächeln, das nur in Romanen existiert (ich meine, hast du schon mal jemanden schief lächeln sehen?). Diese Charaktere sind immer groß und muskulös, heiß auf diese dunkle Weise, was sie sein müssen, weil wir sonst die Polizei anrufen würden, wenn ein schmieriger Typ uns heimlich beim Schlafen beobachten würde. Sie sind gefährlich, bedeuten Ärger und sind die Definition von Taylor Swifts *I Knew You Were Trouble*. Das Schlimmste? Wir LIEBEN sie. Wir lieben ihre freche Gleichgültigkeit. Wir lieben es, wie sie uns die gebrochenen Stücke ihrer Seele nach einer halben Flasche Jägermeister endlich entblößen, wie rücksichtslos, schweigsam und dominant sie sind. Wir lieben es, dass sie Sexgötter darstellen und Jungfrauen zweimal hintereinander durch Penetration zum Orgasmus bringen, weil sie es einfach so draufhaben. Wir fahren drauf ab, wenn sie uns (grundlos) wie Dreck behandeln, weil sie uns früher oder später sowieso gegen eine Wand drücken und uns wütend küssen. Ich weiß, dass meine Mail sehr chaotisch, spontan und impulsiv klingt, was sie auch alles ist, aber ich muss bald raus und deshalb zum Punkt kommen. Es ist so: Ich habe schon oft über dieses Rollenbild nachgedacht, wie dämlich es doch ist, dass es so erfolgreich ist. Irgendwann bin ich sogar auf einen möglichen Grund gestoßen. Plot-Twist: Es liegt an uns. Es liegt daran, dass wir uns so bescheuert besonders fühlen, wenn ausgerechnet dieser eine Typ uns will. Wir lieben es, von Freund*innen vor ihm gewarnt zu werden und unser mulmiges Bauchgefühl zu ignorieren. Wir fühlen uns lebendig, wenn wir uns von ihm auf die dunkle Seite der Macht ziehen lassen. Wir fühlen uns heiß, wenn er uns küsst, weil er uns so will. Du kennst doch diesen Spruch, der besagt, man ist, was man isst? Ich glaube das nicht. Ich glaube, man ist das, was man sieht und liest und fühlt. Ich glaube, unsere Welt ist verseucht von falschen Idealen und romantisierten Arschlöchern. In der Theorie weiß ich das. Aber das Problem ist, dass wir alle es in der Praxis so dermaßen verhauen.

PS: Tut mir leid, wenn nichts davon Sinn ergibt.
PPS: Eigentlich will ich aufhören, mich ständig für alles zu entschuldigen, aber es tut mir halt wirklich leid.

*

Der Portier begrüßte mich mit einem Nicken.

Ich zwang mich zu einem Lächeln, während ich die Tür aufstieß. Vor den Aufzügen roch es nach Spa, nach beruhigendem Raumduftöl und gefliestem Luxus. Ich drückte den Knopf für den Fahrstuhl und widerstand dem Drang, auf meinen Docs zu wippen, weil es Krach verursacht hätte. Schließlich passte ich schon in meiner Bomberjacke, den Schuhen und sogar meinem Gesicht nicht in dieses Ambiente.

»Treten Sie ein«, sagte die Roboterstimme, als der Aufzug hielt. Wie zuvorkommend kommandierend, dachte ich. Dann drückte ich die fünf und hob ab. Ping, ping, ping, ping. An meinem Ziel trat ich heraus und schloss die Tür auf, die einzige auf dieser Etage, es war nämlich *diese* Art von Wohnkomplex. Auf Zehenspitzen, heimlich wie jemand, der nicht hier sein sollte, tappte ich in die Küche. Dort wusch ich mir die Hände mit Spülmittel und öffnete den Kühlschrank. Ich scannte den Inhalt ab, der in durchsichtigen Behältern ordentlich sortiert war. Frühstück, Snacks, Gemüse. Erbsendrink, Soja-Skyr-Alternativen, Violife-Käse. Unnötig zu erwähnen, dass Dad derjenige war, der mit »Vegan ist ungesund, woher willst du denn Proteine kriegen?!« protestiert hatte. Genau genommen besaßen Kichererbsen mehr Eiweißanteile als Hühnerfleisch. Aber ich hatte keine Lust auf den Hummus, der sich neben der Guacamole türmte. Es war Freitag und nach Mitternacht, ich wollte Fett und Geschmacksverstärker, definitiv was für den Backofen. Und das war okay, es würde nicht ausarten, nur weil es nach Mitternacht und ich aufgewühlt war, ich war weiter als das.

Taff, stark, gefestigt, ich war ein Fels in der Brandung. Ich schnappte mir eine vegane Tiefkühlpizza, drehte den Backofen auf und ließ mich dann auf einen der Rattanstühle sinken. Bloß für einen Moment schloss ich die Augen, doch –

Schritte. Verfluchter Mist. In genau dieser Sekunde ertönten Schritte. Mein tiefes Seufzen konnte ich nicht unterdrücken. Schließlich wusste ich, dass es Mom in ihrem Pastellkimono sein musste, mit dem sie so perfekt in ihre trendigen hundertzwanzig Quadratmeter passte. Alles hell und holzig, offen und Boho wie Rubys Zimmer, grün und naturfarben, ganz pinterestesque, als hätte ihre Interior-Redakteurin Carla die Einrichtung übernommen.

»Auds?«

Scheiße.

Das war nicht Mom. Bei Adams Stimme setzte ich mich ruckartig auf. Er stand im Türrahmen, oberkörperfrei und in langer Pyjamahose, die ihm einen Tick zu lang war.

»Du weißt, dass es fast eins ist und ich ein supergefährlicher Einbrecher hätte sein können, oder?« Ich runzelte die Stirn. »Bisschen komisch, dass du nicht mal ein wenig überrascht bist.«

»Hab deine Docs im Flur gesehen.« Lässig tappte er in die Küche und griff sich eine Tasse aus einem der Schränke. »Und du vergisst, dass wir einen Portier und drölftausend Überwachungskameras auf dem Gelände haben. Irgendwo muss die Wohnpauschale ja herkommen.«

Ich verzog das Gesicht. Wer zum Teufel sagte bitte *drölftausend*? Doch davon bekam Adam nichts mit, wahrscheinlich dachte er sogar, er wäre *super*hip, weil er *Docs* statt Doc Martens benutzte.

»Wieso bist du hier?«

»Ich –«

»Nein, warte, sag nichts. Ihr habt euch mit Fake-IDs in diese neue Bar am Union Square geschleust, aber du hast es nicht mehr ausgehalten, dir betrunkene Shakespeare-Zitate zu geben. Also dachtest du dir, du fährst kurz rüber und gönnst dir eine Pause von dem ganzen Zirkus?«

Adam lächelte. Es war das gleiche Lächeln, das man auf seinem Foto bei Wikipedia begutachten konnte. Dort, wo er auf dem Siegerpodest mit der Medaille steht. Es war nicht fake, es war ehrlich und sein einziges. Egal, ob er einen Chai bei Starbucks bestellte, er den Meilenstein seiner Karriere erreichte oder die Tochter seiner Freundin beim Pizza-Aufbacken um kurz nach eins erwischte. Da war nur sein Goldmedaillen-Lächeln.

»So ähnlich«, sagte ich leise. »Mom schläft schon, oder?«

»Nicht da. Sie ist mit ihren Freundinnen übers Wochenende in den Hamptons. Ohne Handy. Detox oder so.«

Ich wusste sofort, dass etwas nicht stimmte. Sein Räuspern, dieser Laut, so heiser. Ich beäugte seine Halsschlagader, die deutlich pochte. Das war nun mal das Problem an den ehrlichen Leuten mit ihrem ehrlichen Lächeln, dachte ich. Sie konnten nicht vertuschen, wenn etwas nicht in Ordnung war.

Ich nahm Adam in Augenschein. Die nackten Füße mit den gepflegten Nägeln und den rasierten Zehen, seine bloßen Sportbauchmuskeln und seine Schwimmerschultern, dann sein

Gesicht, wo der Bartschatten dunkler wirkte. Die breiten Hände vergrub er sogar in den Hosentaschen, wo sie verkrampft Fäuste ballten. In meinem Gehirn schoben sich die Puzzleteile zusammen. Mom war übers Wochenende weg, was grundsätzlich nie passierte, weil Work-Life-Balance bei ihr in Calibri Light kleingeschrieben wurde. Außerdem sah Adam absolut fertig aus. Die beiden hatten also Streit. Mein fünfzehnjähriges Ich hätte es gefeiert, weil es ein launisches Scheidungskind war. Mein jetziges Ich fasste sich an die Schläfen, weil es nicht wusste, was es sagen sollte.

Wie gut, dass ich das auch gar nicht brauchte. Denn Adam stützte meine Streitthese, indem er wenig elegant das Thema wechselte.

»Und? Wie ist das Studentinnenleben an der Juilliard so? Wirklich so schlimm, wie Orla meinte?«

Orla war eine Bekannte, die er mir letztes Jahr im November auf irgendeinem wichtigen Dinner vorgestellt hatte. Sie spielte Geige bei den New Yorker Philharmonikern, stand auf Bacardi Raspberry und hatte mir nach fünf Shots gestanden, dass ihre Studienzeit der allergrößte Scheiß gewesen war. Leistungsdruck, Minderwertigkeitskomplex, alles hatte sie gebrochen. »Ihr Schauspielenden habt wenigstens eure Persönlichkeit«, hatte sie gesagt. »Wir haben das nicht. Entweder ich war die Beste oder nicht.«

»Nicht ganz so schlimm«, murmelte ich, während der Wasserkocher pingte und Adam seinen Kurkumatee aufgoss. Erst dann sah ich ihn.

Den Ring an seinem Finger, silbern und massiv.

»Echt? Voll gut. Sag mal, wollen wir morgen im *Champs Diner* frühstücken? Deine Mom steht voll auf die … Fuck!«

Adam fluchte, weil heißes Wasser über seinen Handrücken lief. Doch es war mir egal, ich war bloß besessen von diesem

Ring. Sicherlich rissen meine Augen und auch mein Mund auf, wahrscheinlich stand mir jeder Gedanke fett ins Gesicht geschrieben, weil es ernüchternd war, wie schlecht ich meine Emotionen verbergen konnte. Ich meine, ich brauchte nicht mal etwas zu kommentieren. Adam musste meinem Blick bloß folgen, um zu verstehen. Sofort. Sofort verstand er es.

»Sie wollte es dir sagen«, flüsterte er. »Ich *schwöre*, Auds. Aber irgendwie hast du nie zurückgeschrieben, wenn sie nach einem Treffen gefragt hat, was ich natürlich total verstehen kann. Ein erstes Semester ist halt sehr stressig. Aber dann waren wir in diesem Restaurant, auf das ich so abfahre, und sie hat mich gefragt. Es war spontan, obwohl sie es geplant hatte und …«

MEINE MUTTER HAT IHN GEFRAGT?

Adam redete weiter, doch ich hörte nicht mehr zu. In meinen Ohren begann es zu piepen, während ich schreien wollte, so laut, bis ich keine Stimme mehr gehabt hätte. Aber was hätte ich schon sagen können?

Ich bin sauer, weil meine Mutter ihren jahrelangen Freund gefragt hat, ob er sie heiratet, und es mir nicht vorher mitgeteilt hat? Ich bin sauer, weil meine Mutter sich vor sechs Jahren halb aus meinem Leben verpisst hat? Ich bin sauer, weil ich mir Taylor Swifts Cardigan *nicht anhören kann, ohne* leaving like a father *gedanklich in* leaving like my mother *zu korrigieren?*

Wohl kaum, denn das wäre doch kindisch, unreif und nur der Beweis dafür gewesen, wie malträtiert mein erbärmliches Scheidungskindherzchen war. Außerdem konnte Adam nichts dafür. Er liebte meine Mom. Das war sein einziger Fehler.

»Das ist …«, begann ich, aber meine Stimme brach.

Sag schön, Summers. Sag schön, schön, schön, schön!

»… schön«, sagte ich rau.

Und Adam, er lächelte, im Designerpyjama, verschlafen, so glücklich wie Blogger*innen auf Instagram, wenn sie ihren Verlobungsring aus allen Winkeln abfotografierten. Ausgerechnet dann drehte er seine Hand ins Licht, leicht nach links und weiter von ihm weg, so als müsste er ihn aus größerer Entfernung begutachten, um zu verstehen, dass er zu ihm gehörte, dass er echt war, dass Mom und er so echt zusammen waren. In diesem Moment explodierten Konfettikanonen-Emojis in seinen Augen, keine Frage.

Wie ich die nächsten eineinhalb Stunden überlebte, verstand ich nicht. Ich verstand nicht, wie ich mit Adam an diesem Tisch sitzen bleiben konnte. Wie ich sogar die Hälfte der Pizza in mich hineinschaufelte. Wie er es sich verkniff, mir von seinen Hochzeitswünschen zu erzählen. Wie ich Adams penible Freundlichkeit durchschaute, weil er mich beim Essen nicht ansah, als hätte Mom ihn darauf getrimmt und ihm gesagt »Es ist Audreys wortwörtlicher Albtraum, vor anderen Menschen zu essen«. Ich verstand nicht, wie ich dieses Beben in meinen Beinen ertrug und standhielt, bis ich schließlich im Bett lag. Erst dann gab ich nämlich auf. Leise schlich ich mich wieder aus der Wohnung, in die ich geflüchtet war, nur um bloß wieder zu flüchten. Die, in der Wände nie Rubys oder meine Gesichter zeigten, sondern nur besondere Cover der MUJER!

Ich wusste nicht wirklich, was passierte.

Ich wusste nur, dass ich die Haustür hinter mir zuzog und lief und atmete und lief und meine Health-App checkte und an einem Uber-Point angehupt wurde und lief und irgendwo ein David-Guetta-Song erschallte und ich meine Health-App wieder checkte und weiterlief. Irgendwann zeigte mein Schrittzähler die Zahl 23 347 an. Irgendwann sah ich Elle, wie sie auf den Keys von mir wegrannte, mitten in New York. Irgendwann schmeckte ich Salz auf der Zunge, irgendwann beschleunigte ich, irgendwann rannte ich, irgendwann vergaß ich sogar, wovor und wer überhaupt genau der Feind war. Die Welt, die Erinnerungen an Elle oder doch insgeheim ich selbst. Irgendwann war mir das egal, irgendwann bekam ich meinen ganz speziellen Ohrwurm nicht mehr raus.

LEAVING LIKE MY MOTHER, LEAVING LIKE MY MOTHER, LEAVING LIKE MY MOTHER, LEAVING LIKE MY MOTHER, LEAVING LIKE MY MOTHER.

Wahrscheinlich war mein Kopf einfach der lauteste Ort, der jemals existiert hatte.

Ich konnte nichts dafür.

13

#Eternalsummer

Well, I hope I was your favorite crime

»Stopp, das funktioniert so nicht.«

Feldman strich sich über die Schläfen. Erschöpft, enttäuscht. Im Spielsaal herrschte absolute Stille, während uns alle anschauten. Es war Montag. Die zweite Probe, zweiter Akt, zweite Szene, im Mittelpunkt: Helena mit ihrem zweiten Liebenden.

»Schieben Sie die Szene beiseite, und leben Sie mal in Ihren Rollen. Setzen Sie bei *Wer ist hier?* ein, Miss Summers. Und vergessen Sie nicht, Sie sind verzweifelt, gedanklich immer noch bei Ihrer Missgunst gegenüber Hermia und vollkommen fassungslos, als Lysander Ihnen seine Liebe gesteht. Sie glauben mit jeder Faser Ihres Körpers, dass die Welt Sie demütigen will. Sie sind felsenfest davon überzeugt, dass Lysander Sie nicht mal in Ihren Träumen begehren könnte!«

Ich nickte betreten, wobei ihr Blick nach links wanderte.

»Und Sie, Mister Hill, Sie sind ein Liebender in dem Moment, in dem Sie begreifen, dass Sie Helena und nicht Hermia wollen. Sie stehen unter Drogen, Himmel verdammt! Ihre Gefühle sind wortwörtlich nicht von dieser Welt, verhalten Sie sich gefälligst auch so. Da muss viel mehr Leidenschaft hinter Ihren Lines stecken. Sie brennen für diese Frau. Sind *maximal* verliebt. Vermitteln Sie uns das.«

Jude raufte sich das Haar, während seine Kiefermuskulatur sich anspannte. Hart und natürlich unübersehbar, damit es auch Rhonda ganz hinten mitbekam. Dann fiel sein Blick auf mich, und ich widerstand dem Drang zu schlucken. Jude trug schwarze Jeans und einen dunklen Pullover mit einem groben Muster. Er sah so unheimlich richtig auf einer Bühne aus. Groß, schlank, perfekt gebaut und mit diesem Blick, den sein späterer Agent garantiert als USP vermarkten würde. Der neue James Dean, würde er anpreisen. Sexy, aber schroff, dabei gerade noch so mysteriös, dass er für mehr gemacht ist als die Liebesfilmrollen.

»Also.« Feldman klang alles andere als Mut machend. »Versuchen Sie es.«

Ich holte tief Luft, als könnte ich so ausblenden, dass der gesamte Jahrgang uns beobachtete und gleich kommentieren würde, woran wir noch arbeiten mussten.

Ich bin Helena, meine beste Freundin ist viel schöner als ich, keiner liebt mich, alle machen sich über mich lustig.

Helena, Helena, Helena.

»D-doch wer ist hier?«

Ich stotterte, Feldman seufzte, doch ich tat so, als wäre nichts passiert. Sie wiederum ließ mich, denn es war bereits unser vierter Versuch.

»Lysander! Auf dem Boden! Tot oder schlafend?« Ich beäugte Jude auf dem Parkett. »Ich sehe kein Blut, keine Wunde. Lysander, wenn du lebst, guter Herr, erwache!«

Jude begann sich zu bewegen, rekelnd und langsam, wie nach einem Shavasana. Keine Ahnung, wie man dabei so anmutig wirken konnte wie ein Tier, eine Raubkatze, vielleicht ein einsamer Panther. Selbst wenn das nicht mit seinem versteckten Wolfsgrinsen harmonierte. Dann rollte er sich auf, den Kopf hob er zuletzt.

Sein Blick traf auf meinen.

In diesem Licht erkannte ich seine Augenfarbe zum ersten

Mal. Tieftieftieftiefgrün wie Monsterablätter in einer schattigen Ecke. Anschließend durchfuhr ihn ein heftiger Ruck, der klarmachte, er würde nun alles dafür geben, sich für diese Szene zu öffnen. Das war gut und großartig, genau das, was wir brauchten. Entschlossen straffte ich die Schultern.

Ich wollte Helena unbedingt auf besondere Weise interpretieren, aber es war egal, wie konzentriert und motiviert ich in diesem Moment in mir grub. Ich … Scheiße, ich fand bloß mich. *Meine* Unsicherheiten. *Meine* Komplexe. *Meine* Annahme, dass die Welt mich seit Levis Kuss komplett verarschte. Ich konnte nichts dafür, dass ich nervös wurde, meine Handflächen schwitzten und ich flach atmete. Als Feldman uns genau dann unterbrach, dann, noch bevor Jude seine erste Zeile sprach, war das wohl alles mir zuzuschreiben.

»Wir machen eine Pause. Fünf Minuten für alle.« Ihre Stimme war leise und belegt wie die Ruhe vor einem Sturm. Ich fragte mich, was ihre Art von Explosion war.

Bringe deine Dozentin innerhalb der ersten beiden Proben absolut zur Weißglut? Check.

Ich kletterte von der Bühne und steuerte meine Wasserflasche an. Durch den Stoff des Jutebeutels sah ich mein Handy aufleuchten, garantiert weitere Benachrichtigungen von Mom. Seit gestern Punkt neunzehn Uhr waren etliche bei mir eingetrudelt. Sie wollte, nein, sie *musste* mit mir reden. Ich wusste, dass es stimmte. Aber ich wusste auch, dass Adam dieses Foto von ihren Händen hochgeladen hatte. Das, auf dem sein Verlobungsring mit einem grauweißlichen Filter deutlich hervorstach. Die Caption hatte er auf *YES YES YES YES YES* getauft, der beliebteste Kommentar mit tausenddreihundert Likes war von irgendeinem Footballsternchen namens Austin Cash. Er lautete: *Congrats, Bro!* ♡

»Echt scheiße, dass Levi heute fehlt.« Tabitha schlurfte neben mich. »Ich wäre auch total aufgeschmissen, wenn ich eine Szene spielen sollte, auf die ich mich nicht vorbereitet habe.«

Ich zuckte die Achseln, weil ich nicht wusste, was ich sagen sollte. *Ich bin wirklich, wirklich froh, dass Parker nicht da ist, weil er mich geküsst hat, ich ihn gelassen habe und jetzt nicht weiß, wie unser nächstes Gespräch verlaufen könnte? Außerdem, danke übrigens, dass du mich nicht wieder auf mein Gesicht in Elles Feed angesprochen hast. Sehr nobel von dir?*

Tabitha faselte die nächsten drei Minuten lang vor sich hin, und auch dafür war ich ihr dankbar. Selbst wenn ich spürte, dass etwas anders war. Das leichte Neigen ihres Kopfes, das nervöse Spielen an ihren schlichten Ohrringen. Sie spürte, dass ich etwas verbarg, doch wir verschwiegen diese Tatsache beide. Schließlich beorderte Feldman Jude und mich wieder auf die Bühne.

»Das, was Miss Summers und Mister Hill gerade passiert ist, wird Ihnen im Laufe Ihrer Karriere noch etliche Male geschehen. Jedem von Ihnen, deshalb lassen wir das doch mit der unterschwelligen Schadenfreude, auch wenn ich weiß, dass Sie sich so unglaublich gern miteinander vergleichen.« Räuspernd wandte sie sich an uns. »Wissen Sie, was Ihr größtes Problem war?«

Jude schwieg. *Ich*, dachte ich, doch schwieg ebenfalls.

»Keiner von Ihnen hat es geschafft, sich zu öffnen. Da waren meterdicke Mauern zwischen Ihnen. Mir egal, wie gut Sie Ihren Text interpretieren. Wenn die Körpersprache nicht stimmt, bringt Ihnen die richtige Atmung auch nichts. Deshalb will ich, dass Sie sich hinsetzen und sich anschauen. Von mir aus berühren Sie sich, halten Sie sich an den Händen, tun Sie irgendetwas dafür, dass Sie ein Gefühl für Ihre gemeinsame Chemie bekommen. Wenn Sie dieses Band gefunden haben, sprechen Sie. Aber *erst* dann. Sie sind zwei der vier Liebenden. Wäre das hier eine professionelle Produktion, würde ich Ihnen sagen, dass das gesamte Stück von Ihnen und Ihren Fähigkeiten abhängt und es somit eine Beleidigung für das ganze Ensemble wäre, wenn Sie nicht Ihr Bestes geben.«

Sobald sie verstummte, sah Jude mich an. Pupillen so groß wie auf Drogen, Hände, die er zitternd in die Hosentaschen schob. Das passierte also, wenn eine Juilliard-Professorin ausrastete. Sie sagte Dinge, die sie angeblich nur hypothetisch meinte, aber ihre Wirkung kein bisschen verfehlten.

Fantastisch.

Ich fürchte mich auch, hätte ich Jude am liebsten zugeschrien. Ich hatte Angst, zu versagen, zu enttäuschen, Angst vor Gesprächen und vor ihm. Aber da sagte Feldman: »Nun legen Sie schon los. Ich weiß, dass die Aufgabe intim ist, aber Ihr Job als Schauspielende ist es nicht, sich in Ihrer Komfortzone wohlzufühlen.«

Und damit hatte sie leider recht. Also ließen wir uns beide zu Boden gleiten, Knie an Knie im Schneidersitz. Ich schloss die Augen und nahm einen tiefen Atemzug. Es war diese Art von dramatischem Luftholen, nach dem in Filmen immer eine Aktion, ein Sprung und *die* Entscheidung folgte. In der Realität schlug ich die Augen nur auf, ehe ich mich fürs Loslassen entschied.

Fürs Fallen.

Fürs Jude-Ansehen-bis-meine-Kehle-sich-zuschnürte.

Ich fragte mich, ob das der Preis dafür war, jemanden wirklich zu sehen. In den ersten Momenten ließ er den Kiefer noch angespannt, und ich wollte ihm sagen, dass wir in ihm die meisten negativen Gefühle abspeicherten, doch jetzt war nicht der Moment.

Da war nur er, da war nur ich.

Und die gefühlt tausend anderen aus unserem Jahrgang. Ich befürchtete, dass Feldman wieder einschreiten würde, doch …

dann … keine Ahnung. Jude blickte mich gefühlt zum ersten Mal seit unserem Vorsprechen an. So *wirklich* an, direkt in mich hinein, ohne zu blinzeln.

Oh Gott.

Sicherlich spürte er mich genauso wie ich ihn. Denn da war sein Mund, der aufklappte, während seine Energie ihn wie ein unsichtbarer Umriss aus Wärme umgab. Ich *wusste* einfach, dass seine Haut heiß war. Und dann fand ich es heraus. Mein Körper war Helenas, als er auf Judes kletterte und die Beine um seine Hüften spreizte. Er legte seine Hände wie von Shakespeare getaktet um meine Taille, als hätte er es geahnt. Zwischen uns existierte nur Weichheit und gespenstische Ruhe, die mir die Kehle weiter zuschnürte. Vielleicht war Letztere der Grund dafür, dass ich immer noch schwieg. Drei Atemzüge lang, die wir synchron zueinander nahmen. Dann traute ich mich.

»Doch wer ist hier? Lysander! Auf dem Boden!«

Ich umfasste sein Gesicht, denn es ging nicht um die Richtigkeit der Szene, sondern um den Flow. Ich fuhr die Form seines Kiefers nach, seinen Hals, seine Schultern. Je weiter ich ging, desto wärmer wurde er, aber ich hatte kein Problem mit seiner Hitze. Ich vergaß viel zu oft, dass Luftzeichen am besten mit Feuer harmonierten. Ich war immun, wir waren kompatibel, und wie *sehr* wir kompatibel waren.

»Tot oder schlafend?« Ich wanderte über den Pullover, über seine Brust, worunter sein Herz heftig pochte. »Ich sehe kein Blut, keine Wunde. Lysander, wenn du lebst, dann erwache!«

Bevor er tat, was ich verlangte, schenkte er mir einen allerletzten Blick, tief und kompromisslos. Mein Herz zog sich zusammen, und das meinte ich vollkommen ernst. Es fühlte sich so an, als würde mein Brustkorb schrumpfen, weil Jude mich weiterhin ansah.

Sein Blick.

Scheiße, *sein Blick.*

Jude musste komplett in unserer Szene sein, denn da war kein Zögern, kein Verschließen, keine Angst. Nur seine Leidenschaft fürs Spielen, die plötzlich den gesamten Raum einnahm. Ehe er sprach, machte sein eigenes Herz einen Satz und rutschte ihm bis in den Bauch. Das spürte ich unter meinen Fingern ganz genau. Was dann passierte? Tja, dann erwachte er. Und ich *schwöre*, es war nicht von dieser Welt.

»Und durchs Feuer will ich gehen, um deiner süßen Person willen. Leuchtend-schöne Helena!«

Jude klang atemlos, als wäre er gerade wirklich mitten im Schlaf aufgeschreckt. Jede Faser seines Körpers spannte sich an, während er von Demetrius redete, den er für Helena töten wollte. Ich wusste nicht, wieso zum Teufel meine Rolle dachte, es wäre eine gute Idee, sein Gesicht so fest in die Hände zu nehmen, dass meine Nägel Spuren hinterließen. Doch ich glaubte, Jude registrierte es nicht mal. Er war ein Körper voller Adrenalin, ein Schauspieler auf einer Bühne. Wir waren nicht mehr wir, und alles war so echt.

»Sprich nicht so, Lysander!«, schrie ich. »Sprich nicht so! Wenn er auch deine Hermia lieben mag, Gott, wenn schon! Hermia liebt dich trotzdem; darum sei zufrieden!«

»Zufrieden mit Hermia!«, rief er, bevor er mich zu Boden drückte, die Arme über meinem Kopf mit seinem Daumen auf meinem Krokodil. Er schaute mir in die Augen. Jeder Zentimeter seines Gesichts sagte, dass er sich fünfhundertmal hintereinander von der Freiheitsstatue schmeißen würde, um mich zu haben.

Ich war umgeben von Hitze, umgeben von Jude, der riesig über mir kniete. Es war so grob und aggressiv. Ich hatte nicht gewusst, dass er so sein konnte. Klar, er war mysteriös, distanziert, ja, aber niemals offensiv und so rücksichtslos.

»Nicht Hermia, sondern Helena liebe ich!«

Warm explodierte sein Atem auf meinem Gesicht, bevor ich ihn auf meinen Lippen schmeckte, scharf nach Airways Cool Cassis. Dabei sah ich auf sein kantiges Gesicht, die leicht schiefe Nase, die buschigen Brauen und das zerzauste Haar.

Jude Hill war so verflucht schön.

»Machen Sie weiter«, drängte Feldman vom ersten Rang, aus irgendeinem anderen Bundesland, vielleicht Texas, keinen Schimmer. Als hätten wir jetzt aufhören können. Jude dachte das Gleiche, das spürte ich an der Art, wie seine Brust kurz vibrierte. Als hätte er schnauben wollen, weil nun Aufhören doch lächerlich war.

»Wer wird nicht gern einen Raben gegen eine Taube tauschen …«, flüsterte er.

Feldman hatte von Körpersprache geredet, doch was sie bekam, war ein Körperkampf. Es existierten bloß Helena und Lysander, die sich angestrengte Atemzüge und nackte Emotionen entgegenschleuderten. Dabei hängten wir uns an Konflikten auf, die Shakespeare niemals geschrieben hatte. Natürlich sprachen wir, natürlich waren da unsere Stimmen und unsere Worte. Aber unsere Körper dominierten. Sie rollten und bewegten sich, mal schnell und vorhersehbar, mal explosiv und elegant, mal ich oben, mal er, immer ausgeglichen. Es war ein Kampf auf Augenhöhe. Unsere Körper spielten eine Choreografie, die sie kannten, ohne dass wir sie kannten.

Es war so gruselig.

Es war *so* krass.

»DU TUST MIR UNRECHT, FÜRWAHR, DAS TUST DU, MIR IN SO HÄMISCHER WEISE DEN HOF ZU MACHEN!«

Meine Stimme klang schrill und gleichzeitig so richtig, während ich die Hände gegen seine Schultern stemmte. Definiert, aber nicht aufgepumpt. So war alles an Jude. Schlank, dezent, doch anziehend.

Heiß.

Wirklich alles. Ich meine, sogar seine Wimpern waren sexy, der Schweißtropfen über seiner Lippe, wie seine Nasenflügel sich aufblähten. Es war ein Spektakel, sein dramatisches Gesicht aus dieser Nähe zu betrachten.

Wie Kino.

Nur echter.

Nur besser.

»Hämisch?« Mit gerümpfter Nase stützte er sich auf die Ellbogen. »Siehst du denn nicht, wie ich dich sehe? Wie ich dich fühle?«

»*Wie du mich fühlst?* Du weißt nicht, was du redest. Du weißt nicht, was du denkst!« Ich rückte ihm näher und stellte mir vor, dass er auf Drogen wäre, während sein Oberkörper unter mir erschauderte. »Du bist nicht du!«

Noch dichter rutschte ich mit meinem Gesicht an seines. Dabei blendete ich aus, dass Helena und Lysander sich niemals so nah kommen sollten.

»Und was, wenn doch?«, murmelte er rau.

»Das war zu leise, Mister Hill!«, warf Feldman ein, doch sie existierte nicht in unserem Sommernachtstraum-Universum.

Es gab bloß eigene Gesetze, wie zum Beispiel das Eigenleben meiner Finger, die das lineare Muster auf seinem Pullover nachfuhren.

»Es gibt kein *wenn doch*«, erwiderte ich.

Jude war nicht Jude, ich war nicht ich. Keine Ahnung, wieso es sich trotzdem so anfühlte, als bohrte er sich durch meine Mauern und nicht durch Helenas. Atmen fiel schwer, mein Brustkorb schrumpfte. Jude starrte mir ins Gesicht, wie manche Männer Frauen vor Bartheken aufs Dekolleté gafften. Zu offensichtlich, lange und intensiv, dabei war das doch Bullshit! Es war mein Gesicht, was wollte er mir da schon gedanklich ausziehen? Meine Wimperntusche, damit er an meine Seele kam, oder was? Unser Moment war tief, kraftvoll, erschütternd und entblößend auf eine ganze eigene Art. Aber er war garantiert nicht sexuell.

Genau deshalb verstand ich nicht, wieso ich ihn plötzlich unter mir spürte. Hart und erregt, Jude mit einer verfluchten Erektion. Zuerst sog ich scharf die Luft ein, dann er. Er wusste, dass ich ihn spürte. Er wusste es, weil meine innere Anspannung ins Unermessliche schoss und er mich offensichtlich so fühlte wie ich ihn. Das Problem an der Situation bestand darin, dass ich diejenige war, die sich nach vorn lehnte. Eigentlich wollte ich seine Schulter wieder nach unten drücken, doch ... plötzlich verharrte ich. Seine Jeansnaht an meinen Leggings, ich spürte seine Rauheit und seine Härte. In meinem Unterleib explodierten Elektroschocks, weil jemand sich bewegte, sich wiegte und ganz leicht nach vorn presste, er oder ich, ich wusste es wirklich nicht. Seine Lider flatterten. Es war die weichste Regung, die ich jemals in seinem Gesicht gesehen hatte. Ich wollte es noch tausend Mal. Mich gegen ihn wiegen, seine Lider flattern sehen. Es war süchtig machend, beides.

»Machen Sie weiter mit Ihrem Wortgefecht, das war gut!«

Feldman. Scheiße, das war Feldmans Stimme. Feldman, die uns inmitten unseres Jahrgangs sitzend beobachtete.

Das war gut.

Doch mein Slip war garantiert feucht, und es war mein Slip und nicht Helenas. Und das war doch alles so falsch.

Ich machte mich von Jude los, als hätte ich mich verbrannt. Wenig elegant landete ich neben ihm auf meinem Hintern. Er hingegen starrte kiefermahlend an die Decke. Im Takt zu meinem Herzen sah ich seine Muskeln sich anspannen.

»Ich verstehe das nicht! Sie sind so gut darin, eine Verbindung aufzubauen, aber dann verlieren Sie sie immer wieder. Das …« Feldman erhob sich, um uns zu analysieren, doch ich hörte das gar nicht, und Jude sah mich keine einzige Sekunde mehr an.

*

Mom wartete vor meinem Dormroom.

Sie trug eine Bluse zu einer Diesel-Jeans mit Schlag, teuer und trendig-modern. In ihren High Heels stand sie so selbstverständlich, dass man neidisch werden konnte. Sie tippte und swipte, während ihr Haar unter den Röhren schimmerte. Vielleicht checkte sie das neue TikTok vom MUJER!-Account. Ich hatte nicht gewusst, dass irgendetwas in diesem Licht gut aussehen konnte, aber natürlich konnte Mom es. Ungelogen jede Person auf meinem Flur starrte sie an. Abscannend und ungläubig, als wären *Jane the Virgin* und *Gossip Girl* in ihr kaleidoskopisch kollidiert. Hispanisch, erfolgreich, so verflucht wunderschön. Meine Mutter war eine Sensation, egal, wo sie sich befand. Doch ich schloss die Augen und nahm diesen jämmerlichen Atemzug, der nicht mal mein Zwerchfell erreichte. Milad wäre sich seufzend über das Gesicht gefahren. Aber er war nicht hier, da war nur Mom, die ihr Handy in den Stand-by-Modus klickte, als sie mich bemerkte. Ich winkte, sie strahlte. Sie kam klackernd auf mich zu, ich blieb ratlos stehen. Meine Kleidung roch nach Schweiß und einer gescheiterten Paarübung, ihre nach weißer Sonne und extravaganten Biokaffeebohnen aus Brasilien.

»*Perdoname*, dass ich einfach so hier auftauche.« Sie drückte mich festen gegen ihre Brust. »Aber …«

Du schreibst mir ja nie zurück.

»Hast du Zeit für ein Abendessen, mi hija?«

Ich wollte den Kopf schütteln, allein sein und so tun, als würde ich die letzten drei Tage reflektieren, doch insgeheim in meinem Selbstmitleid ertrinken. Leider wollte ich auch erwachsen sein.

»Klar, zieh mich nur schnell um.«

Ich pfriemelte die Key Card aus dem Jutebeutel, bevor sie mir ins Zimmer folgte. Natürlich war Amal nicht da, wieso auch? Ich hatte doch gerade keinen meiner wahnsinnigen Spiegelmomente. In Rekordgeschwindigkeit sprang ich in eine schwarze Paperbag-Hose und ein beigefarbenes Oberteil, bevor ich mir eine Parfumdusche gab. Fünf Minuten später traten wir nach draußen. Es war mein erster Atemzug an der frischen Luft, doch der Himmel war schon längst dunkel. Vom Halbmond erkannte ich nur einen winzigen Schimmer, und ich wusste instinktiv, dass es ein harter Winter werden würde.

Mom bestellte ein Uber und warf mir einen nervösen Blick zu. »Hast du Rubina von der Verlobung erzählt?«

Ich schüttelte den Kopf.

»Ich wollte es euch eigentlich zusammen sagen, weißt du?«

Ich zwang ein Lächeln auf mein Gesicht. »Du solltest sie einfach so schnell wie möglich anrufen. Ich glaube, Adam hat sogar schon was auf Insta dazu gepostet.«

Mom fluchte, in meiner Vorstellung pochte es ihr in den Schläfen. Ruby und sie, sie spielten eigene Spiele, die ich nicht verstand. Sie waren lauter und zorniger als die, die wir beherrschten.

»Ich, ähm …« Ich blies die Wangen auf. *SEI ERWACHSEN, SUMMERS.* »Ich freue mich übrigens für dich, Mom.«

»*Está seguro?* Laut Adam bist du heimlich, still und leise aus der Wohnung geschlichen, obwohl ihr zusammen frühstücken wolltet.«

Schwache Persönlichkeit.

»Schwacher Moment«, gab ich kleinlaut zu.

Doch ich hatte keine Chance, genauer darüber nachzudenken, weil Mom meine Hand ergriff, und ich erstarrte. Der Bus Richtung Queens hupte, während eine vorbeistöckelnde Passantin ihre mintgrüne Anzughose mit Ketchup beschmierte.

»Danke«, sagte Mom, amerikanisch diesmal, meine Sprache.

Erst als sie losließ, konnte ich wieder atmen.

Fünfzehn Minuten später standen wir in dem Chipotle am Times Square, wobei mein Magen sich drehte. Ich sah mich um und erkannte Wraps, Tacos, zuckerhaltige Getränke.

»Wir nehmen zwei vegane Bowls, Naturreis, die dunklen Bohnen, extra Guacamole«, orderte Mom.

Der Typ hinter der Theke wischte sich die Hände an seiner vergilbten Schürze ab, ehe er unsere Bestellung lieblos zusammenklatschte. Dabei konnte ich beobachten, wie der Reis unter fettigen Gemüseschichten, Bohnen und einer öligen Vinaigrette begraben wurde. Du kannst dich nicht verstecken, wollte ich schreien. Ich weiß trotzdem, dass du da bist mit deinen Unmengen an Kohlenhydraten! Aber das war natürlich verrückt und garantiert nicht Teil meiner gesunden Routinen, also trug ich mein Tablett schweigend an einen Fensterplatz.

Mom spießte gerade die erste grüne Paprika auf, als ihr Handy vibrierte. Doch sie ließ es klingeln. Iss, flehte sie bloß stumm mit ihren perfekt warmbraun geschminkten Augen.

Iss, iss, iss.

Der erste Bissen war der beste, doch auch der schwerste. Trotzdem, ich konnte das. Als ich mir die erste Ladung Reis in den Mund schob, unterdrückte Mom ein erleichtertes Aufatmen. Anschließend griff sie nach ihrem Wasser, trank drei große Schlucke, hinterließ einen Lippenstiftabdruck. Und redete. Mom redete und redete, weil sie ziemlich gut in vielen Dingen war, doch Schweigen keines davon war. Vielleicht erinnerte es sie an die Nachrichten, auf die sie keine Antwort bekam. Von mir auf WhatsApp, von Ruby unter ihren Reels.

»Wir sollten wirklich in dasselbe Yogastudio gehen. Dann können wir uns jeden Samstag zur Zehn-Uhr-Session treffen und daraus unseren Tag machen. Am besten auch nächste Woche an deinem Geburtstag, wir …«

Sie musste abbrechen, weil ihr Handy zum dritten Mal vibrierte. Eigentlich wollte sie den Anrufer wegdrücken, doch murmelte ein »Mierda« und ging ran. Ich hingegen legte die Bambusgabel zur Seite, weil ich wusste, was jetzt kam. Mom hörte zu, runzelte die Stirn, antwortete geschäftsmäßig knapp und kalt, wobei sich die Furchen über ihren Brauen vertieften. Nach eineinhalb Minuten legte sie auf.

»Schon okay«, sagte ich.

Kurz wollte sie so tun, als hätte ich etwas völlig Zusammenhangloses gesagt. Aber sie ließ es, denn wir hatten auch Routine in diesem Spiel. Ich nannte es Deine-Mutter-ist-eine-krasse-Magazinherausgeberin-und-hat-es-nicht-so-mit-Freizeit.

»Es tut mir so leid«, begann sie und ließ ihre übliche Platte laufen. *Wichtig, dringend, sie brauchen mich, perdoname.* Heute ging es um eine Influencerin und irgendeine neue Kolumne, Idee, spezielle Ausgabe, keine Ahnung, ich hörte nicht richtig zu. Es war immer das Gleiche, obwohl es anders war. Schließlich ließ Mom unsere Bowls einpacken, bevor sie mir Geld für ein Uber zusteckte.

Ich drückte ihr die Scheine zurück in die Hand. »Ich laufe.«

»Nein, nimm das jetzt, *por favor*, Audrey.«

Meine Lippen teilten sich, doch ich konnte gar nichts mehr erwidern, weil ihr eigenes Uber schon vor uns hielt. Ein schneller Kuss auf meine Wange und ein letzter Atemzug ihres Parfums, bevor sie in dem grünen Nissan verschwand. Wie eine Sechsjährige wischte ich mir die Reste ihres flüssigen Lippenstifts trotzig von der Haut, dann steckte ich das Geld in die Papiertüte und drehte eine Runde um den Times Square. Lärm und Lichter überall, Werbetafeln links, verlockende Sales-Schilder rechts. Die Papiertüte übergab ich einer Frau vor dem Times Square Theater. Ihr Oberkörper war in eine löchrige Decke gerollt, wobei vor ihr ein Pappbecher mit dem McDonald's-Logo stand. Sie stank nach drei Litern Jack und Cheeseburger.

»Chipotle? Was soll der Scheiß? Wie wär's mal mit Geld, hm? HALLO? Mädchen, wieso …«

Es raschelte, vielleicht kickte sie die Tüte weg, vielleicht kramte sie aber auch nach meiner angefangenen Bowl. So genau wusste ich das nicht, denn ich blickte nicht zurück. Stattdessen summte ich gedanklich *Clean* von Taylor Swift nach, weil ich keine Kopfhörer dabeihatte. Trotzdem hörte ich nur: *LEAVING LIKE MY MOTHER. LEAVING LIKE MY MOTHER. LEAVING LIKE MY MOTHER.*

Zurück zum Campus benötigte ich bloß achtzehn statt der normalen fünfundzwanzig Minuten, aber fühlte mich nicht wie eine Gewinnerin. Vor allem dann nicht, als ich die Resident Hall betrat und mein Hirn mich immer noch mit diesem beschissenen Ohrwurm malträtierte. Alle meine Muskeln fühlten sich verspannt an, und ich fragte mich, wieso ich überhaupt ständig meditierte, wenn keine meiner Chakren sich irgendwie geheilt anfühlte.

Aber genau dann hörte ich sie.

Seine verfluchte Stimme.

»Können wir reden?«

14

#Eternalsummer

*Perhaps f*ck off might be too kind*

Jude.

Jude vergrub die linke Hand in seiner Jeanstasche, während ich einen Schritt zurücktrat. Unser letzter Kurs war zwei Stunden her, sein Gesicht wirkte immer blass, doch gerade war es noch blasser. Erschöpft. Müde, aber nicht wie Schlafmangel. Müde, wie überfahren.

Der Lkw war unser Tag.

Ich runzelte die Stirn, während zwei Freundinnen lachend in Richtung Fahrstühle schwebten. »Ich dachte, du wohnst nicht hier?«

»Tu ich auch nicht. War nur bei deiner Mitbewohnerin, die meinte, dass du nicht da bist.«

»D-du hast hier auf mich gewartet? Und woher wusstest du überhaupt, wo mein Zimmer ist?«

»Ich habe meinen Laptop dabei, es gibt WLAN und Steckdosen. Ob ich das bescheuerte Paper für Baker hier oder in der Bib schreibe, macht keinen Unterschied. Außerdem ist Tabitha mir über den Weg gelaufen, und ich hab sie gefragt.«

Verwirrt zuckte mein Blick von der olivgrünen Sesselecke zu seinem Rucksackträger, den er fest umklammerte. Dabei stachen seine Knöchel so heftig hervor, dass sie weiß wirkten.

»Du hättest mir auf WhatsApp schreiben können«, murmelte ich. »Ich bin in der Gruppe, in der du auch bist.«

»Es ist wirklich nur kurz. Eine Minute oder so.« Hastig sah er sich um. Keine Menschen, die Luft war rein. »Das vorhin …«

Ich gefror auf der Stelle und schonungslos.

»Es tut mir leid, dass du … du weißt schon was gespürt hast. Das war superunprofessionell und für dich garantiert alles andere als angenehm. Vielleicht ist es zu viel verlangt, aber glaubst du, wir könnten das vergessen? Mir ist ein guter Spielvibe zwischen uns wirklich wichtig.«

»Hast du das einstudiert?«

Er rief kein *»Bitte?«* auf meine Frage, die, zugegeben, ziemlich unverschämt war. Bloß sprachlos starrte er mich an.

Wie unsensibel kann man sein? Ich: Ja.

»Sorry«, sagte ich schnell. »Meine Frage war doof.«

»Es war natürlich nicht wegen dir«, presste er hervor. »Die Positionen und das Gekämpfe waren einfach … Nee, ich merke gerade, dass das keine Entschuldigung sein kann, weil Schauspielen daraus besteht, mit seinem Körper zu arbeiten. Ich –«

»Wir können es vergessen. Wirklich kein Ding.«

Er sah mich unschlüssig an, dabei wollte ich mich aufrichten und gedanklich mein Tough-stark-Mantra spielen lassen, doch ich war auch so furchtbar müde. Ich stand bloß wieder mal wie getroffen da.

»Wie gesagt, mir tut es wirklich leid, wenn es unangenehm für dich war und ich irgendetwas in meiner Rolle getan habe, womit du nicht okay warst.«

Während er sprach, konnte er mich nicht ansehen, was doch auch so verflucht seltsam war. Ich meine, vor einer Sekunde wollte er mich noch mit seinem Blick erdolchen, und jetzt konnte er mich nicht mal betrachten, obwohl er nur richtige Worte mit seiner so richtigen Stimme gesagt hatte? Ich konnte nur aus Verwirrung schweigen.

»Gut«, sagte er. »Also dann.«

Zum Abschied nickte er mir zu. Ich begutachtete seinen brombeerschwarzen Rucksack, wie seine schlanke Statur sich von mir entfernte, er den Türknauf mit seinen langen Fingern berührte und die Muskeln sich unter seinem Pulloverrücken dabei bewegten. Meine Lippen pressten sich aufeinander, weil sie nicht wollten, dass ich etwas sagte. Doch … ich *musste.*

»Das warst nicht nur du vorhin.«

Auf den Fersen drehte er sich um, die Stirn gerunzelt. Ich hörte, wie Fahrstühle pingten, Schritte und ein iPhone-Klingeln, bei dem alle kurz dachten, es wäre ihr eigenes.

Unsicher vergrub ich die Finger in meinem Ärmel. Ich schätzte, Jude hätte näher kommen und so was wie »Genau genommen waren es nicht wir, sondern Helena und Lysander« sagen können. Vielleicht hätten wir gelacht. Aber es herrschte bloß unangenehme Stille, während er sich ratlos mit der Hand übers Gesicht fuhr.

»Schätze, wir haben beide wirklich keine Grenzen, was?« Jude ließ seine Stimme vibrieren, bis seine Worte wie etwas furchtbar Schreckliches klangen. Wie verboten.

*

Wie verlockend, dachte ich ironisch, als er dastand.

Vier Tage nachdem wir uns geküsst hatten, bestellte Levi sich nämlich Tortellini mit veganer Kichererbsenfüllung in der Mensa. Erst bemerkte er mich nicht, doch als ich den Mango-Rucola-Salat orderte, drehte er sich um. Angepisst. Das mit dem Lippenaufeinanderpressen konnte er genauso gut wie ich, das musste ich ihm lassen. Ich nahm meine Schale entgegen, wobei er mich beobachtete.

Ich stehe nicht auf der Bühne, du Wichser. Das hier ist keine Show.

Doch natürlich starrte er weiter. Keine Ahnung, wonach er suchte. Reste seiner Spucke? Dem Anzeichen eines Was-hat-te-unser-Kuss-zu-bedeuten-Gesprächs? Ringsum klimperte Besteck. Tortellini wurden von links nach rechts geschoben, während sein Teller dampfte. Nur weil das Handy in seiner Hosentasche vibrierte, wandte er sich von mir ab. Ich war dazu verdonnert, hinter ihm in Richtung Kasse zu trotten, und konnte nichts dafür, dass mir sein Display entgegenleuchtete. Selbst schuld, wenn man es auf die höchste Helligkeitsstufe stellte. Ich erkannte, dass ihm jemand ein Foto geschickt hatte. Ein Zimmer, weißgräuliche Wände, schwarze IKEA-Möbel und tausend Bücherstapel auf dem Boden. Ich konnte sogar die Nachricht darunter überfliegen: *RÄUM ENDLICH AUF, ALTER!!*

Hastig linste ich zur Seite, als wäre ich nicht in seine Privatsphäre eingedrungen. Anschließend bezahlten wir parallel, bevor wir auf denselben Tisch mit unserem Jahrgang zusteuerten. Es war dieser Moment, in dem ich unser Schweigen und dieses *Wer spricht, wer verliert?* nicht mehr aushielt.

»Wo warst du gestern eigentlich? Warst du krank, oder so?«

Instinktiv blieb Levi stehen. Grauer Hoodie, ripped Jeans. Seine Schultern waren breit, stark, wie dafür gemacht, dass Protagonistinnen sich daran festklammerten, während sie auf seinem Motorrad in Richtung Sonnenaufgang rasten. Ich fragte mich, wie oft er ins Fitnessstudio ging. Vielleicht lernte er seine Texte, während er Gewichte stemmte.

»Natürlich krank.«

Seine Stimme war spöttisch, wobei sein Britisch den abwertenden Ton nur noch intensivierte. Er klang kühl und hochnäsig zugleich.

Gott, wieso muss britisches Englisch auch so attraktiv sein?

Wie sein Blick blitzartig von meinen Augen zu meinem Mund huschte, bemerkte ich trotzdem ganz genau. Aber das wollte er doch. Levi wollte, dass ich mein Tablett zitternd umklammerte. Er wollte, dass ich schluckte. Er wollte, dass ich ihn nicht ansehen konnte.

»Wieso sollte ich sonst bei der Probe mit dir gefehlt haben?«

»Keine Ahnung.« Meine Stimme klang peinlich piepsig, weil es eine Lüge war.

Wieso? Tja, weil es unangenehm zwischen uns werden könnte, nachdem du mich gegen eine Wand gedrückt und geküsst hast.

»War's das dann? Ich meine, wir sind bloß Spielpartner und Spielpartnerin, und ich hatte Halsschmerzen des Todes. Kann ich jetzt endlich meine Pasta essen, bevor sie kalt wird?«

Ich dachte: Der Esel nennt sich immer zuerst.

Ich sagte: »Klar.«

Achselzuckend ließ ich ihn vorgehen, wobei er von allen Seiten beäugt wurde. Er war nun mal diese seltene Art von wunderschönem Mann mit all seinen lächerlich symmetrischen Gesichtszügen und dem angepissten Blick. Er war ein britischer Filmstar in der Mensa. Eine Vision in Polyester von Modeplakaten. Ich fragte mich, ob es ihm auch auffiel, wenn Fremde ihm auf der Straße hinterhersahen und es am nächsten Tag nicht mehr taten. Ob es dann auch an seinem Ego kratzte. Wieso es das so an meinem tat.

Die nächste Viertelstunde zog nebelartig an mir vorbei, weil ich mich neben Matz setzte, der unsere Klassenunterhaltung wieder mal bestimmte.

»Macarons heißen Luxemburgerli bei uns, und ich schwööööre, niemand macht sie so gut wie Sprüngli.«

Rhonda tunkte ihre Pommes in drei Kilo Mayo. »Du musst dich mal durch unsere Süßigkeiten probieren.«

Plötzlich hatten alle etwas zu sagen. Süßigkeiten und Schokoladenmarken wurden durch die Gegend gerufen. Pop Tarts in der Zimtschneckengeschmacksrichtung, Waffel Rolls von

Oreo, Reese's, Butterfingers, Hershey's, Sour Patches, Tabitha nominierte sogar Jolly Rancher Gummies.

»Und was ist deine Empfehlung?« Matz löffelte seine Suppe, während er mich ansah. Er lächelte sogar. Er wollte nett sein, mich integrieren, weil er mein Schweigen bemerkt hatte. Ich rieb mir die Hände an der Jeans, während ich seine goldglitzernden Nägel musterte.

»Ich –«

»Als ob Audrey etwas Zuckerhaltiges in sich reinschmeißt.« Rhonda verdrehte die Augen. Rhonda, mit der ich Unterhaltungen außerhalb der Klassenzimmer vermied. »Sie ist doch unser Salad-Girl.«

»Salad-Girl?«

Meine Stimme klang schrill, doch wurde ignoriert. Sie sprachen nämlich schon weiter, von Suppen und Salaten, dass sie so gern davon satt werden würden, was jedoch nie funktionierte. Dann warf jemand dieses neue Restaurant in SoHo ein, und ich verlor den Faden. Kurz vor eins schleppten wir uns in Bakers Kurs. Dabei sicherte ich mir einen Platz in der rechten Ecke, um *Salad-Girl* zu googeln. Seltsamerweise fand ich sogar einen ironischen Blog-Artikel.

Wie das typische Salad-Girl aussieht? Na ja, wie jemand, der halt oft Salate isst. Sie besitzt eine von diesen Fünf-Liter-Trinkflaschen, die dich mit Anzeigen wie »2 Liters, you go, girl« motivieren wollen. Sie trägt nur Leggings von Gymshark, rollt dreimal täglich ihre Yogamatte aus und freut sich im Herbst auf Linsensuppen mit einem Teelöffel veganer Sour Cream. In ihrem Kühlschrank …

»War voll scheiße von Rhonda gerade.«

Erschrocken zuckte ich zusammen, ehe ich aufsah. Levi breitete sich zwei Plätze von mir entfernt aus.

»B-bitte?«

»*Salad-Girl.* Super unsensibel, so etwas zu sagen.«

Er schmiss den Rucksack auf die Tischplatte und zog seine Laptoptasche heraus. Doch mein Blick blieb an dem Buch hängen, das zwischen Collegeblock und Energydrink hervorblitzte.

»Du liest Dolly Alderton?«, fragte ich.

»Anderen Leuten in den Rucksack zu schauen, ist ziemlich sneaky, Summers.«

Er fuhr den Laptop hoch, doch hinter seiner Stirn passierte etwas. Irgendwo in seinem Kopf musste sich ein Schalter umlegen, weil er nämlich weitersprach. »Und außerdem, wieso klingst du so überrascht? Kann ich kein Memoire von einer Frau lesen?«

Plötzlich sah er mich doch an. Sein Gesichtsausdruck schwankte zwischen Pokerface und Belustigung.

»Nein, es ist nur …«

»Es ist nur, dass es nicht in das Bild passt, das du dir von mir zusammengedichtet hast?«

»Was? Ich –«

»Ich lese viele Bücher, davon sind neunzig Prozent halt Memoires. Nicht dass ich mich rechtfertigen müsste, weil ich ein Buch besitze, das *Everything I Know About Love* heißt.«

Ich zögerte, leider neugierig und interessiert. »Magst du keine Romane?«

»Ist das hier eine Deep-Talk-Fragenrunde, oder was?«

»Wir spielen Helena und Demetrius. Findest du nicht, dass wir da wenigstens ein bisschen was übereinander wissen sollten?«

Er fixierte mich mit seinem Blick, bis mir schlecht wurde. Ich fühlte mich wie verseucht und fragte mich, wieso er das konnte. Dann seufzte er.

»Ich mag Bücher. Ich mag Kunst, okay? Ich glaube daran, dass Kunst am echtesten ist, wenn man sich selbst entblößt.

Schonungslos. Ohne Reue. Nichts beschönigt. Erst dann zieht es für mich wirklich. Deshalb Memoires.«

Levi wusste sofort, dass er zu weit gegangen war. Aber statt den Blick von mir abzuwenden, starrte er mich direkt an. Er war Team Offensive-ist-die-beste-Defensive.

Ich war das nicht. Ich war Team Gedanken-rutschen-mir-manchmal-einfach-aus-dem-Mund.

»Wow, du …« Ich räusperte mich. »Du hast gerade so nach jemandem geklungen, den ich mal gekannt habe.«

»Gekannt?«

»Wir sind nicht mehr befreundet.« *Nur halb gelogen.*

Vielleicht war es Einbildung, doch Levis Adamsapfel stach unvermittelt hervor. Als müsste er heftig schlucken. Wenn das stimmte, war die erste Regung, die er außerhalb der Bühne komplett ausführte, eine nervöse.

»Ach, fuck«, fluchte er, bevor er sich näher lehnte.

Ich wollte die Luft anhalten, doch roch ihn trotzdem. Wieder Ananas-Smoothie und starkes Duschgel.

»Nur damit wir uns nicht falsch verstehen, unser Kuss letztens, das war nur ein Kuss, ja?«

Aber *sein* Atem berührte mein Gesicht. Aber *er* verharrte weiterhin dicht vor meiner Nase. Aber *ich* war diejenige, die sich blitzartig von ihm wegrückte.

»U-und das sagst du mir genau jetzt, weil?«

»Du hast mich halt so angesehen.«

Ich wollte antworten, doch er rückte seinen Stuhl bereits nach hinten und wechselte den Platz. Kommentarlos, als ergäbe es einen Sinn. Als wären abrupte und wenig sinnvolle Abgänge seine Spezialität. Mein Herz raste, und meine Hände zitterten, aber ich verstand nicht, wieso. Bevor Baker in den Raum schneite, öffnete ich Google erneut.

Was meinen Typen mit »Du hast mich halt so angesehen«?

15

#Bennett29

Autumn

»Ich bin Mady in meiner Mittagspause über den Weg gelaufen.« Mom räusperte sich. »Bei Target. Sie hat nach dir gefragt, Benni. Ich –«

»Mom«, unterbrach Aiden scharf.

Gemeinsam mit meinen Geschwistern hockte ich in der Küche, Aidens MacBook vor uns aufgeklappt. Wir hatten uns alle vor Elektrogeräten für das monatliche Familien-Skype-Date versammelt, darauf bestand Mom.

»Sorry«, flüsterte sie leise, schuldig und mit gesenktem Blick, das volle Programm. Insgeheim war sie nämlich genauso eine Übertreiberin wie ich.

»Was? Nein, kein Problem.« Hastig rappelte ich mich auf. »Wie geht's Mady so?«

Auf dem Bildschirm konnte ich beobachten, wie tief mein Bruder die Brauen furchte, doch Mom schien sich nicht daran zu stören.

»Gut, gut. Na ja, so gut, wie es eben gehen kann, nach …«

Mom pustete sich die rotbraunen Ponyfransen aus der Stirn, ehe sie zögerte. Diese Pause war das Schlimmste, weil ich wusste, was sich hinter ihr verbarg. Blicke, Beschimpfungen und all der wahre Bullshit. Wegen mir. Die ganze Abgefucktheit existierte nur meinetwegen.

»Na ja, aber egal«, sagte sie. »Erzählt mir was Schönes.«

Ash war sofort zur Stelle und saugte sich irgendeine Geschichte zu ihrer letzten Marketing-Vorlesung aus den Fingern. Ich wollte zuhören, doch konnte nicht. Vielleicht war es Aidens Blick, der immerzu auf mir lag. Ich würde ja behaupten, das wäre schon immer so gewesen mit uns. Aiden, mein großer, starker Beschützer, aber es wäre gelogen. Den Anfang seiner Seelischer-Bodyguard-Karriere konnte ich ganz genau bestimmen.

»Und …«, begann Mom. »Wie geht's Marshall so?«

»Alles okay bei Dad«, erwiderte Aiden.

Sein Vorname, das Zittern in ihrer Stimme. Für Mom war Dad nicht unser Vater, sondern ihre große, große Liebe, die sie leider brutal, brutal verletzt hatte. Irgendwo dazwischen waren wir drei übrig geblieben. Also zwang Mom sich ein Lächeln für uns auf, bevor wir wenig später auflegten. Es war seltsam, dass es danach eine klitzekleine Sekunde lang nach zu Hause roch. Nach Moms Wärme, ihrem Parfum und Schnittblumengeruch, den sie ständig vom Laden mitbrachte. Aber dann räusperte Aiden sich, und der Moment war vorbei. Ash stand unter quietschenden Stuhlbeinen auf. Mein Bruder schlurfte zum Kühlschrank. Und ich tat das, was ich nicht tun wollte.

Ich schlüpfte nämlich in die Schuhe, bevor ich die Wohnungstür hinter mir zuzog. Klar, ich dachte an Zuhause, an diese Stadt, die niemanden interessierte, die Bath, Littleton oder Deadwood heißen könnte, weil inmitten dieses Kaffs nie etwas passierte, bis es das schließlich doch getan hatte. Aber das Problem war nicht Fresno. Das Problem war, dass ich meilenweit entfernt von meinem wirklichen Zuhause war, dass ich jetzt an die Juilliard ging, alles abschütteln und mich neu erfinden wollte, ein Neuanfang, Freiheit.

Das Problem war, dass es hier neue Probleme gab.

Ich erinnerte mich an Audrey, unser letztes Gespräch, an Eternal Summer und ihre letzte Mail.

Fuck, ich hatte immer noch nicht geantwortet. Aber was sollte ich schon schreiben? *Hi, du, ich weiß, ich sollte das nicht persönlich nehmen, aber vielleicht sollten wir unsere Korrespondenz lieber doch beenden, weil du mich im Real Life noch mehr als diese filmischen Bad Boys hasst. LG, Bennett?*

Eher nicht so.

Ich vergrub die Hände in den Jackentaschen und dachte dann an ihre allererste Mail, an Elle, an Audreys Gesicht auf ihrem Account, an das Buch.

The Emptiness Between Us.

Ich würde mir den Roman nicht kaufen. Ich wollte ihn nicht bei mir stehen haben. Ich wollte mich nicht damit beschäftigen. Ich wollte keine Eselsohren in die Seiten knicken. Ich wollte nicht an Audrey denken. Ich wollte nicht über ihre beste Freundin philosophieren. Ich wollte nicht über Sätze stolpern und mich fragen, ob Audrey gemeint war, dieser Dialogfetzen einen Insider darstellte oder wie viel Autofiktion in dem Ganzen steckte. Ich wollte das alles nicht. Also tat ich das Einzige, was sinnvoll war: Ich lud mir das Hörbuch bei Audible runter und steckte mir dann Kopfhörer ein.

Keine Ahnung, was mein verfluchtes Hirn sich dabei dachte. Ein intelligenter Trick, um mein Unterbewusstsein auszutricksen, war das garantiert nicht. Aus den Augen, aus dem Sinn verfehlte sein Ziel, wenn man wie besessen durch Hell's Kitchen taumelte. Aber hier war ich trotzdem. Meine Schuhsohlen zerbrachen Laubblätter, während ich *Play* antippte.

»The Emptiness Between Us *von Elle Flores, gelesen von Madeleine Chaves. Kapitel eins: Heute. Ich lasse mir ein Krokodil auf das Handgelenk tätowieren, obwohl ich weiß, dass es scheiße aussehen wird. Im Grunde lasse ich es mir nur unter in die Haut stechen, um zu schauen, ob irgendetwas bleibt.*«

Meine Glieder wurden ruckartig von Gänsehaut überzogen,

auf jedem Zentimeter meiner Glieder, ernsthaft nicht gelogen. Es war diese Art von ehrfurchtsvoller Gänsehaut, die einen überkam, wenn man einen Roman beendete und dann sekundenlang an die Wand starrte. Ziellos, irgendwie überall getroffen, weil dieser letzte Satz so verflucht gut gesessen hatte.

Aber es war doch der erste.

Es war doch der Anfang.

DAS ERGAB DOCH ALLES NOCH KEINEN SINN!

16

#Eternalsummer

Don't want another shade of blue but you

Ich war zu weit gegangen.

Das war der einzige Gedanke, der in meinem Kopf schwirrte. Seit Tagen. Seit ich diese Mail an Bennett29 abgeschickt hatte, auf die ich bis jetzt keine Antwort erhalten hatte. Ich checkte mein Postfach in den Momenten, in denen man sich eigentlich durch Social Media scrollte. Beim Anstehen, Langweilen und Nicht-Einschlafen-Können. Aber er schrieb nicht. In mir war diese Stimme, die mich fragte, wieso ich überrascht war. Der Typ hatte mir erklärt, dass er Menschen ziemlich oft ghostete. Wieso glaubte ich ihm nicht?

Und wieso zum Teufel aktualisierte ich mein Postfach gerade trotzdem?

Keine neue Mail.

Frustriert von mir selbst schaltete ich das Display aus und beäugte die Bühne. Es war Mittwoch, kurz vor elf, die letzte Stunde vor der Mittagspause. Erin wippte auf den Sohlen ihrer Chunky-Boots, die quietschten, wenn sie durch den Raum lief. Ihr dunkles Haar war glatt, lang und stets zu einem hohen Zopf à la Ariana Grande gebunden. Meistens trug sie weite Kleidung, die sie Pinterest-würdig mit hochwertigen Taschen und teurem Schmuck kombinierte. Gerade redete sie auf Kieran ein, der bloß gähnte. Beide waren im Masterprogramm und sammelten mit diesem Kurs Credits. Erin schien immer topmotiviert, wollte pädagogisch wertvoll wirken und brachte außergewöhnliche Methoden mit, Kieran hingegen war alles egal.

Levi trat als Letzter lässig mit seiner abgewetzten Lederjacke in den Probesaal. Zerzaustes Haar, beschlagene Brillengläser, keine Spur von seinem Grübchen. Bestimmt hasste er es, weil es sein Gesicht niedlich machte.

»Schön, dass wir vollzählig sind. Für diese Stunde haben wir uns etwas ganz Besonderes überlegt. Es handelt sich um eine Methode, die wir selbst im letzten Sommer erlernt haben. Ich will nicht übertreiben, aber sie hat unser Spiel wirklich auf ein anderes Level gehoben. Stimmt doch, oder, K?«

Kieran strich sich bloß über den blonden Dreitagebart, wobei er die Schultern unter dem pastellgelben Hoodie zuckte. Erin schien das als Antwort zu genügen, denn sie sprach begeistert weiter, während ich den Masterstudenten musterte. Sein Gesicht war sommersprossig und kantig, auf TikTok hätte er damit bei dem Profil-Trend etliche Aufrufe abgesahnt. Ich fragte mich, wie er mit seiner minimalistischen Mimik und Lustlosigkeit auf der Bühne funktionierte. Aber dann erinnerte ich mich an Levi und diese Dringlichkeit, mit der er spielte. Und dann wollte ich an nichts mehr denken, außer daran, was zur Hölle *Du hast mich halt so angesehen* bedeutete.

Irgendwann schnappte Erin sich den Karton neben ihr, bevor sie eine dramatische Sprechpause einfügte. Als handelte es sich um eine Mystery-Box.

»Jepp, das ist Leuchtfarbe«, seufzte Kieran. »Und ja, ihr sollt euch damit beschmieren.«

Strahlend faselte Erin von Bindung und Berührungen, von künstlerischen Adern und dem Gefühl des Fallenlassens. »Das ist essenziell. Ihr müsst lernen, euch fallen zu lassen.«

Meine Schläfen pochten, als sie ihr Handy zückte und die Paarungen von ihrer Liste ablas, Zufallsprinzip.

»Nehmen wir an ner Malstunde im Kindergarten teil, oder was?«

Selbst aus der Entfernung registrierte ich Levis Murmeln, doch ich sah nicht zur Seite. Tiefer sank ich in meinen Sitz, schrie innerlich ein *Bittebittebittebittebitte nicht* und wusste genau, worum ich bettelte. Als Levi dann tatsächlich mit Pax aufgerufen wurde, wurden meine Gebete ein einziges Mal erhört. Ganz egal, dass gleich darauf Judes und mein Name vorgelesen wurden. Selbst der Typ, mit dem ich eine sexy Lysander-Helena-Szene improvisiert hatte, war besser als *Du hast mich halt so angeschaut.*

Ohne Frage.

*

»Bereit?«, fragte Erin.

Sie hatten den Saal in Schwarzlicht getaucht, während wir uns auf der Bühne verteilt hatten. Neun Pärchen, die sich das Gesicht beschmieren würden, um sich auf einem angeblich anderen Level zu verbinden. *Traumhaft.*

Das kollektive Schweigen interpretierte Erin als Zustimmung und stellte *Cigarettes After Sex* ein. Schluckend blickte ich nach unten. Es war so dunkel, dass ich nicht mal Judes Umrisse erkannte. Ich *wusste* nur, dass er auf dem Boden lag, mit dieser verwaschenen Jeans und seinen Rockstarhaaren.

»Ich fange dann an, ja?«, fragte ich.

»Klar.«

Ringsum leuchteten vereinzelte Hände bereits in Neongrün, Neonrot und Neongelb. Ich wollte nicht auf Jude klettern, selbst wenn es die Aufgabe simpler gestaltet hätte. Sie lautete: Ertastet das Gesicht eurer Partnerin oder eures Partners und hinterlasst dabei eine bunte Spur!

Wie poetisch, Erin.

Stattdessen ließ ich mich in Bauchlage auf dem Boden nieder und versuchte, den Abstand zu ihm richtig einzuschätzen. Es dauerte ein bisschen, aber Jude kommentierte nichts. Er lag bloß da und atmete gleichmäßig wie ein Weltmeister. Schließlich drückte ich Farbe auf meinen Handrücken, bevor ich den Zeigefinger in den Klecks tunkte, ihn ausstreckte – und sofort wieder zurückschreckte.

Ich hatte seine Haare erwischt.

»Das war nicht mein Gesicht«, murmelte er.

»Sorry.« Ich musterte die blauen Striemen auf seiner Locke. »Das Spiel ist einfach beschissen.«

»Erin würde es in *Übung* verbessern«, sagte er, während ich begann, seinen Kiefer entlangzufahren.

Ich spürte seine glatte Haut und den rauen Hauch von Barstoppeln. Ausnahmslos jeder Muskel in seinem Körper spannte sich an.

»Verdammt«, knurrte er. »Wie heiß sind denn bitte deine Finger?«

»Ich bin aus Florida«, sagte ich so gleichgültig wie möglich. »Wenn wir unseren Bundesstaat verlassen, nehmen wir die Sonne einfach mit.«

»Haha.«

»Dein gekünsteltes Lachen ist überraschenderweise richtig schlecht.«

Er schwieg, doch das Vibrieren in seinem Brustkorb verriet ihn. Wieder hatte ich keine Ahnung, ob er innerlich lachte oder schnaubte, doch es war wie ein Erdbeben, das mir bis unter die Fingernägel kroch.

Wie intensiv ein Mensch sein konnte? Jude: JA!

Ich nahm neue Farbe auf und beugte mich weiter über ihn, um sein Gesicht zu umfassen. Ich hinterließ keine bunten Spuren, so wie Erin es gewollt hatte. Alles war bloß blau. Jude, meine Finger, dieser Moment.

Blau, blau, blau.

»Wusstest du eigentlich, dass wir negative Gefühle im Kiefer abspeichern?«, flüsterte ich.

»Wird das hier eine Heilpraktikstunde?«

»Klar, warte nur kurz, bis ich mir die Steine aus meiner Tasche schnappen kann. Dann reinige ich deine Chakren.« Ich wanderte über seine Brauen, bis ich auf dem Punkt dazwischen verharrte. »Drittes Auge. Das braucht sicherlich Heilung.«

Ein zweites Vibrieren. Diesmal zweifelsohne ein Schnauben.

»Wie fundiert ist deine Analyse?«

Ich fuhr seine Nasenform nach, ganz zaghaft. Ich dachte: Wie komisch ist es bitte, die Nase von jemandem zu berühren? Jude Hills schiefe Nase, um genau zu sein. Keine Ahnung, wieso ich dabei langsamer wurde, als wollte ich den Moment hinauszögern.

Nase.

Das ist eine verfluchte Nase, Summers.

»Überhaupt nicht«, antwortete ich schließlich. »Ich habe eigentlich gar keine Ahnung.«

Wie nah wir uns wirklich waren, realisierte ich erst, als Jude sich mir zuwandte. Dabei rutschte mein Finger aus und beschmierte sein Haar zum zweiten Mal.

Großartig.

Ich spürte seinen Atem auf meinem Gesicht, bevor ich leider viel zu viel spürte. Wie sich mein Körper gegen den Boden presste zum Beispiel, wie meine Brüste auflagen, meine spitzen Ellbogen und das plötzliche Zittern meiner Hände. Am liebsten hätte ich den Blick von ihm abgewandt, aber ich wusste nicht mal, ob wir uns beäugten. Dabei war das doch unendlich wahnsinnig. Sexuelle Spannung, Knistern, dieser unbestreitbare

Sog. Das funktionierte doch alles über Blicke, das Zucken einer Braue, das Aushalten eines Blinzelns.

Aber anscheinend konnten Jude und ich das ohne.

Es musste so sein, denn … zwischen meinen Beinen pochte es. Im ersten Moment erwischte es mich eiskalt, weil mein Schritt noch nie aus dem Nichts pulsiert hatte. Ein Zeichen für wahrhaftiges, filmisches Verlangen, an dem ich immer gezweifelt hatte. Aber hier waren wir nun. Jude, ich, die Lust auf Sex mitten im Kurssaal zwischen den anderen Pärchen unseres Jahrgangs.

»Bin ich jetzt dran?«, fragte er, wobei seine Stimme nicht mal eine Spur rauer klang.

Wieso sollte sie auch, Summers?

»K-klar.«

»Okay, können wir uns dann anders positionieren? Vielleicht im Schneidersitz gegenüber? Ich glaube, mein Hintern ist eingeschlafen.«

»Natürlich.«

K-klar, *natürlich*, peinliches Schweigen. Ich fühlte mich so unfähig und dumm. Und dann? Dann wurde es natürlich schlimmer. Keine Ahnung, wie lange Jude und ich so voreinander hockten. Ich wusste bloß, dass meine Fußgelenke knackten, als ich mich in den Schneidersitz quetschte. Das Geräusch der Farbtube, weil er die Paste herausdrückte. Mein instinktives Augenschließen. Sein Geruch, während er näher rückte. Diese Vorahnung, dass er mich jetzt berühren würde. Diese andere Art von freiem Fall, als er es nicht tat.

Ich schlug die Lider auf. »Ist was?«

Gott, ich hasste diese Dunkelheit. Da existierte ein Mensch, dem man verflucht noch mal alles in seinem Gesicht ablesen konnte. Und dann sah man nichts.

»Nope, nichts.«

»Sicher?« Ich bemühte mich um einen lustigen Tonfall. »Ich meine, du könntest sauer auf mich sein, weil ich deine Identität aka deine Locken beschmiert habe.«

»Du glaubst, dass sie meine Identität sind?« Jude schnaubte, jetzt jedoch mit einem Hauch Abfälligkeit. »Hmmm, lass mich raten. Meine Frisur ähnelt der von Harry Styles in irgendeiner seiner *markerschütternden* Haarphasen. Generell habe ich einfach Glück, dass ich gesellschaftskonform männlich-groß bin und einen guten Stoffwechsel habe. Vielleicht könnte man mich als Lauch bezeichnen, aber dafür sind meine Oberarme doch zu definiert. Mein Gesicht ist viel zu unsymmetrisch, um es als schön zu empfinden, aber wenn man es lange anschaut, wird es plötzlich interessant, und dann kann man mit dem Starren nicht mehr aufhören. Alles in allem sollte ich also die Fresse halten und froh darüber sein, dass meine Harry-Styles-Haare dazu beigetragen haben, dass ich Hashtag dark und Hashtag hot-boy bin.«

Ich blinzelte ratlos. Natürlich wollte ich drei Kilometer nach hinten rücken, bis ich Jude nicht mehr gesehen *und* gefühlt hätte. Doch ich wollte ja auch stark, taff und so weiter sein. Selbst jetzt, im Dunkeln, wo mich niemand beobachten konnte.

»Ach, fuck.« Sein Seufzen vibrierte. »Sorry. Ich weiß auch nicht, wieso ich das gesagt habe. Können wir das –«

»Wir müssen das nicht vergessen«, unterbrach ich. »Ich meine, es ist mit ziemlich großer Sicherheit das Ehrlichste, was du jemals zu mir gesagt hast. Und wenn *ich* ganz ehrlich bin, verstehe ich es natürlich. Manche Typen werden genauso stark wie Frauen sexualisiert.« Ich hob die Hände mit den neonblauen Fingerspitzen. »Also«, murmelte ich. »Es tut mir leid.«

Er schien eingefroren zu sein. Drei, vier Sekunden atmete er nicht. Dann: »Ich bin mir gerade unsicher, ob du das wirklich gesagt hast.«

»Ich bitte dich, du redest mit mir. Du weißt schon, *Summers, Audrey*, die sich durch ihre Rants definiert und so korrekt sein will, dass es meistens nervt.«

Er schwieg wieder, und ich wusste, ich *wusste* einfach, dass in diesem Moment eine Million Regungen in seinem Gesicht vorbeizogen. Trotzdem würde ich nie erfahren, was er gerade dachte. Dafür fand ich heraus, wie es sich anfühlte, wenn dieses Pochen zwischen meinen Beinen sich mit meinem Herzschlag multiplizierte. Schließlich umrahmte Jude genau in dem Moment mein Gesicht mit beiden Händen.

»Wie auch immer, bringen wir es einfach hinter uns«, sagte er und begann, mein Gesicht zu bemalen.

Es ist zu viel, zu viel, zu viel, zu viel.

Es war erneut das Einzige, was mir durch den Kopf schoss, diesmal jedoch aus einem ganz anderen Grund. Ich spürte Judes Finger und seinen warmen Atem auf meiner Haut. Dann seinen Daumen, der aus dem Nichts meine Lippenform nachfuhr.

Sein Daumen. Um *meinen* Mund.

Mein Blut pochte, was vielleicht daran lag, dass unsere Gesichter bloß Millimeter voneinander entfernt waren. Ich versuchte, mich auf etwas anderes zu konzentrieren, und beäugte deshalb die Linien, die ich um sein Gesicht gemalt hatte. Alle krumm, alle schief. Aber es brachte nichts. In meinem Körper kribbelte es, weil der Druck unter seiner Daumenspitze sich verstärkte.

Sein Daumen. Immer noch. Um *meinen* Mund.

Ich fragte mich, ob ich es falsch interpretierte und mir nur einbildete, dass die Berührung so intensiv war. Immerhin war ich doch eine Übertreiberin, aber wenn Jude ausatmete, spürte ich die Luft an meinen Lippen, und es fühlte sich absichtlich an. Als wüsste er genau, was er gerade machte. Sein Daumen, das Atmen, die Nähe.

Halt, stopp, hör auf, Summers. Du übertreibst und überdramatisierst, er –

»Sag, dass ich aufhören soll«, murmelte Jude plötzlich, tief und schroff, obwohl er theoretisch nichts anderes machte, als weiterhin mein Gesicht zu bemalen.

Aber theoretisch war nicht praktisch.

Vielleicht hatte ich recht.

»W-was?«, flüsterte ich trotzdem heiser.

»Sag, dass ich aufhören soll. *Bitte.* Sag es, Audrey.«

»Hä, wieso klingst du so gequält?« Ich versuchte es auf die lässige Art und zog ernste Fakten ins Lustige. »Bringt es dich um, wenn du Erins komische Aufgabe weiter erfüllst?«

Ich quetschte ein Lachen zwischen meine Worte, doch es brachte nichts. Alles prallte an Jude ab, während er in seiner Daumenbewegung verharrte. Dass ich mich dabei an ihn auf den Juilliard-Bühnen erinnerte, geschah automatisch. Er, der auf Sparflamme spielte. Genauso kamen mir seine Berührungen nämlich vor. Als würde er nicht alles geben. Als könnte er nicht. Als würde sein Daumen in meinen Mund rutschen, wenn er diesen entscheidenden Zentimeter weiterging. Als würde ich an seiner rauen Haut saugen, weil ich es nicht mehr aushielt. Als könnte unsere Stimmung wirklich von Spannung zu Sex kippen, als würde er sich vorstellen, es wäre ein Blowjob, als würde ich ihm einen geben wollen.

Als würde ich ihn wollen.

Als wäre das alles nicht absolut wahnsinnig.

Da war Hitze unter seiner Berührung. Und ein Pulsieren. Und Angst, ganz, *ganz* sicher.

»Ja«, sagte er schlicht.

Ja. Das war doch irreführend. Ich wusste, dass etwas in ihm brannte. Ich meine, er zitterte wie Espenlaub! Aber seine Stimme klang so nüchtern, als könnte er sie immer beherrschen.

»*Ja*, Erins Aufgabe würde mich umbringen, weil ein Parasit sich in mir einnisten und sich vermehren würde. Er und seine Babys würden mich von innen auffressen, sich die lebenswichtigen Organe aber bis zuletzt aufsparen, damit ich auch schön leide. Zuerst meine Milz, meine Lunge, dann mein Herz. Es wäre ein jämmerlicher Tod. Also …«

Zwei, fünf, sieben. Ich zählte in Primzahlen, bevor er seinen Daumen von mir löste. Es geschah so sanft, Millimeter für Millimeter, als könnte er niemals jemandem wehtun.

Ich schluckte heftig. »Es ist ein bisschen unfair, einen derart trockenen Scherz zu machen, wenn du deine Stimme so im Griff hast, dass ich dir fast glaube.«

Unsere Körper waren einander weiterhin so nah, dass ich ihn vibrieren spürte. Wie eine Stereoanlage, mit meinem Lieblingssong auf Maximallautstärke. Das war ungesund für einen Menschen, doch ich konnte mich nicht lösen. Ich konnte nicht mal meinen kleinen Finger regen. Ich war gefangen in einer Jude-Hill-hat-mich-als-Jude-Hill-berührt-Paralyse.

»Sorry.«

Er sagte nur das, bevor er aufstand und ging. Einfach so. Er verschwand spurlos, stolperte nicht über Beine und erregte nicht das Interesse der anderen. So gut war er. Und wenn man es genau nahm, blieb er verschwunden, denn er kam nicht wieder.

17

#Eternalsummer

All my thoughts are all lies,
all my bones are so tired

»Ist er jetzt ein happy Influencer, oder was?« Ruby schnaubte. »*Congrats, Bro* mit Herz. Das hat sogar Dads Football-Held Casher-Cash kommentiert.«

Vor dem Fenster meiner Schwester musste die Sonne gerade untergehen, denn ihre Haut leuchtete golden. So schön, aber auch so schmerzlich, wenn das dunkle Funkeln in ihren Augen sie verriet. Schließlich kannte ich es. Es blitzte auf, seitdem Mom ihre Koffer gepackt hatte, mittlerweile war es seltener, doch verschwunden war es nie. Vielleicht war das der Preis für die unsichtbaren Splitter, auf die wir manchmal traten, wenn wir barfuß durch das Wohnzimmer schlichen.

Vielleicht waren wir alle ein bisschen gebrochen.

»Äh, Erde an Auds? Wieso sagst du nichts?« Ruby rückte dichter an den Bildschirm, als würde sich die Bildqualität so verbessern. Als könnte ich so weniger lügen. Genau dann weiteten sich ihre Augen, weil ich tatsächlich derart leicht zu durchschauen war. »S-sag mir nicht, du wusstest es schon.«

»Ich … doch. Seit letzter Woche, a-aber es war ein Zufall.«

Ruby kniff die Augen zusammen. Am liebsten hätte ich aufgelegt, wäre aufgestanden, weggerannt, nur weg, weg, weg. Aber meine Füße taten weh, sie hatten Blasen, die bluten würden und endlich heilen mussten.

»Ich habe Adams Ring gesehen«, erklärte ich hastig. »Mom hat mich danach vor meinem Dorm abgefangen. Sie wollte es uns beiden bei einem Facetime-Call sagen.«

Ich wünschte, Ruby hätte etwas erwidert, aber sie umarmte sich bloß selbst, während sie zur Seite blickte.

»Wirklich«, beteuerte ich.

»Und wieso hat sie es mir dann noch nicht gesagt?«, flüsterte sie gespenstisch leise.

»Wahrscheinlich, weil es ihr unangenehm ist.«

»Wieso sollte es das für Mom sein?« Ruby verzog die Miene. »Ich meine, sie ist vor sechs Jahren angeblich für ihren Job nach New York abgehauen. Dabei wissen wir doch alle, dass sie nur wegen Adam endgültig dortgeblieben ist.«

Und da war sie also, die Wut, die blieb.

Adam kann nichts dafür, sein einziger Fehler ist tatsächlich nur seine Liebe zu Mom. Ehen sind kompliziert, Scheidungen sind kompliziert, Kinder dazwischen sind noch komplizierter. Unsere Eltern sind unsere Eltern, aber sie haben es auch verdient, glücklich zu sein. Als einzelne *Person.*

Ich wollte das meiner Schwester sagen, erwachsen sein, die Ältere. Aber im Hintergrund hörte ich Wasser durch Rohre rauschen und dachte an Dad. Schließlich hatte es mal eine Zeit gegeben, in der er nur mit rot geränderten Augen aus dem Bad gekommen war und annahm, wir würden nicht merken, dass er geweint hatte.

Mittlerweile war die Scheidung von Mom schon Jahre her, aber er hing immer noch an jedem ihrer ausgesuchten Dekokissen. An ihrem Waschmittel, Putzzeug, sogar an ihren Nachnamen auf dem Klingelschild.

Wenn ich gut im Weglaufen war, war Dad der Beste im Nicht-Loslassen.

»Wieso?«, fragte Ruby, und ich war mir sicher, sie meinte

mich und das Verschweigen, doch … »Wieso fühlt es sich immer noch so verdammt komisch an?«

Erstens: Kindheitstrauma. Zweitens: Kindheitstrauma. Drittens: Kindheitstrauma.

Ich holte tief Luft, um Zeit zu schinden. Schließlich wollte ich etwas *Gutes* antworten, kam aber gar nicht dazu. Rubys Handy vibrierte nämlich, bevor ihr Blick komplett schwarz wurde.

»Ja, egal, wie auch immer. Mom schreibt mir die ganze Zeit. Safe hat sie Adams Post von gerade gesehen. Ich rufe sie besser an. Dann habe ich dieses *höchst erfreuliche Gespräch* hinter mir.«

Sie wartete meine Verabschiedung nicht ab. Eiskalt legte sie auf, damit ihre passive Angepisstheit sich auch in meinem Dorm ausbreiten konnte. Tief einatmend umklammerte ich das Handy fester und linste auf Amals Zimmerseite. Ich begutachtete das penibel gefaltete Bettzeug und ihr Parfumflakon, all die Indizien einer mir immer noch sehr fremden Person. Doch es nützte nichts, mir war trotzdem übel, und meine Füße tippelten unruhig vor sich hin.

Wieso dreht sich alles so, wieso ist mir so schlecht, wieso bin ich so ich?

Es war so schlimm, dass meine Beine bebten, weil ich mich selbst nicht aushielt. Ich wollte raus. Ich wollte als eine Nicht-New-Yorkerin durch Manhattan marschieren und ein kleines, anonymes Wesen sein, das niemanden interessierte. Ich wollte vergessen und verdrängen, mich und meinen Kopf. Ich wollte bloß sein, mit meinem Körper und dem jämmerlichen Zittern, sogar mit dem Rest der verfluchten Neonfarbe unter meinen Nägeln. Aber gerade, als ich mich erheben und alles hinter mir lassen wollte, vibrierte mein Handy. Und ich saß ganz still da. Still und starr und leer wie in einer perfektionierten Halteposition.

Mittwoch, 18:39 Uhr
An: Eternal Summer (eternalsummer@newinyork.com)
Von: Bennett29 (bennett29@newinyork.com)
Betreff: *Waitin'*

Eternal Summer,

es tut mir leid, dass meine Antwort so spät kommt. Ich würde ja eine Liste mit Gründen dafür aufstellen, aber eigentlich gibt es keine, deshalb eine mit Gründen, die ständig genannt werden:

1. Hab deine Nachricht erst jetzt gesehen.
2. Hä, hast du meine Antwort denn nicht bekommen?
3. Sorry, voll vergessen, meine Mail abzuschicken.

Meine Song-Empfehlung ist *Waitin'* von William Bolcom. Es ist ein nachdenkliches Lied mit viel Leichtigkeit, aber ich habe es obviously wegen des Titels genommen, und ganz eigentlich möchte ich das heute gar nicht mit meinem Alltag verknüpfen. Dafür war deine letzte Mail viel zu wichtig. Ich habe viele Gedanken dazu, und das ist es doch, woraus diese Korrespondenz besteht, oder?
Natürlich hast du mit deiner Theorie recht. Ich empfinde das meiste genauso wie du, auch wenn ich nicht ein direktes »Opfer« bin. Trotzdem betrifft es mich, denn wie du schon geschrieben hast, kommt man damit nur durch, WENN man gut aussieht. Und FALLS man den gesellschaftlichen Schönheitsnormen entspricht, sich aber nicht wie der besitzergreifendste Dickhead benimmt, ist man automatisch ein Nice Guy. Dann ist man nämlich der Typ, an dem alles stimmt, bei dem die Funken aber seltsamerweise ausbleiben. Der, dem du hinterher sagst: Es liegt an mir, nicht an dir. Dabei ist das doch Bullshit. Denn es liegt an ihm, weil

er nicht Macho-dominant genug ist. Ich glaube wirklich, dass diese seltsame Gleichung »Er behandelt mich superekelhaft, hat aber Bauchmuskeln & dieses toxisch-maskuline Etwas = Traummann« in unseren Köpfen verankert ist. Ich meine, hast du mitbekommen, wie heiß Joe aus YOU gefunden wurde? Sie haben ihn als leidenschaftlich betitelt … Und das ist doch einfach nur krank. Penn Badgley hat sogar was dazu getwittert. Ich weiß, wir hatten unser Fragespiel eigentlich beendet, aber ich muss es trotzdem schreiben: Hattest du letzte Woche eine miese Begegnung mit einem Typen?

PS: Du musst natürlich auf den letzten Absatz nicht antworten, wenn du nicht willst.
PPS: Ich hoffe, es war nicht zu viel privilegiert-männliches Gejammer.
PPPS: Wusstest du, dass Wut eigentlich nur ein Ersatzgefühl ist? Es verdeckt immer eine darunterliegende Emotion.

Mittwoch, 19:18 Uhr
An: Bennett29 (bennett29@newinyork.com)
Von: Eternal Summer (eternalsummer@newinyork.com)
Betreff: *To Be So Lonely*

Hello hello Bennett29,

ich kann dich beruhigen: Ich konnte dein privilegiert-männliches Gejammer gerade noch so ertragen 🤪 Spaß, ich kann deinen Standpunkt total nachvollziehen. Wahrscheinlich leiden alle außer den Bad Boys unter unserem Faible für sie. Und mach dir keinen Kopf wegen deiner späten Antwort. Ich meine,

Paulus und Seneca haben viel länger auf ihre Briefe gewartet!
Ich muss mein heutiges Lied leider mal wieder für seinen Titel benutzen (sorry, Harry). FYI: Ich komme aus Florida, und vielleicht sollte ich das gar nicht erzählen, weil wir uns auf eine eigene Verschwiegenheitsklausel geeinigt haben. Aber der Semesterbeginn liegt Wochen zurück, meine Mitbewohnerin hasst mich (immer noch), und ich hatte gerade das beschissenste Telefonat mit meiner Schwester. Ich leide an dauerhaftem Vitamin-D-Entzug und der Vermissung meines Zuhauses, das bloß eine kleine Stadt in einem schwitzigen Bundesland ist. Und yeeees, mir ist bewusst, dass es erbärmlich ist. Wahrscheinlich ist mein Geständnis sogar taktisch unklug, weil ich mich verletzlich mache, wenn ich dir gestehe, dass ich ziemlich einsam bin. Aber, na ja, hier ist meine (wenig spektakuläre) Erkenntnis: Nichts an meiner Einsamkeit wird jemals einzigartig sein. Schließlich leben in New York über acht Millionen Menschen. Wenn ich über den Times Square trotte (frag mich nicht, wieso ich mir das Touristengewusel freiwillig antue), denke ich darüber nach, wie viele Passant*innen wohl die gleiche Leere fühlen. Natürlich hat das Ganze einen ziemlich starken Beigeschmack von den Höhen und Tiefen eines zwanzigjährigen Menschen, der seinen Platz in der Welt vergeblich sucht, weil er etwas bewegen, jemanden berühren und im Grunde bloß für seine durchschnittliche Sterblichkeit beachtet werden will, bla, bla, bla. Aber … keine Ahnung. Kennst du das Gefühl?
Und zu deiner Frage: Jepp, ich hatte Erfahrung(en) mit der Spezies unserer baaaaaaaaad Bad Boys. Aber da ich dir das beantwortet habe, darf ich dir auch eine Frage stellen, das ist nur fair. Alsooo …    Würdest du dich als Nice Guy bezeichnen, Bennett29?

PS: Ersatzgefühle klingen sehr interessant.

PPS: Ich habe dir mal eine Playlist erstellt, damit du alle Lieder an einem Ort gesammelt hast, wenn ich schon mit Song-Empfehlungen um mich schmeiße 😚

....

Mittwoch, 19:39 Uhr
An: Eternal Summer (eternalsummer@newinyork.com)
Von: Bennett29 (bennett29@newinyork.com)
Betreff: *Goyescas – Los majos enamorados*

Eternal Summer,

deine Frage zu beantworten, ist ziemlich kompliziert, und ja, ich hasse es, wie klischeehaft diese Antwort ist. Aber dafür gibt es genau einen Grund:

1. Ich finde es so lächerlich, sich selbst zu beschreiben.

Wenn mich jemand dazu auffordert, mich in drei Worten zu beschreiben, verziehe ich immer das Gesicht. Vielleicht geht es nur mir so, aber ist dir mal aufgefallen, dass die selbstbezogensten Arschlöcher sich IMMER als empathisch beschreiben? Das ist so jämmerlich. Aber um irgendwie auf deine Frage zurückzukommen: Hat mich schon mal jemand als Nice Guy bezeichnet? Nicht wirklich? Bin ich ein filmischer Bad Boy? Ich gehe stark nicht davon aus.
Übrigens, dein Absatz über Einsamkeit und Zwanziger hat mich irgendwie an dieses Zitat von Hurtson erinnert: »There are years that ask questions and years that answer.« Ich schätze, wir sind einfach in einer Fragenphase. Da kann man wohl für das nächste Jahrzehnt nichts machen 🥴 Und ich will nicht

aufdringlich sein, weil ich es dir ja schon angeboten habe, aber falls du von Elle erzählen willst oder auch von dem Telefonat mit deiner Schwester ... mein Angebot steht noch. Trotzdem lenke ich jetzt mal schnell davon ab, falls ich in ein Fettnäpfchen getreten bin, und sage deshalb was zu meinem heutigen Song. *Goyescas – Los majos enamorados* hat Granados komponiert, weil ihn ein Gemälde von de Goya dazu inspiriert hat. Krass, dass verschiedene Kunstformen einander so beeinflussen, oder?

PS: Eternal Summer für Bennett29? Süßer Name. Natürlich habe ich mich jetzt dazu gezwungen gefühlt, dir auch eine zu erstellen.

....

Mittwoch, 20:24 Uhr
An: Bennett29 (bennett29@newinyork.com)
Von: Eternal Summer (eternalsummer@newinyork.com)
Betreff: *Colors*

Bennett29,

seit wann bestehst du eigentlich nicht mehr auf deiner förmlichen Anrede? Ist das etwa das Zeichen dafür, dass wir die Phase, in der man unbedingt nett sein will, überstanden haben und wir jetzt einfach wir selbst sein können? 😏 Und zwei Songtipps innerhalb eines Tages von dir? Ich glaube, wir haben einen Lauf lol! Achtung, sehr random, aber: Meinen zweiten Song-Tipp für heute habe ich wegen einer Zeile ausgewählt: You're ripped at every edge but you're a masterpiece. Musste gerade irgendwie daran denken. Und dann habe ich mich wiederum an diese Schriftstellerin Delilah Dellaria erinnert, die immer einen Hashtag namens #Pathosalarm benutzt. Und DANN musste ich

komischerweise an deinen letzten ersten Satz denken, der mit »klischeehaft«. Und dann habe ich gedacht (ja, I think I think too much😂): Ist nicht alles klischeehaft, wenn wir unser Leben auf unsere Gefühle runterbrechen?
Wenn wir ganz, ganz, ganz tief in uns hineinschauen, finden wir da nicht lauter »Ich bin traurig, weil er / sie mir nicht mehr zurückgeschrieben hat«, »Ich bin glücklich, weil er / sie mich endlich geküsst hat« oder »Ich bin wütend, weil mein Geschwisterteil immer von meinen Elternteilen bevorzugt wird«? Der springende Punkt ist wahrscheinlich, dass wir Menschen, so ganz allgemein, ziemlich pathetische Wesen sind. Deshalb verstehe ich die ganzen Pinterest-Postkarten-Sprüche nicht, die alle in die Richtung »Own who you are« und so gehen. Denn sie meinen es nicht ernst. Sie wollen nicht unsere vereinfachte Seele mit all ihren vermeintlich kindlichen Komplexen sehen. Ich meine, WENN sie es alle ernst meinen würden, WENN wir nicht ständig die Augen über Gefühlsduselei verdrehen würden, WENN wir nicht alle so cool und mysteriös und untouchable wirken wollten, dann müsste ich dir schreiben, dass ich Elle vermisse. Ich vermisse Elle. So simpel wäre das. Aber wir sind nicht simpel.

PS: Hasst du die Bezeichnung »ins Fettnäpfchen treten« auch so sehr wie ich? 😂

18

How to save a life

Bennett29 ✉ Eternal Summer. Eternal Summer ✉ Bennett29. Bennett29 ✉ Eternal Summer. Eternal Summer ✉ Bennett29.

19

#Bennett29

Skeleton

Es war immer das Gleiche: Ich wusste, dass ich es nicht tun sollte, ich *wusste* es die ganze Zeit, selbst in dem Moment, in dem ich es tat. Aber dieser kleine, weise Teil in meinem Gehirn ließ sich viel zu leicht unterdrücken. Und dann schmiss ich mich doch aufs Bett, klickte das Mail-Icon an und tippte.

Tipptipptipptipptipp.

Es war mein schlimmster Fehler, weil ich ihn ständig beging. Als wollte ich es nicht anders, und wahrscheinlich war es wirklich so.

Während ich die App jetzt anklickte, musste ich schlucken. Audrey hatte mir noch nicht zurückgeschrieben, aber das machte nichts. Meine Finger wussten genau, wie lange sie in Blitzgeschwindigkeit scrollen mussten. Ich zählte sogar die Sekunden in meinem Kopf. Fünf, so viele waren es jedes Mal. Dann las ich: *Setting Sun* von Lord Huron. Es war die erste Mail, die ich jemals von ihr erhalten hatte. Damals war es September gewesen, jetzt war es Anfang Dezember. Es war viel und nichts passiert. Feldman wurde Spezialistin darin, uns in ihren Proben zu quälen. Mitte Oktober war mein Geburtstag vorbeigezogen. Ein paar Leute aus der Heimat gratulierten mir mit Smiley-Gesichtern, bevor sie sich danach erkundigten, wie es mir ging. Ich konnte nicht antworten. Als ich die Kerzen auf dem Kuchen ausblies, den Ash für mich gebacken hatte, erinnerte ich mich an Audrey. Daran, dass wir dasselbe Sternzeichen hatten, ehe es in meinem Herzen auf sonderbare Weise zog. Die Intensität an der Juilliard verstärkte sich. Es war dunkel, als ich rausging, und schon lange dunkel, wenn ich nach Hause zurückkehrte, meistens fühlte ich mich ausgelaugt mit Muskelkater. An meinen Schuhsohlen klebten Reste von Laubblättern, zum Einschlafen hörte ich präventiv Klassik, und Doktor Ruiz war stolz auf mich. Ende November verbrachten Ash, Aiden und ich Thanksgiving bei Dad. Seine Freundin und er boten mir siebenmal Truthahn an, obwohl ich mich seit der Highschool vegetarisch ernährte. Als sie schließlich aufgaben, trank Dad einen zu großen Schluck Wein, wobei ich wusste, was er dachte. *Du bist ein Mann, du musst Fleisch essen und dir endlich Eier wachsen lassen, sonst wird das nichts mit dir und deinem Leben. Dir fehlen Proteine und ein dickes Fell, Bennett.*

Wenn man mich fragen würde, wie oft ich mir in dieser Zeit den Verlauf mit Eternal Summer durchgelesen hatte, hätte ich schlicht keine Antwort. Zu oft? So oft, dass ich unsere Antworten auswendig kannte? So oft, dass ich immer mehr wollte? Mehr Nachrichten, mehr Songs, mehr Geheimnisse, mehr gelogene Anonymität?

Wir alle waren süchtig nach den Likes, diesem *Ping!*, den Endorphinen, die unser Körper dabei ausschüttete. Aber ich war nur süchtig hiernach. Nach Eternal Summer, ihren Klammern und dem Gefühl, das sie in mir auslöste. Leute sagten einem, man könne sich nicht über Textnachrichten verlieben. Es sei leicht, jemanden zu mögen, wenn man ihn nicht kennt, behaupteten sie dann. Wir könnten uns die Leerstellen so ausmalen, wie wir wollten, und erschufen uns dabei reine, eingefärbte Illusionen. Ich schätzte, diese Menschen hatten noch nie die Wichtigkeit eines Smileys oder das Prickeln von drei Punkten gespürt.

Das Problem an der Sache war nämlich, dass es *real* war.

Es war realer, mein Postfach zu aktualisieren, als Pax dabei zuzuhören, wie er von seiner früheren Statistenrolle redete. Es war realer, Songtitel auszuwählen, als Ashs besorgten Blicken standzuhalten. Es war realer, mit meiner NewInYork-Partnerin über unsere Lieblingsfilme zu diskutieren, als es in Erins und Kierans Kurs zu tun. Eternal Summer plädierte immer noch für die Geschichte von Clementine und Joel, doch war über meine eigene Auswahl entsetzt. *The Perks of Being a Wallflower*. Als sie mir daraufhin den Grund dafür erläuterte, fühlte es sich fast *zu* real an. Sie schrieb: *Vielleicht ist Sam nicht das krasseste Paradebeispiel, aber ihre Charakterzüge ähneln manchmal doch dem eines Manic Pixie Dream Girls. Sam ist so cool. Sie ist »anders als die anderen Mädchen«, raucht Gras und hat den obligatorischen lebensverändernden Musikgeschmack. Außerdem ist sie ja so humble, weil sie mit Charlie abhängt, obwohl er jünger ist als sie. Und für ihn ist es natürlich Liebe auf den ersten Blick, weil sie so besonders ist und ihm dabei anti-romantisch-romantisch das WIRKLICHE Leben zeigt. Sorry, ich weiß, dass es wieder ein Rant war, aber es ist einfach so frustrierend, wenn weibliche Charaktere als Plot-Device benutzt werden :/*

Keine Ahnung, wie ich es erklären sollte, doch es war nun mal realer, auf *Senden* zu drücken, als die Shakespeare-Proben zu überleben. Es war so verflucht real, mir ihr Gesicht vorzustellen, *Audreys* Gesicht, wie sie mir eine Antwort tippte, anstatt sie an der Juilliard anzureden.

Denn das war doch das allergrößte neue Problem hier.

Audrey war echt.

Und zwar maximal echt.

Sie war keine Idee einer Person und kein Hirngespinst, denn SIE SAß JEDEN TAG MIT MIR IN FUCKING SEMINARRÄUMEN.

In meiner Kehle steckte ein Kloß, weil ich mich den letzten Mails näherte und mich selbst für all das hasste.

> Mittwoch, 19:18 Uhr
> **An**: Bennett29 (bennett29@newinyork.com)
> **Von**: Eternal Summer (eternalsummer@newinyork.com)
> **Betreff**: *Same as you* von Eliza Shaddad
>
> Okay, okay, ich verstehe, dass du mir die Geschichte zu deinem Chatnamen nicht verraten willst, Bennett. Aber das ist kein Problem, ich will heute mal nicht so sein. Ich erzähle dir die zu meinem einfach so, gratis sozusagen 🤪 Alsoo, bereit? 😈 Nein, okay, ich lasse das Drama, es ist nicht so spektakulär. Eternal Summer hat vielleicht ein bisschen was mit meinem eigenen Namen zu tun.

> Mittwoch, 19:24 Uhr
> **An**: Eternal Summer (eternalsummer@newinyork.com)
> **Von**: Bennett29 (bennett29@newinyork.com)
> **Betreff**: *Same as you!* (ernst gemeint)
>
> Okay, okay 2:0, Eternal Summer, ich gebe mich geschlagen. Vielleeeeicht ist es bei mir ähnlich 🤪

Das mit uns ging ewig so weiter. Da waren Smileys. Schmerz. Spaß. Wirklich Spaß. Ich mochte sie, sie im Chat, sie in der Juilliard. Und das war dumm.

Ich war so ein Arschloch.

Ja, flüsterte Gray in meinem Kopf. *Ja, ja, ja, Mann, das bist du.*

Aber das Problem war, dass ich die virtuelle Sache mit ihr nicht beenden konnte, auch wenn ich wenig schlief und mir den Kopf zerbrach. Auch wenn ich mit Herzrasen aufwachte und mich in die Juilliard schleppte. Auch als ich sie am nächsten Morgen dort vor Bilberrys Kurs sah, wunderschön und leicht verschlafen. Mein gesamter Körper prickelte einfach, und ich verstand wirklich nicht, wieso das so war.

20

#Eternalsummer

Put a price on emotion, I'm looking
for something to buy

Freitag, 03:52 Uhr
An: Eternal Summer (eternalsummer@newinyork.com)
Von: Bennett29 (bennett29@newinyork.com)
Betreff: *Homages*

Eternal Summer,

wie war der Besuch an der Upper East Side gestern? Hast du die Begegnung mit deiner Mom und ihrem Verlobten überlebt? 😂 Eigentlich wollte ich dir von dem Song erzählen, aber es gibt etwas, das mich seit Tagen wahnsinnig macht. Ich glaube, ich muss diesen Gedanken einfach loswerden, damit es besser wird. Vielleicht kannst du mir auch bestätigen, dass er absoluter Bullshit ist. Either way, meine Lage lässt sich so am besten erklären: Stell dir vor, du begegnest einer Person. Du findest sie auf Anhieb sympathisch und alles, aber da ist auch dieses Scheißgefühl, dieses tiefgehende Gefühl, das scheinbar aus dem Nichts kommt und dich immer heftiger infiltriert, je mehr du über sie nachdenkst. Dabei kennst du diese Person nicht wirklich. Also kann diese Empfindung gar keinen Sinn machen, verstehst du? Wahrscheinlich ist es nur eine kranke chemische Reaktion in deinem Körper, aber … du kannst sie trotzdem nicht ignorieren?

*

Bennett29 mochte also jemanden.

Meine Beine waren weich wie giftgrüner Wackelpudding, als ich den Proberaum betrat. Am liebsten hätte ich ihm direkt zurückgeschrieben, doch Erin und Kieran standen bereits parat. Während sie die heutige Übung erklärten, überlegte ich, was ich ihm darauf antworten könnte.

Kenne ich dieses Gefühl?

Bei dieser Frage schnürte mein Brustkorb sich zu, fest, fester, viel zu eng, bis ich wieder im Dezember bei der Audition war. In diesem Raum. In dieser Impro. Mit –

»Wir werden euch Emotionen zuschreiben, die ihr interpretieren sollt.« Erins Stimme durchschnitt meine Gedanken. »Stellt euch euer Schild bitte wie eine Maske vor.«

Es ergab wenig Sinn, doch niemand protestierte. Schließlich war es kurz nach neun, das hier war die zweite Stunde, draußen war die Sonne gerade erst aufgegangen. Schlicht gesagt war es zu früh.

Tabitha betrat die Minibühne zuerst, sie hatte Wut zugeschrieben bekommen und machte einen auf aggro, mit gespreizten Beinen und einer Hm-was-willst-du-Ausstrahlung auf dem Hocker. Matz interpretierte Trauer. Jude hatte Liebe, doch ich sah nicht hin. Immerhin hatten wir doch diesen unausgesprochenen Pakt, der besagte, dass wir einander jetzt aus Prinzip mieden. Vielleicht hatten unsere Energiebläschen ihm Angst gemacht. Das Glühen. Das Knallen. Die Neonfarben. Es war krass gewesen, ich konnte ihn verstehen.

Kein Blickkontakt war die einzig richtige Option.

Manchmal wünschte ich mir, Levi und ich hätten auch einen Pakt geschlossen. Manchmal war jetzt. Jetzt, als er mit seinen klobigen Boots die Bühne betrat, die an den Spitzen von Schlamm bedeckt waren. Bevor er sprach, stellte ich mir vor, wie er mit ihnen durch den New Yorker Dezembermatsch stolziert war. Lederjacke, Boots, das unlesbare Gesicht mit diesem Mund, der Mädchen aus Florida ungefragt unter lila Licht küsste. Und sich danach in Schweigen hüllte, damit auch alles makellos an seiner unnahbaren Rüstung saß.

Levis Emotion war seelischer Schmerz, und er machte eine Stummvorstellung daraus. Statt seiner Stimme ließ er zuerst seinen Körper sprechen, schließlich konnte er problemlos switchen. Als er doch sprach, war es zunächst so leise, dass wir nichts verstanden. Bis er plötzlich einfror, und vielleicht war es wieder das Licht, wie es ihn dort oben aggressiv beschien, aber einen Moment lang wirkte er tatsächlich durchschaubar.

»WIE. KONNTEST. DU?«

Bei seinem scharfen Ton zuckte sogar Rhonda zusammen. Ich hätte ja behauptet, es wäre der Schockeffekt, aber Levi lieferte einfach ab. Mühelos, als wäre es kein Ding, uns um kurz vor zehn einen preisverdächtigen Monolog zu liefern. Es war faszinierend zu beobachten, wie er Verletzlichkeit mit seiner britischen Schroffheit verband. Alle saßen auf der Kante ihres Sitzes, so gut war er. Und dann wurde er noch besser. Er ließ seine Lippe zittern, die Hand manisch im Haar vergraben, doch senkte den Blick schüchtern zu Boden.

»Ich …«

Kopfschüttelnd brach er ab, aber ich lehnte mich vor.

War das … gerade eine Träne, die ihm die Wange hinabrollte?

Ich blinzelte, doch es stimmte. Erst war es nur eine, glasig und unübersehbar. Dann bebten seine Schultern, heftig und ruckartig – und Levi heulte. Es war nicht ästhetisch, weder gleichmäßig noch rhythmisch. Doch es war laut und echt und roh. Vielleicht war es Einbildung, als ich annahm, er bliebe in diesem Moment mit seinem Blick genau an mir hängen. Als meine Kehle sich zuschnürte und ich dachte, du Idiot, du weißt ganz genau, was du mit Menschen tust, wenn du ihnen »Du hast mich halt so angesehen« zuraunst. Sein Blick aber kroch mir trotzdem unter die Haut, ohne dass ich mich dagegen wehren konnte. Sein glasiger, offener Blick in seinem so offensichtlich verheulten Gesicht.

Was zum Teufel ist das?

Eigentlich hätte ich mich fragen sollen, wer *er* war.

*

Ich schrieb Bennett29 auf dem Weg in Richtung Central Park. In Theatergeschichte hatten meine Beine die ganze Zeit über gezittert. Es war mein Fluchtreflex, der ständig überschüssige Energie in meinem Körper speicherte. Und die musste ich natürlich verbrennen. Deshalb knirschten Laubblätter unter meinen Sohlen, während kitschige Lichterketten in den Schaufenstern blinkten. Die Geschäftsleute liefen ab jetzt in Kaschmirmänteln, Lederhandschuhen und Halstüchern von Hermès durch Manhattan. Heiligabend war keine zwei Wochen mehr entfernt, Weihnachtsgeschenke wurden gebunkert, und *Last Christmas* tönte von überall. Jogger*innen überholten mich, während ich mich fragte, wie viele von ihnen wohl noch das Thanksgiving-Schlemmen abtrainierten. Dann fragte ich mich, wie viele Parkbesucher*innen sich gerade aufgrund des Essens vor den Weihnachtsfeiertagen fürchteten. Dezember war nämlich die Panikhochburg, wenn man sich vor Kalorien fürchtete. Aber nein, stopp. Diese Gedanken waren nicht gesund. Ich linste auf den Waffelstand rechts, bevor ich einige Antworten tippte und mich schließlich für die erste entschied.

Freitag, 13:47 Uhr
An: Bennett29 (bennett29@newinyork.com)
Von: Eternal Summer (eternalsummer@newinyork.com)
Betreff: *Beach in Neighbourhood*

Bennett29,

ich fürchte leider, dass ich dich enttäuschen muss 😂 Für mich klingt das nämlich nicht nach Bullshit, sondern ziemlich logisch, wobei logisch vielleicht ein klitzekleines bisschen übertrieben ist. Zumindest kenne ich mich mit diesem Gefühl aus, sagen wir es so. Kann sein, dass es eine chemische Reaktion ist, die irgendetwas mit Hormonen zu tun hat. Aber was ist, wenn es gleichzeitig trotzdem diese Tiefe ist, die du beschreibst? Und mit der Pflicht einer NewInYork-Freundin muss ich dich natürlich fragen, ob du über diese Person reden willst 🌝

PS: Hör dir den Song im Betreff an, du könntest ihn mögen, er ist sogar instrumental 😏

Keine Ahnung, ob es eine gute Antwort war, aber zumindest fügte ich den Mondgesicht-Smiley hinzu, den ich insgeheim zu unserem Emoji auserkoren hatte. Immerhin war es ein Mond, Mond gleich Nacht, und Nacht gleich die Uhrzeit, zu der wir uns meistens texteten. Außerdem besaß es ein ziemlich merkwürdig-lustiges Gesicht, was doch zu unserer Grundstimmung passte, wenn wir wichtige Dinge beschrieben, die wir dann hastig ins Lächerliche zogen.

Ich steckte mein Handy in die Tasche, wollte eine kleine Runde drehen und dabei von meinem Proteinriegel essen, bevor ich mich gleich Feldmans Adleraugen stellen musste. Dass ich mein iPhone aber sofort wieder zückte, war besorgniserregender Automatismus. Ich aktualisierte sogar mein Postfach, obwohl ich wusste, dass Bennett29 mir sowieso nicht geschrieben hatte. Er war ein waschechter Nachtmensch. Doch, na ja …

Freitag, 13:55 Uhr
An: Eternal Summer (eternalsummer@newinyork.com)
Von: Bennett29 (bennett29@newinyork.com)
Betreff: Aw: *Beach in Neighbourhood*

Eternal Summer,

lol, danke dir, damit fühle ich mich mit meinem Special-Snowflake-Dasein nicht ganz so allein. Und danke dir auch für das Angebot, aber da gibt es nicht viel zu erzählen. Die meiste Zeit sieht mich diese Person so an, als wollte sie mich einfach umbringen 😂 Vielleicht ist das alles auch bloß in meinem Kopf, kein Plan.

PS: Ich schreib dir später noch mal, mit einem Song, den ich diesmal wirklich mit meinem Alltag verbinden kann 🙂

Das kam mir bekannt vor.

Ich verschlang meinen Proteinriegel mit Fake-Oreos in drei Bissen, und es kam mir bekannt vor. Ich stalkte LilahWordWorlds auf Instagram, und es kam mir bekannt vor. Ich schleppte mich zur Juilliard zurück, kaute Kinderkaugummi mit Erdbeergeschmack, und es kam mir bekannt vor.

Lieber Bennett29, dachte ich. Keine Sorge und kein Grund zur Panik, das passiert mir ständig.

Fünfzehn Minuten später befand ich mich inmitten der Probe. Vierter Akt, erste Szene. Dahlia, Jude, Levi und ich lagen schlafend auf dem Boden. In meiner Nase kitzelte der unangenehme Geruch von Billigputzmittel, während Tabitha aka Titania ihren Pferdekopf verführen wollte. Ihre Stimme hallte zu schrill im Saal wider, was Feldman garantiert gleich kritisieren würde, doch ich nahm nicht richtig teil.

Ich war Helena, die schlief.

Ich war Audrey, die ihr gesamtes Leben mal wieder analysieren musste.

Ich musterte einzelne Fussel an meinem Pulloverärmel, während ich beschloss, damit aufzuhören. Mit dem Übertreiben, dem Interpretieren und dem ganzen innerlichen Drama, das ich fabrizierte. Aber genau da, als Tabitha weiter auf Feendrogen monologisierte und Feldman sie tatsächlich unterbrach, als wir Pause hatten und ich an meinem Wasser nippte. Da, als ich dieses tiefe Gefühl für das sehen wollte, was es war: Wunschdenken. Genau da sprach er mich an.

*

»Die Nasenlöcher und Augen von Krokodilen liegen so hoch, damit sie immer noch atmen und aus dem Wasser schauen können, selbst wenn sie fast komplett untergetaucht sind.«

Mein Tattoo brannte, als zündete mir jemand das Handgelenk an. Ich hob das Kinn, um Levi ins Gesicht zu starren. In meiner Vorstellung tötete ich ihn mit einem Blick sieben Mal. Doch in der Realität geschah das natürlich nicht.

»*Was?*«

»Krokodile«, wiederholte er langsam. »Ihre Nasenlöcher und Augen liegen –«

»Das meinte ich nicht.«

»Was dann?«

»Seit wann zum Teufel kommentierst du mein Tattoo?«

Seine Finger zuckten, als wollte er sich das Haar raufen, doch er ließ es. Da war er wieder, der Mensch voller Mini-Emotionen, der so anders war als sein Charakter vorhin.

»Du siehst halt beschissen aus, Summers.«

Ich schnaubte. »Charmant.«

»Ach komm schon, so meinte ich das nicht, und das weißt du. Ich dachte, ich könnte dich irgendwie … aufmuntern, damit –«

»Damit ich dir die Proben nicht versaue? Damit unser Stück nicht ganz so scheiße wird?«

Ja, mein Ton war schnippisch, von mir aus auch hysterisch, aber er hätte das nicht sagen dürfen. Er hätte einfach seine verfluchte Klappe halten sollen, so wie jetzt. Ich zählte die vereinzelten und verblassten Sommersprossen auf seinem Nasenrücken. Vielleicht ergaben sie ein Sternbild, doch ich konnte nicht länger darüber nachdenken, weil …

»Sorry«, presste er hervor. »Ich wusste nicht, dass dein Tattoo ein Tabuthema ist. Ich wollte echt nur nett sein.«

Ich blinzelte. Mein Mund stand vor Sprachlosigkeit offen. Ich war absolut überrascht von dieser *Nettigkeit*.

»Okay.« Feldmans Stimme zerriss unsere Stille. »Wir machen dort weiter, wo wir aufgehört haben.«

Aber es stimmte nicht. Selbst wenn ich mich wieder schlafen legte, damit Helena ihr vermeintliches Happy End bekam. Ich konnte schlicht *nicht* einfach weitermachen. Gedanklich scrollte ich mich bis zu dieser Mail zurück, die ich Bennett29 letzte Woche geschickt hatte. Mit der genauen Wortwahl hatte ich sie vor Augen, so besessen war ich von unserem Nachrichtenverlauf. Womöglich, weil er mein einziger unwirklich-wirklicher Freund war, der mir zuhörte, wenn ich über Taylor Swifts Songs philosophierte.

Okaaaay, wenn wir schon bei unserem unnützen Wissen sind. Wusstest du, dass die Nasenlöcher und Augen von Krokodilen so hoch liegen, damit sie immer noch atmen und aus dem Wasser schauen können, selbst wenn sie fast komplett untergetaucht sind?

Es waren haargenau dieselben Worte.

*

Levi Parker konnte nicht Bennett29 sein.

Zwei Stunden, eineinhalb Smoothies und eine Dusche später hockte ich auf meinem Bett. Auf meinem Handy lief ein YouTube-Video namens *This sound will open your heart chakra*. Währenddessen balancierte ich auf diesem schmalen Grat zwischen Meditieren und Gedanken-verflucht-noch-mal-nicht-wie-Wolken-ziehen-lassen-Können. Ich wollte tief einatmen, aber mein Brustkorb blieb zugeschnürt. Dabei war es lächerlich, was mein Gehirn sich hollywoodmäßig zusammenspann. Es war nicht realistisch, dass sich jemand aus meinem Jahrgang hinter Bennett29 verbarg und dieser Jemand ausgerechnet Levi war. Ich meine, B-E-N-N-E-T-T-2–9, mein virtueller Korrespondent. Und L-E-V-I P-A-R-K-E-R. Das war zu filmisch. So was passierte nicht im echten Leben. Und schon gar nicht mir. Dass er mein Tattoo mit denselben Worten kommentiert hatte, die ich benutzt hatte, musste ein Zufall sein. Ich meine, ich selbst hatte die Erklärung aus dem Internet. Bestimmt hatte ich die Formulierung eins zu eins in meinem Gehirn abgespeichert, während er garantiert über denselben Artikel gestolpert war. Ich besaß schlicht zu viel Fantasie und musste *mal chillen*.

Ich war gerade am Ausatmen, als ich Amal hörte und den Blick aufschlug. Mit verwischtem Eyeliner trat sie in unser Zimmer. Ihr Make-up hatte etwas vom Waschbären-Style, aber ich kaufte es ihr ab, weil ich ihr ja leider alles abkaufte.

»Was ist?« Gelangweilt starrte sie mich an.

Draußen regnete es in Strömen. Der Himmel war grauer als

grau, während Amal sich die Stiefel abstreifte und so ihre Glitzersocken mit Ananasmuster entblößte. Kurz fiel mein Blick auf das Aquarellbild, das Ruby mir im Oktober zum Geburtstag geschickt hatte. Sie hatte eine dunkle Galaxie gepinselt und die Konstellation zu meinem Sternzeichen skizziert. Die Klangschüsseltöne drangen dabei immer noch aus meinem Handy, nichts an diesem Moment passte zusammen, und ich kam sofort zur Sache.

»Weißt du, ob Levi einen zweiten Vornamen hat?«, fragte ich, weil das meine Theorie bezüglich Bennett29s Namen war.

»Parker, der Seelenficker, ist also immer noch aktuell, hm?«

»Hat er?«

Sie löste ihren Dutt. Das tintenschwarze Haar fiel ihr wellenartig bis zu den Hüftknochen. Dann stieß sie einen tiefen Seufzer aus, weil wir nur diese Art von Konversation führten. Entweder ich wollte Informationen, oder sie schwieg diese aggressive Stille, die klarmachte, dass ich zu laut existierte.

»Glaub, ja. Irgendwas mit B.« Sie überlegte kurz. »Benjamin oder so?«

Mein Herz blieb schonungslos stehen. Nur ein Nicken brachte ich zustande. Meine Mitbewohnerin interessierte es nicht. Als sie wieder verschwand, stolzierte sie bestimmt ihrem nächsten Orgasmus mit ihrer Freundin entgegen.

Zufall, dachte ich wieder, denn *Benjamin oder so* war ja auch nicht Bennett.

Doch das Problem mit mir und Zufällen war, dass ich mich so lange mit ihnen beschäftigte, bis ich sie mir zu Schicksalsfügungen zusammenspann. Und da war ich also. *Summers, Audrey*, die Dramaqueen, gefangen in ihrem eigenen illusionären Gedankenkarussell.

Ich bin so vorhersehbar, dachte ich.

Eine maßlose Übertreiberin.

21

#Eternalsummer

I'm giving you a night call to tell you how I feel

Eine Schauspielerin namens Danielle Gartland aus Glasgow behauptete, dass ihr am Tag der Premiere immer jemand in den mintgrünen Polo fuhr und sie stets mit ärgerlichen Beulen davonkam. Das berichtete sie in einem YouTube-Video, das ich im letzten Jahr entdeckt hatte. Ich versuchte mich gerade an Aufwärmübungen, während ich überlegte, ob auch ich eine Tradition etablieren sollte.

Ich leide am Tag einer Premiere immer unter einer Kurzschlussreaktion, die verhängnisvolle Folgen nach sich zieht.

So ähnlich würde ich die Tradition benennen. Doch noch war es nicht so weit, denn ich atmete die elektrisierende Aufregung ein, die im Raum waberte. Feldman verdonnerte uns gerade zu Meditationen und Light-Yoga. Ich gab alles und legte mich voll in meine aufschauenden Hunde, doch es brachte nichts. Innerlich knabberten wir uns die Nägel ab. Alles in uns war angespannt. Es war unser erstes Stück, über fünfzig Leute würden kommen, Mom und Adam auch. Diese Vorstellung würde in fünf Jahren nicht mehr wichtig sein, doch heute schien es die Aufführung zu sein, die über unsere komplette Karriere entscheiden würde. Ich konnte nicht anders, als Stoßgebete in den Himmel zu schicken.

Lass mich gut sein, bettelte ich innerlich. *Liebes Universum, lass mich bitte, bitte, bitte gut sein.*

Die Show begann um sieben, doch um sechs waren die Plätze schon belegt. Ich traute mich nicht, einen Blick auf die Zuschauer*innen zu werfen, doch stellte mir das wartende Publikum vor. Wie sie ihre Jacken abgaben, sich durch die Programmhefte blätterten und unsere Namen studierten. Wie sie sich fragten, wer in fünf Jahren *der* Name sein würde. Derweil vibrierte mein Handy ständig wegen der Nachrichten in unserer Gruppe, in der wir uns gegenseitig Hals- und Beinbruch wünschten. Es war nämlich Theatertradition, dass sich das Ensemble am Abend einer Premiere Karten schrieb. Und jetzt verschickten wir eben Emojis in einem WhatsApp-Chat. Ich glaubte, es war fast das Gleiche.

»Es wird gut, es wird gut, es wird gut, es wird gut.«

Ich teilte mir meine Umkleide mit Dahlia, die im Schneidersitz manifestierte. Ich hätte mitgemacht, doch ich war zu hibbelig. Meine Nervosität war leider immun gegen meinen geliebten Backstage-Geruch. Also tappte ich leise aus dem Raum und zog mir die Jacke über mein weißes Kleid, das nach Boho und Beach Waves schrie. Ich brauchte frische Luft, Abgase und ein paar Atemzüge von der Gleichgültigkeit New York Citys, um auf den Boden der Tatsachen zurückzukommen.

Ich hatte nicht geplant, Levi dabei zu begegnen.

Mit hervorstechendem Adamsapfel trat er aus den Waschräumen. Sein Kostüm saß wie für ihn gemacht, obwohl es das nicht war. Er trug eine karamellfarbene Hose und ein beigefarbenes Hemd, leicht aufgeknöpft. Ich erkannte seine definierten Brustmuskeln und dass er dort rasiert war. Es war seltsam, dass sein Blick meinen verfehlte und stattdessen an meinem Tattoo hängen blieb. Meine Haut brannte, obwohl ich wusste, dass das nicht ging. Aber trotzdem, sie brannte, bis es schmerzte.

Verflucht.

Seit seiner Krokodil-Bemerkung hatte es keine Unterhaltung mehr zwischen uns gegeben. Jetzt auch nicht. Wir gingen schweigend aneinander vorbei, als würden wir uns nicht gleich auf der Bühne um den Hals fallen. Ehrlich gesagt wusste ich selbst nicht, was genau der Tropfen war, der mein Fass zum Überlaufen brachte. Ich könnte behaupten, es war eine Mischung aus allem. Ich könnte von diesem Bauchgefühl erzählen, von dieser Intuition, die mir durch die Blutbahnen rauschte. Aber ich könnte auch sagen, dass alles in mir durchdrehte, meine Gedanken Tango tanzten und vermischten, was sich nicht vermischen sollte. Dass das Zittern in meinem Körper überhandnahm und ich mich aufgrund meiner Nervosität mit allem außer mir selbst befassen wollte.

So passierte es also.

Ich entsperrte mein Handy und tippte. Einen Satz, kein Betreff. Anschließend schickte ich ihn ab.

Freitag, 18:07 Uhr
An: Bennett29 (bennett29@newinyork.com)
Von: Eternal Summer (eternalsummer@newinyork.com)
Betreff: (kein Betreff)

Ich weiß, wer du bist, oder?

Als ich den Raucherbereich erreichte, atmete ich tief durch. Ich verseuchte meine Lunge, doch das war es mir wert. Ich warf einen Blick auf den bewölkten Himmel und lauschte dem Autohupen. Links paffte Matz an einer Kippe. Seine Halsschlagader stach deutlich hervor, während er krumme Rauchkringel ausblies. Ich hätte ihn länger beobachtet, wenn hinter mir nicht Schritte ertönt wären. Schwer, schnell, leicht aggressiv, gefolgt von dem blechern verzerrten Klang einer Sprachnachricht.

»Ey, Ben, wir sind gerade …«

Wahrscheinlich ist es wichtig zu wissen, dass die Härchen an meinen Armen sich aufstellten. Dass ich ausatmete und mich seltsamerweise *noch* schlechter als vorher fühlte. Dass in dieser Sekunde, in der ich mich schließlich doch umdrehte, alles irgendwie anders war.

Ich starrte diesem Typ entgegen, der sein Handy fest umklammerte. Er trug eine karamellfarbene Hose und ein beigefarbenes Hemd, das sich perfekt an seinen Körper schmiegte. Er war groß, und er spielte brillant, er war dauerwütend, doch kam damit aufgrund seines unheimlich guten Aussehens problemlos durch. Er konnte Sokrates in Theatergeschichte zitieren und hatte zu jedem Stück aus jeder Epoche eine Meinung. Er besaß diese Art von schroffer Aura, die männlichen Rollen in Liebesfilmen das gewisse Etwas verlieh. Er war verschwiegen und ein Rebell in seinem eigenen Universum. Auf Bühnen konnte er alles sein, was er wollte. Und er wusste immer, was er wollte. Er war schlichtweg anziehend. Intensiv. Aber müsste ich ihn mit einem einzigen Merkmal beschreiben, wäre es sein Haar gewesen, ohne Frage. Sein dunkles, lockiges, so dichtes Haar, das ein eigenes Leben lebte.

Judes Haar.

Jude.

Vor mir stand Jude verflucht noch mal Hill.

»Liebes Ensemble, das hier ist Ihr Zehn-Minuten-Aufruf. Bitte begeben Sie sich in Position für den ersten Akt.«

Die Sprechanlage ertönte, doch wir zuckten nicht mal zusammen. Wie eingefroren starrten Jude und ich uns an. Dann stupste Matz mich mit dem Ellbogen an.

»Kommt ihr?«

*

Ich weiß nicht, was passierte, als die Inspizientin mich auf die Bühne schickte. Absolut keine Ahnung, welche Hormone mein Körper da ausschüttete und wie es möglich war, dass jede Faser meines Daseins beschloss, sich für die nächsten zweiundneunzig Minuten nicht nur zusammenzureißen, sondern sich sogar zu konzentrieren. Nach Jude, nach *Ey, Ben* und der seltsamen Abzweigung in meinem Gehirn. Die, die mich an einen Ort führte, an dem Jude Hill tatsächlich Bennett29 sein könnte.

Aber es passierte.

Ich betrat die Bühne und lebte nicht in meiner Rolle, sondern in Helena. Und für einen kurzen Wimpernschlag verschwanden sogar meine Selbstzweifel, um zu Helenas zu werden. Meine dumme, schwache Stimme war ihre dumme, schwache Stimme. Mein Körper, der nie gut im Spiegel aussah, war ihr Körper, der nie gut im Spiegel aussah, und es war perfekt. Das Stück schritt voran und nahm seinen Lauf. Hermia flehte darum, Lysander heiraten zu dürfen, doch wurde mit dem Tod bedroht. Dahlia war großartig, neben ihr Lysander, gespielt von Jude, über den ich jetzt garantiert nicht philosophieren würde.

»Halte dein Versprechen, Geliebte«, raunte er Dahlia zu. »Sieh, hier kommt Helena!«

Jude drehte sich in meine Richtung. Diese Stimme. Dieses Gesicht, perfekt unter den hell glühenden Lichtern. *Verfluchte Scheiße.* Wieso musste Bühnen-Jude auch der schönste Mensch sein? Aber ich erinnerte mich daran, dass Helenas Beine nicht weich wurden, als sie ihn erblickte. Lysander ging Helena nämlich am Arsch vorbei.

»Gott mit dir, schöne Helena!« Dahlia lächelte mich an. »Wohin gehst du?«

»Nennst du mich schön?« Ich klang enttarnt, getroffen und so von meiner Minderwertigkeit überzeugt, als wäre sie ein Gesetz. »Das *schön* nimm wieder zurück!«

Hermias Lippen zitterten. Meine Worte verletzten sie, weil sie in erster Linie mich verletzten. Ich wäre so gern wie sie. Ich würde für ihre glatte Haut und ihre glatten Haare und ihr glattes Kleid sterben, damit Demetrius mich ansah und nicht mich sah, sondern sie. Damit er nicht Hermia liebte, sondern mich.

Hermia schnaubte. »Je mehr ich hasse, umso mehr verfolgt er mich!«

»Je mehr ich liebe, umso mehr hasst er mich.«

Die Worte taten weh. Sie ätzten wie Gift auf meiner Zunge, weil sie wahr waren. Schließlich war ich Helena. Ich war wahnsinnig, neidisch und komplex. Ich wollte Liebe, und ich wollte gewollt werden, aber verachtete mich selbst. Das Einzige, an dem ich festhielt, waren die Stimmen in meinem Kopf, die mir zuflüsterten, ich wäre nie gut genug. Dass ein Mann mich verspotten würde, wenn er mir seine Liebe erklärte.

So wie der dunkle Lysander.

So wie der perfekte Demetrius.

ICH GLAUBTE IHNEN NICHT. Ich war eine Lachnummer. Hysterisch. Hässlich. So viel schlechter als Hermia, die die Männer bestimmt dazu angestiftet hatte, mich zu verarschen.

Die Zeit in unserem Sommernachtstraum flog dahin. Feldman hatte uns wochenlang überprobt, sodass ich selbst die Zeilen der Dorfbürger*innen auswendig kannte, doch mein Kopf schien wie leer gefegt. Alles, was passierte, war eine Überraschung. Nachdem ich eingeschlafen war und mir gewünscht hatte, morgen in Athen aufzustehen, erwachte ich mit dem Blick auf Theseus. Den, dem Demetrius plötzlich erklärte, dass seine Liebe zu Hermia wie Schnee geschmolzen sei. Jetzt sei er wieder bei Verstand und wolle nur mich. Und mein Herz? Tja, das glühte, denn nun war er mein. Endlich. Ich erhielt mein Happy End mithilfe von Feendrogen und fälschlicher Liebe, doch ich nahm es an, denn Demetrius sagte, dass er mich liebte. *Mich liebte.* Und diesmal glaubte ich ihm, weil … weil ich es schlicht so sehr wollte. Ich lächelte Demetrius an, und ich fühlte mich so besonders.

Unverwundbar. Unzerstörbar.

Völlig unverwüstbar.

Als ich abging, lief ich nicht, ich *schwebte*. Gleich darauf begann der fünfte Akt, und die Bürger*innen präsentierten ihr Stück. Hinter der Bühne pochte mein Herz zu heftig, um zu verstehen, wem es denn nun gehörte, Helena oder mir. Doch ich konnte keine Antwort finden, weil ich zur Verbeugung auf die Bühne gescheucht wurde. Das Publikum applaudierte und pfiff, und ich war so zufrieden und im Reinen mit mir selbst, dass ich dachte, meine Haut würde zu funkeln beginnen wie die unseres toxischen Vampirboys auf seiner Lichtung. Doch irgendwann wurde der Vorhang von Juanita gesenkt. Es war genau dieser Moment, in dem es passierte. In diesem winzigen Augenblick, als der Vorhang zu Boden sank und uns abschirmte wie eine Samtwand. Da trafen sich unsere Blicke über das Ensemble hinweg. Es war Judes Blick, der vielleicht sogar der von Bennett29 war.

Klar, das hier ist ja auch Gut gegen Nordwind, *was?*

Ich erkannte etliche Schweißtropfen auf seinem Gesicht, wie auch seine Schlüsselbeine und der Ansatz seiner Brust mit diesem glasigen Film überzogen waren. Wie er dann wegsah. Nonchalant, als wäre nichts dabei. Als hätte mein Herz nicht beschlossen, genau in dieser Sekunde wieder als mein eigenes zu pochen.

*

Ich suchte ihn in jeder Ecke der Paul Hall. Heimlich, ständig und mit unauffälligen Seitenblicken.

Doch von Jude fehlte jede Spur.

Vibrierende Bässe rauschten durch den Saal, in dem unsere After-Show-Party stattfand. Bedeutende Leute, Dozent*innen und Besucher*innen tummelten sich mit Champagnerflöten an Stehtischen und besprachen Dinge, die nur in unserer New Yorker Theater-Bubble relevant waren. An meinen Wangen hafteten noch Helenas Reste, Bühnenschminke und Schweiß, doch aus dem Boho-Strandteil war ich herausgesprungen. Mittlerweile trug ich wieder Docs, die Paperback-Hose und ein auberginefarbenes Oberteil mit U-Boot-Ausschnitt. Es war kurz nach zehn, und ich war wieder ich. Selbst wenn ich ständig mit Mom verglichen wurde. So ungefähr von jedem. In Dauerschleife, ungefragt und mit nachdenklich gespitzten Lippen.

»Sie war doch diejenige, die in der zweiten Reihe saß?«, hakte Tabitha nach. »Ganz links neben diesem superhoten Typen? Die sind mir sofort aufgefallen.«

Ich schluckte, während Coldplay aus den Lautsprecherboxen dröhnte. *Nobody said it was easy.*

»Geht so, meine Schwester sieht meiner Mom viel ähnlicher.«

»*Geht so?* Ihr könntet Zwillinge sein, ohne Spaß!«

»Wir haben nicht mal die gleiche Haarfarbe.«

»Also, wenn du wirklich findest, dass du deiner Mutter nicht ähnlich siehst, hast du echt ne verzerrte Selbstwahrnehmung.«

Tabitha schob ein Lächeln hinterher, doch hinter meinen Schläfen pochte es. Wenigstens war das Thema schnell vergessen, weil Dahlia zu diesem bestimmten Stehtisch nickte. Dort, wo sich die VIPs der VIPs versammelt hatten. Feldman, Jeanette Omar, eine hochgepriesene Theaterkritikerin, und Daniel Gilas, der aufstrebende Regisseur der amerikanischen Theaterszene.

»Glaubt ihr, Omar wird über uns schreiben?«

Manche nickten, andere schüttelten den Kopf. Doch es war egal, was sie sagten, ich hörte die Erleichterung und leichte

Ekstase überall heraus, weil unser Debütant*innenball geglückt war. Ich linste auf mein Handy und überlegte, ob es zu früh war, um meine eigene After-Show-Party zu verlassen. Aus Reflex checkte ich anschließend mein Postfach. Keine Antwort von Bennett29. Mein Magen zog sich zusammen.

»Ach, Hill lebt also auch noch. Bilde ich mir das ein, oder sieht der echt durch aus?«

»Nope, ich sehe es auch. Irgendwie war er vorhin voll neben der Spur, oder? Klar, er war nicht schlecht, aber eigentlich ist er doch viel besser.«

Ich glaubte, es waren Rhondas und Matz' Stimmen, sicher war ich mir aber nicht. Vielleicht hätte ich mich nicht heimlich von meiner Gruppe lösen sollen, um Jude nach draußen zu folgen. Doch ich konnte nicht anders. Ich hatte Fragen und Scheißherzrasen. Ich wollte Antworten und eine leise Ecke, in der ich Jude mit meinen wahnsinnigen Gedanken konfrontieren und er mich daraufhin auslachen konnte. Hastig folgte ich ihm nach draußen.

Vor der Tür blähte mir die Luft eiskalt ins Gesicht, bevor ich all meinen Mut zusammenkratzte.

»Ähm, Hill? Können wir kurz reden?«

Beim Klang meiner Stimme erstarrte er. Er drehte sich nicht sofort um, sondern zögerte den Moment absichtlich hinaus. Schließlich traf sein Blick auf meinen. Schon wieder. Wie magnetisch, als wäre ein Aufprall schon lange vorbestimmt. Mein Herz schrumpfte, und alles in mir wurde ganz winzig, so wuchtig war ein Blick von Jude Hill. Selbst in seiner miserablen Verfassung mit den hängenden Schultern und der müde wirkenden Miene. Ich hasste das.

»Hör zu«, begann er, doch ich konnte nicht. Seine Augen waren rot gerändert, das Gesicht blass und so lächerlich nackt, dass es schmerzte, ihn anzuschauen.

Was zur Hölle?

Instinktiv trat ich einen Schritt zurück. Ich war verwirrt von meinen Gedanken und seinem verzweifelten Haareraufen.

»Das war alles so nicht geplant. Ich habe das irgendwie falsch eingeschätzt, ich –«

»Warte«, unterbrach ich ihn. »*Was* hast du falsch eingeschätzt?«

Riesige Augen mit noch größeren Pupillen. Ein offen stehender Mund mit einem perfekten O. So sah also ein Schauspieler aus, wenn ihm die Gesichtszüge entgleisten.

»W-wovon redest du?«, fragte er.

Es war das erste Mal, dass ich ihn stottern hörte.

»Wovon redest *du* bitte?«

Er sprach nicht weiter. Stumm blickten wir uns an wie zwei dramatische Cowboys in einem Western. Die Schmetterlinge in meinem Bauch schlugen Salti, weil ich Action hasste.

»Hast du einen zweiten Vornamen?«, fragte ich.

Kiefermahlen.

»Willst du mir darauf antworten oder eher nicht so? Nur dass ich Bescheid weiß, ob ich mir weiter den Arsch abfrieren soll. Aus reinen Planungsgründen.«

Nichts. Kein Wort. Keine Silbe vom verfluchten Meister der Satzmelodien.

»Okay«, presste ich hervor. »Kürzen wir das ab, denn ich würde meine Zehen gerne behalten. Bitte unterbrich mich sofort, wenn du keinen Schimmer hast, wovon ich spreche. Was eigentlich der Fall sein sollte, denn du kannst nämlich nicht Bennett mit zweitem Vornamen heißen. Also, du könntest schon, aber dann hättest du garantiert nicht mit einer Eternal Summer über Songs philosophiert. Oder?«

Er würde sagen, dass ich nicht ganz bei Sinnen sei. Ich meine, woher sollte Bennett29 überhaupt wissen, dass ich seine

Korrespondentin war? Doch Jude erwiderte weiterhin nichts, und das war wie ein Schlag ins Gesicht.

»Du bist wirklich gut im Ghosten, was?«, murmelte ich zynisch.

Er biss so heftig die Zähne zusammen, dass es in seinen Wangen zuckte. Ich konnte nicht anders, als einen weiteren Schritt zurückzutreten.

»Denn das ist gerade, was du betreibst. Im Reallife, obwohl ich es hasse, dass wir dieses Wort benutzen. *Reallife*. So ein ekelhaftes Wort, du –«

»Wie gesagt.«

Und das war es halt. Jude brodelte innerlich, was ich ihm auch ansehen konnte, doch seine Stimme blieb unverbesserlich konstant.

»Ich habe das alles nicht so geplant, auch wenn –«

»Stopp mal.« Ich lachte schrill. »Willst du mir gerade wirklich erklären, dass ich recht habe?«

Er warf den Kopf in den Nacken, wobei seine Wirbel knackten, und ich zuckte zusammen, weil es das ganze Jude-ich-bin-so-verflucht-intensiv-Hill-Programm war.

»Es klang so, als würdest du es sowieso schon wissen.«

Mein Magen fuhr Achterbahn ohne mich. Rauf, runter, weiter nach unten, wieder hoch. Wenn man es genau nahm, wollte ich gerade eine Ecke, in der Bennett29 sich erklären und ich ausrasten konnte. Doch wir hatten nur das Lincoln Center und all die Fragen in meinem Kopf.

»W-wie lange weißt du schon, wer ich bin?«

»Ich …«

»ANTWORTE GEFÄLLIGST!«

Ich wusste nicht, wieso ich schrie, woher das Beben in meiner Stimme kam oder aus welchem Grund plötzlich alles so dramatisch war.

»Seit der Mail an Elle«, murmelte er. »Hab dich auf ihrem Insta-Bild erkannt.«

Natürlich. *Natürlich* musste meine Ex-beste-Freundin etwas mit der Sache zu tun haben. Auf dem Campus verfolgte sie mich in Form ihres Buches, das alle lasen, weil es so aktuell, intellektuell und im Trend war, weil sogar Emma Chamberlain in ihrem Podcast davon sprach, weil jeder, der etwas auf sich gab, von Elle gehört hatte. Weil alle auf der Juilliard etwas auf sich gaben. Und dann, dann verfolgte sie mich sogar bis in meine anonyme Korrespondenz, weil es Letztere ohne meine erste Mail gar nicht gegeben hätte. Elle war überall, obwohl sie vor mir weggelaufen war, und das, lange, bevor sie eingeäschert wurde.

»Du hättest nicht mit mir schreiben dürfen. Du *wusstest,* wer ich war. NewInYork sollte anonym sein, das war doch sogar deine Bedingung? Das –«

»DENKST DU, DAS WEIß ICH NICHT?«

Jude schrie ebenfalls, aber ich hatte keine Angst. Je wütender er wurde, desto kleiner erschien er mir, trotz seinen eins neunzig.

»Du sahst einfach so verfickt traurig aus, okay? Und dann kannte ich auch noch den Grund dafür. Also bitte, bitte, bitte verzeih mir, dass selbst ich Arschloch dir nicht nicht zurückschreiben konnte.«

»Willst du gerade ernsthaft Mitleid dafür, dass du mein Chatpartner sein musstest?«

Ich spreizte die Finger über meinen verschränkten Armen, krallte die Nägel in meine Haut und bedeckte so viel von mir, wie ich konnte, weil ich mich noch nie in meinem Leben so nackt gefühlt hatte. Scheiß auf Sex, Oralverkehr und peinliches gemeinsames Duschen unter grellen LED-Leuchten. Meinem anonymen Chatpartner gegenüberzustehen, den ich nie hätte treffen sollen, war das wahre Nacktsein.

»Wie konntest du nur?«, flüsterte ich, doch es war ein Fehler, weil Jude daraufhin schnaubend näher trat.

Er presste mich weder an die Fassade, noch engte er mich ein, doch ich fühlte mich trotzdem wie gefangen. Es war Königsklasse, jemanden so berühren zu können *und* dabei auf Berührungen zu verzichten.

»Du willst die Wahrheit?«

»J-ja?«

Und vielleicht klang meine Stimme unterwürfig, doch ich straffte meine Schultern und zwang die härteste Lippenlinie auf, die ich besaß.

»Weil ich einfach wollte. Ich meine, ich brauche dich nur anzusehen, damit ich das Gefühl habe, mein Herz randaliert in meiner Brust, weil … weil …«

Er ließ mich hängen, so machte er das. Mit dieser Art von Leerstellen verewigte man sich in fremden Köpfen. Man wurde zu einem Mythos, einer Legende, einem süchtig machenden Was-wäre-wenn.

Aber. So. Funktionierte. Das. Nicht. Mit. Mir.

»Es ist nur was?«

»Es ist offensichtlich, dass ich dich mag. Lass mich das nicht erläutern, Summers. Nicht in meinem Zustand.«

Was sollte man auf so etwas schon sagen? *Doch, bitte? Was meinst du mit »nicht in meinem Zustand«?* Ich spürte, wie er in meiner Miene nach einer Erwiderung suchte, doch blieb stumm. Aus Verwirrung. Aus Ratlosigkeit. Einen Moment lang standen wir ganz still weiter voreinander, als könnte ein einziger Schritt eine Bombe hochjagen.

»Ich glaube, ich sollte gehen.«

So sagte er das, so interpretierte er uns. Ich fragte mich, ob er mir mit seinem entschlossenen Abgang beweisen wollte, dass er seine Aussagen normalerweise ernster nahm.

Wir bleiben anonym.

Ich sah ihm nach, während ich mir wünschte, es hätte geschneit. Aber ich blickte hoch – und da war nichts. Kein Regen, kein Tropfen, keine Flocke. Da war bloß weiterhin diese Leere.

22

#Eternalsummer

Stop putting roots in my dreamland

Montagmorgen, ein Raum voller keuchender Atemzüge und schwitziger Haut. Bühne frei für *Summers, Audrey*, die sich genau auf diesen Moment vorbereitet hatte.

Denn ich würde das hier schaffen – solange ich nicht ich selbst war. Das war die einzige Möglichkeit, mich nicht in einer Toilette zu verschließen und mein Mailpostfach im Millisekundentakt zu aktualisieren. Ich war nicht Audrey, deren Gedanken kontinuierlich um Jude oder Bennett29 oder beide rotierten. Ich war *Summers, Audrey* und entspannt. Unberührt. Gechillt.

Vor eineinhalb Stunden hatte ich mir meine Rolle wie einen Pullover angelegt, als wären Schauspieler*innen nicht mehr als professionelle Lügner*innen. Als würden wir dafür bezahlt, anderen Leuten etwas vorzugaukeln. Wenn ich fest genug daran glaubte, könnte ich mich vielleicht selbst von meiner Vorstellung überzeugen.

Vorhang auf.

Ich sah Jude an, der mich wiederum nicht ansah. Bilberry hatte uns mal wieder bis aufs Ganze gehen lassen. Er unterrichtete Bewegungserziehung, aber bei ihm war es ein Synonym für Ich-töte-euch-bevor-ihr-überhaupt-richtig-wach-seid. Jeden Morgen ließ er uns herumrennen, springen, Hampelmänner machen und Planks stemmen. Leider waren seine Stunden die einzige Konstante in unserem Alltag mit den sonst stetig wechselnden Rollen und Gruppenkonstellationen. Ich schluckte, weil ich jetzt erkannte, dass Judes Gesicht von Schweiß überströmt war. Basketball-Shorts, Achselshirt, drei Sommersprossen auf der linken Schulter, nur dort. Er war schön, selbst mit hochroten Wangen und allem, aber das war nichts Neues.

Nach der Stunde ging ich mit gestrafften Schultern auf ihn zu. Ich war *Summers, Audrey*, lässig, nicht aufgewühlt und die Ruhe in Person. Jemand, der das Leben auf sich zukommen ließ.

»Können wir reden?«, fragte ich.

Seine Wangen machten wieder diese Zuck-Bewegung, bei der ich einen Schritt zurücktreten wollte. Doch ich blieb stark, selbst wenn er mich weiterhin nicht anschauen wollte. Oder konnte. Vielleicht war es das, vielleicht hatte ich ein Milligramm Macht über Jude Bennett29 Hill. Aber dann hob er das Kinn und …

Verfluchte Scheiße.

Seine Augen. Seit wann waren die so dunkel, grün, fast schwarz, keine Ränder um Pupillen und Iriden? Meine Rolle durfte nicht schlucken, aber *ich* schluckte.

Erster Riss.

»Klar«, murmelte er überraschenderweise trotzdem.

Keine Ahnung, ob wir im Vorbeigehen von den anderen gemustert wurden, ob Tabitha neugierig die Brauen hob oder Matz mit ihnen wackelte. Wir steuerten eine der Umkleiden an, die leer stand. Schlagartig blähte mir schwüle Luft entgegen, die nach heißen Duschen und Bratapfel-Seife roch. Das helle Licht ließ Judes Gesicht zu blass und meins garantiert zu grau wirken.

»Ich habe die Geschäftsbedingungen gelesen. Mir geht es gut. Mein Akku war leer.« Ich hob die Hand, weil er mich unterbrechen wollte. »Das sind die häufigsten Lügen, die wir im Alltag benutzen. Das habe ich auf den Abzweigungen meiner eigentlichen Google-Suche gefunden. Komisch, dass es zu *Mein NewInYork-Korrespondent wusste die ganze Zeit, wer ich bin, und hat mir schön weiter bei meinem Seelen-Striptease zugesehen* keine Ergebnisse gab, was?«

»Ich habe dir gesagt, dass es mir leidtut.«

»Nein«, sagte ich wütend. »Das hast du nicht. Du hast von mir verlangt, dass ich dich in deinem Zustand nicht erklären lassen sollte, wieso du mich magst. *Das* hast du mir erzählt.«

Er fuhr sich übers Gesicht, wobei ich Bartstoppeln an seiner Haut kratzen hörte, doch er selbst blieb stumm. Dieser verdammte Mistkerl gab mir zu viel Raum. Leerstellen, die ich einfach füllen musste. Meine Finger ballten Fäuste.

»Du hast mir nicht gesagt: Es tut mir leid, dass ich dich gefragt habe, wie dein Tag war, obwohl ich wusste, dass die Antwort *Schrecklich* lautet, weil wir als Helena und Lysander ultrahorny aufeinander waren und ich dich deshalb in den Proben ignoriert habe. Du hast mir nicht gesagt: Es tut mir leid, dass ich dir zugehört habe, wenn du dich in Rage geschrieben hast, und es tut mir leid, dass ich dir erklärt habe, Wut wäre nur ein Ersatzgefühl, weil es dich ziemlich beschäftigen muss. Du hast nicht gesagt: Es tut mir leid, dass ich so getan habe, als wären wir Freund*innen, weil ich wusste, wie einsam du dich fühlst, und das aus Langeweile ausgenutzt habe, vielleicht auch aus –«

»Verdammte Scheiße, hör auf, Audrey.« Er flüsterte, doch seine Stimme war eine Welle, dunkel und bedrohlich. Sie zog mich mühelos mit.

Zweiter Riss.

»Ich habe dich nicht verarscht oder sonst was. Du warst nicht die Einzige, die einen Seelen-Striptease hingelegt hat.«

»Aber war das wirklich so?« Meine Lippen bebten. »Eigentlich weiß ich fast nichts über dich. Nur dass du auf Klassik und *The Perks of Being a Wallflower* stehst.«

Statt zu protestieren oder seine Sicht der Dinge zu relativieren, schloss er die Lider. Seine Nasenflügel blähten sich auf. Jemand hinter der Tür lachte. Dann schlug er die Augen wieder auf, und ich hatte das Gefühl, mir würde jemand etwas in den Bauch rammen.

Was zur Hölle?

Ihn anzusehen, war reiner körperlicher Schmerz. Sein Blick schwarz und leer und glasig. Vielleicht sogar leicht rot.

»Was willst du überhaupt?«, murmelte er. Er klang rau. Aufgewühlt. So unfassbar verletzlich.

Nein, nein, nein! Du kannst jetzt nicht schwach und nahbar sein, das hab ich mir so nicht vorgestellt!

Doch es brachte nichts, denn die Hülle meiner Rolle riss endgültig. Ich war weder gleichgültig noch gechillt. Mein Herz raste, meine Finger zitterten, ich wollte schweigen und ihm so viel sagen, und das gleichzeitig. Vielleicht war ich deshalb so viel besser darin, jemand anders zu sein, mit Drehbüchern und Regieführung, klaren Linien und vorgeschriebenen Grenzen.

»Das ist auch Ghosting, weißt du?«

»W-was?«, sagte ich.

»Meine Frage nicht zu beantworten, nur weil sie dir nicht passt.«

»Ich … Ich überlege noch.«

Jude schnaubte, der Laut vibrierte, und ich spürte ihn überall. Ich wollte ihn fragen, ob er wusste, was er mit Menschen machte, doch es schien mir nicht der richtige Moment.

»Nichts für ungut, aber wir haben nicht besonders lange Pause. Ich brauche ne Dusche, also wenn …«

Er sprach weiter, doch seine Stimme begann in meinen Ohren zu rauschen. Es war nicht seine Schuld, das machte mein Kopfkino nämlich automatisch, als er sich in Richtung Tür bewegte.

»Ich kann nicht so tun, als hättest du mir keine Playlist erstellt«, sagte ich zittrig.

Auf den Fersen drehte er sich um, die Klinke schon in der Hand. Schnell sprach ich weiter.

»Ich will nicht kindergartenmäßig behaupten, dass du hier mein einziger Freund gewesen wärst, du warst nun mal mein Korrespondent, und wir *sind* Freund*innen. Klar könnten wir beide aus dem Raum verschwinden. Ich könnte dich hassen und du so tun, als würdest du meine Killerblicke nicht bemerken. Wahrscheinlich würden wir weiter unser Postfach checken, aber das würde schon vorbeigehen. Ein paar Wochen später wären wir nur noch Fremde, die sich mal mit Emojis über ihren Tag beschwert haben. In meinen schwachen Momenten könnte ich mir *I Almost Do* anhören, weil es für mich eine neue Bedeutung hätte. Ich könnte auch Zitatbilder auf Pinterest abspeichern, so was furchtbar Kitschiges wie *Ich vermisse dich, obwohl du neben mir stehst.* Vielleicht würde ich die Pinnwand sogar auf *Bennett29* taufen, weil ich mich so in zwischenmenschliche Beziehungen hineinsteigere. Aber du würdest sie nie sehen, und mich würde es nicht stören, weil ich seit neunzehn Jahren weiß, wie übertrieben ich bin. *Aber* …« Ich holte tief Luft. »Wir könnten uns auch wie zwei reflektierte Menschen verhalten und einsehen, dass wir gut füreinander sind. Denkst du echt, ich check nicht, dass du der krasseste Einzelgänger bist? Du bist in den letzten Wochen nicht nur mir aus dem Weg gegangen. Du gehst seit Anfang an *allen* aus dem Weg. Deshalb kann ich es wahrscheinlich nicht mal persönlich nehmen, aber …«

Ich verhedderte mich in meinen Worten, weil er mich so ernst anstarrte und mein Herz in seiner Nähe wild pochte. Es war verrückt. Es war verrücktverrücktverrückt.

»Aber«, fuhr ich fort. »Ich habe das Gefühl, dass du für mich trotz allem ziemlich persönlich bist. Also …«

»Also *was*?«

Woah. Sofort trat ich einen Schritt zurück. Seine Worte prasselten mit dreihundert Schallwellen auf mich ein. Das passierte also, wenn der intensivste Mensch auf dem Planeten vor sich hin wütete: Jedes Wort war ein Schlag ins Gesicht.

»Wie schaut dein Plan aus, hm? Sollen wir verdrängen, dass dieses Gespräch stattgefunden hat, und uns weiter *Liebe Eternal-Summers Komma* und *Lieber Bennett-neunundzwanzig Komma* schreiben? Weil das ist natürlich –«

»Nein, genau das will ich eben nicht!«

Ich blies die Wangen auf und wollte Zeit schinden. Aber ich beging den Fehler, Jude dabei ins Gesicht zu blicken, weil ich anscheinend nie dazulernte.

Wut ist ein Ersatzgefühl.

Vielleicht war es Einbildung, aber er wirkte mit einem Mal unfassbar traurig. Traurig auf diese unendlich wütende Art.

Mein Herz wurde ganz schwer.

»Ich habe dich gesehen, Jude oder Bennett oder wer auch immer«, flüsterte ich. »*Deshalb* kann ich das nicht verdrängen.«

ES IST VORBEI. ICH HABE DICH GESEHEN UND GESEHEN UND GESEHEN.

Doch ich war nicht mutig genug, um es weiter auszuführen. Ich konnte nur abwarten, was er sagte und *wie* er es sagte. Wahrscheinlich hasste ich es deshalb so, wie er mich jetzt anschaute. Ich erkannte diese auftauchende Weichheit in seinem Blick, das Zittern seiner Unterlippe und wie er für einen Moment wirklich so wirkte, als hätte er absolut keine Ahnung, was er erwidern, sagen oder mit mir tun sollte. Aber das war alles nur Show. Und ich fiel drauf rein.

»Wir bleiben anonym«, sagte er gespenstisch ruhig. »Das war der Deal, der jetzt offensichtlich geplatzt ist.«

Klar hätte ich mir in die Haare fassen und kreischen können:

»Lass die Scheiße! Tu mal nicht so, als wären wir eine buchige Lovestory, in der du ach so gebrochen und beziehungsunfähig bist und dich nervig-unlogisch verhältst, wenn du doch offensichtlich auf deine seltsame Art komplett verknallt in mich bist.«

Doch ich verlor meine Stimme, konnte bloß nicken, weil er so viel größer und endgültiger und besser war als ich.

So war das also, das mit uns.

Das mit Jude Hill und mir.

*

Entwurf

Montag, 22:01 Uhr
An: Bennett29 (bennett29@newinyork.com)
Von: Eternal Summer (eternalsummer@newinyork.com)
Betreff: DU WIRST DIESE MAIL NIEMALS LESEN

BENNETT,

ENTSCHULDIGE MEIN SCHREIEN, ABER ICH BIN WÜTEND, UND DEINE THEORIE VON ERSATZGEFÜHLEN WERDE ICH FÜR DIE LÄNGE DIESER MAIL VERDRÄNGEN. ICH PERSÖNLICH GLAUBE SOWIESO NUR DARAN, DASS GEFÜHLE DAZU DA SIND, UM GEFÜHLT ZU WERDEN. SO EINFACH IST DAS, UND TROTZDEM SCHEITERN WIR ALLE. ABER DAS HIER SOLL KEINE PHILOSOPHIESTUNDE SEIN. ICH DACHTE MIR, ICH TIPPE EIN BISSCHEN AGGRESSIV VOR MICH HIN UND TEILE DIR DABEI MEINE ERKENNTNIS DES TAGES MIT. DENN ICH HABE DIE LETZTEN MONATE MIT SHAKESPEARES HELENA VERBRACHT. (WIE DU JA OFFENSICHTLICH WEIẞT, WEIL ICH FÜR DICH NIE WIRKLICH ANONYM WAR, ABER DAS HABE ICH DIR SCHON

INS GESICHT GESCHLEUDERT.) JEDENFALLS IST ES SO: JEDE ROLLE, DIE ICH SPIELE, LEBT IN MIR WEITER, SELBST WENN ICH BEREITS DIE NÄCHSTE PROBE. KEIN CHARAKTER VERLÄSST MICH, DENN DAS IST DER PREIS DAFÜR, DASS ICH SIE MANCHMAL MEHR-ALS-OKAY INTERPRETIEREN KANN. UND ICH BEZAHLE GEWISSENHAFT MIT MIR SELBST. ABER DARUM SOLL ES NICHT GEHEN. ES SOLL DARUM GEHEN, DASS MICH DIE WAHNSINNIGE HELENA AUSLACHT, WEIL ICH NOCH SCHLIMMER ALS SIE BIN. DABEI WILL ICH GAR NICHT LÜGEN: ICH HABE SIE GEFÜHLT, WEIL ICH NICHT GRABEN MUSSTE, UM MICH MIT IHR ZU IDENTIFIZIEREN. SIE IST UNSICHER UND KOMPLEX. SIE IST ICH. NUR IN BESSER. WIESO? TJA, DIE GUTE HELENA WUSSTE WENIGSTENS, DASS SIE VERARSCHT WURDE, SELBST WENN SIE AM ENDE DARAUF REINFÄLLT. ICH HABE DAS NICHT ERKANNT. ICH BIN DER NAIVE MAIN CHARACTER, DER ALLE AUFREGT. AM MEISTEN MICH SELBST.

PS: KEINE SORGE, ICH LASSE DICH NATÜRLICH NICHT OHNE SONG-TIPP GEHEN. WIESO HÖRST DU DIR NICHT NOCH MAL *CLEMENTINE* VON HALSEY AN UND SINGST LAUT MIT BEI *I DON'T NEED ANYONE*, DARIN BIST DU DOCH SO GUT, HM?

23

#Bennett29

Marines Apartment Complex

Winterferien

Alles ging ganz schnell vorbei. Die Aufführung, das Gespräch mit Audrey, die Tage bis zu den Winterferien. Das Kofferpacken. Das Einchecken am Flughafen. »Alles okay« zu erwidern, wenn Aiden mich fragte, wie es mir ging, und mir meine Antwort nicht glaubte. Die Flugzeit mit Umstieg in Dallas. Der erste Atemzug zurück in der Heimat. Moms Umarmung. Die erste Nacht in den vertrauten Wänden meines alten Zimmers. Das Selfie, das Ash am vierundzwanzigsten von uns für Dad knipste. Wie ich es mir ansah, wir drei Geschwister. Aiden und ich: zu viel Haar und dunkle Augen. Ash: rothaarig und sommersprossig wie Mom. Moms zittrige Frage: »Ist das für Marshall?« Unser Schweigen. Das Aktualisieren meiner Mails. Das Zuhausebleiben. Weihnachten.

Meine täglichen Spaziergänge.

Auch heute ließ ich das Hooters an der Blackstone Avenue hinter mir. Gerade sprang die Ampel auf Grün, doch ich konnte mich nicht regen. Mit pochendem Herzschlag drückte ich auf *Rewind.*

»Und dann ziehe ich mich aus, Kleidungsstück für Kleidungsstück, bis ich die Luft anhalte und springe. Das Wasser ist trüb und dunkel, ich schließe die Augen und treibe. Mein Krokodil ist vollends unter Wasser, und ich atme. Ich bin ganz nackt.«

Die Stimme der Sprecherin echote in mir nach, während alles in mir sich plötzlich so … geöffnet anfühlte. Es war krass. *Wirklich* krass, wenn man bedachte, dass meine Gefühle und ich es nach der Sache mit Gray nicht so miteinander hatten. Doch hier stand ich, Ende Dezember, in meiner kalifornischen Heimat vor einer grünen Ampel und war paralysiert von meinen Gefühlen. Gefühle. Plural.

Denn ich fühlte mich tatsächlich offen und schuldig und traurig und trotzdem friedlich. Meine Schritte beschleunigten seltsamerweise, als hätte ich ein Ziel. Es war der einunddreißigste Dezember, wie dafür gemacht, den alten Ballast abzuwerfen. Mein Gang war leicht, meine Lunge weit, die Straßen weit und die Welt weit. Genau genommen war alles weit, bis ich eine Silhouette links von mir erkannte.

Ich spürte ihren Blick stechend auf mir, doch als ich mich umdrehte, war da nichts. Mein Herz raste dennoch, denn hier war ich ein Panikmensch. Jemand auf der Hut. Ein Typ, der die meiste Zeit in seinem Zimmer verbrachte und sich frühestens raustraute, wenn es dunkel wurde und die Straßen leer waren.

Keine Ahnung, wieso ich trotzdem überrascht war, als ich dieses Blatt an unserer Haustür erkannte. Druckerpapier, selbst beschrieben mit zwei einsamen Worten, die wie hingeschmiert wirkten.

VERPISS DICH.

Mein Magen drehte sich, während mein Herz schneller pochte und wieder alles ganz schnell passierte.

Das Erinnern. Sein Gesicht. Die Party. Ihr Gesicht. Das Auto. Das Rauschen. Meine flatternden Lider. Das Drehen. Das Starren. Das Schweigen. Das Schreien.

ES IST DEINE SCHULD! DU BIST HERZLOS, BEN. HÖRST DU? FUCKING. HERZLOS. ICH HASSE DICH. DU

GOTTVERDAMMTES ARSCHLOCH. ICH. HASSE. DICH. ALLE HASSEN DICH.

Das Kotzen.

Ich krümmte den Rücken, bevor ich mich in Moms Garage übergab. Es ätzte in meiner Speiseröhre, in meinem Mund und auf meiner Zunge. Ich zitterte überall, während ich würgte und keuchte. Meine Augen tränten, die Sonne ging gerade unter, was so schön friedlich gewirkt hätte, aber nichts war schön.

24

#Eternalsummer

Could it happen to you?

Clementine. Die erste Zeile von Halseys Lied dröhnte mir an die Ohren, während ich die Hände tiefer in den Jackentaschen vergrub. Dabei marschierte ich die 6th Avenue entlang und verfluchte mich selbst.

Wieso bin ich auch so verblendet und drücke auf Shuffle?

Mit einem beschädigten Herzen lernte man, nichts dem Zufall zu überlassen. Schließlich durfte man das bisschen übrig gebliebene Kontrolle nicht aus der Hand geben. Ein Ort, ein Song, sogar eine verfluchte Zeile – und peng! Dein hart erarbeiteter Heilungsprozess wurde von unschuldigen Worten wie *I don't need anyone* zerbomt. Als wollte das Leben dir ganz dekadent beweisen, wie leicht es dich brechen konnte.

Hastig wechselte ich das Lied, doch der Schaden war bereits angerichtet. Mit zitternden Fingern blieb ich vor einer roten Ampel stehen und wurde zurückgeworfen.

Automatisch erinnerte ich mich an die letzte Juilliard-Woche. An Jude, der aus der Umkleide ging. An die Feiertage, die gleich darauf kamen. An das Weihnachten, das ich in Florida verbrachte. An die vielen, vielen, vielen Schritte, die ich zurücklegte, was vielleicht an meinem Fluchtreflex und leider auch an dem vielen Essen lag. An Dads Fragen, die ich nie lückenlos beantwortete, weil ich von Kursen und Rollen sprach, doch niemals von Jude und meinem verloren gegangenen Korrespondenten. Ich fühlte mich, als würde ich etwas verbergen. Nie war ich wirklich ich selbst, nie war ich echt. Vielleicht hätte ich die Sonne nicht ständig auf Dads Terrasse genießen sollen, sondern am Lake Toho. Vielleicht hätte die frische Luft an einem Ort voller Erinnerungen etwas gebracht. Erinnerungen an die erste Kippe, Partynächte und Elles Lachen. Elle. Das war der springende Punkt, denn sobald ich das Haus verließ, herrschte Alarmstufe Rot. Schließlich könnte ich Personen begegnen, die mit mir ihren Tod betrauert hätten. Und das konnte ich nicht. Meine Trauer war das Einzige, was ich hatte, ich wollte sie nicht von Floskeln beschmutzen lassen. Ich wollte die Trauer rein und dunkel halten, nur für mich.

»Wird das nicht irgendwann langweilig?«, fragte Ruby, als ich keine fünfzehn Minuten später bei Moms Appartement ankam und mir die Mütze vom Kopf zog.

Sie stand barfuß vor mir und stopfte sich einen Schoko-Marshmallow in den Mund, wobei sie mich skeptisch betrachtete. »Und sag mal, wieso frierst du dir eigentlich nie den Arsch ab?«

Achselzuckend schlüpfte ich aus den Docs. »Spazieren ist meine Art von Meditation.«

»Meditation? Haha, laber keinen Müll. Du versuchst jeden Morgen, mit irgendwelchen Klangschalengeräuschen wirklich zu meditieren.«

»Ich –«

»Rubina, por favor.«

Ruckartig wandten wir uns nach links. Mom stand im Türrahmen und verschränkte die Arme. Sie trug einen beigefarbenen Hausanzug mit Schlaghose, alles Kaschmir und Trendy-Chefredakteurin-konform.

»Wie oft soll ich dir noch sagen, dass du nicht barfuß auf dem kalten Boden laufen sollst? Du wirst noch krank, mi hija.«

Seufzend tappte Mom auf uns zu, um aus ihren eigenen Hausschuhen zu schlüpfen. »Hier, nimm die.«

Ruby presste die Lippen aufeinander, so wie das nach der misslungenen Verlobungsverkündung nun immer passierte. Die prinzipielle Abwehrhaltung hatte sie jetzt genauso gut drauf wie die purpurroten Acryl-Gemälde auf ihrem Insta. Kurz bevor meine Schwester doch in die Schuhe schlüpfte, erhaschte ich einen Blick von uns dreien im Spiegel. Ruby war die Größte, vielleicht zehn Zentimeter höher gewachsen als Mom, und im Gegensatz zu uns viel gebräunter. Blass, klein, schmächtig, so wirkten Mom und ich neben ihr. Vielleicht machte New York das aus einem, wenn man nicht aufpasste, dachte ich. Später hockten Ruby und ich gemeinsam in der Küche, während sie von ihrem Essay für Lit erzählte. In einer Tour regte sie sich über die RomComs mit hispanischen Protagonistinnen auf, die sie aus Recherchegründen gelesen hatte.

»Sie ist ein wortwörtlicher Sonnenschein. Sie hat immer gute Laune, redet wie ein Wasserfall und bringt irgendwelche Enchiladas mit. Aber sie wird natürlich auch ultraschnell wütend, denn sie ist ja feurig und temperamentvoll. Deshalb ergibt es auch absolut Sinn, dass sie ihr Gegenüber als *blöden Weihnachtselfen* beschimpft, wenn sie in ihrer sexy Rage amerikanische Schimpfwörter vergisst. Es war so schlimm. Du hast *keine* Ahnung, Auds. Wirklich alle weiblichen hispanischen Charaktere wurden so beschrieben. Checken die echt nicht, dass es superunreflektiert ist, jede lateinamerikanische Frau auf diese Weise darzustellen? Denken die ernsthaft, nur weil unsere Muttersprache Spanisch ist, dass wir Dauerlust auf Sex haben und streitsüchtig auf diese heiße Weise sind, oder was? Die Hälfte dieser Protagonistinnen hat safe nur lateinamerikanische Wurzeln, damit die Schriftsteller*innen ihnen Namen geben können, die sich *schön* anhören. Ich will wirklich kotzen, weil ich nur eine Ausnahme gefunden habe, die nicht so war. Es war El…«

Elles Buch.

Meine Schwester verstummte, weil sie wusste, dass ich darüber nichts hören und schon gar nicht reden wollte. Dafür ließ ich mich zu gern von meinen Problemen auffressen, bis ich selbst nichts mehr aß, weil –

Stopp! Ich hatte dazugelernt und mich bereits gebessert. Entschlossen straffte ich die Schultern und wollte, dass Ruby weiter von Elles Roman sprach, aber genau in dem Moment vibrierte mein Handy auf dem Couchtisch.

Freitag, 20:23 Uhr
An: Eternal Summer (eternalsummer@newinyork.com)
Von: Bennett29 (bennett29@newinyork.com)
Betreff: Sorry

Ich weiß, dass ich dir nicht schreiben sollte, aber vorhin ist etwas passiert, das mich zum Nachdenken gebracht hat, und dann habe ich an dich gedacht. Ich möchte nicht, dass es so rüberkommt, als wärst du mein emotionales Outlet und dass ich dir nur schreiben würde, weil ich aufgewühlt bin. Denn das ist es nicht. Und falls du dich fragst: Nein, ich bin nicht voll. Ehrlich gesagt wünsche ich mir, ich wäre es, weil das Ganze dann so viel einfacher wäre. Aber das bin ich nicht, und das ist es nicht, und hier sind wir. Audrey, es tut mir leid, dass ich dich in der Umkleide hab stehen lassen. Ich muss oft an die Mail denken, in der du über Ghosting geschrieben hast. *It's not you, it's them.* Ich glaube daran, dass es stimmt. Ich glaube daran, dass ich ein beschissenes Arschloch bin, das zu nichts anderem imstande ist, als fiktive Charaktere darzustellen. Es tut mir aufrichtig leid, dass ausgerechnet ich dein Korrespondent sein musste. Wirklich.

*

Sein verdorbenes Selbstmitleid kotzte mich an.

Es kotzte mich an, als ich die Mail am letzten Dezembertag öffnete, Ruby das Elle-Thema vergaß und mich stattdessen fragte, wieso ich so aufgelöst wirkte. Es kotzte mich an, als ich meinen Schrittsoll erfüllte und Rauchwölkchen an roten Ampeln ausblies. Es kotzte mich an, als wir Ruby zwei Tage später zum JFK brachten. Es kotzte mich an, als ich zurück in die Resident Hall zog und meine gefalteten Pullover nach Moms Waschmittel rochen. Es kotzte mich an, als ich mir in der Mensa weiterhin Salate zusammenstellte. Es kotzte mich an, als ich meine Lieblingssongs übersprang, weil sie jetzt leider unsere Songs waren. Aber in erster Linie kotzte es mich an, weil ich mich selbst dafür verurteilte, ihm nicht zu antworten. Aber was hätte ich schon schreiben sollen? *Danke für deine Entschuldigung?*

Als ich mir sieben Tage nach seiner Mail die Mütze aufsetzte, hätte ich es am liebsten gelassen. Die offiziellen Seminare begannen erst am Montag, doch wir sahen uns ein Stück an, das wir in der nächsten Stunde von Erin und Kieran besprechen würden. Kurz scannte ich mich im Spiegel ab. Ich trug bloß Schwarz, Lederimitathose und einen Pulli mit weitem Rollkragen. Meine Docs und die grob gestrickte Beanie gaben dem Look das gewisse Etwas. Dad hätte kommentiert, dass ich *trendy* aussähe. Aber meine Mission war bloß All-Black-Everything, um Eleganz, Entschlossenheit und subtile Gleichgültigkeit auszustrahlen.

Als ich den Broadway entlangmarschierte, war der Himmel grau, der Boden nass und die Menschen genervt. Ich passierte ein American Eagle, da erkannte ich ihn aus der Ferne. Sein rebellisches Haar, die langen Glieder, der angepisste Kiefer. Seine Beine steckten in verwaschenen Jeans, seine Jacke war dunkel und offen. *Natürlich* hatte sich hinter Bennett29 Jude verbergen müssen. Das erklärte die Verbindung, die unbestreitbare Tiefe und dieses Süchtig-nach-seinen-Nachrichten-Sein. Aber Letzteres war ich ja nicht mehr. Das hatte ich überwunden, hinter mir gelassen, ganz einfach indem ich es gewollt hatte.

Jude kotzte mich an, aber juckte mich nicht.

Ich probierte in den Schuhen meiner neuen Rolle zu laufen, als wäre ich Wochen zuvor nicht gescheitert. Als würde es innerlich nicht schmerzen, meinen Jahrgang zu begrüßen und Jude zu ignorieren. Leicht zitternd erzählten meine Kommilton*innen von ihren Wochenenden in Santa Fe und San Jose, während ich enthusiastisch nickte. Meine Rolle war die einer Statistin, und das war super. Heute würde ich nicht scheitern. Heute würde ich mir entspannt die Shakespeare-Inszenierung anschauen, entspannt in mein Dorm trotten und entspannt nach klugen Dingen googeln, die ich nächste Woche beitragen konnte, falls Erin mich dazu auffordern würde.

»Alles klar, wir sind vollzählig!« Letztere klatschte in die Hände und lotste uns ins Innere des *Playroom*. Der Spielsaal war klein, die Sitze eingesessen und granatapfelrot. Ich ließ mich tief in das Polster sinken und konzentrierte mich darauf, den Theatergeruch einzuatmen. Lippenstift, Puder, der Hauch von Garderobe, ein Touch von Leder, dieses Alte und leicht Modrige vermischt mit der rauschenden Aufregung. Um Punkt siebzehn Uhr dreißig wurden die Türen geschlossen, ehe das Stück begann. Es war ein Medley aus Szenen von *Romeo und Julia*, *Was ihr wollt*, *Macbeth*, *Wie es euch gefällt* und sogar *Ein Sommernachtstraum*. Sie ließen Mercutio mit Duncan kämpfen, Julia küsste Demetrius, Rosalinde scheuerte Puck eine, bevor er zu Boden fiel und um Gnade bettelte. Nach den ersten fünfundvierzig Minuten gab es eine Pause, während der wir uns an die Bartheke schleppten. Pärchen in Ausgehmontur nippten an Rotweingläsern, während Erin Erdnüsse aus einer Schale stibitzte. Alle sahen sich etwas beklommen um, wobei wir Matz' Erzählungen lauschten. Irgendwas mit Zürich und Heimat und Bergen und garantiert wieder Sprüngli. Ich starrte währenddessen Löcher in das Nussschälchen und wusste ganz sicher, dass es sich um mindestens vierhundertdreißig Kalorien handelte.

»Ihr wart übrigens echt gut.«

Erin musste mich anstupsen. Erst dann begriff ich, dass sie mit mir sprach. Und mit Jude, der gerade eine Wasserflasche vom Barkeeper entgegennahm.

»Ihr hattet so eine interessante Chemie bei der Aufführung. Habt ihr schon mal gemeinsam gespielt oder so?«

Jude wurde blass. Meine Haut hingegen kribbelte, obwohl es eine unschuldige Frage war. Dann antwortete ich für uns beide, indem ich den Kopf schüttelte. Das musste reichen, denn reden konnte ich nicht. Hinterher würde es so wie im Dezember enden, und das durfte ich nicht riskieren. Doch Erin kippte nachdenklich den Kopf und musterte uns, was schlicht unfair war. Vielleicht sogar einen Tick sadistisch, weil sie merkte, wie unangenehm es uns war.

»Krass«, sagte sie schließlich. »Ich hätte wetten können, dass ihr schon mal Protagonist*innen in einem Stück wart. Kennt ihr den Film von Marina Abramovic, *The Artist Is Present*? Der hat mich an euch erinnert. Ah, übrigens.« Sie wackelte mit den Brauen. »Ich freue mich schon auf übernächste Woche. Ihr seid für eine Szene eingeteilt. Und sagen wir es mal so, Lawrences Passionflix-Stunde, durch die er die Erstis jedes Jahr quält, ist nichts dagegen.«

Um uns endgültig zu verraten, hoben Jude und ich die Gesichter. Ruckartig, sodass unsere Blicke in Lichtgeschwindigkeit aufeinanderprallten. Ich starrte ihn finster an, er versuchte standzuhalten. Doch seine Ohren verfärbten sich rötlich, und vielleicht war das so was wie Gewinnen.

»Oh. Ist das ein Problem für euch?« Erin hatte die frostige Stimmung bemerkt und tat so, als hätten wir wirklich eine Wahl. Wir wurden noch nie gefragt, mit wem wir gern zusammenspielen wollen. Man erwartete von uns, in jeder Sekunde professionell zu sein.

»Nein, natürlich nicht«, sagte Jude messerscharf, bevor er sich abrupt umdrehte und in Richtung Hauptsaal verschwand.

Verfluchter Mist, wieso musste Jude auch so … *Jude* sein?

Hastig folgte ich ihm und rempelte sogar ein Pärchen dabei an, konnte aber nichts dafür. Ich hatte einen Tunnelblick, als hätte ich diesmal wirklich ein Ziel. Vielleicht lautete es ja Jude Hill.

»Was sollte das?«, fragte ich außer Atem.

Selbst unter dem Hoodie konnte ich beobachten, wie seine Muskeln sich anspannten. Mit einer Furche zwischen den Brauen wandte er sich mir zu. Stumm.

»Nein, natürlich nicht«, wiederholte ich drei Stimmlagen zu tief. *»Natürlich macht es mir nichts aus, Audrey vor der gesamten Klasse zu befummeln, nachdem das zwischen uns so komisch abgelaufen ist.«*

Haareraufend sah er sich um. »Könnten wir dieses Gespräch bitte nicht in einem Foyer führen?«

»Oh, du meinst, solange wir den Ort wechseln, können wir darüber reden, was deine Selbstmitleidsnummer sollte?«

Sein Kiefer mahlte so heftig, dass mein eigener vom Zusehen wehtat. »Audrey, bitte.«

Er deutete erneut nach draußen, und ich knickte ein.

»Okay«, flüsterte ich, obwohl ich nicht verstand, wie so ein Gespräch bei neun Grad und Tourismuschaos besser verlaufen sollte.

Doch da waren wir dann keine Minute später: Jude und ich, umgeben von nassem Wind und blinkenden Plakaten ringsum. Ich erkannte das Schild über der Tür, das *Crew Only* sagte; der Hintereingang zur Bühne. Links leuchtete der Times Square, während mir einzelne Regentropfen ins Gesicht sprühten.

»Die Mail war scheiße«, sagte er und fixierte mich mit seinem Blick. »Das hab ich dann auch eingesehen. Eigentlich schon in dem Moment, in dem ich sie abgeschickt habe. Aber Mails sind keine WhatsApps, ich konnte sie nicht zurückziehen, okay?«

»Nein. *Nein*, es ist nicht okay, weil du mir nicht geschrieben hast, um dich zu entschuldigen. Du wolltest dein Gewissen reinwaschen. Aber das funktioniert so nicht. Ich werde dir nicht versichern, dass das schon alles okay ist.« Ich wollte nicht ausrasten, aber meine Stimme war nicht zu kontrollieren. Meine Wangen brannten, ich ballte Fäuste und spuckte ihm Worte entgegen, die ihm verrieten, wie sehr er mich verletzt hatte.

»Denkst du, das weiß ich nicht? Klar wollte ich damit mein Gewissen reinwaschen. Deshalb. Tut. Es. Mir. Ja. Wirklich. Leid.« Er warf den Kopf in den Nacken, aus Frust über sich selbst, das spürte ich genau.

»Was wolltest du mit der Mail überhaupt bezwecken, hm?« Ich räusperte mich heiser. »Hast du gedacht, ich schreibe dir eine Mail zurück, und alles ist vergessen?«

Sein Blick hätte einen Oscar verdient, so dunkel und aufgebracht war er. Schnaubend trat ich näher.

»Hast du gedacht, ich schreibe: *Hi, Bennett, wie schön, dass du dich meldest. Meine Weihnachtstage waren heiß und ziemlich beschissen, weil ich nur an Elle denken konnte. Und wenn ich nicht an Elle gedacht habe, habe ich an dich gedacht. Und wenn das passiert ist, habe ich dich verflucht, weil ich mir meine Lieblingssongs nicht mehr anhören kann, ohne sie mit dir zu assoziieren?*«

Ich trat noch näher an ihn heran. Näher, näher, näher, bis sein Rücken gegen die Wand stieß und es hinter meinen Augen brannte. Vielleicht konnte er erkennen, dass sie glasig waren, doch es war mir egal. Es war mir egal, dass ich seine Körperwärme spürte, ohne ihn zu berühren. Es war mir egal, dass ich nicht mehr atmen konnte, weil er mich so mit seinem Dasein überfuhr.

»Hast du gedacht, ich schreibe: *Hey, Bennett, ich habe gestern den ganzen Tag mit dem Musikvideo von* Wildest Dreams *verbracht. Es ist kitschig, aber auch superschön. Taylor Swift hat ihre eigenen Pulsschläge für den Beat aufgenommen, wusstest du das? Ihr Herz steckt wortwörtlich in diesem Song. Ich …*«

In meiner Kehle wurde es trocken, weil er mich wieder unendlich intensiv ansah. Wie bei unserem Vorsprechen. Wie auf der Bühne. Wie in der Umkleide. Wie verdammt noch mal immer. Augen, Lippen, Augen, Lippen. Etwas, das automatisch passierte, sobald man jemanden attraktiv fand. Doch als es uns beiden aus dieser Nähe passierte, fühlte es sich brandneu an. Aufregend. Süchtig machend.

Hör auf, Körper. Hör auf, hör auf, hör auf, Jude so zu wollen.

»Oder …«

Plötzlich klang meine Stimme viel leiser, was eigentlich gut war, mit weniger Volumen konnte ich weniger vermasseln. Aber nichts war gut, weil alles mit Jude Herzpochen verursachend war. Hastig schloss ich die Augen, als könnte ich mich so besser zusammenreißen.

»H-hast du etwa gedacht, ich antworte dir mit: *Hey, ich weiß nicht, ob ich Jude oder Bennett schreiben soll, deshalb lasse ich das mit der Anrede lieber und komme gleich zum Punkt. Denn es gibt da eine Erkenntnis, die mir einfach nicht aus dem Kopf geht. Eine Zeit lang habe ich nämlich gedacht, dass ich wirklich mit einem Musikstudenten schreibe, aber jetzt? Jetzt macht das alles so viel mehr*

Sinn. Ich meine, du musstest Bennett sein. Alles andere wäre nicht logisch gewesen, wenn jedes meiner Moleküle quasi schreit: Fass mich bitte jetzt sofort an, sobald du in meiner Nähe bist.«

Meine Zunge stand in Flammen. Es war zu viel, zu falsch und wahr. Ich hasste mich dafür, dass ich das gesagt hatte. Aber es war nun mal so ermüdend, dagegen anzukämpfen. Als ich mich schließlich traute, die Lider wieder aufzuschlagen, stockte mir der Atem.

Keine Ahnung, was ich verpasste hatte, aber etwas hatte sich verändert. Judes Blick war schwarz und die Wangen rot, doch sein Kiefer mahlte nicht. Er schien so ruhig, während alles in mir kreischte. Vor Wut und vor Fassungslosigkeit, gegenüber ihm und am meisten gegenüber mir, denn was zum Teufel tat ich hier? Ich wusste, wie es ausgehen würde, wollte zurückweichen, aber konnte nicht. Und ganz eigentlich war es eine Lüge, denn ich hätte schon gekonnt, doch ich wollte nicht.

Ich ... Mist, ich wollte die Nähe.

»Denkst du wirklich, das ist bei mir anders?«, sagte er belegt. »Ich bitte dich. Das musst du doch merken. Allein diese Gesichtsbemalungssache. Ich bin fast zerflossen, weil ich dich so, so, so sehr küssen wollte, du hast keine Ahnung.«

Seine Hand zuckte, als wollte sie sich an mein Gesicht schmiegen, zu meinem Nacken wandern und mich dann an ihn heranziehen, um alle Punkte eines perfekt wütenden Kusses zu erfüllen. Doch Jude ruderte zum ersten Mal in einer Bewegung zurück, bevor seine Wangen noch deutlicher leuchteten. Er war eine knallrote Neontafel wie die hundert Meter weiter, und ich konnte nicht weggucken. Er war plötzlich so schüchtern, und ich schmolz ein bisschen, weil ich es so mochte.

»Willst du das immer noch?«, flüsterte ich.

»Audrey ...«

Er zog meinen Namen in die Länge. Wenn er *Audrey* sagte,

klang es wie *Audreys Lippen streifen wollen, aber sich davor fürchten.*

»Natürlich will ich dich küssen.«

Natürlich will ich dich küssen, natürlich will ich dich küssen, natürlich will dich küssen.

»Ich stehe mit dem Rücken zur Wand, weil ich dir für immer dabei zuhören könnte, wenn du mir von Nachrichten erzählst, die du mir nicht geschickt hast, weil du wütend auf mich bist. Was ich verdient habe. Es ist nur, ich meine, schau dich an, schau dich halt *wirklich* mal an und dann schau mich an mit meinen gestört–«

Ich stellte mich auf die Zehenspitzen und küsste ihn bei *gestört*. Dabei würden seine Worte sich in mir festsetzen. In meinem Dorm würde ich sie analysieren, bis es nichts mehr zu analysieren gab. Doch gerade war es mir leider egal.

Mir egal. Mir egal.

Zuerst war es bloß ein zaghaftes Aufeinanderpressen. Vorsichtig. Trocken. Ein unsicheres Hallo, garantiert nicht perfekt. Doch … Oh Gott, wie weich seine Lippen waren. Und warm. Alles an Jude war warm und heiß und pulsierte. Seine Lippen vibrierten an meinen, während ich den Kuss vertiefte. UND ALLES EXPLODIERTE. Es war so viel Spannung, so viel Jude und ich, dass ich mich löste, lösen *musste*, um Luft zu holen. Zwei, drei Atemzüge, bis Judes Finger sich tatsächlich um meinen Nacken legten.

»Ich küsse dich noch mal.« Er kreiste mit dem Daumen über meinen Kragen. »Okay?«

Ich nickte, denn alles war so richtig, als er mich diesmal zu sich heranzog und mich küsste. Fest und fordernd, da war sein Griff und sein Körper, Schüchternheit im zaghaften Streicheln seines Fingers und Dringlichkeit in seinem Stöhnen.

Judes Kuss war alles.

Er festigte seinen Griff, drang mit seiner Zunge tiefer in meinen Mund. UND JEDER ZENTIMETER MEINER HAUT POCHTE. Es war nicht süß, wie wir uns küssten. Nicht ästhetisch und unschuldig. Da waren Zungen, Finger, Hände, verwuschelte Haare, leichtes Hüftwiegen, schon nach wenigen Sekunden, so drängend war es alles. Auf einer Kamera sähe es bestimmt abstoßend aus, doch es war so dunkel, dass jedes Bild sowieso verpixelt gewesen wäre. Außerdem fühlte es sich viel zu gut an. Jude wollte mich, deshalb. Aber ich wollte Jude auch, und das multiplizierte alles.

Meine Finger fanden wie von allein den Weg in sein Haar, wobei ich seinen Mund an meinem Kinn, meinem Hals und schließlich in meinem Nacken spürte. Wie er leckte und küsste und schabte. Wie seine Lippen wieder auf meine trafen und mich so hart küssten, dass es fast wehtat. Doch sein Unterleib presste sich heftig gegen meinen, und nichts war genug. Es war unser erster Kuss, aber es war kein erster Kuss. Es waren zehntausend Küsse. Es waren zehntausend tiefe Küsse. Schwarzes-Loch-Küsse. Schwarzes-Loch-und-niemand-kommt-jemals-wieder-heraus-Küsse.

Keine-Grenzen-Küsse.

Ich wollte nicht, dass sie aufhörten, und als er derjenige war, der »Stopp« stöhnte, verstand ich es nicht. Schwer atmend starrten wir einander an. Sein Blick war dunkel, trüb und sextrunken. Ich kannte diesen Ausdruck nicht, hatte ihn noch nie auf einer Bühne an ihm gesehen. Das hier war neu. Das hier war ein Jude-nur-für-mich-Jude-Blick.

»Das Stück, Audrey.« Er klang so atemlos. »Wir müssen da wieder rein.«

Das Stück, Audrey? Die Synapsen in meinem Gehirn brauchten einen Moment, um ihre Arbeit wieder aufzunehmen. Mein Mund öffnete sich, doch er nickte schon in Richtung Straße.

Erst als ich blinzelte, bemerkte ich die Regentropfen, die sich in seinen Locken verfangen hatten. Ich blickte nach oben, und tatsächlich: Es nieselte, während meine Lippen von seinen brannten. Ich hatte noch nie jemanden so geküsst. So absolut. In meinem Hals steckte ein Kloß, doch ich versuchte nicht mal, ihn runterzuschlucken. Ich wollte gerade sprechen, vielleicht wäre mir so etwas wie *Wollen wir jetzt also verschweigen, dass wir gerade Trockensex am Times Square hatten?* herausgerutscht, da nahm er meine Hand. Seine fünf Finger und meine fünf Finger, fest ineinander verflochten. Ich spürte seinen Puls, die Schnelligkeit und seine Heftigkeit. Als Jude dann das Kinn hob, schnürte es mir den Brustkorb zu, denn sein Blick quoll über.

»Ich weiß«, sagte er.

Ich weiß, das war krass.

Ich weiß, das war WIRKLICH krass.

25

#Bennett29

Private Presley

Ich musste es ihr sagen, und es war mir bewusst. Die ganze zweite Hälfte des seltsamen Shakespeare-Medleys lang. Als Romeo seinen Schlusssatz sagte: »Denn nichts an sich ist weder gut noch schlecht.« Als ich mich fragte, wieso es keine Line aus *Was ihr wollt* war, wenn sie schon einen auf ultralustig machten. Als Erin »Bis nächste Woche« sagte und wir anschließend den Eingangsbereich belagerten.

Alle aus meinem Jahrgang wippten auf den Füßen, lachten und unterhielten sich. Sie trugen Beanies, hässliche Bucket Hats und fanden unfassbar viel Gesprächsstoff, weil wir ja Sechs-Komma-neun-Prozent-Menschen waren und so viel gemeinsam hatten. Kurz: Niemand wollte gehen, und das war ein Problem, denn ich musste allein mit Audrey reden.

»Ich kenne da dieses Kino mit supercoolem Konzept, fünf Minuten von der Brooklyn Bridge.« Matz räusperte sich. »In jedem Raum laufen andere Kurzfilme. Heute gibt es ein Special von NYU-Student*innen. Hat wer Lust mitzukommen?«

»Voll, bin dabei!« Tabitha drehte sich zu Audrey um. »Du auch?«

»Klar«, sagte Audrey lächelnd und einen Tick zu leise, als würde sie sich wirklich freuen.

Mir blieb nichts anderes übrig, als schnell einzuschieben: »Ich komme auch mit.«

»Was geht denn bei dir?« Parker aka L.A. hob eine Braue, ehe er in Richtung Subway verschwand, weil er was vorhatte. »New year, new me, oder was?«

Er lachte, die anderen fielen mit ein, weil ich ja sonst nie mitkam. Ich zuckte bloß übertrieben lässig mit den Achseln, und für die meisten reichte es als Antwort, bloß Audrey starrte mich verwirrt an. Über ihrem Kopf blinkte eine Neonreklame für Taylor Swifts neues Album. Es war so passend, ich wollte es ihr sagen, doch da war nur mein Herz, das heftig pochte.

*

Bei diesem seltsamen Studi-Kino handelte es sich um einen Lichterkettendschungel. Das erkannte ich eine Subway-Fahrt später sofort.

Es gab Lichterketten als Vorhänge, an der Decke und an den Wänden. Ich blinzelte den Lämpchen entgegen, während wir zum Bezahlen nacheinander unsere Handys an das Lesegerät hielten. Ringsum herrschte die typische Atmosphäre eines Pop-up-Stores. Trendige Möbelstücke, ein alter prunkvoll verzierter Teppich, Neon-Schriftzüge an der Wand und viele Pflanzen, weil ja plötzlich alle Plantmom oder Plantdad waren. An der Bar bestellten wir die gleiche Limo wie im *Living*, bevor wir uns durch die verschiedenen Räume schoben. Unterschiedliche Filmsequenzen zogen an mir vorbei, doch ich hätte keinen einzigen Satz über sie sagen können. Dafür beanspruchte Audrey zu viel Platz in meinem Kopf, selbst wenn sie sich links von mir klein machte, indem sie die Beine im Sitzen anzog. Die grellen Spezialeffekte spiegelten sich in ihren schwarzen Nägeln, und ich sah nur das. Selbst im Raum II, wo ein halbes Dutzend Screens nebeneinanderhingen. Ich hörte bloß meinen Pulsschlag und war wieder in dieser Gasse, mit dem Rücken zur

Wand und Audreys Gesicht dicht an meinem. Wie mein Puls raste, war fucking inakzeptabel, aber mein Körper interessierte sich nicht für meine Meinung. Mehr Szenen rauschten vorbei. Rhondas Lachen, Pax' gerümpfte Nase. Das Tippen meiner unruhigen Füße. Vor uns liefen Filme, aber ich befand mich in meinem eigenen Kopfkino. Und verfluchte Scheiße, das gehörte alles absolut nicht zum Plan.

Immerhin wusste ich, dass es kurz nach neun war, als wir wieder ins Foyer traten. Doch auch hier konnte ich Audrey nicht ansprechen, weil doch alle Möchtegernkritiker*innen waren. Natürlich mussten wir uns in eine der Sitzecken hocken. Natürlich mussten wir heiß und leidenschaftlich über Figuren, Pacing und Intention diskutieren.

»Bin mir unsicher, ob es mich wirklich abgeholt hat. Gewisse Szenen haben mich zu sehr an asiatische Literatur erinnert, wie in *Die Vegetarierin*. Also, ja.« Tabitha spielte am Etikett ihrer Flasche. »Wirklich unsicher leider.«

Die anderen stimmten zu, sagten ironisch »Cheers darauf, lol« und kicherten. Audrey war die Einzige, die dabei auf ihrem Platz herumrückte.

»Ich … Ich fand es eigentlich ganz gut.«

Plötzlich starrten sie alle an. Es war eine Ansammlung an gerunzelten Stirnen und fragenden Gesichtern. Unter das aktuelle Lied im Hintergrund mischte sich ein Äh-hat-Audrey-Summers-gerade-wirklich-etwas-gesagt-Raunen?

»V-vor allem der letzte Film. Diese Szene mit der Performance-Künstlerin, die sich was in die Innenseite ihrer Oberschenkel gemalt hat.«

»Boah, fandest du?«, fragte Rhonda. »Auf mich hat das so klischeehaft gewirkt. Klar, die Message war stark, aber das hätte man doch wirklich subtiler machen können.«

»Ja, schon. Aber ich glaube, man wollte es einfach simpel

halten. Dass das Klischee quasi in seiner Schlichtheit gebrochen wird?«

Es folgte ein Durcheinander aus »Hm« und »Hm, ich weiß ja nicht« und »Hm, kann sein«.

»Keine Ahnung«, sagte Rhonda. »Vielleicht sehe ich das Ganze ein bisschen anders, weil ich mich ja nicht so krass mit U-Kunst beschäftige wie du.«

Audrey blinzelte krampfhaft. »Ehrlich gesagt finde ich den Begriff *U-Kunst* ein bisschen abwertend. Ich meine, was ist an Filmen, die für die breite Masse produziert werden, so schlimm?«

»Dass sie schrecklich sind, zum Beispiel?« Rhonda klang zutiefst empört. »Dass es einen Haufen davon gibt, weil ein RomCom-Pitch mit Fördergeldern beschmissen wird. Dabei bemerken wir nicht mal, dass das Frauenbild neben diesen quirky Protagonisten absolut verdreht dargestellt wird. Aber diese Filme sind eine sichere Bank, also gehen die andersdenkenden Filmemacher*innen leer aus. Stattdessen müssen sie sich durch Anträge kämpfen, um *vielleicht* mit einem Minibudget arbeiten zu dürfen. Unsere Gesellschaft ist einfach so am Arsch. Wieso guckt man sich überhaupt die dreiundzwanzigste Komödie mit Adam Sandler an?«

»Das …« Audrey schluckte, während ich mir die Hände an der Jeans rieb. »Das stimmt natürlich.«

Sag nichts, Mann. Sag nichts, denn du bist nicht ihr Retter, garantiert will sie deine Hilfe nicht, das Gespräch läuft gerade eh aus und –

»Ich liebe *Meine erfundene Frau.* Hab mit meinem Bruder noch nie so heftig gelacht. Die Kinder waren großartig.« Die Worte platzten gegen meine Vernunft einfach hinaus.

Rhonda lehnte sich über den Tisch. »Willst du mir ernsthaft erzählen, dass ausgerechnet du *Meine erfundene Frau* magst?«

»Es ist garantiert nicht mein Lieblingsfilm. Und natürlich stimmt alles, was du gesagt hast, absolut. Aber manchmal gucke ich mir auch Trash an, weil es angenehm ist, mal ne Pause vom filmischen Analysieren zu haben. Was meinst du denn, wieso die beschissenen Dating-Show-Formate so erfolgreich sind? Und übrigens, nur so als Reminder, wenn du *U-Kunst* dauernd als mies bezeichnest, machst du dein Publikum automatisch runter. Denn man kann durchaus eine artsy Interpretation von *Die Möwe* und eine RomCom mit Adam Sandler gut finden. Yin und Yang und so, du weißt schon.«

Rhonda war nicht zufrieden, hinter ihrer Stirn befanden sich noch zig Argumente. Doch es war auch Freitag, und das hier war keine Seminardiskussion.

»Ja gut, dann würde ich mal sagen, dass das eine ziemlich interessante Ansicht von dir ist, Hill.«

Bei ihrem versöhnlichen Ton war Matz sofort zur Stelle. Er warf ein sicheres Gesprächsthema in die Runde, wahrscheinlich irgendetwas zur nächsten Woche, das ich nicht richtig mitbekam. Denn Audrey starrte mich mit zusammengepressten Lippen an.

Ihr treffsicherster Gesichtsausdruck.

26

#Eternalsummer

There's a storm on the streets,
but you still don't run

»Ich weiß, was du sagen willst, okay?«

Sobald wir nach draußen traten, um zur Subway zu laufen, zog er mich zurück. Die Straßen waren voll, obwohl es kalt war. Aber New York war New York, überlaufen zu jeder Jahres- und Tageszeit.

»Ich hätte gerade einfach die Fresse halten sollen, weil du dich selbst verteidigen kannst und ich außerdem der beschissenste Retter auf der Welt wäre. Aber Rhonda geht mir schon seit September übertrieben auf die Eier.«

Kalter Wind peitschte mir die Locken nach hinten, während meine Schläfen pochten. Ich hatte die letzten fünfundzwanzig Minuten damit verbracht, wortwörtlich im Erdboden versinken zu wollen, und wäre wirklich lieber eine Pfütze gewesen als Teil dieser Unterhaltung.

»Danke«, flüsterte ich ehrlich, woraufhin Jude mit gerunzelter Stirn stehen blieb. »Das war nett von dir.«

Die Furchen auf seiner Stirn vertieften sich, während Matz weiter vorn lachte, doch keiner von uns sich regte. Eigentlich ignorierte Jude mich seit November. Eigentlich hatte ich ihm seit Dezember abgeschworen. Aber vor zwei Stunden hatten wir uns geküsst, und nun war alles zwischen uns anders. Wir hätten darüber reden müssen, wir hätten über so verdammt vieles sprechen sollen. Doch unsere Finger hatten nur Erfahrung im Tippen.

Hier drin besaßen wir keine Übung.

»Hey!«

Ich zuckte zusammen, denn die Stimme kam wie von einem anderen Planeten.

»Diskutiert ihr eure drittliebste Adam-Sandler-Komödie aus, oder was?«, rief Tabitha lachend.

»Wir sollten lieber zu den anderen gehen«, sagte ich, und Jude sagte nichts.

Hastig holten wir auf, doch es spielte keine Rolle, dass wir wieder auf gleicher Höhe mit den anderen waren. Ich wurde das Gefühl nicht los, dass wir etwas vergessen hatten. Wichtige Sätze, eine Ansprache, eine Aussprache.

Wir passierten die Brooklyn Bridge, auf der für verpixelte Selfies gelächelt wurde. Ich blinzelte den Wolkenkratzern entgegen, riesig und voller Lichter. Links hatte eine Straßenkünstlerin ihren Stand noch aufgebaut. Sie verkaufte Bilder von Skylines, dem Empire State Building und gelben Taxis, alles bei kitschigem Sonnenuntergang und mit Kontrastfiltern unterlegt.

Ich schwieg, als wir unsere Karten wenig später gegen die Leser hielten und die Schranke passierten. Jude hingegen wollten alle in ein Gespräch miteinbeziehen, als wäre er eine seltene Hauptattraktion, die nie etwas in die WhatsApp-Gruppe schrieb oder mit auf Partys ging. Er war ein Geheimnis, und er sah so gut aus, dass er als mysteriös durchging und nicht als *weird* wahrgenommen wurde. Alle wollten von dem Jungen mit dem dramatischen Gesicht angesehen werden. Im Abteil Richtung Grand Central Station umklammerte ich die Haltestange, als würde mein Leben davon abhängen. Dabei beobachtete ich ein Mädchen mit weinroten Docs. Sie saß direkt vor mir, das

Handy zwischen den Fingern. Die Musik in ihren Kopfhörern war so laut eingestellt, dass ich sie hören konnte. *Dirty Laundry* von All Time Low. Ihre Füße klopften im Rhythmus auf den Boden, während ich Google-Suchanfragen in meinem Gehirn abspeicherte, ohne dass jemand etwas davon wusste.

Küsst man sich automatisch heftiger, wenn man davor länger keinen Sex hatte?
Shakespeare Medley Video
Anziehung oder verliebt?
Über Chat verliebt Reddit
Oxytocin Überschuss
Seelenverwandtschaft Erfahrungen

Drei Minuten später stiegen wir an der Grand Central Station aus. Große Menschenmengen tummelten sich an den hellen Säulen und riesigen Fensterscheiben entlang. Befände ich mich eine Ebene weiter oben, hätte ich Main-Character-Vibes à la Serena van der Woodsen. Aber wir mussten nicht nach oben, sondern nur das Gleis wechseln. Da vibrierte mein Handy.

Mom: Wieso kommst du nicht schon heute Abend vorbei? Dann können wir morgen früh zusammen zum Yoga 😘

Ich drehte das Handy zwischen den Fingern, während ich meine Möglichkeiten abwog. In meinem Dorm bestand die geringe Wahrscheinlichkeit, Amal zu begegnen, doch auch die sichere Wahrscheinlichkeit, mir den Kopf zu zerbrechen. Ich spähte auf die Digitalanzeige. Line 6 Richtung Pelham Bay Park traf in zwei Minuten ein.

»Ich glaube, ich steige in diese Bahn.«

Jude drehte sich ruckartig um, Tabitha auch.

»Hä, du wohnst doch auch in der Resident Hall? Was willst du an der Upper Eastside?«

»Meine Mom hat mir geschrieben. Wir sind morgen früh zum Yoga verabredet. Ich schlafe bei ihr. Ist einfacher.«

»Oh, verstehe, dann viel Spaß beim Shavasana.«

Tabitha wackelte mit den Brauen, während die Räder der einfahrenden Bahn quietschten. Wartende Personen erhoben sich von den Bänken und traten ihre Kippen aus. Alle waren bereit, nur ich nicht, weil ich an Judes Lippenbewegungen ablesen konnte, dass er das Wort stumm wiederholte. *Shavasana.*

Was dann passierte, konnte ich nicht erklären. Tabitha und die anderen waren auf den Rolltreppen, doch er blieb stehen. Wären wir in einem Film, würde jetzt *Space Song* erklingen und eine Zeitlupe eingeblendet werden. In der wirklichen Welt hustete links ein Typ, dann hielt die Bahn.

Sag was, dachte ich. Sag was, sag was, sag was, Jude.

Dabei wusste ich nicht mal, was ich hören wollte. Doch sein Mund blieb sowieso geschlossen, also winkte ich. Scheinbar lässig und hoffentlich cool, unterschwellig jedoch bloß fürchterlich unsicher. Ich stieg mit weichen Knien in die Bahn, wo ich von einem Paar breiten Schultern zur Seite gedrängt wurde. Hastig stolperte ich zu einer Stange und klammerte mich an das Metall, während die Türen sich schlossen. Durch die versiffte Scheibe starrten Jude und ich uns weiterhin an. Ich hätte auch etwas sagen können, erinnerte ich mich, weil die Bahn nicht losfuhr, meine Brust eng wurde und ich befürchtete, mein Kopf würde wie eine Konfettikanone explodieren. Das Verrückteste? Als Jude plötzlich sein Handy hervorzog, passierte es für mich tatsächlich wie in Zeitlupe. Ich stellte mir vor, wie seine Worte sich in elektronische Daten zerlegten und zu einem Satelliten im Weltall brausten, nur um dann auf meinem Handy zu landen. *Wirklich* verrückt, oder?

Unbekannte Nummer: Ich denke oft daran

Unbekannte Nummer: An Shavasana

Seine Worte sickerten in mich ein, als mich gleichzeitig ein Ruck durchfuhr. Krass, wie konnte Jude *das* in mir verursachen? Aber da realisierte ich, dass der Ruck bloß vom Zug kam, weil wir losbretterten. Mein Handy vibrierte noch mal.

Unbekannte Nummer: Steig aus

Das Letzte, was ich sah, bevor der Tunnel uns verschluckte, waren meine weit aufgerissenen Augen, die sich über seinem offen stehenden Mund in der Scheibe spiegelten. HALT AN, wollte ich schreien. HALT AN, HALT AN, HALT AN, HALT AN, ICH WILL NOCH NICHT GEHEN! Doch ich stand bloß da, während mein Herz fünftausenddreihundertfünfzigmal pro Sekunde schlug.

27

#Bennett29

Ribs

Ich musste neun Minuten warten, bevor sie aus der Bahn trat. Die, die in die andere Richtung fuhr als die, in die sie eben eingestiegen war. Ihre Wangen waren dabei gerötet, als wäre sie gesprintet, obwohl es keinen Sinn ergab.

»Hi«, sagte sie und trat so dicht heran, dass ihre Schuhspitzen beinahe meine berührten.

Ringsum tobte das Freitagnachtleben, wobei generell einfach alles zu viel war. Ich meine, woher zum Teufel kam diese plötzliche Dringlichkeit überhaupt? Alles in mir kribbelte und stand unter Strom, als ginge es jetzt um Leben und Tod, ganz Shakespeareesque. DAS WAR ÜBERTRIEBEN. Doch es ging nicht weg. Es wurde bloß schlimmer, weil Audrey in Richtung Rolltreppen nickte.

»Wollen wir spazieren oder so?«

»Klar«, murmelte ich, als wäre das alles normal.

Also fuhren wir nach oben. In den Scheiben erkannte ich unser gemeinsames Spiegelbild, hatte Herzpochen und fragte mich, wieso alles zwischen uns so dermaßen intensiv war. In der Bahnhofshalle steuerten wir den Ausgang an. Dabei schlenderten wir, was mir sonderbar vorkam. Sie marschierte doch ständig im Lauftempo daher, und ich lief nie langsam. Wir musterten die riesige Anzeigetafel, den hellen Boden und die Frau, die neben einem Kiosk auf ihrer Gitarre klimperte. *Golden.*

»Ich liebe den Song«, sagte Audrey.

»Natürlich tust du das. Er ist ja von Harry.«

Ich hätte es nicht sagen sollen, denn ich hätte es nicht wissen dürfen. Doch wir waren schon auf diese innige virtuelle Weise zusammengewachsen. Wir hatten unsere Komma- und Emoji-Setzung bereits analysiert, wir hatten einander unsere tiefsten Gedanken mit einem angehängten *lol* präsentiert, um nicht zu melodramatisch zu wirken.

Es gab kein Zurück.

»Also«, begann sie leise. »Keine Ahnung, wie es dir geht, aber ich halte das nicht mehr aus. Sprechen wir es einfach an.« Sie straffte die Schultern. »Stehst du echt auf *Meine erfundene Frau*?«

»Ähm«, brachte ich perplex hervor. »Sicher, dass das deine Frage ist?«

»Jepp.«

Wir traten nach draußen. Es war nass und dunkel, ein arschkalter Januarabend. Blinzelnd starrte ich sie an.

»Was?«, sagte sie. »Schau nicht so. Wir müssen doch nicht ständig über die ganzen scheißkomplizierten Dinge reden, über die wir gar nicht reden wollen. Wie zum Beispiel darüber, dass du mich mit deinem Bennett-neunundzwanzig-Dasein verarscht hast, selbst wenn deine Absichten ritterlich waren. Oder darüber, dass du mich wochenlang als Jude ignoriert hast. Dass es ziemlich verwirrend ist, dass ich nicht weiß, wie ich dich nennen soll. Oder zum Beispiel über unseren nicht jugendfreien Kuss, den du einfach so abgebrochen hast. Denn wenn wir das tun, fange ich an zu stottern, und du schweigst, weil das deine Taktik ist. Und dann wünsche ich mir, unser Gespräch würde schnell enden, obwohl ich das gleichzeitig nicht will, weil … weil da irgendetwas zwischen uns ist, okay?«

Ich konnte nichts sagen. Ich konnte nur meinem Pulsschlag

lauschen und sie betrachten und gerade so tief einatmen, dass ich nicht draufging.

»Und bevor du irgendetwas sagst, bitte denk ja nicht *Oh mein Gott, Audrey ist ja so viel gechillter und cooler als andere Mädchen.* Denn das bin ich nicht. Nichts in mir ist jemals *gechillt.* Selbst wenn ich erst mal nicht darüber reden will. Selbst wenn ich dich nach Adam Sandler frage, weil ich nicht will, dass es komisch zwischen uns ist. In meinem Kopf ist es immer anstrengend, weil ich mein Gehirn nie abschalten kann.«

Wir überquerten eine grüne Ampel, obwohl ich am liebsten stehen geblieben wäre, doch niemand verharrte mitten auf einer Kreuzung. »Ich weiß«, flüsterte ich deshalb bloß.

»Gut.« Sie räusperte sich, aber das Geräusch klang wie ein Cut, ein Schnitt, *die nächste Szene, bitte.* »Alsooo, was ist das mit dir und Adam Sandler?«

Sie wackelte mit den Brauen, und ... es war einfach. Wir redeten, liefen, redeten, und es war *so* verflucht einfach. Wir lachten, verschluckten Silben und redeten weiter. Ein Teil in mir wunderte sich, dass es so normal war, über Filme, Schauspieler*innen und europäisches Theater zu sprechen. Nach allem. Doch da war auch dieser andere Part, der sich fragte, wie zum Teufel es denn nicht so sein konnte. *Nach allem.*

»Ich fasse dann mal zusammen: Du hast also wirklich eine Schwäche für superamerikanische Komödien. Jetzt musst du mir nur noch verraten, wie das mit deinem *The Perks of Being a Wallflower*-Faible zusammenpasst.«

Instinktiv verkrampfte ich. Wir passierten das Club Quarters Hotel mit dem schmalen Eingang und dem geschlossenen Deli nebenan, laut Aiden das Lokal mit den besten Pizzastücken am Times Square.

Sag es ihr! Du hast sie geküsst, und dann ist das passiert, was letztes Mal auch passiert ist. Davor kannst du nicht weglaufen.

Mein Kopf hämmerte, weil ich mich nicht mal für die Länge eines Spaziergangs zusammenreißen konnte.

»Autsch.« Audrey verzog das Gesicht. »Dein armer Kiefer. Du solltest das wirklich in den Griff bekommen. Meine Mom würde dich direkt zu ihrer Heilkunde-Expertin schicken.«

Ich fasste mir in den Nacken. »Ich …«

»Hey, kein Problem«, sagte sie sofort. »Ich versteh schon. Einfach keine gute Frage.«

»Nein, schwierige Frage trifft es eher. Es ist nur …« *Reiß dich zusammen, Alter.* »Klar checke ich, was du mit deiner Kritik an Sam meintest. Aber der Film hat mich einfach im richtigen Moment gefunden. Du kennst doch auch dieses Gedöns von wegen: Die Summe deiner gesamten Entscheidungen hat dich an diesen Punkt gebracht und präsentiert dir als Extra einen main character, mit dem du dich identifizieren kannst, damit du dich nicht ganz so allein fühlst? *The Perks of Being a Wallflower* war das für mich.«

Vor der Kreuzung an der 6th Avenue stoppten wir. Neben uns telefonierte jemand in einer fremden Sprache, vielleicht Arabisch. Audrey wippte auf ihren Fußballen und schien zu überlegen. Über ihre Wangen rasten Autolichter, weiß, gelb und rot. Ich konnte nur schlucken, weil sie so wunderschön war. Es war derselbe Moment, in dem mir der erste Regentropfen auf den Kopf prasselte. Audrey hingegen nahm einen deutlich hörbaren Atemzug.

»Ich weiß nicht, ob ich die Zeit haben werde, weiterhin Briefe zu schreiben, weil ich vielleicht zu beschäftigt damit sein werde, mich zu beteiligen. Wenn das hier also der letzte sein sollte, will ich, dass du weißt, dass es mir vor der Highschool ziemlich schlecht ging und du mir geholfen hast. Selbst wenn du nicht wusstest, worum es geht. Du hast mir das Gefühl gegeben, nicht allein zu sein.«

Wolkenkratzerlichter glitzerten in ihren Augen, während sie mich ansah. Und verdammt noch mal wirklich sah, nachdem sie Charlies letzten Monolog rezitiert hatte. Endszene, mit Sam und Patrick in diesem Jeep, kurz bevor die Musik einsetzte und ich immer heulte.

»Ich …« Meine Kehle war so trocken. »Ich dachte, du hasst den Film?«

»Hab ich nie behauptet. Nur die Darstellung von Sam fand ich nicht so bombe.« Audrey versuchte zu lächeln, doch die Luft zwischen uns war dick, weil niemand wusste, auf welcher Metaebene wir uns gerade befanden.

»Hast du das einfach nur zitiert?«, flüsterte ich. »Oder hast du das auf uns bezogen?«

»Ich will *Beides* sagen, damit ich mysteriös klinge und du dir den Kopf darüber zerbrechen kannst.« Sie versuchte sich an einem Lachen, wurde aber schnell wieder ernst, weil ich nicht mit einfallen konnte. Schließlich seufzte sie. »Wahrscheinlich werden Eternal Summer und Bennett-neunundzwanzig sich in Zukunft eher selten schreiben, oder? Vielleicht sollten sie sich mehr beteiligen. Wir …«

Jemand hupte, weil die Ampel auf Grün sprang. Die Fahrerin des silbernen Toyotas nahm an, sie würde uns einen Gefallen tun. Aber wir blieben weiterhin stehen, während Passant*innen an uns vorbeiströmten.

Du hast mir das Gefühl gegeben, nicht allein zu sein.

Mein Herz pochte so übertrieben schnell, dass ich aufgab. Komplett. Ich nahm Audreys Hand, aus Reflex oder vielleicht aus Verwirrung, aber am allermeisten, weil ich wollte. Ihr Puls donnerte heftig zwischen meinen Fingern, erst dann fing es richtig an zu schütten. Als hätte der Regen bloß auf unseren Einsatz gewartet.

Und dann rannten wir.

Wir rannten, weil es diese Art von ekelhaftem Regen war, bei dem du es nur völlig durchnässt mit feuchten Socken an dein Ziel schaffst. Wir rannten an einem Seven Eleven vorbei, an pechschwarzen Müllsäcken an der Ecke zur Neununddreißigsten, an einem überteuerten Parkhaus mit knallrotem Boden, an einem Hipster-Café vorbei und über eine rote Ampel. Ich sah Autolichter und Neonreklame, die Farbtöne verschwammen ineinander, und die Art, wie Audrey meine Finger umklammerte, machte mich schwindlig unter einem lichtverschmutzten Himmel. Aber der Regen wurde schlimmer, platzte ohrenbetäubend laut auf Autodächer und Plastikschirme. Schließlich machten wir vor einem Target halt und retteten uns unter das Vordach. Wegen der Nässe waren Audreys Haare braun. Sie blickte mich mit geteilten Lippen an, und ich wusste, ich hätte nur diesen halben Schritt auf sie zu machen müssen, damit ich ihren Atem gespürt hätte.

»Was …« Sie schüttelte den Kopf, mindestens einen Liter Regen auf der Haut. »Was zum Teufel ist das mit uns?«

Sie fragte es ängstlich, weil dieses Herzpochen scheißgruselig war. Jemanden so sehr zu wollen, war nie gut, denn es ging selten für alle Beteiligten positiv aus. Aber es war New York, und es regnete, und eine Frau trug vier Tüten aus dem Supermarkt, ohne das Gesicht zu verziehen, obwohl die Plastikgriffe ihr in die Hand schneiden mussten.

Wirklich ALLES schien möglich.

Ich kann es jetzt sehen, dachte ich. Diesen einen Moment, in dem du weißt, dass du keine traurige Geschichte bist.

28

#Eternalsummer

And I think it's finally, finally, finally safe …

Ich hätte nie damit gerechnet, dass mir so etwas passieren würde. Regen, rennen, rasender Herzschlag und rastlose Blicke. Ultrakitschig, hatte ich immer gedacht, den Laptop augenrollend zugeklappt und mit meinem Leben weitergemacht.

Aber dann passierte es doch.

Ausgerechnet in New York, absolute Filmkulisse. Ein Teil von mir wollte lachen, weil ich ein einziges Klischee war. Aber das Problem bestand darin, dass er mich ansah und ich nirgendwo anders sein wollte. Sogar superoffensichtlich auf die Lippen starrte ich ihm, aber ich wollte ihn wirklich, *wirklich* gern küssen. Er jedoch machte keine Anstalten dazu. Dabei musste der erste Schritt von ihm kommen, weil der allererste von mir gekommen war und –

Und dann hörte ich, wie jemand neben mir in einen Hotdog biss und in sein Handy schrie. Plötzlich bemerkte ich, dass Judes Nase lief und dass meine Zehen garantiert in zwei Minuten absterben würden. Unser Moment war vorbei, dachte ich, aber unsere Finger verflochten sich noch fester ineinander, und irgendwie war alles so perfekt.

»Glaubst du, es hört gleich auf?« Er linste skeptisch nach oben, während ich mein Handy aus dem Jutebeutel kramte.

»Neunzig Prozent Regenwahrscheinlichkeit für die nächsten fünf Stunden«, flüsterte ich.

Jude fasste sich in den Nacken. Mittlerweile zitterte auch er, weil wir stehen geblieben waren. »Also, es soll wirklich nicht komisch klingen, aber wir sind in Hell's Kitchen. Mein Zuhause ist nur fünf Minuten von hier. Drei, wenn wir uns beeilen.«

»*Zuhause* und nicht WG?«

»Ich wohne mit meinen Geschwistern zusammen. Das ist keine WG. Glaubst du, das wäre eine gute Idee, zu mir zu gehen?«

Ich spürte seine kräftige Hand an meiner, sein Beben und seinen kalten Atem auf meinen Wangen, weil wir uns immer noch so nah waren. Im Grunde war es die schlechteste Idee der Welt.

»Klingt super«, sagte ich natürlich.

Er lächelte, ich lächelte, und seine Augen glänzten wie die vom Konfetti-Emoji. Dann wurde es wieder sehr, sehr nass, weil wir weiter durch den Regen tappten. Als wir ein Totto Ramen passierten, kramte er seinen Hausschlüssel hervor.

»Du kannst gleich was von Ash anziehen«, sagte er. »Ich glaube, ihr habt ungefähr die gleiche Größe.«

Er räusperte sich, als fühlte er sich schuldig, das abschätzen zu können. Ich nickte mechanisch, wobei in meiner Kehle der altbekannte Kloß anschwoll.

Was ist, wenn die Klamotten nicht passen? Verflucht noch mal jeder denkt, ich brauche eine viel kleinere Größe als die, die ich eigentlich trage.

Auch im Treppenhaus ließ er meine Finger nicht los, während sein Daumen sogar über meinen Handrücken streichelte. Jude war schüchtern und liebevoll und konnte mich so hart küssen, bis es wehtat, was leider genau mein erwünschtes Gesamtpaket war. Wieso zum Teufel musste da dieser verräterische Knoten in meinem Magen sitzen? Wieso konnte ich nichts auf mich zukommen lassen und musste alles zerdenken?

Vor der Tür angekommen ließ er schließlich doch meine Hand los, um die Wohnung aufzuschließen, die wir dann betraten.

»Audrey?«, sagte er. Mein Vorname. So weit waren wir jetzt also schon. »Ist alles okay bei dir?«

»Klar«, erwiderte ich zu schnell.

Im Innern streifte er sich Schuhe und Jacke ab. Auf dem Parkett hinterließen seine Socken sichtbare Abdrücke, während ich mich umsah. Der Eingangsbereich war ordentlich. Schmal, aber hell, mit einem Schuhregal und einer IKEA-Kleiderstange für Jacken. In der Luft lag sogar ein angenehmer Geruch, vielleicht eine Duftkerze mit Vanillenuance.

»Bist du dir sicher?«, hakte er nach. »Du guckst irgendwie so panisch. Falls du es dir anders überlegt hast, können wir ein Uber bestellen?«

Wie sein Adamsapfel hervorstach, entging mir nicht. Jude war also nervös wegen mir. Und ich war nur mit mir selbst beschäftigt.

Reiß dich zusammen, Summers.

»Nein.« Einatmen, ausatmen, einatmen – springen. »Ich … Ich glaube, ich bin gerne bei dir.«

»Ja?«

Oh Gott.

Seine Augen, wie sie glühten, als würden dreitausend Bühnenscheinwerfer sein Gesicht bescheinen. Ich konnte bloß nicken, weil er so schön war.

»Alsooo, Vorschlag.« Er schlurfte zögerlich in den Flur. »Wir ziehen uns was Trockenes an, kochen Tee, weil, ich weiß nicht, wie es dir geht, aber ich glaube, ich habe mindestens einen Zeh vor dem Target verloren. Und dann Netflix oder so? Nein, warte. Wir könnten den Film schauen, von dem Erin gesprochen hat. Wie hieß der noch? Irgendwas mit Artist, oder?«

»Glaub, *The Artist Is Present.*«

Judes Shirt klebte ihm am Rücken, während ich jeden seiner schlanken Muskeln bestimmen konnte. Es war heiß, es war sexy, und ich dachte mir, schlechte Idee, schlechte Idee, schlechte Idee. Dabei sprach Jude weiter über Filme. Ich meine, *Jude und ich und Netflix*, und es war nicht mal *Netflix & Chill* gemeint. Die zweite Tür links stieß er für mich auf, sagte »Nimm dir Handtücher, ich schau nur schnell, ob meine Schwester da ist, und geh ins zweite Bad« und ließ mich allein. Schluckend trat ich ein. Es war sauber und grau, in der Luft lag der Geruch von Lavendel und Kokosnuss-Shampoo. Die Farbe der Handtücher harmonierte mit der des Seifenspenders, und dass er von einem Zuhause gesprochen hatte, ergab sofort Sinn.

»Ash ist nicht da. Hier, hab einfach was genommen, was sie sonst zum Chillen trägt. Ist das okay?«

Blinzelnd drehte ich mich um. Jude hielt mir einen übergroßen Pulli, Leggings und schlichte Socken entgegen.

»Ja«, sagte ich maximal erleichtert. »Das ist perfekt.«

Während ich mich abtrocknete, kurz zögerte und den Föhn schließlich doch für meine Unterwäsche benutzte, fragte ich mich, ob es wirklich nur einen Marathon durch Manhattan brauchte, um einen Menschen derart umzukrempeln. Als ich fünf Minuten später in die Küche trat und Jude die Teebox vom Regal fischte, dachte ich: Ja, *ganz* sicher. Er musste sich strecken, sodass das helle Shirt sich an seine Oberarme schmiegte und dabei dieses Stück Haut an seiner Hüfte entblößte. Ich erkannte den Ansatz eines V und verstand nicht, wieso es mich überraschte. Jude und ich hatten schon zig Übungen miteinander absolviert. Ich wusste, wie er sich unter mir anfühlte, wenn ich auf ihm saß, wie breit seine Hände waren, wenn er sie mir gegen die Schultern stemmte. Aber gerade war es anders als sonst, denn er war so unverschämt anziehend, in einem verwaschenen Shirt und Jogginghose, während er Tee für mich kochte. Für Audrey-Audrey. Nicht Helena-Audrey oder sonst wen. Und er war Jude-Jude. Ganz ohne Mauern, barfuß in der Küche seines *Zuhauses*, in der ein Gewürzregal über dem Herd und sogar dekorative Bilderrahmen über einem Esstisch hingen.

»Hast du einen Lieblingstee?« Er hielt die Box hoch. »Wir haben eigentlich ziemlich viel –«

»Ben?«

Und da war er, mein grausamer Eiswassereimer. Jude-Ben-Bennett29 zuckte heftig zusammen, als dieser Typ in die Küche platzte. Birkenstocks, graue Jogginghose und ein Sweater von Nike. Dunkler Dreitagebart, eine runde Brille, darüber diese schwarzbraunen Locken, die ein Sex-Drugs-&-Rock-'n'-Roll-Eigenleben führten. Judes Bruder, keine Frage.

»Ich wollte gleich bei …«

Als er mich bemerkte, brach er unvermittelt ab. Und lächelte. Es war nicht wie Judes, was ich augenblicklich feststellte. Es war freundlich, normal und nicht gleich Ich-möchte-dass-du-für-immer-lächelst-weil-das-so-krass-bei-dir-aussieht-danke.

»Sag nichts. Ich weiß, wie du heißt.« Er schnippte aufgeregt mit den Fingern. »Du bist Audrey Summers und warst so gut in deiner Rolle, dass selbst unser Dad hooked war.«

Ich blinzelte, doch bemerkte trotzdem, wie sich alles in Jude verkrampfte.

»War wirklich krass, wie du gespielt hast.«

»Ähm, danke.«

»Ich bin Aiden. Schön, dass wir uns auch noch mal offiziell kennenlernen.« Sein Lächeln wurde breiter, bevor er sich eine Banane aus der Obstschale fischte. »Anyway, wir haben nichts zum Kochen, ich bestelle gleich bei *Lombardi's*, wollt ihr auch was?«

Judes Blick fiel seltsam zögerlich auf mich. »Hast du Hunger?«

»Nein«, sagte ich, hoffentlich lässig und höflich genug.

»Okay, für mich auch nichts, schreib Ash, sonst bestell nur für dich.«

»Sicher? Es handelt sich immerhin um den besten Italiener in der Stadt.«

»Sicher«, sagte Jude bestimmt, bevor Aiden achselzuckend im Flur verschwand.

Danach fiel sein Blick direkt wieder auf mich. Er war intensiv, fragend und so suchend, dass ich es nicht aushielt.

»Dein Vater wohnt also auch in New York?«

»Nope.« Jude schnappte sich den Wasserkocher. »Er hat ne Villa in Boston, keine zwanzig Minuten von seiner Kanzlei entfernt, aber hat sich von Aiden überreden lassen, für das Show-Wochenende herzufliegen.«

»Ihr habt keinen so guten Draht zueinander, oder?«

»Nicht wirklich.« Er blies die Wangen auf. »Was soll ich dir schon erzählen, Audrey? Es ist einfach dieses ausgelutschte Dad-Drama. Akademiker-Vater will nicht, dass sein Sohn Künstler wird, und dann ist es auch noch Schauspiel, nicht mal eine richtige Kunst, bla, bla, bla.«

»Das tut mir leid für dich«, flüsterte ich.

»Nah, muss es nicht. Er besteht aus schlechtem Gewissen darauf, uns die Wohnung zu bezahlen, weil er meine Mom einfach hat sitzen lassen. Aber, wie gesagt, ich sollte mich wirklich nicht beklagen.«

Die Tassen klirrten, als er sie aus dem Schrank holte. Eine war schwarz, die andere bedruckt mit *I close deals, #Lawyer*. Seine Schultern verspannten sich, und ich rechnete mit einem dunklen Blick oder dem obligatorischen Kieferzucken. Doch als er sich umdrehte, fuhr er sich bloß zerknirscht übers Gesicht.

»Ach, Mist. Sorry, dass du dir meine Hasstirade geben musstest. Mein Vater ist einfach ein schlechtes Thema. Vergessen wir das. Wir wollten doch die scheißkomplizierten Themen hinter uns –«

»Ich verstehe mich auch nicht immer gut mit meiner Mom«, sagte ich, weil ich wusste, was das hier war. *Show me yours and I'll show you mine*, Daddy-Komplex gegen Mommy-Komplex, das Ausloten der Grenzen und ein Abschätzen der innerlichen Schäden. Ich hätte zurückrudern und mich an meinen Vorschlag von vorhin klammern können, doch … ich wollte nicht. Ich wollte das.

Ich wollte Jude kennenlernen.

»Sie hat ihren Job gegen meine Schwester und mich ausgetauscht. Als ich noch bei meinem Dad gewohnt habe, habe ich sie vielleicht dreimal im Jahr gesehen.«

Judes Augen weiteten sich. »Fuck, das –«

»Nein, ist schon okay. Es ist lange her. Ich habe dir das nur erzählt, damit du weißt, dass ich diese plötzlichen Hasstiraden verstehe. Sie sind fast so schlimm, wie sich zu entscheiden, bei wem man Weihnachten und bei wem man Thanksgiving verbringt.«

Jude überlegte einen Moment, dann … zuckten seine Mundwinkel. »Oder das Auseinanderhalten der WhatsApp-Gruppen, die man mit jedem Elternteil separat hat.«

»Oder die betrunkenen Wie-geht's-deiner-Mom-deinem-Dad-Fragen.«

»So wahr, das sind echt die schlimmsten. Wenn meine Eltern mehr als ein Glas Wein trinken, vermeide ich schon Gespräche.«

Wir grinsten beide, während der Wasserkocher pingte. Ich entschied mich für Kamille, Jude auch. Dann trugen wir die Tassen in sein Zimmer. Es sah aus wie er. Alles war dunkel und massiv, es roch warm nach Bergamotte und seinem Parfum. Die Tassen stellte er auf seinem Nachttisch ab, bevor er den Minibeamer darauf hochfahren wollte, doch innehielt. Zuckend fiel sein Blick auf mich und das Bett. Letzteres war das einzige Möbelstück, auf das man sich setzen konnte.

»Ist das okay mit dem Bett? Oder sollen wir lieber in der Küche bleiben?«

Mein Herz zog sich zusammen. Ganz kurz nur, aber heftig, weil …

»Du bist so nett«, flüsterte ich.

»Nett?«, wiederholte er gequält. »Ich bitte dich. Ich habe bei unseren Mails so getan, als wüsste ich nicht, wer du bist. Das ist nicht *nett*. Das war einfach nur beschissen.«

Statt mich anzusehen, starrte er der Decke entgegen. Natürlich hatte er recht.

»Ich werde dir nicht sagen, dass das okay ist, denn das ist es nicht«, begann ich. »Und ich kann auch nicht glauben, dass ich das sage, aber wieso fragst du mich nicht einfach, was ich gerade gedacht habe.«

»Bitte?«

»Frag mich.« Ich holte tief Luft. »Frag mich, *Jude*.«

Er wollte nicht nachgeben, das machte seine Miene deutlich, doch bei seinem übertrieben betonten Namen knickte er ein.

»Was … was hast du gerade gedacht?«

»Dass wir das schon seit Anfang November hätten machen können.« Ich wedelte mit den Händen in der Luft. »Chillen. Einen Film schauen. Einfach nur Tee trinken. Dinge, die Freund*innen halt machen.«

Krampfhaft raufte er sich die Haare. Dann kam er plötzlich mit drei schnellen Schritten auf mich zu. Der Blick in seinen Augen war so glühend, dass ich fast zurückgezuckt wäre.

»Du checkst es nicht, oder?«, fragte er.

Ich werde nie verstehen, wie ein Gesicht so wütend und eine Stimme so traurig klingen konnte. Ich schüttelte den Kopf, und gerade als ich antworten wollte, legten sich seine Hände um meine Wangen. Sie zitterten und strahlten Wärme aus. Später würde ich googeln, wieso wir auf unseren Gesichtern keine Gänsehaut bekamen.

»Ich will nicht mit dir befreundet sein. Ich wollte nie nur mit dir befreundet sein.« Seine Nase stieß beinahe an meine, doch es war nicht zärtlich. Es war dringlich und intensiv, und mein gesamter Körper bebte. »Ich mochte dich von Anfang an. Seit du *Shavasana* gesagt hast und ich es überall in mir gespürt habe, was im Nachhinein keinen Sinn ergibt, aber, na ja, so war das halt. Und deshalb fühle ich mich so schuldig, und das zu Recht. Dabei will ich auch kein Mitleid für meine dummen Entscheidungen. Mir ist nur wichtig, dass du weißt, dass ich wiederum weiß, dass es nicht okay von mir war. Wenn dir das hier zu viel ist, verstehe ich –«

»Jude«, unterbrach ich. »Keine Ahnung, ob es dir entgangen ist, aber ich mochte dich auch ziemlich sehr nach Shavasana.«

»Wirklich?«

Ich nickte und zog ihn näher zu mir heran, bevor sein Daumen plötzlich an meinem Mund lag. Erst am oberen Herzen, dann am Mundwinkel, bis er ihn schließlich ganz leicht zwischen meine Lippen schob und sofort wieder zurückwanderte. Ich war angespannt bis in die Zehenspitzen.

»Okay«, wiederholte er.

Und dann presste er seine Lippen auf meine.

29

#Eternalsummer

… to fall

Ich wusste nicht, wie viele Arten von Küssen existierten, doch ich wollte sie alle mit Jude. Und ich bekam sie. Ich bekam Judes Lippen, seine Zunge, das Vibrieren in seiner Brust, seine Schwere und sein Stöhnen. Als wir uns das erste Mal lösten, holten wir synchron zueinander Luft. Sein Blick war pures, weiches Grün, während seine Hand sich immer weiter in mein Haar vergrub.

»Willst du den Film schauen?«

Ich blinzelte. »Willst *du* den Film schauen?«

»Gerade? Nein.« Er starrte bloß auf meine Lippen. »Definitiv nein.«

»Ich auch nicht.«

Er schubste mich auf sein Bett. Ich hatte es nicht erwartet, und mir blieb kurz die Luft weg. Mein gesamter Körper kribbelte, als er sich neben mich legte und mich an seine Brust zog. Es war so anders als unser erster Kuss. Langsamer, zärtlicher. Aber gleichzeitig auch viel berauschender. Ich ertastete die Form seiner Nase, die seines Kiefers, seiner Schläfen, seiner Brauen. Ich zeichnete unsichtbare Linien, wo ich vor Wochen die neonblauen gezogen hatte. Aber als seine Zunge zwischen meine Lippen glitt, packte ich seine Schultern eine Spur zu fest. Dann streichelte ich seinen Nacken entlang, während seine Zunge tiefer in meinen Mund eindrang, doch es reichte nicht. Es reichte nie, weil ich ihn schon überall berührt hatte, selbst wenn ich nicht ich gewesen war. Doch es waren trotzdem *meine* Hände gewesen. *Meine* Atemlosigkeit. *Mein* komplettes Körperprickeln.

Als er begann, seine Hüften leicht gegen meine zu wiegen, seufzte ich. Es wäre mir peinlich gewesen, doch Jude keuchte noch lauter, und ich liebte es. Zentimeter für Zentimeter wanderten unsere Körper zueinander. Seine Wärme, die Reibung, sein Geruch, alles wurde intensiver. Und ich wollte mehr, so unendlich viel mehr, mehr, mehr. Dabei war es noch nie so gewesen, obwohl es theoretisch immer so gewesen war. Küsse, Berührungen, Stoßen. Sex war immer okay-ish für mich gewesen. Noch nie hatte mich ein Moment unterspült. Aufgesaugt. Mich völlig aufgeregt und erregt wieder ausgespuckt. Aber dieses Mal war es so. Es lag nicht an Jude, der seine Hand über meinen Rücken wandern ließ und die Rinne meiner Wirbelsäule entlangzeichnete, bevor er schließlich an meinem unteren Rücken verharrte und dort eine Faust in den Stoff ballte.

Es lag an mir.

Ich wollte Jude. Seinen Körper. Seinen Atem. Seine Berührungen. Seine Haut. Sein Gesicht. Seine Monsterablätteraugen mit den perfekten Wimpern. Ich wollte ihn wirklich, mit meinem eigenen gesamten Körper. Das ging also wirklich. Man konnte jemanden *so* sehr wollen.

Er fuhr mit der Hand meine Seite hinauf bis zu meiner Schulter, wo er auf und ab rieb. Eine Pseudoberührung. »Ist das so alles okay für dich?«

Langsam stützte ich mich auf den linken Ellbogen. Seine Nasenflügel bebten, seine Lippen waren leicht angeschwollen, feucht und knallrot. Die Sehnen an seinen Armunterseiten traten deutlich hervor, und ich wollte sie berühren. Ich wollte alles berühren. Es stimmte: Ich wusste nicht, wer ich war, wenn ich mit ihm zusammen war.

»Ja«, flüsterte ich. »Für dich?«

»Ja.«

Er lächelte. Es war zögerlich, schüchtern, wunderschön und passte so gar nicht zu der dringlichen Art, mit der er dann meinen Hals leckte, meinen Nacken und an meinem Ohrläppchen knabberte. Ich ließ mich auf den Rücken fallen und umklammerte seinen Rücken, zeichnete die Form seiner Schulterblätter nach und biss mir auf die untere Lippe, als ich ein Stückchen weiter nach unten rutschte, um ihn genau *dort* zu spüren. Schlagartig wurde sein Stöhnen so tief, dass es bis in meinen Slip hinein vibrierte. Er küsste sich zurück zu meinem Mund, drängte sich mit dem Gewicht seines Beins zwischen meine Schenkel, stieß mit seinem Becken einmal durch die Hose leicht zu. Und alles in mir bäumte sich auf. Ich liebte es, wie wir uns durch die Stoffe bewegten, den Druck und die heftige Art, in der unsere Küsse sich verdunkelten.

»Darf ich dich anfassen?« Er stützte sich auf, riesig und benebelt, mit seiner Beule in der Hose. »Unter den Klamotten? Also, willst du?«

Ich nickte mit flatternden Lidern. Judes Hand unter dem Pullover, auf meiner Haut, auf meinem Bauch, über meinem BH, wie er meine Brüste über dem Stoff berührte und meinen Hals küsste. Wie es in meinem Unterleib zuckte, wenn er mir leicht in die Unterlippe biss. Wie seine Erektion sich dabei zwischen meinen Beinen rieb und ich dachte, ich könnte allein davon kommen.

Judes Finger glitt zum Saum meines Pullovers. »Der muss aus.«

Es war so sexy, wie er das sagte. Dunkle Augen, dunkle Stimme, doch die Deckenleuchte war noch an, gelb, warm und fürchterlich hell. Mein Magen verkrampfte, während er an meiner unteren Lippe saugte.

Ich schaffe das.

Es war nur Licht. Nur mein Körper. Ich wollte nicht komisch und anstrengend und peinlich berührt mit piepsiger Stimme fragen, ob wir das Licht ausschalten konnten. Ich wollte normal sein. Nur ein Mal. Also landete der Pullover auf dem Boden, bevor ich seine Lippen an meinem Schlüsselbein spürte.

»Du machst mich so wahnsinnig«, flüsterte er, bevor er die Körbchen meines BHs nach unten schob und meine Brüste umfasste, über die Nippel strich, was mir den Atem stocken ließ. Ich schloss die Augen, weil es sich wirklich gut anfühlte. Vor allem, als er meine Beine weiter spreizte und er sich fester an mir rieb. Kreisend, langsam und süchtig machend. Sein Atem strömte in mein Ohr, wobei ich ihn an seinem Hintern näher heranzog, er sich jedoch abrupt von mir löste.

Während sein Brustkorb sich angestrengt hob, ließ er die Hand langsam von meinen Brüsten in Richtung Hosenbund wandern. Über meine Rippen, über meinen Bauch hinweg. Ich verkrampfte, hasste, dass sich dieser dicke Knoten in meinen Magen bildete, obwohl ich doch eigentlich voller Lust war.

Ich wollte das nicht.

Ich wollte bloß seine Finger spüren, die sich jetzt unter meinen Slip schlichen und direkt auf den besten Punkt an mir drückten. Sanft schob er meine Beine weiter auseinander, bevor er garantiert spürte, wie feucht ich seinetwegen war, und sein Daumen wieder meine Klitoris suchte. Es war so gut, wie er sie massierte, dass es schmerzte, auf die beste Weise schmerzte, aber ich auch nicht wollte, dass er aufhörte.

Oh mein Gott.

Er rieb meine Brustwarzen und meinen Kitzler. Meine Beine zitterten, und ich dachte, ich würde kommen. Ich würde tatsächlich so kommen. Doch dann wanderte seine Hand tiefer und er drang mit einem Finger in mich ein.

»Fuck, Audrey«, fluchte er.

Mein Herz pochte heftig, während ich der Decke entgegenblinzelte. Jude atmete schnell und flach, sein Finger tief in mir. Er bewegte sich in einem gleichmäßigen Rhythmus, rein und raus, doch plötzlich war etwas anders, denn meine Beine zitterten nicht mehr. Außerdem befürchtete ich, dass mein Magen diese seltsamen Blubber-Hungerlaute machen würde, woraufhin Jude mich dann fragen würde, ob ich nicht doch was essen wolle. So wie alle Typen, mit denen ich etwas hatte, weil diese unangenehmen Geräusche sich immer beim Rummachen meldeten.

»Du magst das nicht so, oder?«

Abrupt zog er seine Hand aus meinem Slip, bevor er über mir verharrte. In diesem Moment hätte ich schwören können, er würde nur aus geschwollenen Lippen und zerzaustem Haar bestehen. *Sein Haar*. Er war so wunderschön. Und ich lag hier halb nackt. Im Licht. Ich hatte nie gewollt, dass alles in mir sich anspannte. Dass ich mich aufsetzen musste und dabei versuchte, möglichst unauffällig meinen BH zu richten. Wahrscheinlich gelang es mir nur so halb, aber wenigstens kommentierte er es nicht.

»Nein, alles gut.«

Ich küsste ihn, weil ich das Gefühl von gerade eben zurückwollte. Überspült zu werden von ihm und von meiner Lust, weil man tatsächlich so unfassbar erregt sein konnte.

»Audrey …«, sagte er, nicht lüstern, sondern definitiv besorgt, doch ich zog ihn am Nacken zu mir runter, und er stöhnte. Langsam ließ ich meine Hand zwischen unsere Körper wandern, in Richtung seines Hosenstalls. Jude verstand sofort und öffnete seinen Gürtel, der scheppernd auf dem Boden landete. Zögerlich, sehr langsam und vorsichtig öffnete ich seinen Reißverschluss, ehe unsere Küsse sich veränderten. Sie wurden wieder tiefer und noch dunkler, viel Zunge, Zähne, Beißen. Und dann, während meine Hand über seinen Bauch nach unten fuhr, war da dieser Moment, in dem er mich so betrachtete, wie er mich noch nie betrachtet hatte. Denn er ließ seinen Blick über meinen Körper wandern, wobei er sich *alles* von mir ansah. Es war ein offensichtlicher Blick mit flatternden Lidern, verlangend, wild und heiß. Natürlich war es mir unangenehm, doch seine Augen schimmerten glasig, und vielleicht war es Einbildung, aber eine Sekunde lang wirkte es ernsthaft so, als würde er sich fünfhundertmal von der Freiheitsstatue schmeißen, bloß um mich zu haben. So sehr wollte er mich.

Jude wollte mich.

Es war ein großartiges Gefühl, das natürlich auch einen toxischen Beigeschmack hatte. Schließlich machte ich meinen Selbstwert von anderen abhängig, wollte allen gefallen, und ihm noch viel mehr. Aber das interessierte mich leider momentan nicht, weil ich Judes Hosenbund streifte und mich verflucht gut dabei fühlte. Aufgeregt, weil ich ihm das Gleiche geben wollte wie er mir eben. Ich schlich mich gerade unter den Gummibund, da fror er ein und hielt mich auf, indem er seine Hand über meine legte. Abrupt und fest und bestimmt.

Blinzelnd starrte ich zu ihm auf, meine Hand taub, als hätte ich mich verbrannt, weil unter ihr nichts Hartes mehr gewesen war.

»Ich …« Er setzte neu an. Jude, der nur selten einen Satz abbrach. »Sorry, gerade lieber nicht.«

Wie in Zeitlupe sah ich an mir hinab. Meine Schlüsselbeine. Mein überquellender BH. Mein Bauch. Meine Arme. So viel Nacktheit in diesem Licht. *Meine* Nacktheit. Ich wollte dieses schwarze Gefühl nicht in mir. Ich wollte nicht, dass mein Herz heftig pochte, auf die schlechte Art. Ich wollte nicht denken, dass ich fiel und fiel und fiel.

»Ich geh schnell ins Bad, ja?«

Judes Stimme, Judes Schritte, Judes plötzliches Verschwinden. Das alles nahm ich bloß am Rande wahr, bevor ich diejenige war, die heftig zitterte.

BLEIB RUHIG, SUMMERS!

Bebend stand ich auf, einfach um etwas zu tun. Ich nahm den Pulli vom Bett und streifte ihn mir wieder über. Doch Jude blieb eine Ewigkeit weg, und nichts in mir war ruhig, während ich die letzten Minuten durchging. Wie er mich angesehen hatte, sein *Sorry*, das schwarze Gefühl. Ich wollte auch nicht, dass meine Augen jetzt brannten, weil meine Befürchtungen wahr schienen, Jude mich nicht heiß fand und nicht mehr erregt gewesen war, nachdem er mich *so* angeschaut hatte. Ich wollte das alles nicht, weil der rationale Teil in mir sagte, dass ich mich unreif und unsensibel verhielt. Dass es tausend Gründe für Judes *Stopp* geben könnte. Dass er vielleicht noch nervöser als ich gewesen war. Und ja, vielleicht hatte sie recht. Aber verabscheute diese Stimme ihren Körper auch ständig so wie ich meinen? Lebte sie auch mit diesem nervenzerreißenden Hass?

Scheiße, Jude war immer noch nicht zurück. Magensäure brannte in meinem Rachen, während ich mich unsexy und jämmerlich und erbärmlich und egoistisch und schrecklich fühlte. Ich tappte in den Flur, weil ich mich bewegen musste. Nur ein bisschen laufen, sagte ich mir. In meinem Jutebeutel griff ich nach meinem Handy und textete Mom, um mich abzulenken. Ablenkung, das war super. Ich schrieb ihr, dass ich heute lieber im Wohnheim schlief. Doch als ich die Nachricht abschickte, bebten meine Beine weiterhin, weil ich zu viel Energie übrig hatte. Am liebsten würde ich Letzterer die Schuld dafür geben, dass ich in meine Schuhe schlüpfte, wobei ich immer noch die Klamotten seiner Schwester trug. Doch ich konnte nicht anders, ich brauchte Luft. Nur kurz auf die

Straße, sagte ich mir weiter, selbst wenn *Leaving like my mother* sich meldete. Aber es war mir egal. Ich wollte bloß einige Minuten an den beleuchteten Wohnhäusern entlanglaufen und mich fragen, wie viele Salatmenschen wohl gerade ihre Lampen anknipsten. Wie viele von ihnen mit knurrenden Bäuchen und Eiscremeträumen durch die Welt torkelten, ein Leben bloß in Kalorien, leeren Kohlenhydraten und hervorstechenden Schlüsselbeinen sahen. Fühlten sie sich auch schrecklich wertlos und gescheitert, wenn ein Typ nicht heiß auf sie war? Und wie viele von ihnen fühlten sich deshalb ebenfalls erbärmlich, weil sie so dermaßen überreagierten?

Mir war so schlecht. Ich *fühlte* mich schlecht, als ich die Klinke nach unten drückte und ins Treppenhaus schlüpfte. Schließlich sorgte mein Ohrwurm dafür bestens.

Leaving like my mother, leaving like my mother, leaving like my mother.

Doch ich konnte nicht mehr klar denken. Ich wollte weinen und mich nicht bewegen und trotzdem drei Millionen Schritte laufen. Ich betrat gerade das Erdgeschoss, sah die Tür und redete mir immer noch ein, dass ich bloß kurz Luft brauchte, obwohl ich ganz genau wusste, dass, wenn ich einmal laufen würde, ich nicht mehr zurückschauen würde. So wie immer. Aber genau da, da holte er mich wider Erwarten ein.

»FUUUCK!«

Ich zuckte so heftig zusammen, dass ich stehen blieb. Als ich mich dann umdrehte, verharrte er schon auf der vorletzten Treppenstufe und verzog das Gesicht vor Schmerz. Ich starrte ihm auf die nackten Füße, weil sein Zeh blutete. War er damit in eine Scherbe getreten? Ich wollte es ansprechen, doch er ließ mich nicht.

»Geh nicht«, sagte er. »Bitte, Audrey.«

Seine Brust hob und senkte sich so hastig, garantiert war

er nach unten gesprintet. Meinetwegen. Außerdem waren seine Augen rot gerändert. Verquollen. Als hätte er geweint.

»Ich weiß, was du denkst, okay?«

Er kam mir keinen Schritt entgegen, doch ich machte trotzdem einen auf ihn zu. Dabei umklammerte ich meinen Jutebeutel, als wäre er mein Schutzschild.

»Ich weiß, dass du denkst, ich würde dich nicht heiß finden, weil …« Er konnte es nicht aussprechen. Er konnte mich nicht mal ansehen. »Und ich weiß auch, dass es noch problematischer für dich ist, weil ich es nun mal gecheckt habe, okay? Wenn du draußen bist, hast du die Schrittzähler-App wirklich immer geöffnet, du trinkst nur Smoothies und isst Salat in der Mensa … und wenn jemand generell über Essen redet … ich … scheiße, ich hasse es, dass ich das überhaupt anspreche, weil ich dich wirklich nicht bedrängen will, aber es tut mir einfach so leid, dass mir das gerade ausgerechnet mit *dir* passiert ist. Ich hätte es wissen müssen. Ich bin so ein Idiot. Ich bin so ein verfickter, verfluchter Idiot …«

Seine Stimme. Die Pausen. Das Verhaspeln. Die blanke Verachtung in seinen Worten schnürte mir die Kehle zu.

Ich sah ihm an, wie er mit sich kämpfte, weil man Jude alles ansah. Ich hatte noch nie einen Menschen getroffen, der so viel Selbsthass ausgestrahlt hatte wie mein Spiegelbild. Doch hier war er. Hier war Jude, der sich mit jeder Faser seines Körpers vor mir hasste. Ich bin so bescheuert, dachte ich. Bescheuert und blind, denn wie hatte ich annehmen können, ich wäre die einzige Person mit Problemen?

»*Bitte*«, flüsterte er noch einmal. »Können wir oben reden?«

Mein Herz zerbrach, glatt und schnell, doch ich spürte es nicht mal, weil Jude derjenige war, der eigentlich fiel.

30

#Bennett29

New Skin

Ich war eine Freakshow, die sich ein Pflaster um den Zeh drapierte, weil ich keinen hochbekommen hatte. Ich fühlte mich so fürchterlich unfähig, dass ich nicht mal den Blick heben konnte. Dabei saß Audrey neben mir auf dem Fußboden, die Knie an die Brust gezogen. Keiner von uns hatte sich auf mein Bett getraut. Dort hatte sich das Laken gelöst, weil wir uns wild aneinander gerieben hatten und ich sie so sehr gewollt hatte, bis ich nichts mehr gewollt hatte.

Ich bin so gestört.

Audrey schwieg, aber ihre Augen waren glasig, und ich wusste, dass sie gerade sehr wenig verstand. Sie wartete, weil ich anfangen musste. Schließlich blies ich die Wangen auf.

»Ich muss ausholen.«

»Du musst gar nichts. Wir müssen nicht –«

»Natürlich müssen wir darüber reden. Und glaub mir, ich wünsche mir, es wäre nicht so, weil das heute gefühlt der beste Tag seit einer Ewigkeit war.«

»Du stehst also auf romantisches Händchenhalten im Regen?«

Sie versuchte sich an einem Lächeln, doch ich konnte es nicht erwidern. Ich konnte sie bloß ansehen und mich hassen.

»Ich steh einfach auf dich, Audrey.«

Natürlich war es das Falsche, denn sie wandte den Blick

hastig auf mein Pflaster. Aber eigentlich war es gut. Es würde schneller gehen ohne Blickkontakt.

»Ich hab die große Liebe von meinem besten Freund gevögelt.« Ihr Mund klappte auf, doch ich musste weitersprechen. »Und ich könnte jetzt noch weiter ausholen und erzählen, dass wir uns seit der Elementary School kennen und ich mit angesehen habe, wie sie sich verliebt haben. Dass sie die klassischen American Sweethearts waren, Prom Queen und King und all der Scheiß, aber das bringt nichts. Sloane und er waren kein Paar mehr, als es passiert ist. Aber sie hatten diesen gefährlichen On-off-Vibe, und das wusste ich. Aber, ja, was soll ich sagen. Natürlich waren wir betrunken. Natürlich hätte ich das nüchtern niemals gemacht, aber wenn ich das behaupte, denke ich daran, dass Betrunkene immer am ehrlichsten sind, und dann fühle ich mich noch schäbiger. Vielleicht wollte ich sie also die ganze Zeit, ohne es gecheckt zu haben, und dann grüble ich so lange darüber nach, bis ich leider nichts mehr so richtig weiß. Außer natürlich, wie Gray aussah, als er uns in ihrem verfickten Ford erwischt hat. Weil natürlich musste es so sein. Natürlich konnten wir nach der Hausparty nicht warten. Natürlich mussten wir es direkt neben der Einfahrt treiben. Natürlich musste Gray dann auftauchen, obwohl er eigentlich nicht kommen wollte. Ich …«

Mein Herz schrumpfte, weil ich so viele Details verschwieg. Den Alkohol, die Bass-Drops, Sloanes betrunkenes Lächeln, dieses raue Räuspern in ihrer Stimme, als sie sagte, dass sie mich schon immer heiß fand. Das Klicken der Autotür, wie wir die Sitze verstellten, unsere Küsse, ihre Zunge, meine Finger, dann ihre Brüste unter meinen Händen. Das Auto hatte sich rhythmisch unter uns gewiegt, als ich kurz vorm Orgasmus war und er in Dereks Einfahrt stand. Ich hatte ihn bemerkt, doch Sloane trotzdem weitergevögelt, weil ich so im Rausch gewesen war.

MEIN BESTER FREUND HATTE MICH MIT SEINER EX-FREUNDIN ERWISCHT, UND ICH HABE SIE WEITERGEVÖGELT, BIS ICH ABGESPRITZT HATTE. Richtig verstanden, genau so war das mit mir. Ich konnte Audrey nicht verraten, dass ich mich fragte, was passiert wäre, wenn ich aufgehört hätte. Ob ich schlafen könnte. Ob ich mir verzeihen würde. Ich konnte *nichts* davon aussprechen, weil ich nicht mal dieses Problem auserzählt hatte.

»Seit dieser Sache ist Sex ab und zu einfach ... schwierig für mich. Als ich das letzte Mal mit jemandem schlafen wollte, lief es beschissen. Und damit meine ich wirklich absolut beschissen. Die Kurzfassung ist, dass wir beide richtig heiß waren, aber ich plötzlich keinen hochbekommen habe. Und sie hat nichts wirklich Schlimmes gesagt, aber, Audrey, ihr Scheißblick. Ich habe mich noch nie in meinem Leben so geschämt. Sie war so angeekelt von mir. Du bist doch ein Typ, hat sie am Ende noch geflüstert.«

Du bist doch ein Typ, du musst immer können, zweistellig hintereinander, sofort und immer, sonst bist du kein richtiger Mann.

»Jude ...« Audreys Augen waren glasig, während ihre Hand in meine Richtung zuckte – doch sie sie sofort wieder zurückzog.

»Und das alles ist so gestört, dass du dir jetzt nicht mal sicher bist, ob ich eine Berührung von dir aushalte.« Ich senkte den Blick. »Das ist so ein Bullshit. Ich meine, wir reden hier von dir und mir. Ich will dir ständig nah sein, weil du halt du bist. Aber ich kann mich ja nicht mal von dir anfassen lassen, ohne zum größten Versager auf der Welt zu mutieren und –«

Der Rest blieb mir im Hals stecken, weil sie plötzlich kniete und auf meinen Schoß kletterte. Schluckend spreizte sie die Beine um meinen Rumpf, bevor sie mein Gesicht in die Hände nahm. Kurz dachte ich, sie würde mich küssen, so richtig leidenschaftlich und wild wie in den Filmen, bis sie mir damit irgendetwas bewiesen hätte. Doch sie strich mir bloß über die Haut, über die Schläfen und Brauen. Ihre Finger waren warm und sanft, wobei es hinter meinen Lidern brannte. Ich spürte, wie die erste Träne mir die Wange hinabsegelte, während Audrey mir fest in die Augen sah.

»Es tut mir so leid, dass ich gegangen bin. Das hätte ich nicht tun dürfen.«

»Du wusstest es nicht.«

»Trotzdem. Das wäre in keinem Fall okay von mir gewesen. Es ist nur, na ja …«

Sie lächelte mich schief an, und ich wollte sie fragen. Ich wollte, dass sie mir alles erzählte, was sie erzählen wollte. Doch sie lehnte sich bloß näher an mich heran und fuhr mit den Fingern immer wieder durch meine Haare, bis ich das Gesicht schließlich in ihrer Halsbeuge vergrub.

Dann saßen wir bloß da und atmeten.

Wenn sie mit ihren Nägeln über meine Schultern strich, war es eine innere Explosion. Als ich sie dichter an meine Brust presste, vibrierte es zwischen uns. Ich dachte: Es ergibt keinen Sinn, dass wir nicht zwei Teile eines Ganzen sind, so gut passen wir ineinander. Wahrscheinlich saßen wir ewig so da, bevor sie etwas sagte.

»Ich mag es so, wie du atmest«, flüsterte sie. »Es ist so gleichmäßig und beruhigend.«

»Das ist mit Abstand das seltsamste Kompliment, das mir jemals gemacht wurde.«

Sie lachte, ehe sie sich aus der Position löste und mir ins Gesicht sah. Ich mochte ihre Wimpern. Ich mochte ihre Hand in meinen Haaren. Ich mochte, wie sie mich ansah, weil sie nicht wegsah.

»Dein Körper ist keine Maschine, die du auf Knopfdruck

bedienen kannst.« Mein Kiefer zitterte, doch sie umfasste ihn so bestimmt, dass ich den Blickkontakt nicht abbrechen konnte. »Es ist okay. Alles, was passiert ist. Auch das mit deinem Freund. War es richtig? Wahrscheinlich nicht. Aber das brauche ich dir nicht zu sagen. Niemand braucht dir das zu sagen, weil du dich selbst so sehr dafür hasst, dass es mir allein beim Zuhören wehtut.«

Sie zog mich wieder zurück in unsere Umarmung, und ich konnte nur schweigen, weil für einen winzigen Moment lang nichts schmerzte.

31

#Eternalsummer

You touched my heart, stitched me close

Wenn ich mich jetzt an diese Nacht zurückerinnere, ist fast alles schwarz. Schließlich war es nach eins, als wir unter seine Decke schlüpften und der Beamer hochfuhr. Wir klickten *The Artist is Present* an und realisierten schnell, wieso Erin uns den Film empfohlen hatte. Es ging um eine Künstlerin, die ihren Seelenverwandten in einem anderen Künstler fand. Ihre Liebe war hässlich, hasserfüllt und so herzzerreißend. Mein Herz schnürte sich zu, weil Marina Abramović und Ulay sich an einem Museumstisch in die Augen starrten und zu viele Was-wäre-wenn-Momente an ihnen vorbeirauschten. Weil sie ein gemeinsames Leben an der chinesischen Brücke zurückgelassen hatten. Ungefähr nach der Hälfte fielen mir die Augen zu. Ich dämmerte immer weg, doch spürte, wie Jude mir über den Arm strich, meinen Nacken küsste und mich fest gegen seine Brust presste. Wenn ich aufwachte, lagen wir manchmal andersrum, und dann hielt ich ihn, mein Kinn an seinen Schultern, unsere Beine fest ineinander verschlungen. Das Motorrauschen von draußen schlich sich sogar in meinen Traum. Als ich aufwachte, war es kurz nach sieben.

Leise kletterte ich aus dem Bett wie eine Akrobatin mit Nachtsicht, darauf bedacht, ihn ja nicht zu wecken. Im Flur spürte ich das Laminat kalt unter meinen Füßen, während mein Herz pochte.

Bitte lass niemanden aus seinem Zimmer kommen.

Denn es wäre doch komisch, mich in den Chill-Sachen seiner Schwester zu erwischen, auf dem Weg, mir meine eigene Kleidung zu schnappen. Aber ich hatte Glück, denn es war Samstag und viel zu früh. Natürlich traten Judes Geschwister nicht in den Flur. Im Bad konnte ich mir ungestört meine halb trockene Kleidung überziehen und mir Zahnpasta klauen, bevor ich meinen Zeigefinger als Bürste benutzte. Dabei starrte ich mir selbst im Spiegel entgegen und fragte mich, was ich hier tat. Ich strahlte erstklassige One-Night-Stand-Vibes mit meinen von Wimperntusche befleckten Lidern und dem zerknautschten Gesicht aus. Vom Zustand meiner Haare ganz zu schweigen. Aber es war kein One-Night-Stand, und ich schlich mich nicht davon. Ich tappte zurück in Judes Zimmer, würde mir meine Sachen nehmen und ihm dann eine Nachricht schreiben, dass ich schon zu Mom gefahren war.

Nur dass er gar nicht mehr unter der Decke lag.

Mit gerunzelter Stirn blickte ich auf das zerwühlte Laken, bis ich zusammenzuckte. Ich hörte Schritte, das Zuziehen einer Tür, dann Jude. Verschlafen und in Jogginghose kam er aus dem anderen Bad. Als er mich mit den zusammengeknäuelten Klamotten in der Hand entdeckte, blieb er abrupt stehen. »Wolltest du dich etwa davonschleichen?«

Es klang lässig, aber auch ängstlich, und seine Stimme, mit dieser Tiefe und diesem leichten Hauch von Unsicherheit, stellte seltsame Dinge in mir an.

»Hab doch das Yoga-Date mit meiner Mom«, erwiderte ich, ehe er zu mir ins Zimmer kam.

Er zog die Tür leise hinter sich zu. »Wärst du einfach so gegangen?«

»Ich hätte dir eine Nachricht geschrieben.«

Schweigend starrte er mich an. Es war sein allerbester Jude-

Blick, der mich erschütterte. Nicht fair, dachte ich, weil es Warnungen für diese Art von Blicken geben sollte. *Achtung, anschauen auf eigene Gefahr, kann Herzbeben verursachen.*

»Was ist?« Ich wackelte mit den Brauen. »Dachtest du wirklich, dass ich einfach so abhaue?«

»Keinen Plan. Wahrscheinlich hätte ich es dir nicht mal verübeln können.«

Und natürlich sagte er das. Ich schluckte, doch er streckte seine Hand mit einem kurzen Zögern nach mir aus. Kommentarlos nahm er mir damit die Klamotten ab, die er aufs Bett schmiss. Dann stellte er sich dicht vor mir auf.

»Könnte ich wirklich nicht«, flüsterte Jude, doch es war derselbe Moment, in dem ich seinen Nacken umschlang.

Ich war diejenige, die ihn dichter heranzog, gegen mich und an mich, die Tür in meinem Rücken. Mein Daumen strich ihm über den warmen Nacken, da hielt ich inne.

Was tue ich?

Ich wollte nichts falsch machen, zu schnell oder stürmisch sein, vor allem nach gestern. Also machte ich Anstalten, mich zu lösen, doch spürte seine Finger genau dann an meinem Kinn. Sein Atem streifte meinen Mund, wobei er sich mit dem Oberschenkel zwischen meine Beine drängte, so leicht, dass es vielleicht Einbildung war. Aber nein, dachte ich. Mir entging nichts, denn meine Sinne waren geschärft und ganz hier mit ihm.

»Ich glaube, es ist unpassend …« Seine Hand legte sich behutsam an meine Taille. »Aber ich will dich so sehr küssen, Audrey.«

Ich hingegen wollte ihn fragen, ob er sich sicher war, weil Dauerbestätigung und ich eine innige Beziehung führten, doch er sprach weiter.

»Willst du auch?«

Ich nickte, denn was hätte ich auch sonst tun sollen? Worte waren nicht meine Verbündeten, das waren sie nur für Elle, aber an meine tote beste Freundin denken wollte ich jetzt auch nicht. Ich wollte nicht leer sein. Ich wollte nur aus Herzpochen und dringlichen Jude-Berührungen bestehen.

Seine Lippen streiften meine. Dabei drang seine Zunge sofort in meinen Mund, seine Hände in meinem Haar, unser Kuss war tief von Anfang an. Es war wie Fallen, aber nicht wie Harrys, sondern wie Halseys, und ich fiel so schnell, dass sich alles drehte. Doch das machte nichts, schließlich presste sich Jude so fest gegen meinen Körper, dass ich an meinem Brustkorb spürte, wie schnell und flach sein Atem ging.

»Ist das okay?«, fragte er, weil er mit der Hand unter mein Oberteil schlüpfen wollte.

Ich schluckte, dachte, dass das hier so viel besser als ein Film war, in dem alles schnell, hitzig und wild gehen musste, wo niemand fragte, wo alle bloß machten, weil Consent zu langweilig für neunzig romantische Minuten war.

Aber so war Jude nicht.

Und ich fiel noch ein bisschen mehr.

Ich blinzelte gegen die Dunkelheit an, wägte ab und beschloss, dass sie schwarz genug war. Mit brennenden Wangen zog ich mir das Oberteil selbst vom Kopf, woraufhin er zuerst meine Brüste durch den BH umfasste und an meiner unteren Lippe sog. Stumm fragte er mich um Erlaubnis, ihn auszuziehen. Nach zwei Versuchen bekam er ihn auf, und dann spürte ich seine Zunge an meiner Brustwarze. Er leckte, während ich mich in sein Haar krallte. Ich zog an seinem Shirt, dann segelte es zu Boden. Anschließend drängte er sich mit seiner nackten Haut an meine, und ich dachte, es wäre das Echteste, was mir jemals passiert wäre. Wir rieben uns durch Leggings und Jeans, wir brauchten den Druck, die Reibung, alles. Ich war so feucht, dass es peinlich war. Doch er schlich mit seiner Hand unter den Stoff und massierte meine Klitoris so großartig wie gestern. Ich hingegen hielt mich an seinen Schultern fest, um nicht einfach umzukippen.

»Ich will dich so sehr.« Er küsste meinen Mund, mein Kinn, meine Schulter, mein Schlüsselbein, wieder meine Brüste. Automatisch bäumte ich mich ihm entgegen, da hielt er inne. Langsam, langsam wie in Zeitlupe sank er auf die Knie, die breiten Hände fest um meine Taille. Weitere Küsse verteilte er auf meiner Haut, auf meinem Bauch, wo ich verkrampfte, über meinen Hosenbund, wo er stoppte.

Er sah zu mir auf. »Darf ich?«

Und vielleicht wäre es wirklich der heißeste Moment meines Lebens gewesen, weil Jude Hill mit seinem Theatergesicht auf Knien vor meinem pochenden Schritt verharrte. Die Luft vibrierte vor Aufregung und Sex. Außerdem hatte seine Stimme so kratzig gelungen, als könnte er es nicht erwarten, es mir richtig gut mit dem Mund zu besorgen. Aber mein Leben war mein Leben, egal wie heiß der Typ vor mir war. Superlative gab es nur im negativen Sinne, dafür zerstörte ich perfekte Augenblicke zu rekordverdächtig schnell.

»D-du musst das nicht machen.«

Es war zu dunkel, um zu erkennen, welche Regungen ihm über die Züge huschten, doch als er das verwirrteste »WAS?« hervorbrachte, verfluchte ich mich selbst.

Du bist wirklich die Beste im Ruinieren, Summers.

»Audrey, ich *weiß*, dass ich das nicht machen muss. Aber ich will es. Ich mag dich, und ich mag es, dir gute Gefühle zu geben. Und das auch nicht, weil …«

Da war sie wieder, die Pause von gestern. Ein Teil von mir wünschte sich, er würde weiter schweigen und die Worte für sich behalten, damit wir das hier überspringen konnten. Schließlich verschränkte ich die Arme vor meinen nackten Brüsten, und er konnte mir nicht in die Augen sehen. Doch er sprach wider Erwarten filterlos weiter, wie in einer Mail, die wir uns nie mehr schreiben würden.

»Ich will dir nicht einen krassen Orgasmus bescheren, damit ich mich wegen gestern besser, männlicher oder sonst was fühle. Ich meine, ist es mir unangenehm? Ja, fucking verdammt noch mal, a-b-s-o-l-u-t. Aber ich will dich trotzdem küssen und berühren, einfach weil ich will. Du gibst mir gute Gefühle, und ich gebe dir *sehr* gerne gute Gefühle, und es gibt mir noch bessere gute Gefühle, wenn ich dir welche gebe. Kein anderer Grund. Ich weiß nicht mal, ob das Sinn ergeben hat, aber ich … ich …«

Vorsichtig legte ich die Hand in seinen Nacken, woraufhin er endgültig verstummte. Lockenspitzen kitzelten mich am Handrücken, und in meinem Brustkorb wurde es eng. Dann sprang ich. Noch mal.

»Ich gebe dir ebenfalls gerne gute Gefühle«, flüsterte ich und schob schnell ein zittriges Lächeln hinterher, weil es doch so absurd war.

Oder?

Aber dann lächelte Jude auch, und bestimmt war alles seltsam, aber alles war auch seltsam schön. Es war schön, weil ich zum Bett nickte. Wir ließen uns darauf fallen, und es war gut, weil wir uns dort wieder küssten. Es war heiß, weil er stöhnte. Es wurde noch heißer, weil seine Hand sich wieder unter meine Leggings schlängelte und ich ihm die Hose diesmal auszog. Weil auch meine Hose zu Boden segelte. Weil wir eine Ewigkeit so verharrten, irgendwo verloren zwischen rastlosen Küssen und unruhigen Händen. Weil ich mich schließlich löste. Weil ich in Richtung seiner Boxershorts glitt und er dieses Mal kein bisschen zitterte. Weil ich fragte: »Willst du?« Weil er nickte. Weil seine Nasenflügel bebten. Weil er meinen Namen sagte. Weil das so knurrend und heiß und erregt zugleich klang. Weil ich ihn vorsichtig rieb und genau darauf achtete, wie sein Körper reagierte. Weil ich sofort herausfand, dass er es schnell mochte, schnell und fest. Weil sein Kopf nach hinten fiel und er dieses keuchende Geräusch machte, das mich unendlich erregte. Weil er meine Hand löste, um sich vorzubeugen, und mich so dringlich küsste, wie mich noch nie jemand geküsst hatte. Weil er den Kuss unterbrach, mit den Lippen mein Kinn streifte, weiter hinunterwanderte und erneut vor meinem feuchten Slip verharrte. Weil er auch dieses Mal fragte: »Darf ich?«

Weil ich Ja sagte.

32

#Eternalsummer

It's just us laying there, a happy memory

Entwurf

Sonntag, 22:01 Uhr
An: Bennett29 (bennett29@newinyork.com)
Von: Eternal Summer (eternalsummer@newinyork.com)
Betreff: *Yellow*

Bennett29,

du wirst diese Mail nie lesen, weil wir uns nicht mehr hinter Smileys, Listen und Klammern verstecken. Stattdessen schickst du mir auf WhatsApp jetzt GIFs, wenn ich dich mit *hahahaha* zuspamme. Denn du hast mich jetzt, und ich habe dich. Schätze, wir haben uns tatsächlich gegenseitig gekriegt, aber das hier haben wir dabei verloren. Wenn ich behaupten würde, ich würde es nicht vermissen, würde ich lügen. Gerade umrunde ich übrigens den Lincoln Square und höre *Yellow* von Coldplay in der Madrid-Live-Version (ja, ich weiß, sehr Anti-Juilliard). Wir haben uns vor zwei Stunden gesehen. Meine Lippen schmecken immer noch mehr nach dir als nach mir, aber das ist natürlich viel zu kitschig, deshalb vergesse ich das lieber schnell. Wahrscheinlich schreibe ich dir, weil mir die letzten Wochen nicht mehr aus dem Kopf gehen und ich so daran gewöhnt bin, dich an meiner

Gedankenwelt teilhaben zu lassen. Ich könnte dir erzählen, dass die Farbe in dem Song keine Bedeutung hat und Chris Martin sogar versucht hat, *Yellow* durch ein anderes Wort zu ersetzen. Aber eigentlich will ich das gar nicht weiter ausführen, denn mir geht nicht aus dem Kopf, was alles nach Freitagnacht passiert ist. Dass ich mit überquellendem Herzen neben meiner Mom in den Hund ging und alles in mir sich offen anfühlte. Dass wir sieben Stunden aushielten, bis wir uns wiedersahen. Dass du alles richtig machen und ins Kino wolltest, dass ein britischer Film mit *Fleabag*-Humor über unsere Gesichter flackerte, doch die eigentliche Geschichte zwischen uns lief. Dass du meine Hand auf dem Weg zur Subway genommen hast und ich dachte, ich hätte keine Haut, weil ich deine Berührung so spürte. Dass du von meiner Schrittzählersucht und Elles Büchern weißt, aber nicht fragst. Dass du mich nicht drängst. Dass du echt nichts falsch machen willst, weil du weißt, wie es ist, sich schlicht normal fühlen zu wollen. Dass du mich auf meinen Spaziergängen jetzt begleitest. Dass wir nachts durch Hell's Kitchen streifen und jeweils einen Airpod tragen, weil du eine Playlist namens *Jude für Audrey* kreiert hast. Dass du mich in dein Kissen drückst und mir die Finger zwischen die Beine schiebst, dass ich deine Hand vögele, weil ich noch nie so viel Lust auf jemanden gehabt habe. Dass wir noch nicht miteinander geschlafen haben, weil ich warten will. Dass du daraufhin sehr verständnisvoll genickt hast, insgeheim jedoch ahnst, ich habe es bloß deinetwegen gesagt. Das habe ich an deinem Kopfneigen, deinem Blick und sogar an der Art erkannt, wie du mich später geküsst hast, superlangsam und viel zu zärtlich. Für mich bist du nämlich wie ein offenes Buch, Bennett29. Alles in dir ist so grell, voll und aufregend. Es gibt weder Leerstellen noch Füllwörter, du bist du, ohne Wenn und Aber, selbst wenn du in Boxershorts vor mir liegst und ich jede verblasste Schramme auf deiner Haut erkennen kann. In diesen Augenblicken will ich mich in dich hineinlegen, nie wieder rauskommen und uns alle Zeit der Welt geben. Ich will nicht, dass du dich vor mir schämst, selbst wenn ich mein eigenes Top bei brennendem Licht nicht ausziehen kann. Wenn ich ehrlich bin, gehen mir alle Momente in deinem Bett nicht aus dem Kopf, weil jede deiner Berührungen in mir eingespeichert ist. Auch wenn ich genauso oft komme, wie ich nicht komme. Aber weißt du, mir geht auch wiederum nicht aus dem Kopf, dass wir ständig zusammen sind und jeder Tag mit dir so besonders ist, dass ich nichts dagegen hätte, wenn die Erde einfach anhielte. Dass ich mich tatsächlich so fühle, als lebte ich einen sentimentalen Film, den ich mir niemals angeschaut hätte. Aber hier bin ich, in diesem Film mit dir, und will nirgendwo anders sein. Dein Beamer. Unsere nackten Zehen unter der Decke. Wie dein Daumen meine Fingerknöchel nachfährt. Das Kribbeln. Das Herzpochen. Diese unendliche Liebe, die niemand ausspricht, weil wir jung sind, immer unnahbar und unavailable wirken wollen. Weil wir doch Generation beziehungsunfähig sind und das alles sowieso viel zu früh wäre. Aber was soll ich schon sagen? Du hast mir Mails geschrieben, mir deine Shirts zum Schlafen gegeben und dich in jede Ecke meines Körpers geschlichen. Wenn du mit deinem Theater-Atomkraftwerk-Gesicht lachst, ist das für mich wie Miami Beach bei fünfundvierzig Grad. Wenn wir allein sind und uns ansehen, in diesem Moment, kurz bevor wir uns küssen, spielt in meinem Kopf die Endszene von *The Perks of Being a Wallflower.* Dann höre ich Charlies letzten Satz, bis die Musik einsetzt und Sam schreit, bis mein Körper mit Gänsehaut überzogen ist und deine Lippen endlich meine streifen. Das passiert jedes Mal, gesagt habe ich es dir nie und verstanden, warum, sowieso nicht. Gestern zum Beispiel war das in Dauerschleife so. Wir haben mit unseren Schuhsohlen Spuren in den Schnee gestapft, während du deine verrücktesten Google-Suchanfragen aufgelistet hast.

Fremde haben sich stirnrunzelnd nach uns umgedreht, weil wir so lachen mussten. Ich will wirklich nicht überdramatisch sein, aber ich glaube, in diesem Augenblick habe ich es zum ersten Mal bewusst gedacht: Vielleicht hätten wir uns überall auf der Welt gefunden, völlig egal unter welchem Namen, in welchem Land, welches Aussehen oder welches Geschlecht. Wir wären immer hier gelandet, irgendwo in einem dunklen Februar, verloren zwischen Lachen, laufenden Nasen, Songs und Liebe. Liebe, Bennett29. Ich glaube, das hier, das ist tatsächlich unverschämt unverfrorene Liebe, mein Lieber.

33

#Bennett29

Sweater weather x another love

»Ihr *hasst* euch. Ihr hasst euch so sehr, dass ihr die Nähe des anderen nicht aushalten könnt.«

Erin machte eine Pause, um Audrey und mich zu beäugen. Es war der dritte Donnerstag nach den Ferien, wir waren bereits aufgewärmt und die Versuchskaninchen der heutigen Übung.

»Aber ihr liebt euch auch. Ihr könnt nicht ohneeinander, obwohl ihr es verabscheut. Genau das sollt ihr uns nur mit euren Körpern zeigen. Bitte begebt euch gegenüber in den Schneidersitz, das ist die Ausgangsposition für alle.«

Sie nickte nach vorn, während Kieran auf seinem Handy tippte. Er war für die Musik zuständig, die wir als Hilfsmittel bekamen, weil sie heute gnädig waren. Also tappte Audrey barfuß auf die Bühne, ehe ich ihr folgte. Ihre Leggings war knallorange, ihr Zopf hing schief.

»Bereit?«, fragte Kieran.

Audrey streckte den Rücken durch, ich ließ den Nacken knacken. Sie zog die Füße näher zu sich heran, ich richtete mich auf. Dann verhakten sich unsere Blicke. Wir brauchten nicht zu nicken. Wir brauchten keine Worte. Blicke waren Feuerwerkgefühle, das Zucken eines Mundwinkels eine eindeutige Antwort. So war das jetzt mit uns, so sehr waren wir miteinander verbunden.

»Ja«, erwiderte Audrey. »Bereit.«

Kieran stellte die Musik ein. *Slip*. Wir lauschten dem Intro, während unsere Herzschläge sich mit dem Beat verbanden. Dann fing Audrey an. Ruckartig streckte sie ihre Hände aus, eine Innenfläche nach oben, die andere nach unten. Ich tat es ihr gleich, ehe wir sie rhythmisch zum Song bewegten. Es waren abgehackte Bewegungen, brutal, hart, unter denen unsere Hände sich aufeinandertürmten. Ihre, meine, ihre, meine, Klatsch, Klatsch, Klatsch. Schlagartig lösten wir uns voneinander, gingen auf alle viere wie Panther oder was weiß ich. Wenn ich auf sie zukroch, war sie schon einen Schritt weiter entfernt. Wenn sie eine Regung in meine Richtung machte, hatte ich meine Position schon gewechselt. Wir spielten. Wir tanzten. Wir vibrierten voller Kriegen-sie-sich-oder-nicht-Energien.

Alles in ihrem Gesicht war gerötet.

Alle Härchen an mir waren aufgestellt.

Immer, wenn ich dachte, ich könnte ihr Gesicht nun endlich in die Hände nehmen, huschte sie weg. Geschmeidig, gekonnt, so wunderschön mit ihrer perfektionierten Körperspannung. Doch dieses Mal bekam ich sie zu fassen. Ich fuhr ihr Kinn entlang, ihre Schultern, ihren Hals, mit breiter Handfläche und allen Fingern, ganz besitzergreifend, doch sie ließ es zu, weil sie es wollte. Und gerade dann, als ich ihre Brust seitlich streifte, tauchte sie hinab auf den Boden, doch ich hatte gewusst, dass es passieren würde. Ich war genauso schnell unten wie sie, um mein Gesicht an ihres zu legen, Wange an Wange und die Arme waagerecht ausgestreckt. Unsere Finger verhakten sich schmerzhaft fest ineinander, doch ich nahm es nicht wahr. Denn als wir die Beine anwinkelten, uns mit den Füßen gegen den Uhrzeigersinn drehten, ihre Haarspitzen mir ins Gesicht peitschten und ihre Mundwinkel beinahe meine Mundwinkel berührten, spürte ich nur unsere Energien. Wir bremsten nicht mal, bevor wir uns aufsetzten und unsere Rücken wie magnetisch aufeinanderprallten. Ihre Schulterblätter pressten sich gegen meine, Steißbein an Steißbein, während alles in mir bebte. Blinzelnd sah ich mich um. Erst dann bemerkte ich, dass der Song schon lange verklungen war und alle uns mit geweiteten Augen anschauten, sogar Kieran und Rhonda. Dann räusperte Erin sich.

»Ihr seid so unglaublich, ey.«

*

Mein inneres Erdbeben hielt die Mittagspause lang an, in der Tabitha uns unter anderem ihr Display unter die Nase hielt. Auf ihrem TikTok-Account hatte sie nämlich ein paar Videos von unserer Vorstellung hochgeladen, darunter auch eins von Audrey und mir als Helena und Lysander. Es war eine Zwanzig-Sekunden-Sequenz, die sie mit dem beliebten *Heatwaves*-Sound unterlegt hatte. Mittlerweile hatte es fünfhunderttausend Aufrufe, die Beschreibung sagte *Pov: Du liebst die falsche Person*. In den Kommentaren ging es richtig ab, zig Markierungen und Topkommentare mit etlichen Likes.

»TikTok liebt euch«, sagte Tabitha, doch ich rollte nur mit den Augen.

Nach unserem letzten Seminar bei Lawrence verharrten Audrey und ich vor dem Raum, wobei alle schon gegangen waren.

»Das war voll krass vorhin bei Erin und Kieran«, sagte sie.

Ich sah ihr auf die Lippen, war immer noch vollgepumpt mit meiner aufgekratzten Energie und ihren Atemzügen.

»Voll«, murmelte ich, bevor sie in Richtung Resident Hall nickte und wir gingen, bis wir schneller wurden, marschierten und beinahe rannten. Es war wie im Traum. Wie auf Drogen. Wie nicht echt. Ich meine, wir küssten uns, ehe die Tür zu ihrem Zimmer überhaupt zugefallen war, weil das so war, wenn du zwanzig und verliebt warst, wenn du sie gegen die Wand drücktest und sie dich sofort heranzog.

»Fuck, Audrey«, stöhnte ich und fuhr mit den Lippen über ihren Hals, mir egal, dass jemand reinkommen könnte. Es machte mich nicht an, dieses leicht verbotene Auf-der-Hut-Sein. Es war mir einfach scheißegal.

Ich packte ihre Hüften, rieb mich gegen ihre Leggings und an ihren Brüsten, während sie ebenfalls stöhnte.

Verdammt, ihr Stöhnen.

Sie zog mich dichter gegen ihren Oberkörper, und es pochte heftiger in meinen Boxershorts. Ich wollte das, dachte ich. Ich wollte Sex, von vorne, von hinten, der Seite, von überall, alles, alles mit Audrey.

Ich packte ihre Beine, bevor sie sich um meine Hüften schlangen. Fester presste ich sie gegen die Tapete, härter trafen meine Lippen auf ihre. Ich drängte meinen Reißverschluss gegen ihre Stoffhose, und sie krallte die Nägel in meine Schulter. Da konnte ich nicht anders, als uns torkelnd aufs Bett zu manövrieren. Sofort zog sie mich auf sich, zwischen ihre Beine, mit ihren Lippen auf meinen, aber …

»Was ist mit Amal?«, fragte ich atemlos.

»Die ist donnerstags nie vor acht hier.«

Audrey schluckte. Ihre Locken waren zerzaust und die Wangen glühten, da waren dieser dunkle Schimmer in ihren Augen und diese Feuchtigkeit auf ihren Lippen.

»Gut«, sagte ich, wobei ich die Hand in ihren Nacken legte und wir uns so lange küssten, bis ich nur noch meine Lippen spürte. Natürlich war ich zu auffällig, dringlich und filterlos. Ich war nicht filigran und zärtlich, jede meiner Berührungen schrie förmlich *ICH WILL DICH*.

»Stopp mal.« Plötzlich legte sie die Hand auf meine Brust. »Wir … Wir müssen das nicht machen.«

Verrutschte BH-Träger, glänzende Haut. Audrey brach unseren Augenkontakt ab, während Bilder in meinem Gedächtnis aufflackerten. Sie und ich, in meinem Bett, alles dunkel, alles heiß, ihr Stöhnen, mein Keuchen, dieses leichte Zögern, wann immer sie mich anfasste.

»Doch, Audrey, wir müssen«, flüsterte ich, wobei ich mich sofort selbst verfluchte. »Warte, nein, so meinte ich das nicht. Also, natürlich müssen wir nicht. Aber ich habe irgendwie das Gefühl, dass du nicht den nächsten Schritt gehen willst, weil du denkst, ich wäre noch nicht so weit, aber das stimmt nicht. Ich will dich die ganze Zeit.«

Sie erwiderte nichts. Sah mir bloß schluckend ins Gesicht, während es in meiner Boxerhorts und in meinem Brustkorb pulsierte. »Sag was.« Meine Stimme klang kehlig. »Bitte.«

Langsam rutschte Audrey auf dem Bett umher, während mein Kopfkarussell sich drehte, die letzten Sekunden und Worte überschlug. Hatte ich das Falsche gesagt? Kam es komisch rüber? Hatte ich Audrey gedrängt?

Scheiße.

»Falls ich –«

»Willst du –«

Wir begannen und brachen gleichzeitig ab.

»Du zuerst«, flüsterte ich.

Sichtbar atmete sie durch, wobei ihre Brüste sich gegen das Top drückten. Durch die Jalousien warfen Sonnenstrahlen sogar Muster auf ihre Schlüsselbeine. Ich hätte ja behauptet, sie würde leuchten, strahlend und golden, aber ich war nicht diese Art von romantisch.

Ich war nur scheißaufgeregt, und mein Herz pochte scheißheftig, und sollte Audrey mich noch drei Sekunden länger so ansehen, würden Synapsen in meinem Hirn durchbrennen und meine Gedanken mir aus dem Mund stolpern und –

»Möchtest du es wirklich schon?«

»Was?«, fragte ich.

»Mit mir schlafen.«

Audrey wirkte so, als wollte sie erneut wegsehen, doch zwang sich ein Halblächeln auf. Dabei hallten ihre Worte in mir nach. Mit jemandem schlafen, langsam, behutsam, tief und respektvoll.

»Ja«, sagte ich rau. »Ich will mit dir schlafen.«

Da. Da waren sie, diese kleinen, sehr wahren Worte, die plötzlich eine tiefe Bedeutung hatten, was doch Bullshit war. Es war Sex, keine perfekte und idealisierte Filmversion davon, sondern Sex in ihrem Dorm. Keine große Sache. Doch mein Puls beruhigte sich nicht die Spur und …

»Gott.« Ich lachte. »Ich bin so nervös.«

Daraufhin rückte Audrey endlich näher, positionierte die Hand in meinen Nacken und strich mir über die Haut.

»Ich auch«, sagte sie, aber schob ihr Gesicht dicht an meines. Und küsste mich. Wenig Zunge, viel Zupfen, sehr zärtlich, bis ihre Berührungen dringlicher wurden.

»Stopp«, flüsterte ich an ihren Lippen und umfasste ihre Hüfte. »Was ist mit dir, Audrey? Willst du es?«

Mit großen Augen blinzelte sie mich an.

»Was ist?«, fragte ich besorgt.

»Ich liebe das so«, murmelte sie heiser. »Also, dass du immer fragst. Ich finde es so wichtig.«

»Eigentlich ist es das Mindeste.«

»Ich weiß.« Sie strich mir eine Locke aus der Stirn. »Und ich will auch mit dir schlafen.«

»Bist du dir sicher?« Ich nickte zu den Jalousien, denn ihr Dorm war nicht dunkel. »Es ist kein Problem, wenn –«

»Nein«, unterbrach sie. »Ich will das. Ich will alles von dir mit allem von mir.«

Der Kloß in meinem Hals brach bestimmt den Weltrekord für seine Größe. So riesig, dick und schwer war er, doch es war nebensächlich, weil Audrey mich zu sich heranzog und anschließend niemand mehr »Stopp« sagte. Sie presste die Lippen auf meine, die Luft wurde dicker. Kleidung verschwand, mein Herz schwoll an. Ich küsste ihre Mundwinkel, ihr Kinn, ihren Hals, während sie den Verschluss ihres BHs löste. Leise segelte er zu Boden, ehe wir laut atmend voreinanderhockten.

»Du bist so schön«, wisperte ich.

In Blitzgeschwindigkeit fleckte sich ihr Hals rot. Kurz wirkte es so, als würde sie die Arme vor ihren Brüsten verschränken, etwas behaupten wie »Haha, das sagst du doch nur, weil du es sagen musst«. Doch sie ließ ihren Blick bloß zittrig an mir hinabwandern.

»Du auch«, flüsterte sie.

Und dann war ich derjenige, der sich nicht mehr beherrschen konnte. Ich packte sie hart, küsste und küsste sie, bis mir schwindelig war. Meine Hände waren dabei auf ihren Brüsten, in ihrem Slip, an ihrer Klitoris, überall. Als ich ihre Schenkel spreizte, sog sie scharf die Luft ein, stöhnte, keuchte, grub die Nägel in meinen Rücken.

»Was willst du?«, stieß ich zwischen Küssen hervor.

Sie antwortete, indem sie meine Hand aus ihrem Slip nahm und mich an den Schultern ins Kissen drückte. Mit purpurroten Wangen ragte sie über mir auf, während sie die Hand langsam über meinen Bauch nach unten schob, auf meine Boxershorts mit dem bereits feuchten Fleck. Sie malte hauchzarte Linien über den Bund und sah mir in die Augen, als ihre Fingerknöchel unter dem Stoff verschwanden, mich berührten und –

Oh Gott.

Ich sank tiefer in das Kissen, während sie mich rieb. Meine Lider flatterten, wobei mein Becken sofort mitmachte.

»Audrey«, presste ich hervor, viel flehender, als ich beabsichtigt hatte.

Sofort löste sie sich ein Stück von mir. »Ja?«

»Ich … Ich hab ein Kondom in meinem Portemonnaie.«

Sie kippte den Kopf, so gut wie nackt und wunderschön, erregte Brustwarzen und durchgeküsste Lippen. Dann lächelte sie. »Ich hab auch welche.«

In einer geschmeidigen Bewegung zog sie die Nachttischschublade auf und fischte ein Plastikquadrat heraus. Dann kletterte sie über meinen Schoß, meine Hand in ihrem Haar, ihre nackte Haut an meiner. Sie küsste mich langsam, bevor wir uns die restliche Kleidung abstreiften. Erst dann riss sie das Kondom auf, das sie mir etwas unbeholfen überstreifte. Mein Kopf sank dabei automatisch gegen das Headboard, so gut fühlte es sich an. Und trotzdem waren da die Gedanken, weil Audrey anschließend splitterfasernackt auf meinen Schoß kletterte. Ich spürte meinen Schritt pochen, dachte an die Möglichkeit, dass ich zu schnell kommen könnte oder mein Gehirn mich wieder mit Erinnerungen quälen würde. Mein Kopf drehte sich schwindelig, doch dann nahm sie mein Gesicht in die Hände und sah mich so tief an, bis mein Atem sich beruhigte.

»Rede mit mir, wenn etwas nicht in Ordnung ist, okay?«

Ich nickte. »Du auch.«

Als sie die Beine fester um meinen Rumpf schlang, pulsierte meine Erektion stark gegen ihren Bauch, doch auch das war egal. Denn ihre Lippen standen leicht geöffnet, während ich über ihre Taille strich und … es einfach passierte.

Wir brauchten weniger als zehn Sekunden, damit unsere Atemzüge synchron zueinander gingen. Natürlich hatten wir Übung im gemeinsamen Atmen, Körpersein und alldem. Doch das hier war anders. Nackter. Absoluter. Dabei war es nicht perfekt. Wir waren in ihrem fucking Dorm, das sie sich mit Amal teilte. Fremde Personen starrten uns von ihrer Zimmerseite auf Fotos entgegen. Eine Gruppe lachte im Gang. Ich hätte eine Dusche vertragen können. Doch mit jeder Sekunde, die wir so ineinander verschlungen atmeten, wurden unsere Energien ganz pathetisch zu einer.

»Was denkst du?«, flüsterte Audrey zitternd, weil man so etwas Großes nicht allein fühlen konnte.

»Dass ich wirklich alles an dir schön finde.« Sie konnte nur schlucken, und ich wusste, dass sie wieder wegsehen wollte, doch ich ließ sie nicht. »Und du?«

»Dass …« Unsere Lippen streiften sich. »Dass ich nicht verstehe, wie … also … wir …«

Ihre Augen wurden glasig, in meiner Brust wurde es eng. Es war der intimste Moment in meinem Leben.

»Ich weiß.« Ich festigte den Griff um ihre Hüften. »Ich *weiß*, Audrey.«

Danach reichten Worte nicht mehr, weil sie sich auf mich sinken ließ, so tief und heftig, dass uns die Luft wegblieb. Doch als wir Letztere wieder ausließen, synchronisierte sich unser Atem sofort erneut. Und so war das dann. Jedes ihrer Hüftrollen ein Einatmen, jedes ihrer Wippen ein Atem-Loslassen. Sie krallte sich in mein Haar, ich spürte ihre Brustwarzen an meinen. Wir bewegten uns langsam und blickten uns jede einzelne Sekunde davon an.

Jede. Einzelne. Millisekunde.

Ich hatte noch nie auf diese Art Sex gehabt. Als unsere Bewegungen eine Spur heftiger wurden, ließ ich die Hand zwischen ihre Beine wandern, weil sie mir erzählt hatte, dass sie nur durch Penetration nicht kam. Da wurden ihre Augen *noch* glasiger, ehe sie es nicht mehr aushielt und die Lider schloss.

»Nein«, sagte ich. »Schau mich an.«

Sofort schlug sie den Blick auf. Mein eigener wanderte über

ihr Gesicht, ihre Luft füllte meine Lunge, und ich konnte mich selbst in ihren Pupillen sehen. Ich dachte: Mein Herz ist so voll, und ich bin so voll von meinem Herzen, mein Körper besteht durch und durch bloß aus Gefühlen.

»Hör nicht auf«, flüsterte ich und wusste gar nicht, was ich eigentlich meinte.

34

#Bennett29

Is There Somewhere?

»Das klingt so, als würden Sie momentan ziemlich viel fühlen«, sagte Doktor Ruiz. »Das freut mich für Sie. Wirklich, aber …«

Gott, diese Pause. Ich hasste sie. Die machte sie nämlich nicht für sich, sondern für mich, damit ich mich auch schön darauf vorbereiten konnte, dass ihre Anmerkung mir nicht gefallen würde. Ich linste auf die Uhrzeitanzeige. Noch sieben Minuten.

»… das ist sicher auch anstrengend, nicht wahr?«

»Keine Ahnung. Ich finde es ehrlich gesagt gut. Ich *fühle* mich gut.«

»Hm.« Sie lächelte, aber es war diese Art von zögerlichem Lächeln, weil sie ahnte, dass ich ihr spätestens in unserer übernächsten Sitzung mit rot geränderten Augen entgegenstarren würde. Schließlich hatte sie Erfahrung mit Leuten wie mir, mit unseren Depressionen, die in Episoden kamen oder was weiß ich. »Lassen Sie uns doch überlegen, was Sie tun können, falls es Ihnen wieder zu viel wird.«

»Klar«, murmelte ich.

»Ach ja, Jude?«, sagte sie zehn Minuten später, als ich mit dem Cursor schon über *Auflegen* schwebte. »Falls es Ihnen in der Zwischenzeit nicht gut gehen sollte, können Sie mir immer eine Mail schreiben.«

Natürlich wollte ich sie für ihr Vorausschauen hassen, dafür, dass sie immer wusste, es würde schlechte Tage geben. Aber nachdem wir aufgelegt hatten, textete Audrey mir, sie wolle spazieren gehen, und ich war einfach nur verliebt. Als ich in Richtung Lincoln Square schlurfte, roch ich die Autoabgase so intensiv, dass es in meiner Nase wehtat. Außerdem sang mir Bloc Party ins Ohr, wobei ich Gänsehaut bei jedem *I* bekam. Einfach so war ich mir sicher, dass ich mich niemals wieder auf Badezimmerfliesen legen müsste, um etwas zu fühlen. Schließlich war ich jetzt geheilt, weil es tatsächlich so simpel war. Es stimmte, was alle sagten: Man brauchte tatsächlich nur Liebe.

Bis ich sie vor der Alice Tully Hall stehen sah, Beanie, riesige Monsterpupillen, und sofort spürte, dass etwas nicht gut war. Krampfhaft blinzelte sie mir entgegen. Ihr Gesicht war wunderschön und perfekt geschminkt, auf ihren Lidern glitzerte es bronzefarben, und ihre Wimpern hatten noch nie so lang ausgesehen. Doch ihre Augen waren rot.

»Ich …« Statt weiterzusprechen, schüttelte sie den Kopf und griff bebend nach ihrem Handy, das sie mir entgegenhielt. Mein Gehirn entwickelte zehntausenddreihundert Möglichkeiten, die etwas mit mir zu tun hatten.

Scheiße, sie weiß es.

Aber genau dann erkannte ich die Tränen, die ihr über die Wangen liefen, tintenschwarz und glitzerig. Audrey sah aus wie eine Anatomiepuppe, der man bis aufs Herz schauen konnte. Sehr nackt und zerbrechlich.

Zögerlich nahm ich das iPhone entgegen.

Mittwoch, 15:23 Uhr

An: Audrey Summers (Audreysummers@juilliard.edu)

Von: Hailee Butler (H.Butler@macmillan-publishers.com)

Betreff: Vorwort für *The Emptiness Between Us*

Liebe Audrey,

ich bin Lektorin bei Macmillan Publishers und betreue die Buchprojekte von Elle Flores. Während des Veröffentlichungsprozesses stand ich in engem Austausch mit ihren Dozent*innen und Kommiliton*innen. Nun ist es so, dass wir für unser nächstes Programm eine besondere Edition von *The Emptiness Between Us* planen. Ich weiß, dass es ein sehr sensibles und aufwühlendes Thema für Dich sein muss, deshalb entschuldige meine Direktheit, aber: Könntest Du Dir vorstellen, ein Vorwort zu schreiben? Ich habe mich natürlich vorher mit Elle Flores' Familie und Freund*innen abgestimmt. Vor allem Letztere waren der Meinung, dass Du diejenige sein solltest, die für das Vorwort infrage kommen sollte. Gerne können wir darüber auch telefonieren. Ich freue mich, von Dir zu hören!
Mein tiefstes Mitgefühl für den Verlust Deiner Freundin.

Herzliche Grüße
Hailee Butler

35

#Eternalsummer

I've been locked inside your
heart-shaped box for months

Wir gingen nicht spazieren. Jude nahm bloß meine Hand, bevor er mich nach Hell's Kitchen manövrierte. Dabei blickte ich in die Wolken und wünschte mir, es hätte geregnet. Doch der Himmel wirkte nur genauso gleichgültig-grau, wie ich mich gern gefühlt hätte. In seinem Apartment zog er mich auf sein Bett und half mir unter die Decke.

»Du zitterst ja«, sagte er und drängte sich mit Straßenklamotten an mich.

Dann weinte und weinte und weinte ich, und er hielt mich nur fester.

»Tut mir leid für das alles hier«, schluchzte ich. »Ich –«

»Nein. Hör sofort auf damit, dich zu entschuldigen. Nicht hierfür. Ohne Spaß. Nicht. Hierfür. Audrey.«

»Aber es ist lächerlich. Wieso heule ich wegen einer bescheuerten Mail?«

»Weil diese wenig sensible Lektorin will, dass du ein Vorwort über deine tote beste Freundin schreibst, mit der du nach eurem Abschluss kaum Kontakt mehr hattest.«

Ich weinte heftiger, während er mich noch fester hielt. Wahrscheinlich, weil er dachte, ich würde zerbrechen und er könnte mich so zusammenhalten. Jude wusste nicht, dass ich mich innerlich bloß so fühlte, als würde ich unendlich tief fallen. Er schlang die Arme einfach inniger um meinen Rücken, strich mir über das Haar und die Wangen. Er küsste meinen Kiefer und meine Schläfen, wie Eltern es bei ihren Kindern taten. Zärtlich, glühend, liebevoll. Wie geht das?, dachte ich. Wie konnte ein irdisches Wesen neben mir liegen, zulassen, dass ich Kajaltränen auf sein Kissen weinte, und mit seinen Fingern Linien über meine Schulter ziehen, als wäre nichts dabei. So nett waren Menschen nicht. Aber Jude war hier, ganz nah mit seinem Herzschlag an meinem, der komischerweise genauso wild pochte wie meiner. Dabei fragte er nicht mal, ob ich darüber sprechen wollte. Er flößte mir nicht ein, dass Reden half und ich mich danach besser fühlen würde, dieser ganze Standardscheiß halt, wenn man nicht wusste, was man sagen sollte. Keine Ahnung, wann genau ich mich von ihm löste. Ich wusste bloß, dass meine Nase zu war, meine Augen brannten und schmerzten wie nach einem Kinobesuch, wenn man dem Licht im Foyer entgegenblinzelte. Dann, wenn man nach neunzig illusionierten Minuten wieder die wirkliche Welt betrat.

»Es ist unspektakulär«, sagte ich leise.

Er wischte mir eine Träne von der Haut, ehe die Wimperntusche seine Fingerspitzen schwarz verfärbte. Wir lagen uns gegenüber, in seinem Bett und auf dem Kissen mit meinen Tränen.

»Das mit Elle und mir, meine ich.«

Er nickte, als hätte ich ihm eine Frage gestellt, dann floss es aus mir heraus.

»Wir waren gleich. Und irgendwie auch gar nicht.«

Ich schluchzte wieder, bevor ich wirres Zeug in konfusen Zusammenhängen erzählte. Wie wir zusammen aufgewachsen waren. Dass es in den Kinderfotoalben keine Aufnahme ohne sie gab. Dass ich mir nicht vorstellen konnte, wie Mom Bilder von mir mit Tesafilm in ein Buch geklebt und dazu das Datum in ihrer Schreibschrift notiert hatte. Dass es mir leidtat, dass ich abschweifte. Dass Elle unbeschreiblich traurig gewesen war. Dass es in Schüben passiert war. Dass es vielleicht an ihrem Vater gelegen hatte, den sie nie gekannt hatte. An ihrer Mom, die sie ständig ignoriert hatte. An ihrem Bruder, der an einer Überdosis gestorben war. Dass Elle immer gescherzt hatte, ihr Leben sei ein waschechter Blockbuster, und abends dann heimlich in ihr Kissen geweint hatte. Dass wir monatelang nur in ihrem Bett gelegen und *Eternal Sunshine of the Spotless Mind* geschaut hatten. Dass sie eine Leserin gewesen war, bevor sie mit dem Schreiben angefangen hatte. Dass sie bei ihrem allerersten Poetry Slam kein Wort rausbekommen hatte. Dass wir uns nie gestritten hatten. Dass ich mich manchmal so schuldig fühlte, weil mein Leben im Gegensatz zu ihrem vollkommen intakt gewesen war. Dass ihr mit sechzehn eine klinische Depression diagnostiziert worden war. Dass der Sommer nach unserem Abschluss der beste gewesen war. Dass wir auf die Keys gefahren waren, ich beim Einparken auf einer Raststätte einen Polo gerammt hatte und alle uns sagten, der Weg sei das Ziel. Dass wir Key West um kurz vor Mitternacht erreicht hatten, unser Motel mich an eine Pousada in Havanna erinnert hatte und wir die Fenster sperrangelweit aufgerissen hatten, sobald wir das Zimmer betreten hatten. Dass sie den schwarzen Wellen entgegengeblinzelt hatte, bevor sie geflüstert hatte: »Meine Therapeutin hat gesagt, dass unsere Seelen nicht beschädigt werden können. Das heißt, dass nur unsere Körper das ganze Trauma und den Schmerz speichern. Dass unsere Seelen quasi nicht beschädigt und schon gar nicht zerstört werden können.« Dass wir nach der Ankunft sofort in Richtung Meer gerannt waren. Dass Sandkörner unter meinen Fußballen geknirscht hatten und ein Chart-Remix aus einer Strandbar gedröhnt hatte. Dass Elle vor mir gelaufen war und ich die Meeresluft eingeatmet hatte. Dass die Wellen in meinen Ohren gerauscht und ich den blauen Fleck am Oberschenkel von der letzten Sportstunde gespürt hatte. Dass Elle immer schneller geworden war und grundlos »IHR KÖNNT MICH ALLE MAL, IHR WICHSER!« geschrien hatte. Dass sie danach lachend in die Wellen gestürzt war und dass mein Herz übergeschwappt war. Was ich in diesem Moment gedacht hatte, wusste ich noch genau.

Ich bin frei und voller Möglichkeiten, scheiß auf all die Zukunftsfragezeichen. Ich bin frei, frei, frei.

»Das war unsere letzte gemeinsame Erinnerung. Danach ist Elle an die Yale gezogen und ich nach New York. Wahrscheinlich würde man behaupten, wir haben uns auseinandergelebt, aber das ist doch ein Scheißbegriff. Ist *auseinandergelebt* ernsthaft das richtige Wort um zu beschreiben, wie man sich nur noch unter Memes verlinkt? Dass man sich wöchentlich weniger Nachrichten schreibt und die reposteten Story-Beiträge sieht, auf denen sie mit ihrem Lieblingsjutebeutel neben ihren Friends in irgendeinem Studi-Pub posiert? Ich habe sogar gegoogelt, wie viel Prozent von Schulfreundschaften bestehen bleiben, aber es gibt keine Zahlen. Es gibt nur Fragen auf Reddit, die mein eigenes Problem beschreiben. Darauf wiederum gibt es nur die Antworten, die sagen, dass so was halt passiert: erwachsen werden, rauswachsen, jemand Neues werden, bla, bla, bla. Niemand schreibt, wie weh es tut, wenn du die Person, die meint, ihr wärt Twin Flames, verlierst, ohne sie wirklich zu verlieren.« Meine Lippen bebten, aber so war das nun mal, wenn dich alles tangierte. »Ich meine, Elle war meine beste Freundin. Sie wusste alles über mich. Und ja, es ging ihr niemals nicht schlecht, aber ihre eigenen Probleme haben sie nie davon abgehalten, für mich da zu sein. Auch als ich … also …«

Ich verhedderte mich in meinen eigenen Worten, während Jude mir eine Locke aus der Stirn strich. Ich spürte, wie er in der Bewegung zitterte und wie warm sein Atem meine Wangen streifte.

»Du musst nicht darüber reden, wenn du nicht willst. Wirklich, ich verstehe es auch so.«

Seine vollen Lippen verzogen sich zu einem zögerlichen Lächeln. Es war viel weniger strahlend als sonst, doch Jude besaß immer noch das Theatergesicht. Sein trauriges Lächeln war dennoch leuchtend, berührte mich und erinnerte mich daran, dass Jude mich überall berührt hatte.

Dass ich das gewollt hatte.

»Mir ist bewusst, dass ich dir das nicht erzählen muss«, sagte ich leise. »Aber … irgendwie will ich? Du weißt schon, weil du doch mein NewInYork-Partner warst. Wir haben ja Erfahrung darin, hässliche Gedanken und Geheimnisse miteinander zu teilen.«

Ich wollte die Stimmung auflockern und wackelte sogar mit den Brauen, aber es war hoffnungslos. Meine Wangen waren tränennass, mein Herz glühte vor lauter Schmerz, und Judes Stirnfurchen schienen endlos. Ich holte tief Luft und sprach weiter. »Elle war für mich da, als das mit dem Essen und mir schwierig wurde.«

Da. Ich hatte es ausgesprochen, doch das Gewicht auf meiner Brust verschmälerte sich um kein Gramm. Dieser Satz war nicht mal die Spitze des Eisbergs. Vielleicht eine winzige Schneeflocke, mehr jedoch nicht.

»Weißt du, was das Schlimmste ist?«

Meine Frage war rhetorisch, Jude schüttelte trotzdem den Kopf. Sein Blick war dabei so intensiv, dunkel, besorgt und wissend zugleich, dass ich das Kinn senken musste. Schließlich konnte ich nicht Letzterem *und* den Gedanken in meinem Kopf standhalten. Wenn man es genau nahm, hatte ich ihn auf unserer Audition angelogen.

Ich hatte sehr wohl Grenzen.

»Ich kann mich nicht mal daran erinnern, wann und wie und warum die Probleme genau angefangen haben«, flüsterte ich und musterte seine Adern dort, wo er den Pulloverärmel nach oben geschoben hatte. »Ich erinnere mich bloß an die Schuldgefühle, die Scham und ständige Obsession. An das Addieren. Das Bereuen. Und das Weinen. Ich erinnere mich daran, die Kalorien von Zahnpasta gegoogelt zu haben. Daran, Dauerhungergefühl mit Stärke gleichgestellt zu haben. Dass schmaler schöner war. Dass weniger immer alles und mehr war.«

Als ich verstummte, brannte es hinter meinen Lidern. Trotzdem zwang ich mich dazu, Jude wieder ins Gesicht zu sehen.

Oh Gott.

Instinktiv übersprang mein Herz einen Schlag. Judes Augen waren rot gerändert und glasig. Er war mucksmäuschenstill, sagte nichts, als wollte er mir allen Raum geben, den ich brauchte, um mich mit meinen Problemen bei ihm auszubreiten. Aber er gab mir nicht nur das, er litt sogar mit mir mit. *So* gut war Jude.

»Ich war in Therapie. Keine Ahnung, ob ich jemals wirklich komplett wieder in Ordnung sein werde, aber an den meisten Tagen ist es mittlerweile okay«, fügte ich leise hinzu, womit ich den Großteil übersprang, aber das wollte ich so. Ich wollte nicht über Essen sprechen, sondern von Elle.

»Es tut mir so leid, Audrey«, sagte Jude leise. »Und das willst du wahrscheinlich gar nicht hören, weil was bringt es dir schon? Ich … keine Ahnung. Ich finde dich einfach nur verdammt stark.«

Ich schluckte, doch schwieg, weil ich mich nicht traute, darauf zu antworten. Die einsame Träne, die mir die Wange hinabsegelte, spürte ich trotzdem.

»Jedenfalls«, sagte ich kratzig. »War Elle für mich die ganze

Zeit über da. Egal, wie schlimm es bei ihr zu Hause war. Sie war einfach wirklich meine beste Freundin. Wahrscheinlich tut unser allerletzter Call genau deshalb so weh. Sie hat von irgendeinem Typen erzählt, den sie letztens kennengelernt hatte, und mir ging es scheiße, weil ich mal wieder nicht die Rolle bekommen hatte, die ich wollte. Ich war richtig pessimistisch und lustlos und wollte einfach nicht mehr. Und sie so: *Boah, Auds, du musst mal chillen, manchmal übertreibst du so.* Sie klang so schrecklich von mir genervt, Jude. Sie ... keine Ahnung. Danach waren unsere WhatsApps jedenfalls komisch. Eine Woche später habe ich einen Annäherungsversuch gewagt und gefragt, ob wir uns demnächst über ein Wochenende besuchen wollen. Ich habe sieben Tage lang auf eine Antwort gewartet. Dann ist sie gestorben, weil sie mit ihrer Freundin auf dem Weg zu deren Eltern war und ein anderes Auto in sie reingekracht ist.«

Das brach den Damm endgültig.

Ich weinte so lange, bis ich nicht mehr wusste, dass ich weinte, und Jude war da. Jude war da, als ich dachte, ich bekäme keine Luft mehr. Jude war da, als mein Kopf pochte und mir die Augen zufielen. Jude war da, als ich sie wieder aufschlug. Jude war da, als mindestens drei Jahre vergangen sein mussten und ich ihm das sagte.

»Nope«, flüsterte er. »Du hast keine drei Jahre geschlafen. Nur vier Stunden.«

Ich spähte auf den Digitalwecker. 02:24 Uhr.

»Was kann ich tun, Audrey?« Sein Atem kitzelte mein Ohr, während er die Arme weiterhin um mich geschlungen hatte. Ich fragte mich, ob er mich die ganze Zeit so gehalten hatte, obwohl ich die Antwort doch kannte.

Blinzelnd starrte ich an die Decke, bevor die letzten Stunden wieder an mir vorbeirauschten. Die Mail. Mein Zusammenbruch. Mein Make-up an seinem Kissen. Elle. Das Essen. Ich hatte ihm also tatsächlich alles über mich erzählt, jedes abschreckende Detail und jeden traurigen Winkel.

Meine Kehle schnürte sich zu.

Das Licht war aus, doch ich fühlte mich, als wäre ich splitterfasernackt. Instinktiv horchte ich in mich hinein. Ich suchte das altbekannte Beben in meinen Beinen, den Drang, aufzuspringen und sinnlose Runden durch New York zu ziehen, ganz egal wie laut mein Ohrwurm mich dabei nervte. Schließlich war das Laufen-und-verdrängen-und-laufen-und-mich-innerlich-dabei-verlaufen mein Ding. Doch in diesem Moment lagen meine Beine ruhig auf der Matratze, während Judes Finger kontinuierlich über meine Schulter strichen. Noch einmal hörte ich in mich hinein, bloß um mich wirklich zu versichern. Doch … nichts. Von einer Stimme, die Alarmstufe Rot meldete und mir befahl, aufzustehen, fehlte jede Spur. Alles in mir war still.

Und nichts in mir wollte hier weg.

»Kannst du …« Ich räusperte mich. »Kannst du mich einfach weiter so halten?«

Aber Jude konnte mich nicht noch fester umarmen, als er es bereits tat.

36

#Bennett29

Heart Beats Slow

Es musste passieren. Und es passierte an einem Montag. Feldman sprach davon, dass die Rollenliste für unser Sommerstück am Freitag rausgehen würde, bevor sie uns auf die Bühne scheuchte. Wir machten eine Impro-Übung mit fliegendem Wechsel. Wenn sie klatschte, gab sie uns eine Sprache vor, in der wir weiterspielen mussten. Wenn sie zweimal klatschte, musste das nächste Pärchen auf die Bühne. Audrey und Rhonda begannen mit einer Personal-Training-Impro.

»GO, GO, GO, GO, GO!« Audrey klopfte mit ihrer Handfläche auf den Boden, um ihre Motivationsrede zu unterstreichen.

Dabei sah sie so schön aus, dass ich bloß sie ansehen konnte. Selbst als Feldman zu Tschechisch switchte und Audrey absolut nicht wusste, was sie von sich gab. Sie trug eine karierte Stoffhose und einen beigefarbenen Pullover, die Kleidungsstücke erinnerten mich daran, wie sie sich sie in meinem Zimmer übergezogen hatte. Ich wusste, dass sie darunter einen rosa BH trug, der nicht zu ihrem schwarzen Spitzenslip passte. Und ich wusste, dass ich sie um kurz vor sieben so heftig durch ihre Pyjamahose gerieben hatte, dass sie davon gekommen war, wobei ich so laut aufgestöhnt hatte wie sie. Jetzt rückte sie Rhonda dicht ans Gesicht, bevor sie ihr eine willkürliche Kombination von Vokalen entgegenschleuderte. Der Raum war abgesehen von

Audreys Stimme mucksmäuschenstill, und sie warf so wunderschön aggressiv mit Fantasiewörtern um sich, dass ich dachte –

»Sie spielt echt krass, oder?«

Erschrocken wandte ich mich Parker zu, doch er sah mich gar nicht an. Sein Blick lag wie festgetackert auf Audrey, die den Boden neben Rhonda verprügelte.

*

»Magst du sie?«

Ich konnte nicht anders. Ich musste Parker fragen, dafür hatte ich mich sogar in die Mensa geschleppt. Feldmans Übung war drei Stunden her, doch ich hatte an nichts anderes denken können als an Parker. Und Audrey. An beide als Demetrius und Helena, dann an seinen Gesichtsausdruck, als er ihr Spiel als *krass* bezeichnet hatte.

Das war keine Eifersuchtsattacke. Dabei wünschte ich mir, es wäre eine gewesen. Verfluchte Scheiße, ich wollte das nicht zergrübeln, sondern die Sache direkt hinter mich bringen, weil neunundneunzig Prozent der Szenarien, die mein Gehirn sich ausmalte, nie passierten. Das hatte mir dieses bescheuerte Tagebuch für Doktor Ruiz damals bewiesen. Jedenfalls stieg Gnocchi-Dampf vor Parkers Gesicht auf, während seine Brauen zuckten.

»Wer ist *sie*?«

»Summers.«

»Wegen vorhin, meinst du? Oder wieso fragst du mich aus dem Nichts?«

»Ja, genau.«

»Manchmal bist du echt strange, Mann.«

Er war nicht der Erste, der mir das sagte, doch es gab schlimmere Kommentare. Die sehr ernst gemeinten Geht-es-dir-gut-

Fragen von Fremden, als ich damals auf meinen Spaziergängen mental dreimal zusammengebrochen war, was man mir dann offensichtlich ansah, zum Beispiel. Aber Parker lachte, als wäre meine leichte Verrücktheit kein Problem. Vielleicht war er daran gewöhnt, weil er die letzten Jahre wegen seiner Eltern in Los Angeles verbracht hatte.

»Keine Ahnung. Glaub schon irgendwie. Wahrscheinlich hab ich sie von Anfang an gemocht. Ich finde sie so …«

Sag »heiß«, sag »geil«, sag »sexy«, sag »ihre Brüste«, sag »ihre Beine«, sag »ihre Lippen«, sag »ihre Haare«, sag –

»… interessant. Wir hatten letztes Jahr im *Living* kurz was. Das war vor den Proben, aber dann hat Feldman so reingehauen, und da war ein Ding mit Summers keine gute Idee. Aber jetzt ist die Situation ja chilliger. Übrigens, hast du dieses Buch von ihrer toten Freundin gelesen? Es war so gut. Die Protagonistin hat sogar das gleiche Tattoo wie Summers. Anyway, ich hätte schon Interesse …«

Ich hörte nicht mehr zu. Ich hörte nur mein wildes Herz und starrte Parker geschockt an, der so vertieft war in seinen Was-Lockeres-mit-Audrey-Monolog, dass er es gar nicht bemerkte. So war das mit mir und meinen mentalen Zusammenbrüchen mittlerweile. Sie passierten meistens in der Öffentlichkeit vor tausend unwissenden Zeugen, weil meine Gedanken für alle verborgen blieben.

*

Wären Audrey und ich noch anonym befreundet, würde sie meine Identität weiterhin nicht kennen und meine Schuldgefühle mich minütlich auffressen, hätte ich ihr eine Mail geschrieben. Ich hätte meine Klassikregel gebrochen, *Freaks* von Surf Curse in den Betreff gepackt und getippt:

Hi, Eternal Summer, hier eine Liste mit Dingen, vor denen ich mich fürchte: 1. Ich habe Angst davor, dass ich Menschen nicht guttue, weil ich toxisch bin. 2. Ich habe Angst davor, dass ich Menschen nicht guttue, weil ich toxisch bin. 3. Ich habe Angst davor, dass ich Menschen nicht guttue, weil ich toxisch bin. 4. Ich habe Höhenangst. 5. Ich habe Angst davor, dass ich Menschen nicht guttue, weil ich toxisch bin.

Aber vielleicht hätte ich das alles auch bloß eingegeben und dann wieder gelöscht, weil die Worte zu selbstmitleidig klangen, was das Gegenteil von attraktiv war. Und das wäre ein No-Go gewesen. Schließlich hatte ich Audrey noch nie nicht gemocht und wollte, dass sie mich auch wollte. Das war krank, bescheuert und natürlich nicht richtig. Aber es fühlte sich in gewisser Weise auch falsch an, sechs Stunden nach dem Gespräch mit Parker die Küche zu betreten. Falsch, weil Aiden in seiner Tomatensoße rührte und Ash eine Vase mit Wasser befüllte, beide mich jedoch sofort mit tiefem Stirnrunzeln musterten.

»Was ist passiert?«, fragte Aiden.

»Und sag nicht *nichts*«, fügte Ash hinzu.

»Ist echt kacke, wenn ihr beiden euer Ältere-Geschwister-Ding durchzieht.«

»Ist irgendetwas wegen Audrey?« Meine Schwester stellte die purpurroten Schnittblumen ins Wasser, ehe sie sich eine Strähne aus dem Gesicht strich und mich erwartungsvoll beäugte.

»Hast du Nachhilfestunden bei Doktor Ruiz genommen, oder was?«

Es klang bissiger als beabsichtigt, und ich hasste mich dafür. Ash schluckte, bevor sie zurückruderte, ein *Sorry* murmelte und ich mich noch schlechter fühlte. Seit der Sache mit Gray hatten meine Geschwister mich studiert wie die Texte für ihre Hausarbeiten. Sie kannten jeden meiner Gesichtsausdrücke auswendig und wussten, wie sie welches Brauenzucken interpretieren mussten. Wenn ich es genau nahm, kannten sie mich besser als ich mich selbst.

»Wäre ich ein guter großer Bruder *und* ein guter Koch, könnte ich behaupten, dass nach meinen Spaghetti mit Linsen-Bolognese alles besser ist. Aber leider würde ich auf Chefkoch gerade mal dreieinhalb Löffel bekommen, also …«

Ash verdrehte die Augen. »Du lässt deine Soße mindestens zwei Stunden köcheln, weil du auf TikTok aufgeschnappt hast, dass eine Tomatensoße mit kürzerer Kochzeit sonst keine Tomatensoße ist. Dafür würdest du also mindestens vier Löffel bekommen.«

»Was für eine Ehre, Schwesterherz.«

Aiden grinste, Ash schnaubte. Schwer schluckend ließ ich den Blick durch die Küche schweifen. Sie war zugestellt und überdekoriert. Es hingen zu viele Bilder und Gewürzregale an den Wänden, aber es roch nach Oregano und Zuhause, während Ashs Mix der Woche aus der Bluetooth-Anlage dröhnte und sich mit Aidens Lachen vermischte.

Reiß dich zusammen, Hill. Du hast ein Leben, ein Zuhause und so gut wie eine Freundin. Scheiß mal auf deine zehntausend Komplexe und Kopfkinobilder. Wie wär's mal mit Kommunikation und offenen Gesprächen, hm?

Die Stimme in mir war vernünftig und hatte recht. Ich sollte Audrey schreiben, sie nach Parker fragen. Es gab Erklärungen, denn das hier war die echte, graue Welt. Es gab nicht bloß Schwarz und Weiß, sondern auch zigtausend Nuancen dazwischen. Also zwang ich mir ein Lächeln auf die Lippen, bevor ich mich kurz in mein Zimmer entschuldigte.

»Beeil dich, Benni-Boy«, rief Ash mir hinterher. »Ich saß den ganzen Tag in der Bib und wurde von dem Sicherheitstypen mit seinem besten Killerblick beobachtet. Als hätte er gewusst, dass ich eine Packung Cheetos dabeihatte und unter einem Mooordshunger gelitten habe. Übrigens, sehr schlechte Kombination …«

Ihre Stimme wurde leiser, als ich mein Zimmer betrat. Hastig schmiss ich den Rucksack auf den Boden und checkte mein Handy. Mehrere neue Nachrichten in der Jahrgangsgruppe und eine von Audrey, die ich angeklickt hätte, wenn mir nicht gleich darauf die von einer unbekannten Nummer ins Auge gesprungen wäre. Es ist wichtig zu wissen, dass mein Herz raste, mein Magen sich verknotete, Säure meine Kehle hinaufkroch und ich in diesem Moment ganz klar wusste: Doktor Ruiz hatte recht, als sie meinte, unser Körper wüsste immer viel früher Bescheid als wir.

Unbekannte Nummer hat ein Video gesendet.

> **Unbekannte Nummer**: Nicer Lysander bist du da, Respekt, Bro. Verrätst du mir, wie man einfach so weiterleben kann, wenn man das Leben seines besten Freunds zerstört hat? Oder hast du einfach kein Herz, hm?

Kein Herz, keine Eier. Aber das Problem bestand darin, dass ich immer noch ein Mensch mit zitternden Fingern und bebenden Beinen und einem rennenden Pulsschlag und zehn Millionen Empfindungen war. Mit einem Kloß im Hals klickte ich den Link an. Es war das TikTok, das Tabitha von uns hochgeladen hatte.

Pov: Du liebst die falsche Person.

Kurz bevor alles völlig den Bach runterging, wusste ich für eine Sekunde, dass ich Doktor Ruiz später von diesem Augenblick erzählen musste. Bestimmt würde ich so etwas sagen wie: »Ich wusste in dem Moment nicht, was ich getan habe. Alles war wie auf Automatik. Ich hatte keine Chance gegen mich. Und als ich tief Luft geholt habe, war die Taubheit einfach wieder da. Ich habe sogar gespürt, wie sie sich in meinem Körper verteilt hat. Als ich dann ausgeatmet habe, war alles in mir einfach so … teilnahmslos. Wie Charlie es in *The Perks of Being a Wallflower* beschreibt. Wissen Sie noch, das ist der Film, den ich so mag?«

37

#Eternalsummer

I feel like walking, do you feel like coming?

Er stand komplett neben sich. Das bemerkte ich sofort. Es war Dienstagvormittag, Bilberrys Stunde, und wir hockten in einem Kreis. Die Arme gehoben, atmeten wir tief ein und aus, unsere wohlverdiente Schlussentspannung. Doch ich konnte die Lider nicht schließen, denn Jude befand sich schräg gegenüber von mir und strahlte etwas undefinierbar Wütendes aus. Aber es war nicht wirklich Wut, es war eher grundlose Aggression, die in jedem Luftholen mitschwang. Ich fragte mich, ob sie und meine unbeantworteten Nachrichten von gestern zusammenhingen. Als ich ihn nach der Stunde abfing, glänzte mein Gesicht, ich stank nach Schweiß, aber es war mir egal.

»Ist alles okay bei dir?« Ich berührte ihn an der Schulter, spürte, wie heftig seine Muskeln zitterten, und runzelte die Stirn. Dann sah er auf mich hinab, und mir wurde wieder mal bewusst, wie viel größer er als ich war. »Und du kannst nicht Nein sagen. Dein Gesicht ist nämlich ein offenes Buch.«

Ich Idiotin bemühte mich sogar um ein Lächeln, das er jedoch nonchalant abschmetterte.

»Lass uns später reden. Mittagspause oder so, ja?«

Es war das Einzige, was er sagte, bevor er in Richtung Duschen verschwand. Gleichzeitig war es das Fürchterlichste, was man mir mitteilen konnte.

Wir müssen reden.

Weltuntergangsstimmung, er wollte mich nicht mehr, weil er gecheckt hatte, wie langweilig, erbärmlich und pathetisch ich unter meinen All-Black-Everything-Kleidungsstücken war. Wie sehr genau diese Gedanken Letzteres sogar noch bewiesen. Fantastisch. Dennoch war da auch dieser andere Teil in mir, der sich dachte: Was zum Teufel, Jude? Ich schaffte es, mein Gehirn so auszutricksen, dass dieser Gedanke lauter als die anderen war. *Was zum Teufel, Jude?*, als Lawrence wieder einen Monolog über das Leben als kunstschaffende Person zum Besten gab. *Was zum Teufel, Jude?*, als er in Theatergeschichte bloß an die Wand starrte. *Was zum Teufel, Jude?*, als wir uns vor dem Raum trafen, weil wir endlich Mittagspause hatten.

»Gehen wir raus?«

»Klar?«, erwiderte ich, doch er war schon in Bewegung. Ich folgte ihm mit klopfendem Herzen und einem Monsterknoten im Magen. Draußen schien die Sonne. Sie knallte direkt auf mein Gesicht, lauwarm und blendend, während er den Broadway schweigend entlangmarschierte. Fremde mit ZARA-Tüten kamen uns von der 67th Avenue entgegen, Autos rasten, hupten und verpesteten die Luft, die in meine Lunge strömte.

»Ähm?«, begann ich, weil ich immer weniger verstand. »Wolltest du nicht reden?«

»Ich suche einen Anfang«, presste er hervor.

»Was zum Teufel, Jude?« Diesmal sprach ich es aus, aber da war dieser Moment, kurz bevor er sich umdrehte, in dem ich mir wünschte, ich hätte einfach die Klappe gehalten. Denn als er sich mir zuwandte, waren seine Augen flüssiges Grün, und meine Kehle schnürte sich zu.

»Wieso?« Seine Stimme klang so kühl und konstant, dass ich weinen wollte. »Wieso. Zum. Teufel. Musstest. Du. Was. Mit. Parker. Haben?«

Ich trat einen Schritt zurück. »Was?«

»Wie *was*? Es stimmt doch, oder nicht?«

»J-ja, schon, aber –«

»Großartig«, murmelte er, doch es war höhnisch. »Einfach nur großartig.«

»Stopp mal.« Ich hielt ihn am Arm zurück, sodass wir vor dem Loews Theatre zum Stehen kamen. Doch er wimmelte mich ab, die Schultern kerzengerade gestrafft. Der Kragen seiner Windbreaker-Jacke ging ihm bis übers Kinn, und seine Augen waren nicht nur glasig, sondern wild. Unter unseren Schuhen klebte Schneematsch. Die Sonne schien wirklich, aber es war kalt.

Bitterbitterkalt.

»Bist du ernsthaft so angepisst, weil ich Levi vor Monaten für drei Sekunden geküsst habe?«

»Hat nach ein bisschen mehr geklungen als nach nur einem Kuss.«

»Es war *ein* Kuss. Aber ehrlich gesagt verstehe ich nicht, wieso du dich so aufführst, als hätte ich ein Schwerverbrechen begangen. Natürlich kann ich nachvollziehen, dass das scheiße ist. Hättest du Tabitha oder so geküsst, wäre ich auch nicht begeistert, aber –«

»Nein, du verstehst es eben nicht, Audrey.«

Ich fragte mich, wie es möglich war, jemanden so ruhig und hart zugleich zu unterbrechen.

»Magst du ihn?«

»Bitte?«

»Sag schon, magst du ihn?«

»Verfluchte Scheiße, Jude!«

Ich kam ihm so nah, dass er mit dem Rücken gegen eins der Filmplakate stieß. Menschen passierten uns, als mein Herz pochte und ich sein Gesicht umfasste. Fest. Bestimmt, sodass mein Daumen kraftvoll auf seinen arbeitenden Kiefer drückte.

Was ist mit dir, was ist passiert, was zum Teufel ist los mit dir, Jude?

Das war mein Mantra, das ich ihm mit meinem tiefen Blick vermitteln wollte. Dabei war Letzterer nicht für den New Yorker Trubel geeignet, doch er musste so intensiv sein, weil ich sonst nicht bemerkte hätte, wie leer Judes Ausdruck auf einmal wirkte. Blank, weiß, durchsichtig, aber nicht auf die Theater-Jude-Weise.

Da war einfach nichts.

Also strich ich ihm mit den Fingern über die Haut, weil ich nicht wusste, was ich sonst tun sollte. Es war ein Reflex.

»Wieso, Audrey?«, wiederholte er.

Seine Lippen bebten, seine Bartstoppeln pikten mich, und ich verstand weiterhin nichts. Ich spürte sogar, wie er sich aus meinem Griff lösen wollte, doch ich ließ ihn nicht, weil hier gerade etwas ganz gewaltig schieflief.

»Nein, tut mir leid, ich lasse dich jetzt garantiert nicht gehen, damit du deine beschissene Ich-schweige-und-leide-heimlich-anstatt-dir-einfach-zu-sagen-was-mein-Problem-ist-Nummer abziehen kannst. Denn das funktioniert nicht, hörst du? Von mir aus bin ich zu wütend und du zu still. Vielleicht sind wir zusammen zu intensiv und impulsiv und diese Art von Menschen, die nur in Filmen realistisch wirken, weil sie fürs *Reallife* zu viel sind mit ihren Problemen. Von *fucking* mir aus, Jude. Aber wir sind nicht unlogisch und unnötig, wie du gerade mit deiner unterirdischen Eifersüchtiger-Typ-Impro, die ich dir nicht abkaufe.«

Aber er blickte bloß in den strahlend blauen Himmel, als würde ich ihn belästigen. Als wären wir nur zufällig vor diesem Kino gelandet. Als hätte er ganz einfach keinen Bock. Und das war gegen unsere Regeln, denn so funktionierte unsere Anziehung nicht.

Wir stießen uns nicht ab.

Als er sich räusperte, klang der Laut so kratzig, ich hätte ihn unendlich sexy gefunden, wenn wir uns in seinem Bett aneinander gerieben hätten. Doch er vergrub die Hände in seinen Taschen, als würde er mich nie wieder anfassen wollen.

»Du hast doch keine Ahnung, wer ich wirklich bin.«

Seine Worte schepperten zwischen uns auf den Boden. Blinzelnd blickte ich dorthin, wo sie landeten, direkt zwischen seinen Air Force und meinen Docs, in einer ekelhaft grauen Schneeregenpfütze. Dann ließ ich ihn ruckartig los.

»Nimm das zurück«, sagte ich fassungslos. »Nimm das zurück, weil wir uns verflucht noch mal unsere persönlichsten Probleme erzählt haben. Du mir *und* ich dir. Ich schwöre, Jude. Nimm das zurück.«

Ich wollte nicht derart aufgewühlt klingen, aber ich würde mir auch garantiert nicht das Herz von ihm am Lincoln Square zerbomben lassen.

Nicht grundlos.

Jude vergrub die Finger in seinem Haar. Seine Knöchel stachen weiß hervor, und das erinnerte mich an die Tatsache, dass ich Macht über ihn hatte. Dass er nicht so tun konnte, als wäre es keine große Sache, mir eine unnötige Szene wegen Levi zu machen, obwohl er wusste, wie sehr ich ihn mochte.

»Was ist wirklich los?«, flüsterte ich sanft, zärtlich, ich legte alle Wärme in meine Stimme, wie in Spracherziehung.

Jude betrachtete mich, und ich war mir sicher, ich hätte das Eis gebrochen. Ich sah es in seinem Blick, war mir sicher, dass –

»Es ist die Wahrheit. Du kennst mich nicht. *Das* ist los.«

Dann stieß er sich von der Fassade ab und ging.

Einfach so.

*

Dienstag, 15:39 Uhr
An: Eternal Summer (eternalsummer@newinyork.com)
Von: Bennett29 (bennett29@newinyork.com)
Betreff: (kein Betreff)

Es wäre besser, wenn wir erst mal auf Abstand gehen.

*

Ich konnte das nicht ernst nehmen.

Seine Mail erreichte mich während Bakers Stunde, die er schwänzte. Unauffällig steckte ich mein Handy weg. Dabei nahm ich tiefe Atemzüge und versuchte, nicht zu fühlen, was ich fühlte, weil ich sonst darüber nachdenken müsste, dass Jude Bennett29 Hill mir gerade das Herz brach. Und das konnte ja wohl nicht ernsthaft passieren. Also lauschte ich Bakers Broadway-Kriegsgeschichten, bis ich um Punkt siebzehn Uhr endlich frei war und wusste, was zu tun war. Ich ging nicht mal in mein Dorm. Mit leicht verschmiertem Eyeliner und fleckigem Bronzer stapfte ich in Richtung Hell's Kitchen. Dabei ging ich langsam, machte sogar einen Abstecher bei Whole Foods und kaufte mir eine Banane und einen grünen Smoothie. Ich passte auf mich auf. Ich war gut zu mir. Ich war stolz auf meine innere Ruhe und meinen nicht knurrenden Magen. Das Problem war bloß, dass ich absichtlich schlenderte, als wollte ich meinen Weg verlängern, ausweichen, der Realität schlicht aus dem Weg gehen.

Dreißig Minuten später klingelte ich, und noch war alles in mir entspannt. Seine Schwester meldete sich an der Gegensprechanlage, und als ich oben ankam, bat sie mich herein. Ihre Haare waren verwüstet und ihre Augen riesig, sie war wie Jude mit rotblonden Haaren.

»Hi, Audrey. Wie gut, dass du hier bist. Ben dreht seit gestern völlig am Rad. Ich dachte schon, ihr habt Streit oder so.«

Ich verneinte lächelnd, wobei ich mir die Schuhe abstreifte und dann an sein Zimmer klopfte.

»Nope«, sagte er, es klang dumpf und müde und ein bisschen tot. »Lasst mich einfach –«

»Ich bin's.«

Daraufhin zog er die Tür so heftig auf, dass sie gegen die Wand knallte. Ich wusste nicht, was mich zusammenzucken ließ: das Geräusch oder sein immer noch leerer Ausdruck.

»Was machst du hier?«, presste er hervor.

»Ich will reden. Wie erwachsene Menschen. Weil wir die ja sind.« Nüchtern sagte ich das, so ruhig, ich hätte den Friedensnobelpreis fürs Nicht-Ausrasten erhalten sollen.

Seine rechte Braue zuckte, aber er ließ mich schließlich eintreten. Wenn man es jedoch genau nahm, blieb ich draußen.

»Ich verstehe nicht, wieso du hier bist«, sagte er.

»Lustig, ich verstehe nämlich vieles gerade auch nicht. Zum Beispiel, wie es möglich ist, dass ich diese Nachricht bekommen habe, die garantiert nicht *du* mir geschrieben hast. Wie abgefuckt wäre es denn bitte, wenn du meinst, du könntest mich einfach so aus deinem Leben tippen? Das wäre doch ziemlich lächerlich, findest du nicht?«

Seine Kiefermuskulatur zuckte, aber seine Miene war immer noch glatt und blank.

»Weißt du, Jude, ich mache es dir einfach. Ich präsentiere dir eine deiner bescheuerten Listen und nenne sie *Dinge, die keinen Sinn ergeben*. Erstens: Du rastest aus, weil ich Levi vor Monaten für drei Sekunden geküsst habe, obwohl ich es nur so halb wollte, und lässt es mich nicht mal erklären. Zweitens: Du schreibst mir die ekelhafteste Mail auf diesem Planeten, obwohl du mir vor weniger als achtundvierzig Stunden über die Pyjamahose gerieben hast, weil du mich unbedingt zum Kommen bringen wolltest, ohne sie auszuziehen, und mich danach so zärtlich geküsst hast, als wüsstest du gar nicht, dass es Sex gibt. Drittens: Du schleuderst mir, *mir*, ins Gesicht, dass ich gar nicht weiß, wer du bist, und haust dann ab.«

Ich wünschte, ich hätte eine Tischplatte gehabt, auf der ich meine Hände zu einem diplomatischen Dreieck hätte falten können. Aber ich hatte nur Judes Tür, an die ich mich drängte, weil er plötzlich auf mich zuschritt. Ich verstand nicht, wieso er mir so nah kam, dass ich die Schultern gegen das Holz presste. Ich verstand nicht, wieso seine Nase beinahe meine berührte und er mein Gesicht packte, grob mit beiden Händen. Er erwischte ein paar Locken, es zog und tat weh, aber im Grunde schmerzte eh alles in diesem Moment.

»Viertens«, flüsterte ich. »Heute bist du derjenige, der richtig ungesund stark zittert.«

Es stimmte. Er war ein atmendes Erdbeben, das nichts erwidern konnte. Ganz nah spürte ich seinen Körper an meinem, und seine Barstoppeln kratzten sogar wieder über mein Kinn. Ich drückte den Rücken durch, eingesperrt von seiner schlanken Silhouette und den sehnigen Armen, die er neben meinem Kopf abstützte. Sein Atem traf meine Lippen, meine Glieder prickelten, und ich hasste alles daran.

Lieber Körper, Jude ist gerade nicht Jude. Bitte sei nicht geil auf ihn, vielen Dank.

»Audrey …«

»Nein.«

Ich biss die Zähne aufeinander, weil er das nicht machen konnte. Meinen Namen so tief und vertraut aussprechen, so wie er es immer tat, wenn er richtig erregt war, kurz bevor er abspritzte und mich ganz, ganz fest hielt. Das war nicht fair, weil mein dummer Körper darauf reagierte.

»Hör auf damit.« Ich stemmte die Hände gegen seine Brust, um ihn fernzuhalten. »Was soll das? Sollen wir uns wütend küssen, damit du mich auf dein Bett schmeißen kannst, ich dir ein Kondom überziehe und wir vögeln, oder was?«

Sofort nahm er seine Hände von der Tür.

»Was soll das?«, flüsterte ich. »Wieso redest du nicht?«

Er schüttelte den Kopf. »Ich kann einfach nicht.«

»ICH WEIß ÜBERHAUPT NICHT, WAS LOS IST!«

Schweigen.

Fürchterliches, unnötiges Schweigen. Heiße Tränen schossen mir in die Augen, ohne dass ich etwas dagegen tun konnte. Als Jude es bemerkte, wandte er den Blick hastig von mir ab.

»Oh nein, nein«, sagte ich. »Schau mich an, wenn du mir grundlos das Herz brichst.«

Daraufhin blickte er mich an, doch ich wusste nicht, ob es besser war. Ich hatte gedacht, es würde ihn quälen, mich so zu betrachten. Tränennass, verletzt, seinetwegen. Doch in seinem so perfekt unperfekten Gesicht herrschte weiterhin Leere.

Es tat so weh, ihn anzusehen, wie er mich ansah.

Mir wurde schlecht. So schlecht, ich hatte das Gefühl, ich müsste kotzen, und fragte mich, wieso die Leute einem nicht erzählten, dass Liebe körperlicher Schmerz war. Wie ein Tritt, ein Schlag, ein Stich aus dem Nichts. Ich finde, sie sollten es einem sagen.

Ich hätte mein letztes bisschen Würde zusammenkratzen, gehen und ihm vielleicht beim Hinausstampfen sagen sollen, dass er mich verdammt noch mal konnte. Doch ich war auch verliebt und verletzt und verzweifelt.

»Ich spüre doch, dass etwas nicht okay ist. Und ich weiß auch, dass das garantiert nicht nur an diesem Kuss mit Levi liegt. Also, was ist los? Sag es mir. *Bitte.* Es gibt nichts, was du mir nicht sagen kannst.«

Ich schluchzte, doch je lauter ich wurde, desto weiter entfernte er sich. Ein Kopfschütteln bekam ich, mehr nicht. Und ich hätte wieder schreien können, keifen und randalieren, damit die Typen auch schön Beweise für meinen abgedrehten Wahnsinn hatten. Doch nein. Ich tat nichts davon und erinnerte mich, wer ich war.

Summers, Audrey: falsche Atmung, zu wenig »Spiel«, ausdruckslos und eindimensional, aber exzellente Körperspannung.

Also nahm ich meinen Körper und drehte mich um. In meinem Kopf lief *Leaving like my mother*, während ich Jude hinter mir ließ. Ich dachte: Vielleicht bin ich so gut im Verlassen, weil mich noch nie jemand aufgehalten hat. Selbst wenn ich darum bettle.

38

#Bennett29

Beige

Ich ging weder in die Küche noch ins Badezimmer. Stattdessen entschied ich mich für das Parkett in meinem Zimmer, weil ich meine Freakshow so ungestört durchziehen konnte. Rücklings lag ich auf dem Boden und blinzelte der Decke entgegen. Ich konzentrierte mich auf die Kälte unter meinem Rücken und hatte sogar das Shirt nach oben geschoben, um das Parkett so stark wie möglich zu spüren. Meine Atmung ging ruhig und gleichmäßig wie mein entspannter Puls, denn das alles war mir einfach egal. Ich dachte an Traurigkeit, Selbsthass und Wut, suchte in meinem Gehirn nach Schubladen und Ordnern, in denen ich Emotionen gespeichert hatte. Doch da war nichts. Nichts. Ich fühlte rein gar nichts. Keine Ahnung, wie lange ich so dalag und atmete, um hoffentlich bald wieder zu leben. Doch irgendwann öffnete sich die Tür, irgendwann schneite Ash rein und ließ sich neben mir nieder. Auf dem Boden griff sie nach meiner Hand, während wir zusammen an die Decke starrten. Irgendwann kam Aiden ebenfalls dazu. Auch er nahm meine Hand, dann verharrten wir so. Drei Geschwister, die an einem Dienstagabend Händchen haltend auf dem Boden lagen. Meinetwegen. Wieder mal meinetwegen waren sie Teil der Freakshow, die ich nicht mal selbst verstand.

39

#Eternalsummer

The extent of all my worthless rage

Und so war das also. Es begann an einem Dezembernachmittag mit Yoga und *Arabella*, ich verliebte mich in zerzauste Locken und seltsame Listen, hatte seelenöffnenden Sex im Dorm 304 und das heftigste Herzpochen überhaupt. Ich hatte Jude, Jude Bennett29 Hill, bis ich ihn nicht mehr hatte. Weil er mich gegen seine Tür drückte und wollte, dass ich ging. Weil er meinte, ich würde ihn nicht kennen, was Bullshit war. Er hatte ein ramponiertes Geheimnis, das ich nicht kannte, aber er war keine Person, die mir fremd war. Ein Teil von mir wollte schreien und gleichzeitig lachen, weil es lächerlich war. Ich stellte mir Elles Leser*innen vor, die auf irgendeiner Bewertungsplattform schreiben würden: *Mäh, 2,5 Sterne, Anfang hat mich gecatcht, aber Ende war fürchterlich, wieso reden die nicht einfach miteinander?* Das Problem bestand darin, dass wir alle mit fehlender Kommunikation zu kämpfen hatten. NIEMAND REDET JEMALS WIRKLICH MITEINANDER, wollte ich manchmal schreien, weil Mom ihre Koffer in Richtung New York gepackt und gemeint hatte, es wäre bloß für drei Monate. Weil ich seit fünf Monaten einer Fremden beim Nachrichten-Einsprechen zuhörte, aber keinen Schimmer hatte, was sie in ihrem Leben trieb. Weil ich meiner besten Freundin nie gesagt hatte, dass sie mir fehlte und ich das Gefühl hatte, ich wäre in ihrem Leben bloß noch eine Lückenfüllerin, weil sie in Yale auf die Leute getroffen war, die zu *ihren wirklichen Leuten* wurden.

Seit dem letzten Gespräch mit Jude waren drei Tage vergangen. Gerade lief ich die Zweiundvierzigste wie torkelnder Liebeskummer auf zwei Beinen entlang, während ich Fremden in die Gesichter schaute. Ich fragte mich, wie viele Geheimnisse sie mit sich herumtrugen, wie oft sie »Nein, es ist wirklich nichts« auch tatsächlich so gemeint hatten und wie viele Magenschwüre das schon verursacht hatte. Wie viele von ihnen diese eine bestimmte Person hassten. Die, die ihnen das Herz rausgerissen hatte und sich nicht mal einen Dreck darum scherte. Doch dann überquerte ich die Kreuzung zur 8th Avenue und schüttelte diese Gedanken ab. Natürlich funktionierte es nicht, aber es war noch frisch, dieser neue Schmerz und ich, wir mussten uns noch aneinander gewöhnen.

Als ich die Tür zur Cold Stone Creamery aufstieß, tat ich es bewusst. Ich wartete drei Minuten lang, bis ich an der Reihe war.

»Einen Love-It-Becher mit *Berry Berry Good*«, sagte ich.

Die Verkäuferin griff nach dem mittleren Becher, bevor sie eine Kugel Sweet Cream hineinschaufelte. Fünf Minuten später aß ich meinen Eisbecher, während ich in Richtung Central Park spazierte, und war stolz auf mich. Es handelte sich um den mittleren Becher, kein Extrem. Es war ungesundes Vanilleeis mit Obst. Es war ausbalanciert, mein Fear Food, aber ich löffelte es ohne Reue. Natürlich würde ich meine Schritte checken, nachdem ich den Becher in den Müll geworfen hatte. Aber es ging immer um den Weg und nicht um das Ziel. Es ging darum, dass ich auf mich selbst aufpasste und mir Wecker für meine geregelten Mahlzeiten stellte. Darum, dass ich in den Überlebensmodus schaltete, weil ich meine mentale Gesundheit nicht wegen eines Typen verlieren würde. Ich wollte nicht zum nächsten Target laufen, Oreo-Donuts und Tiefkühltorten und Bounty-Cookies und Ben & Jerry's *Netflix & Chilll'd* auf das Kassenband schmeißen. Ich wollte nicht essen, weil ich mich leer fühlte, und mir dann den Finger in den Hals stecken. Ich wollte weg von diesen Extremen, und ich schaffte es. Ich aß jeden Tag das Gleiche, doch es waren richtige Mahlzeiten zur richtigen Zeit. Ich aß einen Haferjoghurt und eine Banane, Reis und Tofu mit Gemüse, ein halbes Sub mit vielen Spinatblättern und Eis. Jeden Tag Eis. Ich aß alles auf und klammerte mich an meine Routinen, weil sie manchmal die besten Sicherheitsnetze waren. Dann weinte ich unter der Dusche, weil natürlich trotzdem alles scheiße wehtat.

So war es auch heute.

Nach meinem Eisspaziergang und über elftausend Schritten war ich verschwitzt. Ich wollte duschen, schnappte mir den holografischen Kulturbeutel vom Haken und sprang in die Flip-Flops. Doch als ich die Zimmertür öffnete, vibrierte mein Handy, und alles in mir gefror. Das war das Problem an unseren iPhone-Leben und den roten Herzsmileys. Jedes Vibrieren konnte ein Weltuntergang oder *die* Nachricht sein. Es könnte alles sein.

Ich schluckte, starrte das Teufelsding auf meinem Bett an und hoffte wirklich, es wäre Jude. Jude, der mich seit unserem letzten Gespräch nicht mal anblickte, wenn er nicht auf einer Bühne dazu gezwungen wurde. Der mir nicht mehr schrieb, nicht mal ein dummes *Sorry, wirklich*, die weniger ernst gemeinte Version von *Es tut mir leid*. Mein Herz pochte heftig, weil ich wollte, dass er mir textete, und weil ich wollte, dass er sich ficken ging, auswanderte, ich ihn nie wieder zu Gesicht bekam. Doch natürlich war es nicht er, weil die Person, von der ich eine Nachricht wollte, mir sowieso nie schrieb.

Siehe Elle, siehe Jude.

Stattdessen war es eine fremde Person, deren Nachricht ich in meinen DMs hatte.

Coramillerss99: Hi, Audrey, sorry, dass ich mich in deine DMs sneake, aber ich war eine Freundin von Elle und bin diese Woche in New York und habe mich gefragt, ob wir uns vielleicht mal treffen könnten? Kann voll verstehen, wenn es dir zu viel ist, aber Elle hat immer so viel von dir geredet, und keine Ahnung, ich dachte, es wäre vielleicht heilend oder so? No pressure natürlich ☺

»Schlechte Nachrichten?« Amal trat schlurfend in unser Zimmer, wobei sie gelangweilt gähnte, doch ich brachte kein Wort hervor.

Meine Finger waren bloß ein eigenes Erdbeben, während ich mein Handy umklammerte.

»Hör mal, Hepburn«, sagte sie fast genervt. »Was auch immer mit Kylies Bruder und dir abgelaufen ist, er ist deinen momentanen schlechten Zustand garantiert nicht wert, nur damit du Bescheid weißt. Parker hat deine Tränen nicht verdient, oder wie auch immer man das auf Pinterest-Bildern ausgeschrieben findet. Würde er nicht an die Juilliard gehen, wäre er nur ein Chad-Frat-Boy, also …«

Amal fragte nicht, ob ich reden wollte. Sie schnappte sich nur einen Pullover und zwei Bücher, bevor sie unser Zimmer wieder wortlos verließ. Es war trotzdem das netteste Gespräch, das wir jemals geführt hatten, obwohl sie der Wahrheit nicht mal nahegekommen war.

Vielleicht könnte ich es irgendwann als Erfolg verbuchen, dann, wenn ich diese Nachricht verarbeitet hatte.

*

Ich hätte absagen, die Nachricht löschen und ihren Inhalt ignorieren sollen, so wie die von Hailee Butler. Doch ich konnte nicht. Nicht, nachdem ich mich durch Coras Profil gescrollt hatte. Nicht nach den ganzen Fotos mit Elle, lächelnd und betrunken, mit Crop Tops und ihrem Lieblingslippenstift von HUDA Beauty, so schön und glücklich, Elle-so-gar-nicht-Elle. Also betrat ich Bilberrys Kurs am Donnerstag mit einem Knoten im Magen. Nicht wegen Jude, der mich weiterhin nicht ansah. Der konnte mich mal. Wichser.

Ich hasste ihn.

Ich hasste ihn, ich hasste ihn, ich hasste ihn, ich hasste ihn, ~~ich liebte ihn und machte mir Sorgen~~. Doch das konnte ich nicht vor mir selbst zugeben, dafür stand zu viel auf dem Spiel, dieses *zu viel* war ich selbst. Der Knoten saß bloß da wegen Cora. Ich versemmelte die Rollenarbeit bei Lawrence und die Impro bei Baker. Letzterer hatte mir danach wieder diesen ganz bestimmten Blick zugeworfen, der zu sagen schien, er allein hätte mich niemals zugelassen. *Ach, sagen Sie bloß.*

Um kurz nach fünf erreichte ich das Starbucks am Times Square, fünfhundert Meter entfernt vom Barnes & Noble voll mit Elles Bestsellerbüchern. Cora hockte an einem Tisch ganz links, die Finger fest ineinander verknotet. Als sie mich erkannte, winkte sie und erhob sich sogar, um mich zu umarmen. Sie trug die Haare in einem weißblonden Bob und ein funkelndes Piercing in der Nase, roch nach Gucci *Bloom* und Matcha Latte, während das Licht sich in ihren perfekt manikürten Nägeln reflektierte. Nachtschwarz.

»Voll schön, dich kennenzulernen.« Sie umfasste ihre Tasse mit beiden Händen. »Elle hat so viel von dir erzählt.«

»Ich … Ich hab dich oft in ihrer Story gesehen.«

Was ich gesagt hatte, war garantiert falsch, doch niemand von uns beherrschte die Regeln eines Unsere-gemeinsame-

Freundin-ist-gestorben-Gesprächs. Also lächelte Cora bloß, bevor sie von Elle erzählte und ich ihre Worte in mich aufsaugte. Sie erwähnte sogar ihren Bruder, der in Hoboken wohnte, berichtete davon, dass sie und Elle einen Trip nach New York geplant hatten, was jedoch nie geklappt hatte.

»Wir hatten so viel zu tun«, sagte sie und sprach damit garantiert von den Schreibnachmittagen in diesem Campus-Café, das sie in ihren Posts markierte.

Irgendwann griff sie über den Tisch hinweg nach meiner Hand, während aus den Lautsprechern *Dreamers* plätscherte. Ihre Augen schienen erwartungsvoll.

»Was ist dein Sternzeichen?«, fragte ich hastig und zusammenhangslos, weil sie weiter schwieg und ich diese Stille nicht ertrug.

»Ah, stimmt. Du bist Elles Astro-Girl.« Cora wackelte mit den Brauen. »Auf was tippst du?«

»Zwilling?«

»Wassermann. Rebellisch, individuell und etwas strange. Elle hat mich mit ihrem Sternzeichenwissen ausgestattet. Na ja, war wohl eigentlich dein Wissen, das du ihr gegeben hast.«

Ich nickte bloß, weil das alles so seltsam war. Dabei zog mein Bauch sich zusammen, obwohl ich vor einer halben Stunde ein dämliches Sandwich in mich hineingezwängt hatte. Wieso hatte ich Hunger? Es ergab keinen Sinn, denn ich war voll. Voller Fragen und Verwirrung und diesem Drang aufzustehen, weil ich diesen Moment nicht ertrug.

»Was ich auch noch ansprechen wollte …«

Ansprechen. Als wären wir in einem Meeting.

»Hailee von Macmillan Publishers hat dir doch geschrieben, oder? Ich war diejenige, die … was ist? Wieso guckst du so überrascht? Du bist Elles beste Freundin.«

»*War.*« Ich räusperte mich. »Ich war ihre beste Freundin.«

Weil nach unserem Abschluss alles anders gewesen war, nicht weil sie gestorben war.

Und allein das war so grausam, dass es hinter meinen Augen brannte.

»Stimmt.« Auch Coras Augen wurden feucht, weil sie mich falsch verstand. »Sorry, es ist immer schwierig, wenn ...«

»Ich weiß.«

»Jedenfalls wäre es voll schön, wenn du es machst. Elle hätte das sehr viel bedeutet.«

Wie sie das sagte, so selbstverständlich, als kannte sie Elle in- und auswendig, in all den Facetten, die ich nie kennengelernt hatte.

»Ich bezweifle, dass das eine gute Idee ist.« Cora zuckte zusammen, doch ich fuhr hastig fort. »Wäre es nicht besser, wenn es eine Kommilitonin oder ein Kommilitone aus eurem Studiengang schreibt? Elle und ich hatten im letzten Jahr nicht so viel miteinander zu tun.«

Ich musste aufhören zu reden, weil ich sonst an diese gefährliche Gedankenschublade kommen würde, die überquellen würde. Aber Cora musterte mich weiterhin so, als wäre ich der schrecklichste Mensch auf der Welt. Und das hielt ich natürlich ebenfalls nicht aus.

»Ich ... Ich hatte einfach das Gefühl, Elle hätte in euch einfach *ihre* Menschen gefunden. Kennst du das Musikvideo zu *Ride*? Am Ende sagt Lana Del Rey so was wie: Ich habe jede Nacht gehofft, ich würde meine Leute finden, und dann tat ich es. So habe ich mir das mit euch vorgestellt, weil ganz ehrlich? Ich habe Elle noch nie so glücklich lächeln sehen wie auf den Fotos mit euch. Sie hat auf mich so anders gewirkt, anders *gut*, wie in –«

»Aber das sind doch nur Bilder? Elle hatte immer noch ihre extremen depressiven Phasen. Klar hat sie erzählt, dass ihr euch auseinandergelebt habt, aber das passiert selbst den Besten. Meistens wächst man danach wieder zusammen, wenn man, wie ihr, seit einer Ewigkeit befreundet gewesen ist. Außerdem warst du ihr trotzdem ultrawichtig. Sie hat betrunken immer von dir geredet, von wegen Twin Flames und dass sie dich vermisst.« Plötzlich lehnte Cora sich weiter vor. »Sag mal, hast du Elles Buch überhaupt gelesen?«

Ich konnte nichts sagen, nur den Kopf schütteln, das war gerade noch so möglich.

»Stopp, deine beste Freundin ist tot und du liest nicht mal ihren Roman?«

Ich habe vier Hardcover gekauft, wollte ich sagen, aber es erschien mir lächerlich. *Ich* fühlte mich lächerlich, weil Cora mich so ansah, als würde sie das Gleiche über mich denken wie ich selbst.

WAS ZUM TEUFEL STIMMT MIT DIR NICHT?

In einem Paralleluniversum lagen wir uns bestimmt weinend in den Armen, weil wir uns durch die Vermissung von Elle so verbunden fühlten. Doch ich lebte in diesem, und sie schwieg mich an, und ich wollte im Erdboden versinken. Niemand von uns weinte, weil Cora wütend auf mich war und ich wiederum einfach nur verwirrt.

»Du solltest es lesen«, sagte sie, aber ich hörte die unterdrückte Fassungslosigkeit glasklar heraus.

Es war das Letzte, was mir von unserem Treffen im Gedächtnis blieb, bevor wir uns voneinander verabschiedeten. Als sie verschwunden war, fragte ich mich, ob ich die letzte Stunde bloß geträumt hatte, aber dann trat ich nach draußen, und der Trubel erwischte mich eiskalt.

Ich war so fürchterlich hellwach, die ganze Zeit schon.

*

Es war so, dass ich kämpfte. Ich marschierte nicht sofort in Richtung Target. Ich lief fünftausenddreihundertzwölf Schritte durch Manhattan und kontrollierte alle dreißig Sekunden den Zähler, bis ich aufgab. Es war Kapitulieren auf die schmerzlichste Weise, weil ich mir einredete, ich würde definitiv nicht aufgeben, obwohl es eine offensichtliche Lüge war. Als hätte es nie eine andere Möglichkeit gegeben, als dass ich tranceartig in den Supermarkt stolperte, weil mein Herz pochte und mein Bauch knurrte und mir kotzübel war von dem Gedankenchaos.

Deine beste Freundin ist tot, und du liest nicht mal ihren verfluchten Roman?

Es ist die Wahrheit. Du kennst mich nicht.

Das können Sie doch wirklich besser, Miss Summers.

Aber ich konnte es nicht besser, und ich war es so leid, mir einzureden, das Gegenteil wäre der Fall. Selbst wenn diese witzlose Stimme in mir meinte: »Nur weil du eine Vierer-Packung Donuts in deinen Einkaufskorb legst, bedeutet es nicht, dass du sie gleich essen wirst.«

ABER NATÜRLICH WÜRDE ICH DAS.

Ich packte Cheetos, Eiseimer und Keksschachteln garantiert nicht umsonst in den Korb. Ich achtete garantiert nicht umsonst nicht mehr auf das Vegan-Label. Ich bezahlte garantiert nicht dreißig Dollar und neunundsiebzig Cent, um gleich zu reflektieren, dass ich diesen Mist doch nicht benötigte. Denn ich brauchte ihn. In meinem Körper existierte ein Loch, das mich auffraß. Ein Gefühl, schwarz und riesig, es war unendlich und bösartig. Es war da, seitdem Elle gestorben war. Es wollte zehntausend Schritte laufen und sich gegen geregelte Mahlzeiten wehren. Aber vor allem machte es mich leer. So leer, leer, leer, dass ich es nicht mehr ertrug. Ich konnte nicht mehr. Ich wollte nicht mehr. Ich wollte bloß laufen und essen und mich nicht mehr leer fühlen. Also tat ich genau das, selbst wenn die Papiertüten beinahe rissen. An meinem Ziel begrüßte ich Moms Portier und störte mich nicht mal an dem Gefühl, hier völlig falsch zu sein. Oben schloss ich auf, im Wissen, dass ich sturmfrei hatte. Adam und Mom waren nämlich auf irgendeinem Event, in irgendeiner Rooftop Bar, in der Manhattans Elite sich so hemmungslos volllaufen ließ wie Jugendliche auf einer Hausparty irgendwo in Ohio.

Gott, ich war so wütend.

Vor allem auf mich selbst, aber auch auf Cora. Auf ihren Blick und auf Elle, die mir nicht geschrieben hatte, dass ich ihr so fehlte wie sie mir, selbst wenn es kindisch klang. Es stimmte, was ich Bennett29 oder Jude oder Jude Bennett29 Hill geschrieben hatte: Vereinfacht waren all unsere Gedanken bloß pubertäre Minderwertigkeitskomplexe. Doch die wollte ich jetzt nicht analysieren. Ich wollte kein Yoga machen, und ich wollte nicht meditieren. Ich wollte mit schmutzigen Docs in Moms Küche marschieren, das Licht anknipsen und essen – was ich tat. Meine Finger öffneten Packungen, und ich liebte das Ratschen, Anfassen und Alles-in-mich-Hineinschaufeln. Es gab weder Chronologie noch ein System, ich biss in einen Donut und eine Tafel Schokolade und aß einen halben Becher Ben & Jerry's. Ich mochte es, dass mir bei jedem Bissen schlechter wurde, ich schon voll war, doch nicht aufhörte. Jedes Schlucken war körperlicher Schmerz, wie in Jude verliebt zu sein, wie ein Stich in den Magen, doch ich aß weiter. Und hörte bloß auf, als alles leer war. Donuts, Eis, Schokolade, Kekse. Plastik, Pappe, alles ohne Inhalt. Ich musterte den Müll, da spürte ich das Sodbrennen. Meine Magensäure, die mir die Kehle verbrannte. Meine Bauchdecke, die zu platzen drohte. Kurz bevor ich aus dem Raum rannte, sah ich für eine winzige Sekunde alles glasklar, und die Worte meines ehemaligen Therapeuten ploppten mir in den Kopf.

Erstens: Verzeih dir sofort. Natürlich bist du nicht ideal mit der Situation umgegangen, aber du bist ein Mensch. Menschen machen Fehler. Was würdest du deiner Freundin sagen? Sag dir das Gleiche. Zweites: Versuche zu verstehen, was der Auslöser war. Hattest du einen stressigen Tag? War es ein bestimmtes Ereignis? Drittens: Warte, bis du wieder hungrig bist, und iss eine normale Mahlzeit. Überdenke sie nicht, und verbiete sie dir nicht!

Aber diese Punkte erinnerten mich nur an Judes dämliche Listen, und das gab mir den Rest. Ich rannte ins Bad, schloss die Tür und drehte aus Gewohnheit den Wasserhahn auf. Es musste einfach raus. Ich war nicht mehr leer, sondern überfressen und voll und ekelhaft. Als ich den Klodeckel anhob, tränten meine Augen bereits. Ich starrte dem WC-Duftstein entgegen, während ich mich fragte, wie oft ich diese Entscheidung in meinem Leben schon getroffen hatte. *Will ich das wirklich?* Ja, dachte ich ohne Zögern, warf mir die Locken nach hinten und …

»AUDREY?«

Scheiße.

Es war nicht Mom. Es war schlimmer.

Es war verflucht noch mal Adam, der gegen die Tür klopfte.

»Ja«, krächzte ich. »Ich dusche.«

»Bullshit. Ich war in der Küche.« Seine Stimme klang ruhig, ruhig und leise wie die eines Elternteils, das innerlich brodelte, doch vor Fremden nicht ausrasten würde.

Ich wollte schnauben und ihn fragen, was er dachte, wer er ist. Aber ich atmete den chemischen Zitronengeruch ein und wusste, dass das mit ihm vor der Tür garantiert nichts werden würde.

Steh auf, Summers. Steh auf und öffne die Tür. Steh auf, steh auf, steh auf!

Ich hätte die Stimme so wie die drei Punkte ignorieren, mir den Finger in den Hals stecken und alles ausblenden können.

Aber ich schloss meine Lider, während ich mich an die letzten Tage erinnerte. An die Wecker. An die drei Mahlzeiten und das Eis. Wie stolz ich auf mich gewesen war, dass ich das selbst in meinem beschissenen Liebeskummerzustand geschafft hatte.

»AUDREY?« Das Klopfen wurde zu einem Hämmern. »SI NO ABRES LA PUERTA AHORA, YO …«

Ich erhob mich unter Zittern. Und als ich die Tür aufstieß und Mom erblickte, die in ihren Jimmy Choos und mit perfekt nachgezogenen Lippen vor mir weinte, wurde mir bewusst, was das gerade gewesen war, nämlich ein Rückfall, EIN RÜCKFALL. Wenn man es genau nahm, wusste ich gar nicht, wie ich es eigentlich lebend bis hierhin geschafft hatte.

40

#Bennett29

To Be So Lonely

Ich funktionierte an der Juilliard wie eine Maschine, sonst lag ich in meinem Bett und kämpfte darum, es bis in meine Dusche zu schaffen. Aiden sagte, ich solle zu Hause bleiben, aber er verstand nicht, dass es dadurch bloß schlimmer werden würde. Selbst wenn ich nur eineinhalb Stunden schlief und weinen wollte, doch nicht konnte. Ich wollte raus aus meinem Körper, der nichts fühlte. In den ganz schlimmen Momenten legte ich zwei Finger an meinen Puls, nur um sicherzugehen, dass ich noch lebte. Kein Scherz.

»Und ich weiß«, schob ich schnell ein, als ich Donnerstagabend mit Doktor Ruiz sprach. »Mein Körper ist nicht das Problem, *ich* bin das Problem.«

Sie schwieg, und ich hasste es, dass sie das tat, weil sie ganz genau wusste, dass ich weiterreden würde. Schließlich hatte ich keinen Filter mehr. Ich war eine taube, undefinierbare Masse mit sehr krankhaften Eigenschaften.

»Aber ich denke, dass es nicht so schlimm ist wie letztes Mal. Das sehen Sie doch auch, oder? Ich meine, es ist definitiv so, nicht wahr?«

»Jude.« Sie lächelte, aber es war ihr Ich-bin-deine-Therapeutin-und-du-bist-krank-Lächeln. »Sie wissen am besten, wie viel schlechter oder besser es im Vergleich mit Ihrer letzten depressiven Episode ist.«

Und ich hasste auch das. Wieso konnte sie mich nicht einfach bestätigen? Wieso musste sie mit ihren scheißintelligenten Sprüchen daherkommen, die mir bewiesen, dass ich mich eigentlich selbst heilen musste und sie mich nur dabei begleitete, bla, bla, bla. Ich *hasste* das, und ich wäre so gerne wütend, aber da war einfach nichts. Dennoch sprach ich weiter, weil sie mich sonst wieder fragen würde, wo ich meine Taubheit auf einer Skala von eins bis zehn ansiedeln würde, und ich »drei Trillionen sechsundsechzig« antworten müsste. Ich linste auf die Uhranzeige rechts im Bild. Kurz vor sieben.

»Glauben Sie, ich übertreibe?« Meine Stimme wurde so leise, ich würde mich vor mir selbst gruseln. Aber ich war ein Fels. Nein, das stimmte nicht. Ich war ein Nichts und leer und weinerlich. »Eigentlich ist es lächerlich, dass ich so ausgerastet bin. Wieso habe ich mich so getriggert gefühlt? Und wieso konnte ich nicht mit Audrey reden? Eigentlich ist es ein Wunder, dass sie mich überhaupt mochte, nachdem ich es so in den Sand gesetzt hatte. Am liebsten würde ich ihr schreiben und mich entschuldigen, aber wenn ich tippen will, dann … keine Ahnung. Es geht einfach nicht. Ich bin so blockiert. Ich bin so unfähig. Ich bin ein Arschloch, ich bin –«

»Sie sind depressiv.« Doktor Ruiz legte den Stift beiseite, während ich mir wünschte, sie würde tief Luft holen, dichter an den Bildschirm rücken, irgendetwas tun. Doch sie saß einfach da, mit ihrem perfekten Dutt und ihren sehr rosafarbenen Wangen. Wie immer. Wie jede Woche. »Haben Sie darüber nachgedacht, worüber wir letztes Mal gesprochen haben?«

41

#Eternalsummer

Say we'll get famous and we'll
die with our names

Mom ließ mich nicht allein. Es war kurz nach drei Uhr morgens, als sie leise schnarchend neben mir lag. Vorhin hatte sie so viel geweint, dass sie nachher garantiert ein Kilo von ihrem Tarte-Concealer benutzen müsste. Noch hatte sie nichts gesagt, dabei ahnte ich, welches Gespräch beim Frühstück anstand. Doch gerade waren wir weit entfernt von einem gedeckten Küchentisch, den es definitiv geben würde. Schließlich musste Mom sich darüber versichern, dass ich nicht wieder hemmungslos Süßkram in mich hineinstopfte oder gar nichts mehr aß.

Ich schlüpfte lautlos aus dem Bett, weil ich spürte, was zu tun war. Auf Zehenspitzen tappte ich in die Küche, wo mein Blick sich auf den mattschwarzen Mülleimer heftete. Ich wusste, dass sich dort etliche Plastikverpackungen türmten, für die ich mich schämte. Doch es war mitten in der Nacht, und ich war wach, nicht müde, aber erschöpft. Ich würde erst in ein paar Stunden weiter darüber nachdenken. Jetzt kochte ich mir einen Tee, mit dem ich mich ins Wohnzimmer setzte. Das Licht ließ ich für meine gewünschte Dramatik aus, denn es war ein großer Moment. Ich krümmte mich auf dem Sofa zu einer winzigen Kugel. Ich nahm mein Handy und öffnete Amazon. Ich tippte ihren Namen. Ich kaufte ihren Roman. Ich lud die Kindle-App runter. Ich wartete. Ich klickte. Ich las: *Ich lasse mir ein Krokodil auf das Handgelenk tätowieren, obwohl ich weiß, dass es scheiße aussehen wird.*

Und dann war ich diejenige, die weinte. Während jeder einzelnen Seite, weil sie von einer Protagonistin erzählten, die sich selbst so sehr hasste, dass es mir die Luft nahm. Elles Worte taten weh, selbst wenn im Vordergrund die Liebesgeschichte mit einem Künstlertyp stand. Ich weinte, weil Elle eine hispanische Protagonistin entworfen hatte, über die Ruby sich nicht aufregen würde. Die nicht superextrovertiert und scheinbar sexsüchtig wegen ihres so *heißblütigen Temperaments* war, ohne Kardashian-Hintern und Sofía-Vergara-Oberweite. Die Ich-Erzählerin bekam dauernd Fragen à la *Woher bist du?*, *Nein, ich meine, woher kommst du* wirklich?, *Aus welchem Land stammen deine Eltern?* gestellt. Ihre Eltern stammten nicht aus Mexiko, damit es ein USP war, sie zwei Absätze lang als *exotisch-schön* beschrieben werden konnte und ihr Name Mónica Morales melodisch klang. Nicht, damit sie sich sexy auf Tanzflächen bewegen konnte und der Love-Interest sie wegen ihres dunklen Haars, der gebräunten Haut und der Rehaugen anhimmelte. Mónica konnte nicht tanzen und wollte Bücher schreiben, sie träumte von Cold-Stone-Creamery-Eisbechern und studierte in Yale. Ich las, weinte und fragte mich, ob es eine Mischung aus uns beiden war, doch fand keine Antworten. Nicht zwischen Kapitelenden und Kapitelanfängen, nicht in den Rezensionen, nicht in meinen Google-Suchanfragen.

The Emptiness Between Us Interpretation
The Emptiness Between Us Autofiktion
The Emptiness Between Us was bedeutet das Ende

Ich stieß bloß auf Blogger*innenbilder mit Lightroom-Filtern und Lobeshymnen, bis ich über einen Thread auf Reddit stolperte. *Wieso lässt Mónica sich ein Krokodil tätowieren?* Eine Userin philosophierte über die Traumdeutung des Krokodils, über Hinterlist und Gier, dass die Tiere auf ihre Opfer lauerten und im richtigen Moment zuschnappten. Jemand anders wollte das Krokodil mit Elles Heimat verbinden, aber scheiterte, weil er der Meinung war, in Florida gäbe es nur Alligatoren. Ein heftiges Schluchzen durchzuckte mich, während ich das Handy fest umklammerte. Dabei hätte ich am liebsten getippt: *Es könnte möglich sein, dass sich ein Alligator in den Pool ihrer Freundin geschlichen hat und sie diejenigen waren, die ihn zuerst entdeckten. Dass sie damals Grundschülerinnen waren und der Alligator ein so riesiges Maul hatte, dass sie wussten, es musste ein Krokodil sein (auch wenn die Leute von Fish & Wildlife etwas anderes behaupteten). Dass da dieser Moment war, in dem sie ihrem Krokodil tief in die Augen schauten, bevor sie den Erwachsenen Bescheid gaben. Dass das Tier sich bis ans andere Poolende zurückzog, weil sie so furchteinflößend in ihren Pyjamas mit Hannah-Montana-Aufdruck waren. Dass sie sich fest an den Händen hielten und sich unbesiegbar fühlten, weil sie ein Krokodil so gut wie in die Flucht geschlagen hatten.*

Doch ich kommentierte nichts. Ich umarmte mich bloß selbst und weinte, weil ich Elle vermisste, weil sie meine beste Freundin gewesen und jetzt tot war. Aber einen kurzen Moment weinte ich auch aus einem anderen Grund. Ich weinte, weil Elle Flores mit zwanzig gestorben war und das viel zu jung war. Sie hätte noch so viel zu sagen und schreiben gehabt. Sie würde ihr Buch niemals in einem Barnes & Noble sehen. Niemals. Bei dem Gedanken musste ich die Finger ineinander verknoten, um nicht unter jede Rezension zu tippen: *Ich hoffe, Mónica hat dein Herz so berührt, weil die Geschichte so gut war, und nicht, weil die Autorin gestorben ist. Das hätte sie nämlich gehasst!!!!!!!!!*

*

»Ich habe dir einen Termin bei einer Therapeutin gemacht. Doktor Huntington. Am Union Square. In drei Wochen ist deine erste Sitzung.«

Mom hatte noch nicht mal ihre erste Tasse Kaffee in der Hand. Sie sagte es mir in der Küche, Samtpyjama, barfuß und mit rot geränderten Augen. Es war der wichtigste Punkt auf ihrer heutigen To-do-Liste, das spürte ich an der Art, wie sie es mir beibrachte: entschlossen und mit maximalem Tatendrang. Natürlich hätte ich ihr sagen können, dass ich neunzehn und sie nicht mehr meine Erziehungsberechtigte war. Aber meine Zunge lag flaumig und schwer in meinem Mund vor all den Fragen, die ich Elle niemals würde stellen können. Die Haut an meinen Füßen warf von den Schritten des letzten Jahres Blasen, im Mülleimer stapelten sich Plastikverpackungen, und ich fürchtete mich so vor mir selbst.

»Danke«, flüsterte ich.

Aber Mom schüttelte den Kopf. Ihre Augen waren ungeschminkt, doch riesig. Wie ihre Unterlippe bebte, entging mir nicht. Und als sie mich dann wider Erwarten in die festeste Umarmung der Welt zog, überraschte es mich trotzdem.

Ich konnte nichts dafür, dass mein Herz sich spürbar zusammenzog.

Doch das reichte Mom nicht. Sie musste mich noch dichter an ihren weich-warmen Pyjama drücken. So, als wollte sie mich nie, nie, nie wieder loslassen.

Es tut mir so leid.

Das sagte sie mit ihren Umarmungen, jedes Mal und seit Jahren. Seit sie mit tränennassen Augen zum ersten Mal wieder vor unserer Haustür gestanden hatte. Schließlich hatte Dad ihr sofort von mir und meinen neuen Angewohnheiten erzählt, sobald er mich kotzend vor der Kloschüssel erwischt hatte. Ich war sechzehn gewesen, Mom schon seit einem Jahr in New York. »Es tut mir so, so, so leid, mi hija«, hatte sie damals geschluchzt, den Kofferhenkel fallen lassen und mich in die erste Umarmung gezogen, die mehr als eine Umarmung war. Eine Ewigkeit hatte sie in mein Haar geweint, das eigentlich wie ihr Haar war, und sich in Dauerschleife entschuldigt. Wofür genau, hatte sie mir nie erklärt, doch das war nicht nötig gewesen. Schließlich hatte ich sie noch am selben Abend bei einem Telefonat mit ihrer Schwester gehört.

Nein, du verstehst das nicht, Marta. Natürlich hätte ich es früher bemerkt! Ich hätte gemerkt, dass sie weniger isst. Dass sie Kekse mit Seife übergießt, wenn sie sie in den Müll schmeißt, um sie bei einer Binge-Attacke nicht wieder auszugraben. Das Wasserrauschen, wenn sie im Bad ist. Ich hätte es einfach gemerkt, weil sie meine Tochter ist und ich ihre Mom bin! Und ich … ich … ich … mierda. *Ich war einfach nicht da für sie.*

Jetzt drückte sie mich wieder ein bisschen fester gegen ihre Brust. Mit jeder Sekunde wurde ihre Umarmung noch inniger und gleichzeitig schmerzhafter.

Es tut mir leid.

Noch ein bisschen fester.

Es tut mir leid.

Noch ein bisschen.

Es tut mir leid.

Und noch ein bisschen.

Es tut mir leid.

»Es ist schon okay, du kannst doch nichts dafür«, flüsterte ich, bevor ich hastig weitersprach. »Es war nur ein kleiner Ausrutscher. Ich bekomme das wieder hin.«

Mom löste sich von mir. Ich erkannte sofort, dass ihre Augen glasig waren, doch sie versuchte nicht mal, es zu vertuschen.

»*Naturalmente.*« Flüsternd strich sie mir über die Schultern. »Du bist so stark, mi hija. Natürlich schaffen wir das.«

Stark.

Ich musste mich zusammenreißen, um das Gesicht nicht zu verziehen. Erstens, weil es mich an Jude erinnerte. Außerdem … Wie stark war ich wirklich, wenn Essen mein Leben bestimmte? Wenn ich mich in Unterwäsche vor dem Spiegel betrachtete und am liebsten weinen würde, weil ich meinen eigenen Körper nicht ertrug? Wenn ich bei dem Gedanken, durch einen Supermarkt zu laufen, in Panik geriet, weil ich mir selbst nicht traute? Wenn ich manchmal immer noch heftig zusammenzuckte, weil ich beobachtete, wie viel Öl Menschen in ihre Pfannen gaben? Wie *stark* war ich da wirklich?

Hastig schloss ich die Augen.

Beruhig dich, Summers. Kleine Schritte. Keine Panik. Atmen. Morgen sieht die Welt schon wieder besser aus.

Ich holte tief Luft, bevor ich ein »Danke, Mom« herausbrachte. Es klang sehr rau und kratzig, aber ich meinte es ernst. Und später, während wir am gedeckten Tisch saßen, erinnerte ich mich an Punkt 3. *Die nächste Mahlzeit normal zu sich nehmen und nicht überdenken.* Also goss ich mein Knuspermüsli mit Haferdrink auf und lauschte Mom und Adam, die extranetten Small Talk für mich betrieben. Doch irgendwann drifteten meine Gedanken ab, und ich stellte mir meinen ersten Termin bei Doktor Huntington vor. Wie eine ihrer ersten Fragen lauten würde, ob ich bereits in Therapie gewesen war. Wie ich mit Ja antworten, Begriffe wie *Bulimia nervosa* und *körperdysmorphe Störung* umschreiben würde, weil ich es hasste, sie in den Mund zu nehmen. Ich würde weinen, wenn ich erklärte, dass ich nie untergewichtig gewesen war, dass ich laut Außenstehenden völlig normal und garantiert *nicht essgestört* gewirkt hatte. Dass ich mich deshalb in meiner eigenen Krankheit gescheitert fühlte, mich dafür hasste und allein das so unendlich verdreht war. Dass ich mir wünschte, ich hätte es aus Selbstbestimmung getan, aus dem Drang heraus, mein Essverhalten zu kontrollieren, einfach um *irgendetwas* zu kontrollieren, was aber nicht der Wahrheit entsprach. Ich wollte eine Lücke zwischen meinen Oberschenkeln. Ich wollte deutlich hervorstechende Schlüsselbeine. Ich wollte einen makellos flachen Bauch. Ich wollte dem gesellschaftlichen Ideal entsprechen. Perfekt sein. Begehrenswert. Gewollt. Doktor Huntington würde nicken, während ich ihr professionelles Zuhörerinnengesicht kennenlernen würde. Und während ich erzählte und erzählte, würde ich an die Stunden mit Doktor Paulsen denken. An meine Tränen und das Modellieren mit Knete, weil ich das erschaffen sollte, wovor ich mich fürchtete, und ich immer ein klobiges, undefinierbares Etwas zusammengedrückt hatte. Ich würde mir Elles Tod und mein Schrittzählen für die nächste Stunde aufheben, weil die Zeit nicht reichen würde. Ich würde die Praxis verlassen und mir vorstellen, wie eine imaginäre Kamera rauszoomte. Dass diese Kamera mich filmte, bis ich von oben herab mit den anderen Passant*innen verschwamm. Ich würde *Deep End* von Holly Humberstone in meinen Kopfhörern aufdrehen, einen Song, den ich Jude nie geschickt hatte. Er würde meinen Neuanfang markieren, während ich mir sagen würde, dass das wirkliche Leben schlicht so war. Es gab Rückfälle. Menschen verhielten sich unlogisch, wenn sie nicht von einem Hollywood-Schreibteam entworfen waren. Zu feste Umarmungen waren eine Love Language. Tote beste Freundinnen wurden zu Bestsellerautorinnen. Liebe tat weh. Nicht alle Fragen würden beantwortet werden, und ich musste auch nicht allen Antworten hinterherjagen. Ich würde die Musik lauter stellen, in der Masse verschwinden und mir dabei vorstellen, wie die Credits liefen, weil ich die Rolle des Main Character abgeben würde.

42

#Bennett29

Deep End

Allererste Therapiestunden in einer neuen Praxis machten mich fertig. Ich rieb mir die Hände an den Jeans, denn ich war nervös, obwohl es unnötig war. Erstgespräche existierten dazu, um sich kennenzulernen, um gesagt zu bekommen: »In der nächsten Stunde füllen Sie ellenlange Fragebögen aus, die ich evaluiere«, um ganz allgemein zu schauen, ob die Chemie stimmte. In meiner Kehle wurde es eng, doch davon konnte ich mich nicht aufhalten lassen. Ich musste das hier tun. Und ich muss hier rein, dachte ich und musterte das Praxisschild. *Quinn Anniston, Fachärztin für Psychiatrie & Psychotherapie.* Ich stand vor dieser Praxis, weil Doktor Ruiz recht hatte. Die Online-Stunden reichten nicht, ich benötigte jemanden vor Ort und vielleicht sogar Medikamente, obwohl ich auf verkorkste Weise stolz auf mich gewesen war, weil ich bisher darauf verzichtet hatte. Weil ich mir einbildete, ich wäre stark und besser, wenn ich es ohne aushielt. Dann stieß ich die Tür auf, weil es das wirklich war: ein Aushalten. Mir ging es beschissen, ich konnte nicht schlafen und war überfordert mit mir selbst. Mein Glaubenssatz war für den Arsch, weil nicht Medikamente der Endgegner waren, sondern allen voran ich selbst.

»Wie kann ich Ihnen helfen?«, fragte mich der Typ an der Rezeption.

43

#Eternalsummer

And I know it's fine to end our time

Er stand direkt hinter mir.

Ich spürte seine Wärme und wusste, dass er mich gleich von hinten packen würde, wusste es einfach, weil ich ihn so gut kannte. Sein Mund glitt meinen Hals hinab, während er die Finger in mein Shirt krallte. Wenn er an meinem Ohrläppchen hängen blieb, stöhnte er so tief, dass man süchtig danach werden konnte.

Ich wusste, dass *ich* süchtig danach war.

Matz trat vor mich und sprach seinen Text. Währenddessen machte Lawrence sich Notizen und ließ uns spielen, weil die Credits natürlich nicht rollten. Schließlich war ich eine ganz normale Person in einem sehr normalen Leben, egal wie sehr ich mich in gewisse Aspekte hineinsteigerte. Und das hier war mein Alltag. Aufstehen. Amal beim Sprachnachrichtenaufnehmen zuhören. Mir Waschräume mit Fremden teilen. Mich in Bilberrys Kurs schleppen, schwitzen und um kurz nach acht schon ein bisschen sterben. Jude ansehen, aber versuchen, ihn nicht wirklich zu sehen – selbst wenn es fürchterlich naiv war. Wir befanden uns im selben Jahrgang. Er und ich, wir würden uns in unserem Juilliard-Leben ständig sehen. Hier waren wir auf ewig Spielpartner und Spielpartnerin, zwei Studierende, die die Aufgaben ihrer Dozent*innen erfüllten und im Frühling ihren Chatverlauf für einen Kurs würden faken müssen. Aber davon waren wir noch weit entfernt. Es war Freitag, tiefster Februarwinter, und ich befand mich auf der Bühne.

Matz und ich improvisierten ein Liebespaar, das sich nicht haben konnte. Zwischen unseren Charakteren sollten nicht nur Funken sprühen, nein, es sollte pochen, pulsieren, nach Sex schreien. Tabuthemen enttabuisieren, so nannte Lawrence es. Und ich fuhr voll darauf ab. Ich konnte glänzen mit meiner Körpersprache und Gliederspannung. Selbst wenn es nur eine unwichtige Probe war, spürte ich, wie gut ich spielte. So gut, dass Jude den Blick keine Sekunde lang vom Boden hob.

Gemimte Teilnahmslosigkeit, dein Spezialgebiet, Bennett29.

Aber dieses Verhalten war schwach. Jämmerlich. Erbärmlich. Es war der Grund, wieso ich nicht wegschaute, als er mit Dahlia die gleiche Szene vorführte, wobei Lawrence ihnen Bemerkungen entgegenschleuderte. Noch mehr Gefühle, noch mehr Zärtlichkeit, *erregen Sie Miss Sailor mit Ihrem Herzen, Ihr Herz will sie und Ihr Körper will ihren!*

Es war seltsam, einen Dozenten solche Dinge sagen zu hören, aber ich starrte wie gebannt auf die Bühne und wollte ja nichts verpassen, um mir hinterher einen Pokal fürs Aushalten zu verleihen. Anfangs lief es großartig, ich fühlte mich wie eine Person, die ihre Geschichte so oft wie möglich erzählte, damit sie nicht mehr schmerzte. Jude war mein Film, und ich schaute und fühlte, bis ich nichts mehr fühlte.

Aber dann wich er ein Stück vor Dahlia zurück, obwohl er sie küssen sollte. Stattdessen umrahmte er ihr Gesicht mit beiden Händen, doch die Berührung war nicht sanft. Sie war dringlich und hart und dominant und sexy.

»Denkst du wirklich, ich weiß nicht, was für ein Arschloch ich war? Ich *weiß* es jeden Tag, wenn du mich ansiehst, ohne mich wirklich anzusehen. Aber das funktioniert so nicht. Du hast mich schon gesehen. Du hast alles gesehen. Und *ich weiß*, dass es wehgetan hat. Dass ich wehtue, so ganz allgemein als Person. Aber ich bin trotzdem hier. Hörst du? Ich bin hier, und ich gehe nicht, und ich will dich. Also, bitte.« Er ließ seine Stimme so gekonnt zittern, das Arschloch. »Gib mir noch eine Chance.«

Als er sie küsste, schallte ihr gemeinsames Aufkeuchen ohrenbetäubend in mir nach. Jude steckte ihr die Zunge in den Hals, und sie krallte sich in seine Schultern. Es war das ganze Tamtam, das mich nicht juckte, weil es nicht echt war. Und doch begannen meine Finger, verräterisch zu zittern. Aber ich blieb ganz ruhig, maximal ruhig, selbst als sein Blick durch die Ränge schweifte und an mir hängen blieb. Selbst als seine Augen glasig, rot gerändert und todmüde schienen, als hätte ich ihm gerade wehgetan. Ich war ruhig, als ich den Raum langsam verließ, weil ich seinen Blick weiterhin auf mir spürte, weil ein kleiner, jämmerlicher Teil in mir dachte, er könnte auf mich zukommen, als hätte er eine genauso heftige Reaktion auf mich wie ich auf ihn. Doch Jude ging einfach weiter.

Ich war neunzehn Jahre alt, mein Herz pochte wild, und ich beschloss, niemals wieder einem Menschen zu erlauben, sich mit seiner Seele in meine hineinzugraben.

»Hey, Audrey!« Ich zuckte zusammen, bevor ich mich umdrehte. Neben Matz stand Tabitha im Türrahmen und winkte mir zu. »Du kommst doch auch nachher ins *Living*, oder?«

*

Natürlich besuchte ich Tabithas nachträgliche Geburtstagsparty, weil ich nicht noch einen Freitagabend mit meinen manischen Spaziergängen verbringen wollte. Nein, ich wollte heilen und eine normale Studentin sein, die an einem normalen Freitag normale Studi-Aktivitäten betrieb. Ich wollte mit meinen verblassten Docs auf der Tanzfläche stehen, den aktuellen Remix mit meinem gesamten Körper fühlen und unter den Scheinwerfern tanzen. Ich wollte, dass Fremde mir zweite Blicke zuwarfen und sich insgeheim dachten: Krass, wie frei sie ist.

Aber das entsprach natürlich nicht der Wahrheit. Ich war nicht frei, aber ich feierte. Wir tranken und tanzten, wir waren laut und wild. Fast unser gesamter Jahrgang hatte sich ins *Living* gequetscht. Unsere Songwünsche wurden genehmigt, auf Getränke bekamen wir Rabatt. Ich kippte meine Wodka-Mische an der frischen Luft heimlich mit den anderen, und alles war super.

Bis ich mich auf die Toilette entschuldigte, mir wieder mit der CVS-Seife die Hände wusch, die Tür aufzog und Levi ins Gesicht starrte. Zerrissene Jeans, zerzaustes Haar. Den Pullover hatte er bis zu den Ellbogen aufgerollt, sodass ich die Venen an seinen Armen deutlich erkennen konnte. Die schummrige Beleuchtung spiegelte sich in seinen Brillengläsern wider, während er eine Hand lässig in seiner Hosentasche vergrub. Er roch nach Schnaps und teurem Parfum. Wenn man ihn so ansah, machte diese Zeile aus Taylor Swifts *Goldrush* absolut Sinn.

Everybody wants you, but I don't like a goldrush.

Tja, ich mochte anscheinend bloß semi-anonyme Chatnachrichten mit Song-Interpretation.

»Hi«, sagte er, während ich die Brauen hob.

»Ich habe ein Déjà-vu.«

Er lachte, doch ich rollte mit den Augen. Ich wollte mich an ihm vorbeischlängeln, weil ich schleunigst wieder auf die Tanzfläche musste. Schließlich hatte ich getrunken, und wenn ich mich nicht beschäftigte, würden meine Gedanken rasen und mit einem heftigen Aufprall bei Jude landen. Und das konnte ich mir nicht erlauben.

»Summers, warte.«

Levi klang panisch und betrunken, keine Spur von versteckten Emotionen. Der Klassiker mit dem Alkohol also.

»Was ist? Willst du mich wieder in die Toilette ziehen und mich küssen, weil *ich dich einfach so angesehen habe*?«

Ich malte Anführungszeichen in die Luft. Es war ein bisschen trotzig, aber auch ein bisschen berechtigt. Ich schob es einfach auf meinen eigenen Alkoholeinfluss.

»Der Satz war nicht mein bester«, murmelte er.

»Er war beschissen.«

»Touché.«

Seufzend lehnte ich mich gegen die Wand und verschränkte die Arme. Von der Tanzfläche dröhnte *Affection* zu uns. Ich hörte Rhonda laut mitsingen und spürte den Bass bis in meine Zehenspitzen. Wie Levi mich musterte, entging mir nicht. Sein Blick schlängelte sich an meiner Lederimitat-Leggings hoch und an dem engen Pullover vorbei, bevor er schließlich auf meinen Ärmeln verharrte. Sie waren lang und bedeckten die Hälfte meiner Finger. Hätte ich es nicht besser gewusst, hätte ich behauptet, er hätte Laseraugen und starrte direkt auf mein Krokodil.

Ich seufzte tief. »Du hast es gelesen, oder?«

»Ja«, erwiderte er sofort, ohne nachfragen zu müssen, was ich meinte. »Der Roman ist echt krass.«

»Ich dachte, du stehst nur auf Memoiren?«

»Ausnahmen bestätigen die Regel.« Er räusperte sich. »Fändest du es wirklich so schlimm? Also, das mit dem Déjà-vu?«

Ich blinzelte.

»Ich hätte nämlich nichts dagegen«, fuhr er fort. »Ehrlich gesagt hatte ich letztes Jahr voll das Gefühl, dass zwischen uns etwas wäre, vor allem nach dem Kuss. Aber wir hatten ja so viel für unser Stück zu tun, außerdem war bei mir privat auch superviel los. Es gab nämlich ein paar Probleme mit meiner

Schwester und unserem Stiefvater und … Ich merke gerade, ich schweife ab, sorry. Ich schätze, was ich sagen will, ist einfach: Falls du jetzt Lust auf ein Treffen hättest, hätte ich nichts dagegen.«

Levi verstummte genau dann, als zwei Freundinnen sich an uns vorbeischoben. Sie checkten ihn von Kopf bis Fuß ab, schnell und staunend, ehe sie die Toilettentür aufzogen und ein lila Lichtstrahl auf den Boden fiel. Zwei Sekunden später war ihr Kichern verklungen und das Licht verschwunden. Nur noch Schwarz und Schweigen, während ich die Wangen aufblies. Für einen Augenblick erinnerte ich mich an unser Aufeinandertreffen, den Aufprall, das Licht, den Kuss, *Du hast mich halt so angesehen.*

Wahrscheinlich hast du recht. Wahrscheinlich war für eine Minisekunde etwas zwischen uns, denn ich fand dich attraktiv und heiß auf diese Weise, wie man Typen heiß findet, die man nicht heiß finden möchte. Aber dann hast du mich wütend geküsst, und es war weg. Eine Verwirrung, könnte man sagen. Ein Ausprobieren, würde ich behaupten. Aber eigentlich ist das alles egal, weil ich die letzten Monate damit verbracht habe, mich zu verlieben. Hals über Kopf wie in den Filmen, weil es kein »Aber wir hatten so viel zu tun« gibt, wenn dein Herzschlag wild pocht, weil es dann einfach passt – selbst unter gelogener Anonymität, Versteckspiel und Verdrängen. Es passiert dir einfach, und du kannst nichts dagegen machen. Du kannst nur passiv dabei zusehen, wie dein Herz sich verrennt, und es tut weh, scheißweh, und ich weiß nicht, ob es sich am Ende lohnt, aber du fühlst dich lebendiger als auf der Bühne, und das ist es doch, was wir wollen, oder? So richtig leben, mit allem Drum und Dran. Teilnehmen, wie Charlie es bezeichnen würde.

Aber das konnte ich ihm nicht sagen, weil die Charlie-Sätze sowieso Jude gehörten.

»Sorry«, murmelte ich. »Ich will gerade niemanden daten.«

»Woah, stopp mal. Von Dates war jetzt nicht die Rede. Ich dachte einfach, wir könnten manchmal abhängen oder so.«

Und vielleicht sagte er das, ohne es so zu meinen. Vielleicht hatte ich ihn gekränkt. Vielleicht fand er mich wegen Elles Roman so interessant, und ich war in seinem Kopf Mónica Morales. Vielleicht aber meinte er es doch genau so. Vielleicht hätte ich herausgefunden, was mit seinem Stiefvater und seiner Schwester war, mit der Amal ständig chillte. Vielleicht hätte ich irgendwann herausgefunden, ob sein Tattoo eine Bedeutung hatte. Wieso er schauspielerte. Was seine Lieblingssongs waren. Ob er die UK vermisste, selbst wenn Tabitha gemeint hatte, er lebte schon seit vier Jahren wegen seiner Eltern in den USA. Vielleicht hätte er mich noch mal gegen die Toilettentür gedrückt und mich schwindelig geküsst. Vielleicht war er auch einfach betrunken. Vielleicht war es egal, was ich sagte, weil er sich morgen an nichts hiervon erinnern würde. Ganz sicher jedoch wusste ich bloß, dass ich dieses Vielleicht-Leben nicht leben wollte.

»Sorry«, wiederholte ich also, bevor er mir noch zwei, drei Sekunden lang ins Gesicht starrte.

»Ach, kein Ding.«

Levi lächelte, berauscht und zögerlich mit seinem einzelnen Grübchen.

Als ich dieses Mal in Richtung Bar-Inneres deutete, hielt er mich nicht auf. Er folgte mir sogar, bis wir die Tanzfläche wieder sehen konnten. Tabitha und Matz schwangen die Hüften zu einem Indie-Remix, während ich in Richtung Theke schielte. Ich sollte ein Wasser trinken, etwas nüchterner werden, meinen Kopf ordnen und mein Herz gleich mit. Doch ich erstarrte, weil es der Augenblick war, in dem ich ihn bemerkte.

Jude.

Jude verflucht noch mal Hill war wirklich aufgekreuzt. Keinen Schimmer, wieso er hier war, mit diesem dummen, schlichten Shirt und seiner dummen, schlichten Jeans und seinem dummen, außergewöhnlichen Gesicht. Er hasste Partys und Menschen und Freitagabende. Er sollte nicht hier sein. Wir durften nicht dieselbe Luft einatmen, nicht an einem schummrigen Ort wie diesem. Nicht nach seinem Auftritt auf der Bühne, nicht nachdem er in seiner Rolle gesagt hatte, was ich hatte hören wollen. Ich wollte, dass er sich verpisste, doch er war da, und ich konnte ihn nicht ignorieren, weil ich Audrey und er Jude war.

Kurz betrachtete er Levi und mich, wobei ich mir fast wünschte, er wäre auf uns zugekommen, ausgerastet, dass er mir eine Szene gemacht hätte. Doch er setzte sich bloß mit seiner fancy Limo an den Ecktisch mit unserem Jahrgang, sagte Hi, schwieg, knibbelte am Etikett seines Getränks und schwieg weiter. Ich wünschte auch, ich hätte ihn nicht so genau beobachtet, doch ich konnte nicht widerstehen. Es war, als würde ich nie gegen diesen tief verankerten Magnetismus ankommen, ganz egal wie sehr ich mich dagegen wehrte, mit Händen und Füßen, Herzschlägen, Mantras und Gedanken.

Es brachte nichts.

Natürlich war es unklug, gegen Mitternacht die zweite Wodka-Mische mit den anderen zu trinken und dabei extra laut zu lachen. Natürlich war es taktisch fragwürdig, angeschwipst vor mich hin zu tanzen, weil Jude mich dabei beobachtete und diese Tatsache alles verschlimmerte. Aber ich war so müde und erschöpft von unseren Seminaren und Übungen, wenn wir uns anfassten und ich mich daran erinnerte, wie er mich berührt hatte, als er mich hatte berühren wollen. Von sich aus. Jude als Jude. Mein Sichtfeld drehte sich, aber ich bewegte mich rhythmisch weiter. Ich hörte sogar diese Stimme in meinem Kopf, die mich verurteilte, meine Interpretationen ständig als austauschbar und langweilig betitelte. Sie flüsterte: »Deine Show ist so erbärmlich. Du bist voll, gleich kommt ihr wider Erwarten ins Gespräch, und spätestens in zwei Stunden werdet ihr vögeln. Wetten?«

Das Problem an dieser Stimme? Sie hatte keine Ahnung. Sie wusste nicht, wie leer Judes Gesicht wirkte, als ich ihm an der Theke begegnete.

Ich hasste es, dass mein Herz trotzdem schmerzte, weil es eingeritzt mit seinem Namen war. Mit B-E-N-N-E-T-T-2–9 oder J-U-D-E, ich wusste es selbst nicht mehr.

»Es ist dir wirklich einfach egal, oder?«, presste ich hervor, weil ich Ich-bin-so-betrunken-ich-texte-meinem-Ex-Freund-betrunken war, aber wir uns ja nicht mehr schrieben.

Doch er zuckte nicht mal mit der Wimper. Er wartete bloß entspannt auf sein Getränk, ohne mich anzusehen.

»Sorry«, flüsterte er, während er es annahm und dann verschwand.

Ich bestellte ein großes Wasser, kippte es in einem Zug hinunter und hatte das Gefühl, alles in mir würde brennen. Ich war nicht zu löschen, und nichts in meinem Kopf war löschbar.

»Schon komisch der Typ, oder?« Tabitha ließ sich auf einen Barhocker sinken, während sie Jude kichernd hinterherblickte. Sie trug ein schwarzes Paillettenkleid und kniehohe Stiefel. Ich mochte ihre schlichten Ohrringe und den Glitzer auf ihren Lidern.

»Keine Ahnung«, murmelte ich, weil ich nicht wusste, was ich erwidern sollte.

»Hmmm.« Sie legte den Kopf schräg. »Na ja, egal.«

Auf einer Skala von eins bis zehn würde ich sie vom Alkoholpegel auf einer Sechseinhalb ansiedeln. Nicht sturzbetrunken, aber definitiv so voll, dass man Dinge ansprach, die man sonst eigentlich verschwieg.

»Ich hoffe, es ist nicht komisch, dass ich dich einfach mal frage«, begann sie. »Aber jetzt mal so ganz unter uns. Das bist doch du auf dem Post von Elle Flores?«

Verfluchter Mist. Ein Clubgespräch über meine tote beste Freundin hatte mir gerade noch gefehlt, selbst wenn ich es mir am Anfang des Semesters irgendwie gewünscht hatte. Am liebsten hätte ich die Frage übergangen, aber ich konnte mich nicht unbemerkt aus dieser Situation tricksen.

Ich konnte nicht mehr weglaufen.

»Ja«, bestätigte ich zögerlich. »Das bin ich.«

»Ihr kanntet euch gut, oder?«

Ich hasste Tabithas wissenden Blick, den sie mir zuwarf. Vielleicht war sie zu der gleichen Vermutung wie Levi gekommen und verwechselte Mónica mit mir.

»Ich …«

Was zum Teufel sage ich darauf?

»Hey, nein, ich versteh schon. Ich bin gerade echt voll, aber du musst nicht darüber reden, wenn du nicht willst. Ich dachte nur, ich spreche dich wenigstens einmal darauf an. Eigentlich wollte ich das schon die ganze Zeit tun, aber sobald Elle Flores zur Sprache kam, hast du dich zurückgezogen und dichtgemacht. Da habe ich mir gedacht, dass zwischen euch bestimmt irgendetwas passiert ist. Ich wollte dich nicht bedrängen, aber wenn du mal reden willst, lass uns doch mal spazieren gehen oder so?«

Tabitha lächelte. Und ja, natürlich war sie immer noch betrunken, doch es wirkte trotzdem aufrichtig. Außerdem … was war, wenn sie recht hatte? War ich zu verschlossen gewesen, nicht auf diese Levi-Art, sondern auf meine ganz eigene verletzliche Weise? Vielleicht stimmten die Postkartensprüche, und wir mussten uns selbst öffnen. Vielleicht ging es um die positive Energie, die man damit in die Welt hinausstrahlte.

Vielleicht würde meine nächste Klangschalenmeditation ja mit diesem Gedanken besser laufen.

»Ja«, hörte ich mich überraschenderweise sagen. »Vielleicht wäre das schön.«

»Super, dann ist das abgemacht.« Sie sprang aufgedreht von ihrem Sitz, wobei sie mich mitzog. »Und jetzt lass uns wieder tanzen!«

Also tanzten wir, bis das *Living* gegen zwei schloss, obwohl wir protestierten. Die anderen wollten weiterziehen in Richtung eines Clubs in Midtown. Aber ich war weiterhin neunzehn, zu jung und hatte keine ältere Schwester, die mir ihren Ausweis lieh. Also sah ich bloß belustigt dabei zu, wie Tabitha von den anderen in Richtung Subway gelotst wurde. Da erklang ein tiefes Räuspern hinter mir.

»Gehst du mit?«

Schlagartig drehte ich mich um. Jude schob die Hände in seine Jackentaschen, während meine Zähne knirschten.

»Was interessiert es dich?«

Wieder bekam ich keine Antwort, obwohl er mich angesprochen hatte, und ich hasste, hasstehasstehasste ihn. Und mich.

»Nein«, murmelte ich kapitulierend. »Ich sollte schlafen.«

»Dann bring ich dich ins Wohnheim.«

»Mach dich nicht lächerlich. Wieso würdest du das wollen? Möchtest du mir etwa auf dem Weg zu meinem Dorm erklären, wieso du in deiner beschissenen Rolle alles sagen konntest, was ich hören wollte, und mich jetzt nicht mal mehr ansehen kannst?«

»Bitte, Audrey«, flüsterte er, wobei sein Kehlkopf deutlich hervorstach. »Du bist wirklich zu betrunken.«

Er bettelte, und ich mochte es. Es war nachts, und es war unsere Zeit. Er sah mich an, und es war unser Moment. Ich hätte ihm den Mittelfinger gezeigt und einen Monolog darüber gehalten, dass Frauen allein nach Hause gehen konnten, wenn ich nüchtern gewesen wäre. Aber ich war tatsächlich zu betrunken, mein Herz schrie vor Schmerz, und ich konnte wirklich nicht mehr. Seufzend nicke ich in Richtung Campus.

»Wenn es dein Gewissen beruhigt.«

Wir liefen zur Resident Hall und schwiegen. Er bestand darauf, mich bis in meine Etage zu begleiten. Im Aufzug nach oben konnte ich nicht atmen. Und dann, dann hielt ich die Key-Card gegen den Leser, zog die Tür auf und … wollte nicht, dass er ging. Trotz allem. Und Jude, er verharrte sogar vor mir, weil er es auch spürte, selbst wenn er uns zerstört hatte.

Ich schloss die Augen und wusste ganz genau, wieso Menschen aus Hubschraubern sprangen. Es war dieser unendlich aufregende Rausch. Zu wissen, du könntest sterben, und es trotzdem tun. Einfach, weil du dich so lebendig dabei fühlst. Ich öffnete leicht den Mund und war mir bewusst, dass Jude mein freier Fall war. Schweigend trat ich in mein Zimmer, wobei ich die Tür aufließ. Es war ein klares Zeichen, weil ich bescheuert war, weil ich »ICH HASSE DICH!« schrie, davonstürmte und hoffte, dass er mir hinterherrannte. Mit mir stimmte etwas nicht. So ganz und gar nicht. Die Erkenntnis sickerte in mein nebeliges Hirn ein, während meine Beine wie gelähmt schienen. Ich wollte, dass er reinkam und mich küsste, leckte und mich vögelte, dass er mir dabei zuraunte, er würde an mich denken, wenn er es sich selbst machte, weil er mich einfach so *fucking* sehr wollte. Aber dass mit mir etwas ganz gewaltig nicht stimmte, hatte ich ja schon geklärt. Erneut schloss ich die Lider, denn ich traute mir seinen Anblick nicht zu. Als ich so dastand und auf seine Berührung wartete, wurde mir schlagartig übel, und inmitten meiner sich drehenden Gedanken tauchte plötzlich ein wahrer auf.

Was zum Teufel tue ich hier?

Ich drehte mich um und wollte die Tür schließen, um mich vor Jude zu verbarrikadieren, doch das brauchte ich gar nicht. Die Tür war schon längst zu.

Jude war nicht mehr da, und ich war ganz allein.

44

#Bennett29

Yellow

Montag, kurz nach fünf, und mein Jahrgang war bis in die Zehenspitzen gespannt. Niemand konnte sich bei Baker konzentrieren. Später spürte Lawrence unsere angeblich *nervöse Aura* sofort.

»Daran müssen Sie arbeiten«, sagte er, aber seine Stunde war die letzte, und ich packte meine Sachen zusammen. Den Blick hielt ich dabei gesenkt, denn ich wollte Audrey nicht versehentlich anstarren. Nicht nach Freitag, schon gar nicht nach dem *Living*. Keine Ahnung, wieso ich überhaupt da gewesen war. Vielleicht, weil ich es wirklich hatte versuchen wollen. Vor allem nach meiner ersten Therapiesitzung. Vielleicht, weil ich wusste, dass ich mit Audrey reden musste. Aber dann war sie mit Parker aus den Toilettenräumen gekommen. Was gab es da noch zu sagen? Ich konnte nicht mal wütend sein, denn meine Aktionen hatten Konsequenzen, und das war nun mal eine davon. Trotzdem raste mein Puls, während ich den Broadway entlanglief.

DU BIST HALT EINFACH NICHT GUT GENUG. DU BIST SOWIESO BEZIEHUNGSUNFÄHIG. SIE IST BESSER DRAN OHNE DICH. HAST DU IHREN GESICHTSAUSDRUCK NICHT GESEHEN, ALS SIE IN IHREM ZIMMER STAND UND DIE AUGEN SCHLIEẞEN MUSSTE, WEIL SIE DICH GANZ EINFACH NICHT MEHR ERTRUG? SIE HASST DICH. DU BIST ZU GESTÖRT FÜR LIEBE. DU HAST GE-

NAU DAS HIER VERDIENT. DU HAST VERDIENT, DASS DU DIR SELBST IM WEG STEHST UND NIEMALS GLÜCKLICH SEIN KANNST.

Hinter meinen Augen brannte es, denn das alles stimmte. Es war der Grund, wieso ich vor einer roten Ampel stehen blieb und tatsächlich dachte, ich würde gleich auf der Straße anfangen zu heulen.

Verfluchter Mist.

Ich musste etwas machen, weil es sich anfühlte, als wären meine Muskeln zum Zerreißen gespannt. Als würde ich seit Tagen über einer imaginären Kloschüssel hängen und versuchen, die Scheißgefühle aus mir herauszukotzen, ohne dass es mir gelang. Ich konnte nachvollziehen, wieso mein Körper sich für die Taubheit entschieden hatte. Ich verstand es wirklich, denn das war nicht gesund. Ich war fertig und todmüde und leer und voll. Ich war alles, was man sein konnte. Aber dann sah ich ihr Gesicht, die Locken, die Augen, die Lippen, die nur für mich sprachen.

Es ist dir wirklich einfach egal, oder?

Und vielleicht hatte ich das alles wirklich verdient, doch Audrey nicht. Audrey hatte das verflucht *nicht* verdient. Mit einem Kloß im Hals begann ich zu tippen.

Montag, 17:23 Uhr
An: Eternal Summer (eternalsummer@newinyork.com)
Von: Bennett29 (bennett29@newinyork.com)
Betreff: Es tut mir leid

Audrey,

ich weiß, dass es ziemlich beschissen ist, dir diese Mail zu schreiben, aber ich habe jeden hasserfüllten Blick von dir verdient,

und du wiederum verdienst eine Erklärung. Es tut mir leid, dass ich so bin, wie ich bin. Es gibt diesen Spruch: Menschen verletzen, weil Menschen verletzen. Auf mich trifft er irgendwie auch zu, denn ich verletze einfach so und weiß nicht, wie ich es verpacken kann, ohne dass es selbstmitleidig klingt. Doch alles, was ich tue, endet in einer Katastrophe. Und nein, das ist nicht übertrieben. Als ich dir von Gray erzählt habe, war es nicht die ganze Wahrheit. Es war bloß der Anfang, und selbst jetzt will ich nicht mal weitererzählen. Aber es geht nicht um mich, sondern um dich, also ... ja.
Ich habe die große Liebe meines besten Freundes gevögelt, und dann wurde er drei Tage später in Handschellen vom Schulgelände abgeführt – weil er kurz davor war, mit der geladenen Waffe seines Vaters unsere Schule zu stürmen. Er hätte Leute töten können, und natürlich bin ich daran nicht wirklich schuld, und irgendwie total. Natürlich ist es auch hypothetisch und ein Verdrehen der Realität. Ein fieses *What-If,* daran hat mich meine Therapeutin (ja, ich habe auch eine) ständig erinnert.
Aber es verschiebt etwas, wenn du in Mathe sitzt und sowieso nicht richtig zuhören kannst, weil du vor drei Tagen die Brüste seiner Ex-Freundin in der Hand hattest, und plötzlich Polizeiautos vorfahren und alles so ist wie im Film. Ich will dir nicht weiter von Gray erzählen, von dem niemand weiß, wo er gerade ist. Gerüchte sagen, er wäre immer noch in einer schweineteuren Anstalt in der Schweiz, was auch der Grund dafür ist, dass ich ständig an Gray denke, wenn ich mit Matz rede. Wenn ich ehrlich bin, habe ich fast das gesamte Semester an Gray, Sloane und sogar an unseren Scheißenglischunterricht gedacht, weil es definitiv kein besseres Stück als *Ein Sommernachtstraum* für mich gegeben hätte. Die falsche Person lieben, Drogen und viel Verwirrung. Safe ist es nur meine Interpretation, dass das Stück mich in Feldmans erster Stunde kurz an meine eigene Geschichte erinnert hat. Ich meine,

ich war nie in Sloane verliebt, aber wir haben gevögelt, und Alkohol ist eine Droge und … Ich schweife ab. Eigentlich will ich dir nicht erzählen, dass die Sache mit Gray mittlerweile zwei Jahre her ist und ich immer noch auf einen Brief warte, den er mir als Hausaufgabe für seine Therapie geschrieben haben könnte. Dass ich mich fühle, als würde ich zehn Millionen lose Fäden in den Händen halten. Ich will dir bloß sagen, dass es mir leidtut, weil ich selbst nach all der Zeit keine Macht darüber habe, was mich triggert. Es ist lächerlich, dass eine Nachricht von Grays Bruder und ein vergangener Kuss mich derart aus der Bahn werfen. Ich hasse es, dass es mich wünschen lässt, ich wäre einfach nicht da. Schätze, mein Leben sieht jetzt so aus: Ein einziges Wort reicht, damit meine Komplexe aus mir herausquellen. Ich will dir nicht erzählen, dass ich monatelang nicht schlafen konnte und mir Bewältigungsstrategien dafür überlegt habe, wenn mein Körper beschließt, einfach nichts zu fühlen. Ich höre sogar Klassik, um besser einschlafen zu können, deshalb konnte ich dir übrigens so viele Stücke empfehlen. Ich würde dir ja stattdessen gerne erklären, dass ich meinen jetzigen Zustand erkannt habe, deshalb meine Online-Therapiesitzungen gegen ambulante in Brooklyn ausgetauscht habe und bald alles gut wird. Aber das würde nicht stimmen. Es ist nie alles gut, es ist nur manchmal gut UND manchmal schlecht. Es ist immer beides. Es wird ein paar Tage dauern, bis ich das wieder verstanden habe. Der eigentliche Grund für diese Mail ist, dass ich oft an diesen Satz von dir denken muss. *It's not them, it's you*. Er ist wahr, verstehst du? Nichts hiervon liegt an dir, und mir ist wichtig, dass du das weißt, weil du mich gesehen hast, obwohl ich nichts mehr sehen wollte. Nach der Sache mit Gray habe ich mich versteckt. Ich wollte von niemandem beachtet werden. Ich wollte niemandem etwas antun. Ich wollte nur fucking verdammt noch mal für mich sein, selbst auf der Juilliard. Aber du hast mich einfach gesehen, Audrey. Du hast mich selbst zwischen Betreffzeilen und meinen komischen Listen gesehen. Ich konnte mich vor dir nicht verstecken, weil ich das insgeheim gar nicht wollte. Du warst einfach da, und ich wollte so sehr mit dir sein. Ich will dir sagen, dass du für mich der allerbeste Mensch bist, dass es wirklich magisch ist, wenn du eine Bühne betrittst, dass ich noch nie so intensiv gelebt habe wie mit dir, was doch bescheuert ist, weil man sein ganzes Glück nicht von einer Person abhängig machen soll. Und das will ich auch nicht. Aber ich war so offen für dich. Wenn du mich mit deinem kleinen Finger gestreift hast, war das ein Tornado in meinem Bauch. Und ich will nicht weiterfaseln, weil

»Pass doch auf, wo du hingehst«, platzte eine Frau mit Einkaufstrolley heraus, während sie mich wütend überholte.

Ich musste im Tippen innehalten, was mich völlig rausbrachte. *Großartig.* Ich wollte weiterschreiben, konnte aber nicht, weil meine Finger zu heftig zitterten. Kalter Wind blies mir ins Gesicht, und ich wusste, dass ich mir die Worte nicht durchlesen konnte, ohne alles löschen zu wollen. Ich sollte das einfach abschicken und dann weitergehen. Nach Hause. In mein Bett. Vielleicht meditieren und so tun, als würde ich nicht panisch auf eine Antwort warten, weil ich mir … ja, was erhoffte ich mir eigentlich? Verständnis, weil es okay war, einen Menschen wie Dreck zu behandeln, wenn man einen auf gebrochener Held machte? Wohl kaum.

Es war so, dass ich die Mail weder abschickte noch mein Handy wegsteckte. Ich atmete bloß durch und trottete in Richtung Hell's Kitchen. Zu Hause war es leer und leise, niemand da. Ich zog meine Sneaker aus, überanalysierte den Kühlschrankinhalt, trank zwei Gläser Wasser, und das alles bloß, um nicht genauer über den Mail-Entwurf zu grübeln. Denn ihn abzuschicken, wäre doch feige. Doch es war egal, wie oft ich überlegte, die Pasta Pomodoro aufzuwärmen, mein Herzpochen hörte nicht auf. Es war, als entwickelten meine Finger ein Eigenleben, als ich WhatsApp auf meinem Handy öffnete. Ich konnte nichts dafür, dass sie scrollten, anklickten und tippten.

Ich: *Wie hältst du es aus?*

Ich erwartete keine Antwort. Ich erwartete modernes Schweigen, Ghosting und vielleicht sogar ein Blockieren. Wahrscheinlich hatte ich mit allem gerechnet, bloß nicht mit der Tatsache, dass mein Handy plötzlich mit einem Video-Anruf vibrierte.

Was?

Es wäre gelogen, wenn ich behaupten würde, dass ein Teil von mir ihn nicht wegklicken wollte. Doch ich riss mich zusammen, hockte mich an den Tisch und schob den grünen Hörer zur Seite.

»Oh mein Gott, Ben. Du bist es ja wirklich. Und ich dachte schon, jemand hätte dir dein Handy geklaut und allen Leuten zurückgeschrieben, die du geghostet hast, um Karmapunkte zu sammeln.«

Sloane rückte mit ihrer Stupsnase dichter ans Display, doch ich sah ihre Mundwinkel trotzdem zucken. Sie trug die blonden Haare in einem hohen Zopf, der ihr schief vom Kopf baumelte. In ihren Ohrläppchen funkelten wie immer zig Ringe, ihre Haut wirkte gebräunt, und ihr Lächeln … Ihr Lächeln war einfach breit und echt und glücklich. Ich konnte nicht anders, als zu blinzeln.

»Was ist los?« Ihre Stimme klang so hell, dass ich mich verhört haben musste. »Sprachlos?«

»Wieso zum Teufel bist du so nett zu mir?«, flüsterte ich.

»Kill them with kindness. Positiv denken, positiv zurück.

Wer an dem Stein der Wut festhält, verbrennt sich nur selbst.« Sie zuckte die Achseln. »Such es dir aus.«

Doch ich konnte nicht. Nur ein Stirnrunzeln war drin, bevor ich Sloanes Umgebung abscannte. Sie saß vor einer weißgrauen Wand, auf der ihr Hinterkopf einen Schatten warf. Vielleicht erkannte ich links die Ecke eines Bilderrahmens, sonst war es leer.

»Wo bist du?«, fragte ich.

»Madrid.«

»Magst du es?«

»Ich *liebe* es.«

»Und … ähm, sonst, wie läuft deine Weltreise?«

»Richtig gut.«

»Cool.«

»*Cool?* Wieso überspringen wir diesen gezwungen Small Talk nicht, hm? Stattdessen könntest du mir einfach erklären, was genau du mit deiner Nachricht meinst.«

»Ich …«

Fuck. Ich wollte den Blickkontakt abbrechen, zur Seite schauen, aufstehen, wegrennen, nie wiederkommen und am besten irgendwo landen, wo ich mich endlich selbst vergessen konnte. Aber das war natürlich unrealistisch.

»Ich habe mich einfach gefragt, wie du es aushältst. Das mit Gray.«

Es raschelte, während Sloane sich aufsetzte. Sie schien einige Sekunden zu überlegen, dann holte sie tief Luft.

»Kurz gesagt: Manchmal halte ich es aus, manchmal halte ich es eben nicht aus. An den schlechten Tagen habe ich gelernt, mir zu sagen, dass auch gute kommen.« Plötzlich wurde ihre Stimme leise. »Und du? Wie hältst du es aus?«

»Gar nicht«, sagte ich ehrlich.

»Schlechter Tag also, hm?«

»Schlechtes Leben trifft es besser.«

»Na, komm schon. Das ist zu selbstmitleidig, das Leben ist ziemlich schön. Ich meine –«

»Sloane, verdammte Scheiße. Wir haben Grays Leben zerstört, der beinahe das Leben zig anderer Person zerstört hätte. *Unseretwegen.*«

Da, da war sie, die fürchterliche Wahrheit, die ihr die Gesichtszüge entgleisen ließ. Sie war hart und brutal und ehrlich. Sie übersäte Sloanes Hals mit roten Flecken, und sie ließ mich nachts nicht schlafen.

»Ganz ehrlich?«, flüsterte Sloane. »An meinen schlechten Tagen denke ich genau das Gleiche. Ich hasse mich und dich und Derek für seine beschissene Party. Ich hasse den Alkohol und meinen beschissenen Ford. Ich hasse Gray, weil er ausgerechnet dann aufkreuzen musste. Ich hasse Gray dafür, dass er sich Richards Waffe genommen hat und damit die Schule stürmen wollte. Ich hasse es, dass ich diese Bilder nicht loslassen kann und sie mich in unwillkürlichen Momenten überfallen wie Einbrecher in meinem eigenen Kopf. Ich hasse es, dass ich manchmal im Supermarkt nach Nudeln greife und sehe, wie Gray in verfluchten Handschellen abtransportiert wurde. Ich hasse es, dass ich das beobachtet habe. Ich hasse es, dass mir in diesen Momenten so schlecht wird, dass es wildfremde Leute bemerken und mich fragen, ob alles okay bei mir ist. Ich hasse es *alles*. Aber …« Sie schloss die Augen. »Das Leben geht weiter. Und glaub mir, ich hasse diesen Spruch. Aber ich kann mich nicht für immer heulend unter meiner Bettdecke vergraben, weil ich in der Vergangenheit einen Fehler begangen habe. War es scheiße, dass wir betrunken Sex hatten? Natürlich, selbst wenn Gray und ich nicht mehr zusammen waren. Ich bereue es trotzdem jede Sekunde meines Lebens. Aber wir können die Zeit nicht zurückdrehen. Wir können nicht in eine Parallelwelt reisen. Wir sind jetzt und hier, mit all unseren Schuldgefühlen und Fehlern. Selbst wenn es ein riesiger war. Und ich weiß, es klingt schrecklich egoistisch, aber: Menschen sind nicht für die Taten anderer Menschen verantwortlich. Wir … Wir haben auch gute Tage verdient, verstehst du? Selbst nach allem, weil wir fehlerhafte Menschen in einer fehlerhaften Welt sind. So läuft das nun mal.«

Meine Kehle fühlte sich wie zugeschnürt an. Ich hatte die Luft angehalten, ohne es zu bemerken. Wenn es nach mir gegangen wäre, hätten wir drei Ewigkeiten lang weiter so geschwiegen, aber Sloane hatte immer etwas zu sagen.

»Wieso schaust du mich so geschockt an? Denkst du wirklich, du bist der Einzige, der solche Gedanken hat? In meinem Kopf ist es auch oft ziemlich hässlich, Ben.«

Dann lächelte sie.

*

Sloane und ich facetimten über eine Stunde lang. Sie erzählte mir von Europa und ihren Gedanken. Ich fand heraus, dass sie genauso oft an Gray dachte wie ich. Dass Floyd auch ihr Nachrichten schrieb. Außerdem hätte Sloane sich gewünscht, dass ich ihr eher geantwortet hätte.

»Wir sollten das öfter machen«, hatte sie am Ende geflüstert, woraufhin ich genickt hatte.

Jetzt war es kurz nach sieben, Ash stand in der Küche und swipte sich durch Uber Eats.

»Pizza? Pasta? Burger?«, fragte sie, doch ich schüttelte den Kopf, weil …

»Bestell nur für dich, ich bin gleich weg.«

»Wieso?«

»Muss was klären.«

Ich huschte in mein Zimmer, wo ich in die Jeans sprang, weil ich daran glaubte, dass man sich in die Person hinter den Smiley-Gesichtern verlieben konnte. Ich glaubte daran, dass man sich hinter Mails, Punkten und Betreffzeilen exzellent verstecken konnte. Aber ich glaubte auch daran, dass es aufhören musste. Daran, dass ich mit einem Kloß im Hals zur Juilliard schlurfen und mich daran erinnern musste, was echt und was richtig war. Ich musste mich Dingen stellen, nicht um sie in mein Therapietagebuch zu schreiben, als ginge es um gute Noten. Es ging darum, das für mich zu tun. Kreise zu brechen und neue Glaubenssätze aufzustellen, die nicht *Menschen verletzen, weil Menschen verletzen* lauteten. Vielleicht ging es nicht um die Dinge, die ich getan hatte, sondern um die Dinge, die ich tun könnte. Selbst wenn ich manchmal blind vor Scham und Wut zugleich war. Vielleicht ging es um das Herzrasen und die Angst und darum, es trotzdem zu tun.

Ja, vielleicht war das wirklich so.

Ich zog mir gerade einen dicken Pullover über, als es klingelte.

»Geh du, Ben«, rief Ash. »Ich mach gerade die Bestellung.«

»Aye, aye, Captain«, rief ich zurück.

»Du bist nicht lustig.«

Aber sie lachte, während ich barfuß zur Haustür schlurfte und den Summer betätigte, weil die Gegensprechanlage mal wieder kaputt war. Es konnte nicht Aiden sein, weil er nie etwas vergaß, schon gar nicht seinen Schlüssel. Vielleicht war es der Paketbote, doch da blieb mir die Luft weg.

Fuck.

Audrey stand in meinem Treppenhaus. Bestimmt marschierte sie auf mich zu, die Lippen eine klare Linie. Ich hasse dich – das schrie alles an ihr, ohne dass ich es ihr verübeln konnte. Meine Kehle wurde trocken, weil wir uns einen Moment lang anstarrten. Sie, als wollte sie mich mit ihrem Blick niederstechen. Ich, als könnte dieser Augenblick nicht real sein.

Wir schwiegen.

Ich zählte in meinem Kopf die Sekunden, da zückte sie ihr Handy und entsperrte es. Anschließend hielt sie es mir dicht vor die Nase.

»Du machst das nicht. Ich …« Ihre Stimme brach, wegen mir, ich hatte das gemacht. »Ich werde die nächsten Monate garantiert nicht damit verbringen, ein ekelhaft verliebtes Paar mit dir zu spielen. Sag Feldman, dass du es nicht machen kannst. Keine Ahnung, lass dir was einfallen, aber du kannst nicht *fucking* Magnus spielen.«

Ich wusste nicht, was ich tun sollte, weil ich alles tun wollte. In meinem Kopf überschlugen sich Gedanken, doch keiner schien richtig. Ich wusste nicht mal, wovon sie sprach, bis vage Wörter wie *Rollenliste* und *neues Stück* in meinem Hinterkopf aufblinkten.

»Audrey«, sagte ich, als wäre es eine Antwort.

Aber natürlich reichte es nicht. Schluckend sah sie mir ins Gesicht. Ich dachte: Seit diesem Winter weiß ich, wie du aussiehst, wenn du weinst und lächelst und kommst und liebst. Ich dachte: Du bist der allerbeste und allerschönste Mensch, der jemals existiert hat, und es tut mir so, so, so furchtbar leid. Du musst mir auch nicht verzeihen, das erwarte ich nicht, ehrlich, doch ich will mich erklären, ich –

»Du steigst da aus. Das bist du mir schuldig.« Sie blinzelte krampfhaft. »N-nach allem.«

Sie gab mir keine Zeit zu antworten, drehte sich bloß um und ging, als wäre sie die Beste darin. Wie eingefroren blickte ich ihr nach, zwei Sekunden, zwei Minuten, zwei Stunden, eine Ewigkeit, ich wusste es nicht. Aber ich wusste, dass ich aufwachte. Es war wie ein Kalter-Wassereimer-Moment oder eine

Erleuchtung, mir egal, wie man es bezeichnen wollte. Hastig schlüpfte ich in Socken und Schuhe, Jacke an, den Reißverschluss ließ ich auf.

»Hä, Ben? Wo …«

Ich hörte Ashs Stimme, hatte jedoch keine Zeit, ich würde es später erklären. Ich sprintete nach unten, hoffte, Audrey noch zu erwischen, doch von ihr fehlte jede Spur. Vielleicht hätte ich ihr geschrieben, aber ich hatte nicht mal mein Handy dabei, nur mich selbst, das war alles.

Keine Ahnung, wo sie war, vielleicht war sie spazieren, vielleicht zu ihrer Mom. Aber vielleicht war sie auch wieder zurück in Richtung Juilliard gegangen? Der fieseste Teil in meinem Gehirn sagte mir, sie könnte ja auch zu Parker gelaufen sein, was Bullshit war. Ich wusste das. Im *Living* hatte ich ganz genau erkannt, dass sie sich vor meiner Reaktion auf diese zufällige Situation gefürchtet hatte. Als hätte sie geahnt, wie ich sie auslegen würde.

Aber nein, halt, stopp.

Theoretisch war alles davon möglich, doch ich konnte nicht stehen bleiben, warten, hoffen und passiv sein. Ich vergrub die Hände in den Jackentaschen und lief, wie Audrey gerne lief, doch es ging mir nicht um den Weg, sondern ums Ankommen. Fünfzehn Minuten später betrat ich den Campus, ich war gerannt und schwitzte, dachte kurz, ich würde mich anders fühlen wegen meiner Erleuchtung, doch war nur aufgeregt und aufgewühlt. Ich stieg im Wohnheim in den Fahrstuhl. Keine zwei Minuten später klopfte ich und …

Audrey öffnete tatsächlich die Tür. Verschmierte Wimperntusche, zusammengepresste Lippen. Da musste ich schlucken, weil ein kleiner Teil in mir sich wünschte, ich hätte die Mail versehentlich doch abgeschickt, damit ich mich nicht erklären müsste. Das hätte unsere Geschichte nämlich auf eine kranke

Weise rund gemacht, schließlich hätte die Mail an Elle mich auch niemals erreichen sollen. Doch so war das natürlich nicht.

Das hier war echt.

»Können wir reden?«, fragte ich atemlos. »Bitte.«

45

#Eternalsummer

'Cause you were all yellow

Ich zögerte, während die Gefühle in mir überschwappten. Ich wollte ihn in mein Zimmer zerren und ihn anschreien, dass er gefälligst verschwinden sollte. Aber seine Wangen glühten alarmsignalrot, er musste gleich nach mir aufgebrochen sein und wollte jetzt bestimmt noch mal über die Rollenliste reden.

Ich umklammerte die Türklinke fester. »Ja, wie auch immer, Komm rein.«

»Danke«, flüsterte er so heiser, als hätte er mit einem Rauswurf gerechnet.

Er trat ein, aber ich war nicht vorbereitet. Nicht auf seine Präsenz in meinem Zimmer, nicht auf seinen Blick in Richtung meines Nachttisches.

»Wo sind die Bücher?«

Ich verstand nur mit Verzögerung, dass er von Elles Romanen sprach, weil nur noch eine Ausgabe auf der Kommode lag.

»Hab sie in Bücherschränke verteilt. Aber eigentlich sollte ich darauf nicht antworten, nachdem du mir Trillionen von Antworten schuldig bist, findest du nicht?«

Mist.

Ich hatte das nicht sagen wollen. Zwischen uns war nichts und deshalb alles geklärt. Keine Antwort war auch eine Antwort, und ich sollte mich einfach endgültig zusammenreißen.

»Sorry, vergiss, dass ich das gesagt habe. Du bist bestimmt

wegen der Rollenverteilung hier, oder? Ich weiß, dass ich nicht von dir verlangen –«

»Verdammte Scheiße, Audrey.«

Er fuhr sich übers Gesicht, wobei ich bemerkte, dass seine Augen immer noch rot gerändert wirkten. Dann atmete er durch, und vielleicht war es das Licht, doch Jude sah verflucht zerrüttet aus.

»Diese Rollenverteilung geht mir am Arsch vorbei. Ich bin hier, weil das, was ich dir von Gray erzählt habe, nicht die komplette Wahrheit war. Und ich würde es dir jetzt gerne erzählen, weil du es verdienst zu wissen, wieso ich mich wie der letzte Bastard verhalten habe.«

Ich widersprach nicht, nur die Lippen presste ich aufeinander, sonst bekam er nichts. Dabei stand er auf Amals Seite des Zimmers.

»*Ein Racheakt aus Liebe: Ein achtzehnjähriger Schüler kurz vor seinem Amoklauf geschnappt*. Das haben die fetten Schlagzeilen gesagt. Ich …«

Jude kam nicht weiter, während ich die Tränen in seinen Augen sah. Das war kein kalkulierter Bühnenzusammenbruch, denn seine Emotionen waren nicht einstudiert wie eine Choreografie. Er wirkte so verletzlich, als ich zögerlich auf mein Bett deutete. Es war komisch: Er und ich auf dieser Bettdecke, auf der wir Sex gehabt hatten. Wir gingen gleichzeitig auf Abstand.

»Ich … Ich habe keine Ahnung, wie viele Personen Gray erschossen hätte, aber ich weiß, dass ich daran schuld gewesen wäre.«

Damit begann er.

46

#Bennett29

Tulips

Meine Hände schwitzten. Meine Kehle kratzte. Ich wollte die Lider schließen und Siri meine Mail vorlesen lassen. Ich wollte nicht ich sein, und ich wollte nicht darüber reden. Aber Audreys Blick war trotz all ihrer Wut so offen, und ich redete. Von Grey und Sloane, von meiner Therapie, vom Schlafen, von allem viel zu viel, doch Audrey unterbrach mich kein einziges Mal.

»Es tut mir unfassbar leid, dass ich so reagiert habe, wie ich reagiert habe. Ich weiß, dass es für die meisten keinen Sinn ergibt. Ehrlich gesagt macht es das nicht mal für mich.«

Als ich verstummte, senkte ich den Blick und betrachtete unsere Hände über der Decke. Unsere Finger, die sich ellenlange Mails getippt hatten und Körperteile so lange nachgefahren waren, bis sie die Formen auswendig kannten. Ich fühlte mich hilflos, weil ich nicht wusste, wie ich diesen zentimetergroßen Abstand zwischen ihnen überwinden sollte. Ich wusste nur, dass ich es wollte, aber nicht sollte. Mein Herz raste, weil ich ahnte, dass ich einen Rauswurf verdient hätte, aber … Audrey sah mich an, und ich dachte: Du hattest recht. Wenn man uns seziert und auseinandernimmt, bleiben nur kurze Hauptsätze übrig, so was wie: *Ich liebe dich. Es tut mir leid. Sag, dass ich gehen soll. Sag, dass ich bleiben muss.*

47

#Eternalsummer

You're so golden

Ich wusste nicht, was ich tun sollte. Mein Mund öffnete sich, ohne dass Worte ihn verließen, doch damit kannten meine verschollene Stimme und ich uns nur zu gut aus. Ich spürte meinen Pulsschlag, als mein Blick auf Elles Buchrücken landete. Das Krokodil auf meinem Handgelenk glühte. Ich erinnerte mich daran, dass nur der weiße Hai eine stärkere Bisskraft besaß als Krokodile, doch Letztere eine Heidenkraft benötigten, um das Maul überhaupt zu öffnen. Dann sah ich Jude an, wie er atmete, perfekt und aufgekratzt in seiner Gleichmäßigkeit. Da war so viel, dass ich weiterhin nicht verstand. Aber da war auch so viel, dass ich instinktiv spürte. Mit einem Kloß im Hals überwand ich den Abstand zwischen uns und krabbelte ungeschickt auf ihn zu, bis ich sein Gesicht mit meinen Händen umrahmte. Seine Haut war immer noch so heiß wie Miami.

»Was tust du, Audrey?«

»Was soll ich denn tun?«, fragte ich, während ich seine Bauchmuskeln zittern spürte. »Denkst du, ich sage dir: Danke für deine Erklärung, bitte verlasse jetzt mein Zimmer?«

»Irgendwie schon.«

»Aber willst du das?«

Schweigen, doch alles in seinem Gesicht arbeitete und schrie *NATÜRLICH NICHT*. So gut kannte ich ihn, weil ich schon so viel mit ihm in unserem Juilliard-Leben geteilt hatte.

»Ich verstehe, wieso du dich so verhalten hast«, murmelte ich. »Jeder könnte das. Und jeder geht anders mit den Dingen um, die ihn verletzt und geprägt haben. Ehrlich gesagt habe ich auch einen Haufen unverarbeiteter Dinge in mir, aber das Wichtige ist, dass man darüber redet. Dass *wir* reden, weil es garantiert nicht einfach sein wird. Natürlich ist ein Teil in mir verletzt. Unendlich verletzt, wenn du es genau wissen willst. Aber ich lasse dich nicht gehen. Ich …« Meine Stimme zitterte, doch es spielte keine Rolle. »Mein Herz bricht für dich, weil ich mir nicht vorstellen kann, wie schrecklich sich das anfühlen muss. Es macht Sinn, dass du *so* bist. Aber ich lasse dich nicht los, hörst du?«

Mein Griff festigte sich, und seine Augen waren so riesig, sie hätten Kometen sein können.

»Und denk ja nicht, dass das nur einseitig ist. Manchmal werde ich diejenige sein, die sich verschließen will, wegrennt und wichtige Dinge verschweigt, weil ich Angst habe, und dann musst du mich festhalten. So funktioniert das nun mal, weil … weil …«

Ich wollte weiterreden, doch konnte nicht. Seine Hände waren an meinem Gesicht. Fest, grob, zärtlich, alles gleichzeitig. Meine Nägel bohrten Abdrücke in seine Haut, weil ich ihn genauso festhielt. Doch es war egal, weil wir uns ansahen, bis unser Atem synchron zueinander ging. Wir atmeten, und wir hielten uns. Mein Brustkorb wurde unendlich weit. Es war, als würden unsere Körper auf einer anderen Ebene miteinander kommunizieren, die man nicht in Worte fassen konnte. Unsere Haut, unsere Atome, unsere Pulsschläge, unser Atem, selbst unsere Tränen. Seine Augen waren glasig, als er sich die Lippen befeuchtete. Dann blickte er mich so tief an, dass ich dachte, ich würde fallen.

»Ja«, flüsterte er, während wir uns aufs Bett sinken ließen.

Keine Ahnung, wer es initiierte, ich oder er, vielleicht beide gleichzeitig. Aber ich wusste, dass seine Finger die meinen finden würden, bevor er sie fest ineinander verschränkte. Wie in Zeitlupe drehte er mir das Gesicht zu. Seine Augen waren groß und glühend und wild. Meine eigene Hand zuckte, weil ich ihm durch das wuschige Haar fahren wollte. Sein Haar. Es war von Anfang an sein Haar für mich gewesen. Bescheuert, oder? Aber ich konnte nicht genauer darüber nachdenken, weil wir plötzlich Musik wahrnahmen.

»Ist das *Moving to New York*?«, fragte er verwirrt.

»Jepp. Meine Nachbarin hat irgendwie eine Schwäche für das Lied. Es lief sogar an meinem Einzugstag.«

»Interessant.«

Judes Mundwinkel zuckten trotz allem, während wir der Musik in meinem Bett lauschten, einfach dalagen und atmeten. Ganz still und bei uns wie bei einem friedlichen Shavasana, kurz bevor man aufstand und mit seinem Leben weitermachte. Aber für einen Augenblick waren da nur unsere Atemzüge, ausatmen und einatmen und ausatmen und einatmen.

EPILOG

#Eternalsummer

And I cry because everything is so beautiful and so short

Es war Judes Idee.

Rucksack packen, Flugtickets buchen und irgendwo später ankommen. Zusammen. Er meinte, das hätten wir uns verdient, nachdem wir das erste Jahr an der Juilliard überstanden hatten. Denn ja, unser Studium war genauso hart, wie man es sich vorstellte. An den meisten Tagen verfluchte ich Bilberrys Stunden immer noch und fürchtete mich vor Bakers Blick. Wieso ich es schlussendlich überhaupt unter Tausenden von Bewerber*innen geschafft hatte, verstand ich bis heute nicht. Objektiv betrachtet war mir bewusst, dass der Moment in den Waschräumen etwas damit zu tun haben musste. Feldman danach zu fragen, würde ich mich höchstwahrscheinlich jedoch nie trauen. Dabei hatte sie mich in ihrer letzten Seminarstunde viel zu scharf angesehen, während sie monologisierte.

»Der wahre Wille«, hatte sie gesagt. »Der wahre Wille ist das wirkliche Talent. Es spielt keine Rolle, wie gut Sie Ihren Körper einsetzen können oder was für eine außerordentliche Präsenz Sie besitzen. Es geht darum, ob Sie nach der fünfundzwanzigsten, hundertdreißigsten und zweihundertfünfzigsten Absage immer noch zum Casting gehen. Ob Sie weitermachen. Ob Sie dranbleiben. Und natürlich müssen Sie es lieben. Mit allem, was Sie haben.«

Der wahre Wille ist das wirkliche Talent.

Seitdem spukte mir der Satz ständig durch die Gedanken. Selbst jetzt, als ich die Umkleidetür hinter mir zuzog und mich instinktiv im Spiegel betrachtete. Es war Sommer, die Sonne hatte meine Locken ausgeblichen. Sonst sah ich aus, wie ich immer aussah. Meine Brauen und Haut waren einen Tick zu dunkel für meine Haarfarbe, sodass mein Name für die meisten nur Sinn ergab, wenn ich den vollen nannte. Audrey Mónica Summers. Ich war schon fertig geschminkt, wollte gerade in das Kostüm springen, da wurde die Tür aufgezogen.

Mit einer geschmeidigen Bewegung quetschte Jude sich in den Raum. Auch er steckte noch in Straßenklamotten, wobei ich schon gelernt hatte, dass Winter-Jude sich kaum von Sommer-Jude unterschied. Die Jeans behielt er an, nur die Hoodies tauschte er gegen schlichte Shirts. Meistens schwarz, grün oder blau. Heute hatte er sich für ein grün-schwarzes entschieden, worunter sich sein Bizeps anspannte, weil er sich nervös durch die Haarsträhnen fuhr.

»Ist alles in Ordnung?«, fragte ich besorgt.

»Na ja.« Er blies die Wangen auf. »Wir spielen unser zweites Stück, haben beide Hauptrollen, und all unsere Elternteile sind angereist. Sogar deine Schwester, Ash, Aiden und *Adam* sitzen nachher im Publikum. Schon eine große Sache, meinst du nicht?«

»Du hast echt Angst vor ihm, oder?«

»Audrey, ich habe Angst vor deinem Dad. Vor Adam …« Er schüttelte den Kopf. »Vor Adam habe ich buchstäblich Panik.«

»Er mag dich wirklich«, versicherte ich ihm.

»Er wirft mir jedes Mal Killerblicke zu, wenn wir bei deiner Mom sind. Und sag mir nicht, dass ich sie mir einbilde.«

»Er meint sie nur liebevoll.« Ich hob die Hände. »Ehrlich. Ich meine, er hat dich sogar auf die Hochzeit eingeladen.«

Wenig überzeugt fuhr er sich über das Gesicht, dabei konnte ich nicht aufhören, ihn zu betrachten. Jude war nervös und verletzlich, hatte Lampenfieber und wollte, dass alle in meiner Familie ihn mochten, weil er mein Freund war. Wie elektrisiert standen ihm die Locken vom Kopf ab, was mich daran erinnerte, wie er aussah, wenn wir in seinem Bett lagen. Genau mit dieser Frisur und meinem liebsten Jude-nur-für-mich-Jude-Blick, wenn er wiederum dann nicht aufhören konnte, mich anzuschauen. Das Seltsamste? Ich wollte das. Ich hasste fremde Blicke immer noch, wenn mich Leute abscannten, während ich über den Campus eilte. Doch bei Jude, in seinem Bett, wenn sein Beamer eingeschaltet war, wir uns eine Decke teilten und ganz allein waren, wollte ich, dass Jude mich ansah und *sah* und nie damit aufhörte.

Ich glaube, das war mehr als Liebe.

Ich glaube, das war Liebe, Verletzlichkeit und Vertrauen.

»Okay, okay.« Ich deutete auf das eingesessene Sofa in der Ecke, während ich in dem Jutebeutel nach meinen neuen Airpods fischte. »Hinsetzen, atmen und zuhören.«

Mein gespielt herrischer Ton brachte seine Mundwinkel zum Zucken, was unfair war. Er wusste, was selbst ein angedeutetes Lächeln mit mir anstellte, so sehr spürte ich meinen Jude mit seinem Theatergesicht. Hastig reichte ich ihm einen Airpod, bevor ich mir den anderen selbst einsteckte. Dann drehte ich meine Playlist *Audrey für Jude* auf, während ich mich ihm gegenüberhockte. Wir saßen beide im Schneidersitz, und unsere Blicke verhakten sich. Ich spürte, wie seine Atmung sich bereits nach Sekunden beruhigte, denn seine Brust hob und senkte sich langsamer unter dem Shirt. Ich fokussierte mich auf Letzteres, während ich mich an unseren Auswahltag erinnerte. An unser erstes schreckliches Gespräch und *Arabella*, wie ich diejenige mit Lampenfieber gewesen war und wir anschließend tatsächlich in Yoga-Posen gegangen waren. An das Gefühl, zum ersten Mal mit ihm auf einer Bühne gestanden zu haben. Jude war an dem Tag meine zweite Impro gewesen, direkt nach Levi. Ich hatte dieselbe Luft wie er eingeatmet und mir bei Shavasana gewünscht, nirgendwo anders zu sein. Wahrscheinlich war unsere Verbindung von Anfang an besonders gewesen.

»Ich freue mich ungaublich auf morgen«, flüsterte Jude mir und der Stille zu. »Es wird so gut.«

Wenn ich mich genau konzentrierte, hätte ich von draußen das Gewusel mitbekommen, wie allmählich alle in die Kostüme sprangen und unsere WhatsApp-Gruppe gleich mit Hals- und Beinbrüchen vibrieren würde. Doch wenn Jude mich so aus dieser Nähe beäugte, fiel es mir schwer, mich auf etwas anderes zu fokussieren.

»Ich glaube, mit dir ist alles richtig gut, Jude«, murmelte ich.

Wenn er mir das gesagt hätte, hätte ich ihn aufgezogen, erwidert, dass es ziemlich kitschig sei, und mich innerlich wohlig warm gefühlt. Aber Jude war nicht ich, er wollte seine Gefühle nicht verstecken. Ich bemerkte genau, wie es in seinen Augen glühte, bevor er nach meinen Fingern griff. Eindringlich spürte ich seinen Herzschlag durch die Haut an meiner, verschränkte unsere Finger inniger ineinander und stellte mir die nächsten Wochen vor. Wir würden nach Europa reisen, nach Italien, Spanien und Portugal. Wir würden nirgendwo lange bleiben, unsere Sachen nie auspacken und immer weiter in fremde Länder reisen. Wir würden Billigwein an der Riviera trinken, uns durch enge Gassen schlängeln, fremde Sprachen aufschnappen, neue Ohrwürmer für mich erfinden und uns in ranzigen Hostelbetten dicht aneinanderkuscheln. Wir hatten kein Plan, wir wollten einfach fliegen und frei sein, weil wir uns liebten und leben wollten. Als Jude und Audrey, ohne Shakespeare-Rollen oder Drehbücher. Wir wollten unseren eigenen Film schreiben und weitermachen, wenn die Kameras aus waren.

Jude und ich wollten niemals aufhören.

Selbst wenn es schwierig wurde, aber was war schon einfach? Ich hatte mir ein Krokodil auf die Haut tätowieren lassen, obwohl ich wusste, dass es scheiße aussehen würde. Dieser Satz war mal eine Nachricht von mir auf Elles Handy gewesen, bevor sie ihn in ein Worddokument getippt hatte und das Buch dann später zu einem Bestseller wurde. Doktor Huntington ließ mich nicht mit Knete arbeiten, aber hatte ein Faible für ästhetische Boho-Vasen auf ihrem Schweberegal. Jude nahm seit vier Monaten Medikamente, womit es ihm besser ging. Adam, Mom, Ruby und ich hatten mittlerweile eine eigene WhatsApp-Gruppe, wobei Moms Verlobter überraschenderweise die lustigsten Sticker besaß. Aidens 2-Stunden-Tomatensoße schmeckte besser als gedacht. Ich hatte Elle kein Vorwort für die Special Edition von *The Emptiness Between Us* geschrieben und war froh darüber gewesen, als ich das ihrer Dozentin gelesen hatte, weil es perfekt war. Bennett29 und Eternal Summer hatten vor Wochen einen Chatverlauf gefakt, der diesmal wirklich nur aus Songs bestand. Vielleicht würde unsere heutige Vorstellung richtig gut werden. Vielleicht würden wir sie auch richtig in den Sand setzen. Vielleicht hätte ich immer noch behaupten können, dass Jude sich verliebt, ich mich verliebt und er mich dann verletzt hatte. Vielleicht hätte ich hinzugefügt, dass Fehler menschlich waren und es darauf ankam, wie man anschließend mit ihnen umging. Dass Verzeihen viel mehr über Stärke als ein Hungergefühl aussagte. Dass es immer manchmal gut *und* manchmal schlecht war, so wie Jude letztens erklärt hatte. Und vielleicht war das auch einfach okay, weil es schließlich immer um das Gleichgewicht ging, oder nicht?

»Was denkst du?«, fragte Jude mit seiner tiefen Stimme,

die mir immer noch jedes Mal unter die Haut kroch, aber ich mochte es.

Mochte ihn.

Liebte ihn.

»Nichts Bestimmtes«, sagte ich und lächelte ihn an.

Es war derselbe Moment, in dem meine Lieblingszeile des aktuellen Songs uns an die Ohren kroch.

We'll be alright.

Da lehnte Jude sich vor, als hätte er es verstanden, was er wahrscheinlich sogar hatte. Schließlich war er Jude. Mein Jude. Zärtlich streiften seine Lippen meine, während alles in mir kribbelte und ich so viel fühlte, dass ich wusste, mein Körper wäre nie genug dafür. Einfach weil mein Herz so viel mehr war.

»Liebes Ensemble, das hier ist Ihre Fünfundvierzig-Minuten-Erinnerung. Achtung: Noch fünfundvierzig Minuten bis zum ersten Akt.«

Als die Stimme der Inspizientin blechern verzerrt aus den Lautsprechern klang, verharrte Judes Gesicht weiterhin dicht vor meinem.

»Bereit?«, fragte er.

Ein letztes Mal blickte ich ihn an. Die Furche zwischen seinen Brauen war verschwunden, er fuhr sich nicht mehr panisch über das Gesicht, sondern war ganz ruhig und hier mit mir. Ich registrierte das starke Beben in meinen Beinen, wie meine Oberschenkel vibrierten und meine Füße leicht vor sich hin tippelten.

Ich wollte laufen.

Ich wollte laufen, laufen und laufen und nie wieder stoppen.

Aber ich wollte nicht wegrennen.

Ich wollte nur endlich loslaufen.

»Ja«, sagte ich. »Ich bin bereit.«

Triggerwarnung

- Essgestörtes Verhalten
- Bulimie
- Trauer und Trauerbewältigung
- Depressionen

Danksagung

Herbst 2019. Ich schreibe die ersten zweihundert Seiten dieses Romans, ohne zu ahnen, dass meine Bücher jemals wirklich in einer Buchhandlung stehen werden. Ich sitze an meinem Schreibtisch, habe das Worddokument namens »Audrey« geöffnet und prokrastiniere, indem ich Emojis in eine WhatsApp-Gruppe schicke. Genau dann erreicht mich die Mail, die in gewisser Weise mein ganzes Leben verändert hat.

Mittlerweile ist dieser Tag fast drei Jahre her. Von diesen zweihundert 2019-Seiten hat bloß eine einzige Mail überlebt, und ich kann meine Bücher jetzt jederzeit in einer Buchhandlung besuchen. Ich fühle mich unfassbar privilegiert und glücklich, dass ich täglich an meinen Geschichten mit so vielen großartigen Personen arbeiten darf und so auch bei diesem Roman. Dafür würde ich ihnen gerne danken.

Micha und Klaus Gröner möchte ich dafür danken, dass sie mir so ein tolles Agenturzuhause geschenkt haben. Vor allem dir, Klaus, weil du meine Geschichten verstehst, immer hinter mir stehst und besonders mit Audrey von Anfang an 1. Einverstanden, 2. Einverstanden und 3. Einverstanden warst.

Ich danke dem gesamten Team von Moon Notes, ganz besonders meiner wundervollen Lektorin Maren Wendt, die intensiv mit mir am Text gearbeitet hat. Ich danke dir so für dein Verständnis, deine Geduld, deine klugen Anmerkungen und all deine Ideen, dafür, dass du Bennett29 auch so cute fandest (hihi) und mir dabei geholfen hast, genau die Geschichte zu erzählen, die ich erzählen wollte. Ich hätte mir keine bessere Lektorin für dieses Projekt vorstellen können! ♡

Danke an meine Freundinnen, die mit mir spazieren gehen, mein Leben so viel schöner machen und immer für mich da sind. Danke an Jacky, Sophie, Franzi, Henni, Tamara und Gwendolyn! Danke an Sarah, weil ich nicht wüsste, wie ich das alles ohne dich schaffen würde. Ich könnte mir meinen Alltag ohne dich und deine Freundschaft nicht mehr vorstellen, #lifeline! Danke auch an meine Familie, die immer mit mir an meine Träume glaubt, gerade dann, wenn ich es manchmal nicht kann. Besonders meinem Bruder David, der überraschenderweise immer eine Lösung für jedes meiner Plotholes findet.

Ich danke meiner früheren Airline dafür, dass es täglich drei Flüge nach New York gab. Allen Musikkünstler*innen, die mich beim Schreiben inspirieren, weil es meine Geschichten ohne sie nicht gäbe. Ich danke auch allen Schriftsteller*innen, die mit ihren Werken mein eigenes Schreiben geprägt haben. Insbesondere Marina Keegan, weil ich ihre Stories vor sechs Jahren gelesen habe und noch ständig an sie denke.

Als Letztes möchte ich meinen Leser*innen danken, die mich mit Begeisterung, Bildern und Rezensionen überschütten. Danke, dass ihr meine Bücher lest und mir (immer noch) um drei Uhr morgens meine liebsten Rezensionen schickt. Ihr seid der beste Teil in meinem Schreiballtag ♡